Katharina Gerwens
Samtpfötchen im Sonnenschein

Zu diesem Buch

»»Kater Emil ist verschwunden.‹ Mit dieser Information wurde Irene empfangen, als sie am Donnerstagvormittag auf den Hof fuhr.

›Verschwunden? Das kann doch gar nicht sein! Er befindet sich garantiert noch im Büro. Und dort gibt es genügend Versteckmöglichkeiten …‹

Die vor Aufregung zitternde Mitarbeiterin der Putzkolonne ließ sie gar nicht ausreden. ›Cindy ist auf hundertachtzig!‹, rief sie.

›Das kann ich mir denken«, kommentierte Irene. ›Ich kümmere mich darum.‹

Vorsichtig und auf Zehenspitzen ging Irene in Richtung ihres Schreibtischs. Komisch, da glänzte etwas auf dem Fußboden. Bei genauerem Hinsehen entpuppte sich das Glitzern als eine Spur von vier nassen Katzenpfötchen. Sie lachte und wusste auf Anhieb, zu wem die gehörten. ›Emil? Bist du über einen nassen Feudel gelaufen und dann mit deinen Samtpfötchen durch den Sonnenschein getanzt?‹

Sie durchsuchte das Büro so sorgfältig wie möglich. Wo mochte Emil sich nur versteckt haben, dieser Schlingel. Dann bemerkte sie das angelehnte Fenster …«

Katharina Gerwens arbeitete nach ihrer Ausbildung zur Journalistin in verschiedenen Verlagen und ist heute als freie Autorin tätig. Gemeinsam mit Herbert Schröger verfasste sie mehrere Niederbayern-Krimis, die im fiktiven Ort Kleinöd spielen. Allein veröffentlichte sie die Reihe um Ermittlerin Franziska Hausmann, die im Bayerischen Wald Kriminalfälle löst. Sie lebt mit ihrem Mann in Niederbayern. Nach »Auf Samtpfoten zum Glück« und »Katzenpfötchen im Schnee« ist »Samtpfötchen im Sonnenschein« ihr dritter Roman, zu dem ihre eigenen Katzen sie inspiriert haben.

Katharina Gerwens

Samtpfötchen im Sonnenschein

Roman

PIPER

Mehr über unsere Autorinnen, Autoren und Bücher:
www.piper.de

Wenn Ihnen dieser Roman gefallen hat, schreiben Sie uns unter Nennung des Titels »Samtpfötchen im Sonnenschein« an *empfehlungen@piper.de*, und wir empfehlen Ihnen gerne vergleichbare Bücher.

Von Katharina Gerwens liegen im Piper Verlag vor:

Kleinöd-Krimis (mit Herbert Schröger):	*Bayerischer-Wald-Krimis:*
Band 1: Stille Post in Kleinöd	Band 1: Die letzte Brezn
Band 2: Die Gurkenflieger von Kleinöd	Band 2: Die letzte Ölung
Band 3: Anpfiff in Kleinöd	Band 3: Der letzte Tropfen
Band 4: Rufmord in Kleinöd	Band 4: Der letzte Schrei
Band 5: Selig in Kleinöd	Band 5: Der letzte Streich

Auf Samtpfoten zum Glück
Katzenpfötchen im Schnee
Samtpfötchen im Sonnenschein

Inhalte fremder Webseiten, auf die in diesem Buch hingewiesen wird, macht sich der Verlag nicht zu eigen und übernimmt dafür keine Haftung. Wir behalten uns eine Nutzung des Werks für Text und Data Mining im Sinne von § 44b UrhG vor.

Originalausgabe
ISBN 978-3-492-31908-9
April 2025
© 2025 Piper Verlag GmbH, Georgenstraße 4, 80799 München, *www.piper.de*
Für direkten Kontakt und Fragen zum Produkt wenden Sie sich an: *info@piper.de*
Redaktion: Friedel Wahren
Umschlaggestaltung: zero-media.net, München
Umschlagabbildung: FinePic®, München
Satz auf Grundlage eines CSS-Layouts von digital publishing competence (München) mit abavo vlow (Buchloe)
Gedruckt von ScandBook in Litauen
Printed in the EU

1. Kapitel

»In unserem Büro sieht es aus wie bei einer polizeilichen Fahndung.« Irene hob den Kopf von der Tastatur ihres Computers und betrachtete besorgt die Fotos an der Pinnwand. Jedes Bild war überschrieben mit den Worten *VERMISST* oder *BELOHNUNG* oder *WER HAT UNSEREN LIEBLING GESEHEN?* »Man sollte ein Sondereinsatzkommando aufstellen! Da stimmt doch etwas nicht.« Edda nickte. »Ja, das fällt mir auch auf. Es werden kaum noch Tiere gefunden oder abgegeben, und zwar seit etwa zehn Tagen. Ob die entführt oder eingefangen werden? Oje, das will ich mir gar nicht vorstellen.«

»Wenn sie versehentlich in einer Scheune oder einem Stall eingesperrt werden, flitzen sie doch immer nach Hause, sobald sie wieder frei sind. Sicher nehmen manche Menschen auch streunende Katzen bei sich auf ... und machen uns damit Konkurrenz. Aber diese verloren gegangenen Vierbeiner sind ja keine Streuner. Die fürchten sich nicht vor Menschen und haben zu jedem Vertrauen. Das ist das Problem! Hoffentlich geht es den Tieren dort gut.« Irene zog den Stapel mit handschriftlichen Adoptionsanträgen, Vermittlungen und Neuanmeldungen zu sich heran, um alles in den Computer einzuspeisen. Sie hatte darauf bestanden, dass die dort angelegte Tabelle um eine Spalte für die Nummern der implantierten Erkennungschips ergänzt wurde. So konnte jederzeit ganz schnell festgestellt werden, ob ein Hund oder eine Katze schon einmal in Passbrunn gewesen war oder nicht. Mit dieser Suchfunktion kamen sie erfahrungsgemäß am schnellsten voran. Leider gaben die Katzen- und Hundechips nicht automatisch den Standort durch. Ob irgendwann auch so etwas möglich wäre? Katzensuche per GPS?

Edda Kallmayer riss Irene aus ihren Gedanken. »Allein wenn ich die Fotos sehe, weiß ich, dass alle sehr geliebt und nun auch sehnlichst vermisst werden. Frauchen und Herrchen loben sogar Prämien für eine glückliche Heimkehr aus. Jedes Tier fehlt seinem Besitzer. Schau doch nur mal auf die Bilder der vergangenen zehn Tage! Acht Tiere sind in dieser Zeit in der unmittelbaren Umgebung verschwunden, und mir scheint es so, als seien dadurch acht Leben außer Takt geraten. Mir gibt das viel zu denken, und das nicht nur, weil ich dieses Tierheim leite. Mir tun beide leid, die Katzen und die Menschen.«

»Das verstehe ich gut.« Irene senkte den Kopf noch tiefer über die Tastatur und biss sich auf die Unterlippe. Wie immer versuchte sie einen plötzlich auftauchenden Gedanken in den Griff zu bekommen und sich zu beruhigen. Wenn sie als Mensch verschwände, würde niemand mit einem Fahndungsfoto nach ihr suchen oder gar einen Finderlohn ausloben. Niemand würde behaupten: *Mein Leben ist weniger wert, seit Irene nicht mehr da ist.* Im schlimmsten Fall fiele das so gut wie niemandem auf, und selbst hier im Tierheim wäre sie ersetzbar.

Als könne Edda Gedanken lesen, meinte sie unvermittelt: »Auch Menschen können vermisst werden. Ich beispielsweise wüsste nicht, was ich ohne dich machen sollte. Nicht nur deshalb, weil du mir viel Arbeit abnimmst, sondern auch, weil du mir vertraut bist und ich mich auf dich verlassen kann.«

Mit Edda waren alle vertraut, und alle liebten Edda, die jedem Menschen das Gefühl gab, etwas ganz Besonderes zu sein. So war es auch Irene ergangen, als sie Edda vor zwei Jahren kennengelernt hatte.

Innerhalb weniger Stunden hatte sich damals aus einem anfänglichen Missverständnis ein großes und einvernehmliches Verständnis entwickelt, zumal Edda als Erstes von Irene wissen wollte, ob sie möglicherweise Angst vor Hunden habe. »Ja«, gestand Irene wahrheitsgemäß und nickte. »Vor allem vor großen Tieren.«

»Und trotzdem wollen Sie hier und heute einen Hund ausführen?« Ungläubig lachend stand Edda vor ihrer Besucherin.

»Ich will nur diesen Gutschein einlösen«, hatte Irene steif gesagt und dann von einer kopfschüttelnden Tierheimleiterin erfahren müssen, dass es so etwas weder hier noch irgendwo sonst gab. »Gutscheine zum Gassigehen! Und die auch noch unerfahrenen Leuten in die Hand gedrückt. Niemals! Da könnte ja jeder kommen! Und glauben Sie mir, meine Tiere vertraue ich nicht jedem an. Da muss erst ein Funke überspringen, und zwar von beiden Seiten, wenn Sie verstehen, was ich meine.«

Obwohl es in dem Gespräch die ganze Zeit um Tiere ging, vor allem um Hunde, blitzte in dem Dialog und zwischen den Zeilen Eddas zweite Botschaft auf, und die lautete: *Wir zwei könnten Vertrauen zueinander aufbauen. Sie sind ein wunderbarer Mensch.*

Irene hatte einen Moment lang gebraucht, um all das zu verarbeiten. Das angeblich so fürsorgliche Abschiedsgeschenk ihrer Kolleginnen und Kollegen war also nichts als ein Fake, ein selbst gebastelter Gutschein fürs Tierheim in Passbrunn, eine Falle, in die sie als frischgebackene Rentnerin hineintappen und sich lächerlich machen sollte. Da hatte man sie also nach Strich und Faden verarscht. So viel zur ständig beschworenen Kollegialität.

Und sie hatte sich auch noch über die angebliche Sorge um ihr Wohlergehen gefreut. »Wir wollen, dass Sie des Öfteren an die frische Luft kommen«, hatte der verschlagene Jens behauptet und ihr leutselig zugezwinkert. Gut, dass sie da weg war!

»Warten Sie, ich zeige Ihnen unser Katzenhaus. Mit den Samtpfoten können Sie zwar nicht Gassi gehen, aber vielleicht wachsen Sie der einen oder anderen Katze oder einem Kater ans Herz.«

Müsste das nicht umgekehrt heißen?, hatte Irene damals gedacht. *Sollten die nicht* mir *ans Herz wachsen?* Dennoch war sie der hochgewachsenen Frau mit den schwarzen Locken brav gefolgt. Man wusste ja nie. Außerdem war sie seit einigen Monaten Rentnerin und verbrachte lange Tage mit nichts anderem als Gähnen und Langeweile. Hier verging wenigstens die Zeit.

Und dann kam Bruno.

Natürlich hätte sie mit ihm zusammenziehen können, aber sie fand es schöner, ihm hier zu begegnen, was sicher auch damit zu tun hatte, dass sie zu gern ihrer Wohnung entfloh, in der sie sich nie heimisch fühlte. Während ihrer Arbeitszeit hatte sie, die Soziologin und Verhaltensforscherin, die meiste Zeit im Büro verbracht, oft auch die Abende und die Wochenenden, und im heimischen Apartment gab es dann ja auch noch das Arbeitszimmer. Alle anderen Räume hinter der Tür, die zu ihrer Wohnung führte und an der ihr Name stand, erschienen ihr fremd und unvertraut.

Tatsächlich war es ihr zu Beginn ihres Ruhestands unendlich schwergefallen, von heute auf morgen nichts mehr zu tun. An die fast täglichen Besuche im Tierheim, die ihrem damaligen Leben Struktur gaben, klammerte sie sich wie an einen Strohhalm. Vermutlich hatte Edda genau das ihrer Besucherin mit dem erfundenen Gutschein fürs Gassigehen angesehen. Jetzt waren Edda Kallmayer und Irene Thannberg Freundinnen, und Edda hatte Irene vor noch gar nicht so langer Zeit zur stellvertretenden Leiterin ihres Tierheims gemacht. Dennoch nahm Irene auch weiterhin so wichtige Aufgaben wie die Platzkontrolle der vermittelten Tiere wahr. Was gab es Schöneres als eine glückliche Katze und ein dazugehöriges glückliches Menschenwesen?

Erneut fiel ihr Blick auf die Fotos an der Wand. Wo steckten die Katzen bloß alle?

Acht Tiere in zehn Tagen, das war ungewöhnlich viel für diese Gegend. Und bislang war dem Tierheim weder ein verunglücktes noch ein verletztes Tier gemeldet worden. Irene, die in ihrem früheren Leben eigentlich nie auf ihre Intuition geachtet hatte, fürchtete ein Verbrechen. Da war etwas im Busch! Jemand entführte Katzen oder lockte sie zu sich. Es ging ihm um ... Erpressungsgeld oder gar ...? Nein, daran wollte Irene lieber nicht denken.

Wie so oft schien Edda den gleichen Gedanken zu haben, denn sie beruhigte ihre Freundin. »In letzter Zeit habe ich nichts von Katzenfängern gehört und auch meine Leute bei der Polizei gefragt. Da ist nichts im Gang. Es gibt ja kaum noch Tierversuche mit Katzen, aber Bayern ist weiterhin der Spitzenreiter in Tierversuchen mit Labormäusen und Ratten. Die Menschheit wird hoffentlich doch noch verantwortungsbewusst.«

»Bei allen Kosmetikprodukten, die ich kaufe, achte ich darauf, dass sie ohne Tierversuche entwickelt wurden«, bestätigte Irene, gestand ihrem Gegenüber aber nicht, dass sie das erst so machte, seitdem sie hier im Quellenhof ein zweites und ein besseres Zuhause gefunden hatte.

Für sie gab es ein Leben vor und ein Leben mit Pass-brunn, und die zweite Hälfte fühlte sich weitaus besser an. »Es ist ja nicht nur so, dass einem das Liebste fehlt«, meinte sie nun nachdenklich und sah auf die Adoptions-bögen jener Hunde und Katzen, die einen neuen Besitzer gefunden hatten – auch ein Hamster war dabei – und die nun hoffentlich von ganzem Herzen geliebt wurden. »Wenn jemand einfach so aus deinem Leben verschwin-det, dann schaust du nur noch auf das Fehlende und nimmst nur noch das wahr, woran es dir mangelt. Was noch vorhanden ist, rückt in den Hintergrund, verliert an Wert, und die gefühlte Welt wird grau. Du denkst eigent-lich nur noch daran, was nicht mehr da ist.«

Edda runzelte die Stirn. »Was willst du damit sagen? Woran beispielsweise denkst du dabei?«, fragte sie.

»An Bruno.« Irene seufzte.

»Tatsächlich? Ich dachte, ihr seht euch regelmäßig.«

»Nun ja, im letzten halben Jahr ging das sehr zurück. Du weißt doch, dass ich mich da in diesen Studiengang reingehängt habe, um wenigstens einmal im Leben etwas Sinnvolles zu tun.« Sie lachte. »Und gelernt – für mich und uns – habe ich vor allem an den Abenden und den Wochenenden. Da blieb für Bruno wenig Zeit.«

»Aber das ist vorbei. Schließlich hast du erfolgreich den Sachkundenachweis zum Tierschutz beim Veterinäramt bestanden. Jetzt kann ich dich jederzeit und überall guten Gewissens als meine Stellvertreterin angeben.«

»Übertreib es aber nicht!«

»Doch, ich hab nämlich vor, mit meiner ganzen Familie in Urlaub zu fahren, und dann hältst du hier die Stellung.«

»Kein Problem! Doch glaub mir, dann sorge ich wieder dafür, dass mir Zeit bleibt, um Kater Bruno zu besuchen. Auch wenn der jetzt in einer anderen Beziehung, in einer bunteren Welt lebt. Im Atelier eines Malers, bei einem Künstler.«

»Ein echter Glückskater.« Edda lächelte, und wenn sie lächelte, schien die Sonne aufzugehen. Wie schaffte sie das nur?

Irene übte es gelegentlich vor dem Spiegel, aber ohne Erfolg. In Eddas Lächeln war man zu Hause, aufgehoben, angenommen ... endlich angekommen. In Eddas Lächeln lag ein Licht.

Das Telefon läutete, kein Haus-, sondern ein Ferngespräch, Edda meldete sich mit amtlichem Ton, und Irene spitzte die Ohren. Wurde etwa schon wieder eine Katze vermisst?

»Nein«, hörte sie Edda sagen.

»Nein, dafür sind wir nicht zuständig. Wissen Sie, was? Oft hilft in einem solchen Fall ein Gespräch unter Kolleginnen. Da kann schneller etwas geklärt werden als in einer großen Runde. Der Ball bleibt flach, wenn Sie verstehen, was ich meine. Und überhaupt, vielleicht sind Sie ja auch gegen eine ganz andere Substanz allergisch.«

»Ja, das stimmt. In den vergangenen zehn Tagen sind tatsächlich auffällig viele Katzen verschwunden.«

»Nein, wie kommen Sie denn nur auf so etwas?«

»Auf mich wirkt es tatsächlich so, als würden Sie sich da in etwas hineinsteigern. Nur weil Sie irgendwann mal positiv auf eine Allergie gegen Katzenhaare getestet wurden.«

»Gut, Sie sprechen erst einmal mit ihr. In aller Ruhe. Und wenn Sie dann immer noch das Gefühl haben, dass wir unsererseits aktiv werden sollten, melden Sie sich einfach noch mal. Wollen wir uns darauf einigen?«

»Ja, schönen Tag noch. Ihnen auch.«

Kopfschüttelnd wandte sie sich an Irene. »Leute gibt's!

Stell dir vor, da sitzen zwei Kolleginnen zusammen in einem Büro – so wie du und ich –, und eine von denen ruft in der Kaffeepause hier an, um die andere zu denunzieren.«

Allmählich wurde Irene neugierig. »Was wirft sie der denn vor? Und was haben denn ausgerechnet wir damit zu tun?«

»Das frage ich mich auch.« Edda griff sich in ihr dichtes dunkles Haar. Sie lachte ungläubig und imitierte die klagende Stimme der Anruferin. »Bis vor zwei Wochen sind wir mindestens jeden dritten Tag auf einen Drink ausgegangen – oder auch mal ins Kino oder auf ein Konzert. Jetzt aber hat sie nie Zeit, rennt nach Hause, als würde dort der Traumprinz persönlich auf sie warten. Das macht er aber nicht, hab ich schon rausgekriegt. Und morgens hat sie Katzenhaare auf ihrem Pullover, ich kriege kaum noch Luft. Manchmal sind da auch Kratzspuren an Händen und Unterarmen. Ich hab sie gefragt, ob sie eine Katze hat. Da ist sie rot geworden und hat Nein gesagt. Das ist doch verdächtig.«

»Und wie!« Irene lächelte ironisch. »Verdächtig ist vor allem, dass die eine keine Zeit mehr für die andere hat. Es gibt übrigens ein sehr treffendes Wort dafür: Eifersucht.«

»Du als Soziologin hast es natürlich gleich erkannt. Unsere Anruferin allerdings hegt den Verdacht, dass ihre Kollegin Katzen entführt.«

»Deine Anruferin hat das Interview mit Cindy Plödereder gelesen. Du hättest verhindern sollen, dass unsere Weißwurst sich zu verschwundenen Katzen äußert ... und schon gar nicht in der Zeitung.«

»Mag sein.« Edda nickte halbherzig. »Andererseits, es ist doch nur ein lokales Anzeigenblättchen und keine überregionale Zeitung. Als Cindy damit kam, hab ich erst mal Ja gesagt. Nur ein kleines Interview zur Stellung der

Tierpflegerin. Insgeheim denke ich, wenn sie von außen ein bisschen Aufmerksamkeit kriegt, buhlt sie hier im Team nicht dauernd um Anerkennung.«

»Der Schuss ging ja wohl nach hinten los. Du hättest ihr verbieten sollen, über verschwundene Katzen zu reden.«

»Hast du Cindy schon mal etwas verboten? Dann macht sie es doch erst recht.«

»Aber das Wort *Entführung*. *Kidnapping, Catnapping* oder wie immer sie es nennt. Keiner dieser Begriffe hätte fallen dürfen. Und eine von uns hätte den Artikel gegenlesen müssen. Vermutlich kommen jetzt noch mehr Anrufe, denn das ist ja schon fast eine Einladung zum Denunzieren.« Irene klang besorgt und wippte auf ihrem Bürostuhl hin und her. »Überhaupt, wer hätte gedacht, dass ein so kleines Anzeigenblatt so viele Leser hat? Das wäre wirklich eine Studie wert.« Aus tief verwurzelter Gewohnheit entwarf sie im Hinterkopf einen komplizierten Fragebogen. *Anzeigen schalten und lesen? Digital oder analog?*

»Bloß nicht! Zum Forschen haben wir keine Zeit.« Edda blickte auf die Uhr. »Lieber setze ich Cindy ans Telefon. Wie weit bist du eigentlich mit deinen Einträgen?«

»Wenn du mich noch zehn Minuten arbeiten lässt, habe ich es.«

Als hätte es jemals im Quellenhof Passbrunn eine Zeitspanne von zehn Minuten gegeben, in der etwas zu Ende gebracht werden konnte. So auch diesmal nicht.

2. Kapitel

Genau sechs Minuten später schoss Cindy durch die Empfangshalle auf Irene zu. Sie registrierte es, nachdem sie aus alter Gewohnheit ständig für sich (und für andere) in Gedanken die Zeit stoppte. Diese Gewohnheit konnte sie einfach nicht ablegen, ebenso wenig, wie sie ständig Stufen zählen oder auf gepflasterten Plätzen die Stellen betreten musste, an denen die Steine aneinanderstießen.

»Wo steckt Edda?«, rief Cindy ungeduldig.

»Schon gegangen.«

»Wohin? Ich muss sie sprechen!«

Gelassen hob Irene den Kopf. »Worum geht es denn genau?«

»*Das* kann ich nur mit Edda besprechen.« Dabei betonte Cindy das erste Wort, als ginge es dabei um ein Geheimabkommen zwischen ihr und der Leiterin des Quellenhofs. Irene nickte und beschloss wieder einmal, sich von dieser kleinen Weißwurst nichts sagen zu lassen. Wirklich ein passender Spitzname, der perfekt zu Cindy passte, die sich bevorzugt in allzu enge und schmuddelige weiße Klamotten zwängte und allen ein wenig zu dicht auf die Pelle rückte.

»Du weißt, dass ich Eddas Stellvertreterin bin. Also, was liegt dir auf der Seele?«

Cindy druckste herum und senkte den Kopf so tief, dass ihr Kinn Falten warf, als sie ihr Anliegen eher ihrem

Bauch als Irene anvertraute. »Es geht um Birke. Da sind zwei Herren, die haben sie heute beim Gassigehen entdeckt und sich in sie verliebt. Und jetzt sind sie da und wollen den Hund mitnehmen.«

»Ach, du kennst die Herren? Sind sie des Öfteren hier? Haben die schon Erfahrungen mit Hunden oder Katzen aus unserem Tierheim?«

Genervt schüttelte Cindy den Kopf. »Darum geht es doch gar nicht. Hauptsache ist doch, Birke kommt weg. Die macht nur Stress mit den anderen Hunden und auch mit uns.«

Da war etwas dran. Die mittelgroße Mischlingshündin hatte in ihrem jungen Leben nicht viel Gutes erlebt. In Gegenwart von anderen Hunden duckte sie sich, winselte und klemmte die Rute zwischen die Hinterbeine. Bei Menschen, vor allem bei Männern, atmete sie schnell und hektisch, wobei sie zusätzlich winselte oder knurrte. Irene hatte sich schon oft gefragt, was der grauweißen Hündin bisher widerfahren sein mochte. Birke brauchte Menschen, die mit viel Verständnis und noch mehr Geduld und Liebe auf sie eingingen. Sie zweifelte, ob Cindy das alles bei den zwei Interessenten nachgefragt hatte. Schließlich war es ein offenes Geheimnis, dass Cindy über keine Menschenkenntnis verfügte und die Leute grundsätzlich falsch einschätzte.

»Na gut, dann schaue ich mir die Herren mal an.« Irene stand auf und dachte dabei mehr an die Hündin als an die zukünftigen Hundebesitzer.

Wäre es nach ihr gegangen, dann kam für Birke nur ein Paradies auf Erden infrage. Diese Hündin hatte vermutlich schon genug Leid erlebt.

»Aha, du traust mir also nicht zu, dass ich selbst entscheide.« Cindy klang vorwurfsvoll und beleidigt. »Edda hätte mir freie Hand gegeben.«

Das glaubst auch nur du, dachte Irene. Niemals hätte Edda Cindys Urteil getraut, weder bei Tieren noch bei Menschen. »Hast du den Hund schon geholt?«, fragte sie stattdessen.

»Nein, ich wollte als Erstes die Papiere ausfüllen.«

Irene betrachtete ihre eigene weiterhin unvollendete Arbeit. Na gut, zwei Adoptionsbögen mussten noch ins System eingespeist werden, das ging sicher auch später noch.

»Ich rede mit den Herren.«

»Meinetwegen.« Cindy verschwand und wackelte dabei unübersehbar mit ihrem Weißwursthintern. Alle im Tierheim wussten, dass die kleine Besserwisserin davon träumte, Tierarzthelferin zu werden und – wenn das Schicksal es besonders gut mit ihr meinte – von ihrem Arbeitgeber, dem Herrn Doktor, geheiratet zu werden. Einer der Tierpfleger hatte herausgefunden, dass Cindy auf verschiedenen Internetportalen unterwegs war und schon ein kleines Vermögen in ihre professionelle Partnersuche investiert hatte.

Wie sie sich wohl kleiden mochte, wenn sie sich Auge in Auge mit einem Mann verabredete? Und hatte sie tatsächlich ein Echtfoto von sich hochgeladen oder doch eher ein Bild per Photoshop bearbeitet? Aber dann käme es unweigerlich zum Schock beim ersten Rendezvous. Es bereitete Irene klammheimlich Freude, sich alle diese Situationen vorzustellen. Hoffentlich lernte die junge Kollegin bei ihren Aktionen, sich selbst und möglicherweise sogar andere etwas differenzierter wahrzunehmen.

Die zwei Anzugträger saßen mit übereinandergeschlagenen Beinen und eleganten Reiterhosen in den Sesseln des Empfangsbereichs. Jeder hielt eine Gerte auf den Knien. Einer von ihnen hatte einen grauen Vollbart, der andere war an Kinn und Schädel glatt rasiert. Irene ging auf sie zu.

»Sie haben sich also in unsere Birke verliebt! Aber wer weiß, ob unsere schüchterne Birke auch an Ihnen Gefallen findet.«

Sie bemühte sich um einen freundlichen Ton, spürte aber schon, dass sie das Gespräch anders hätte beginnen sollen. Und erwartungsgemäß wurde zurückgeschossen. »Seien Sie doch froh, dass wir Ihnen das Vieh abnehmen. So haben Sie ein Maul weniger zu stopfen.«

»Darum geht es nicht.« Irene legte ihre Visitenkarte auf den Tisch. *Dr. Irene Thannberg.*

Der Bärtige griff danach und klang nicht mehr ganz so selbstbewusst. *Ein Hoch auf meine Menschenkenntnis,* dachte Irene mit verhaltenem Stolz. Sie hatte geahnt, dass die beiden sich von ihrem Doktortitel einschüchtern ließen.

Tatsächlich stellte der Glattrasierte die erwartete Frage: »Sie sind hier die Tierärztin?«

Irene überging die Bemerkung.

Im Gegensatz zu Cindy, die sich gern in medizinisches Weiß kleidete, trug Irene schwarze Jeans und eine rote Bluse. Sie sah nicht aus wie eine Ärztin.

»Welche Lebenssituation bieten Sie dem Hund? Haben Sie einen Garten? Wohnen Sie vielleicht in der Nähe eines Parks? Das wäre schön. Birke ist erst vier und braucht viel Bewegung.«

»Klar gehen wir mit ihr spazieren. Vor allem an den Wochenenden«, versicherte der Bärtige.

Irene stutzte und dachte laut: »Während der Woche sind Sie also beide ganztags beschäftigt?«

»Natürlich.«

»Und wer kümmert sich in dieser Zeit um den Hund?«

»Die hat dann das ganze Haus zehn bis zwölf Stunden für sich. Sturmfreie Bude! Das wird ihr gefallen.«

»Keinesfalls wird es das!« Irene klang streng und unerbittlich. »Das ist völlig unmöglich!«

»Sie empfehlen uns also einen Babysitter für den Hund?« Der Glattrasierte fand den Gedanken offenbar absurd. Er kicherte albern und fuhr sich mit flacher Hand über den frisch geschorenen Schädel.

Irene betrachtete die beiden Männer. Wieso trugen die eigentlich am helllichten Tag eine Peitsche mit sich herum? Hatten die etwa auch noch ein Pferd, das während der ganzen Woche auf sie warten musste, um dann perfekt zu funktionieren?

Wie bei allen Erstgesprächen lud sie nun auf dem Tablet ein Bild sowie eine Charakterbeschreibung des Hundes hoch.

»Sie hat so eine tolle Farbe. Also dieses Grau!« Der Bärtige geriet ins Schwärmen. »Ich finde, das passt genau zu der Tönung unseres neuen SUV«, fügte er hinzu, ohne den Text zu betrachten, und der Glattrasierte nickte zustimmend. »Also wenn die dann im Fond sitzt, das macht was her!«

Irene erstarrte innerlich.

Erwartungsvoll stand Cindy in der Tür, und Irene suchte ihren Blick. »Die beiden Herren brauchen keinen Hund«, stellte sie fest. »Na gut, ein edler Porzellanhund, das wäre noch möglich. Aber niemals ein Lebewesen, das Aufmerksamkeit und Zuwendung braucht. Das wird nichts mit der Vermittlung.«

»Aber wir waren uns mit Ihrer Mitarbeiterin schon so gut wie einig!«, widersprach der glänzende Schädel.

»Das letzte Wort in dieser Sache habe immer noch ich.« Irene richtete sich auf. »Wir geben unsere Tiere nur an gute Plätze und in gute Hände.«

Beide Männer begutachteten ihre Hände und spreizten die Finger. Ihre Ringfinger waren jeweils mit einem Siegelring geschmückt.

»Was haben Sie denn gegen unsere Hände?«, versuchte der Bärtige einen Scherz und hob die Hände in Unschuld.

Irene ignorierte die Geste. »Ich fürchte, Sie wissen gar nicht, was der Besitz eines Tiers bedeutet. Und ein Hund darf niemals zehn Stunden lang allein gelassen werden. Das geht nicht! Kein Hund hält das aus. Also, meine Herren, schönen Tag noch!« Sie drehte sich um und steuerte auf ihr Büro zu. Cindy folgte ihr.

Die beiden Herren ließen sich's nicht nehmen, bei ihrem Abgang die Eingangstür des Tierheims besonders heftig zuzuknallen. Typisch!

Irene ließ sich an ihrem Schreibtisch nieder. Jetzt erst einmal die Daten der noch nicht eingepflegten zwei gelungenen Adoptionen ins System eingeben. Und danach ein Spaziergang ins Katzenhaus. Hinter ihr hechelte Cindy wie ein atemloser Hund. Irene drehte sich um und wandte sich an die Tierpflegerin. »Sag mal, hast du denn nicht gesehen, dass die gar keine Ahnung von Tieren haben? Dass die sich einen Hund kaufen wollen, so wie sie sich auch ein Auto kaufen oder einen Teppich?«

»Ich fand sie nett«, murmelte eine zutiefst beleidigte Cindy.

Irene seufzte.

Oje, warum gab es in der Schule kein Fach für Menschenkenntnis?

3. Kapitel

Nicht einmal Edda hatte Irene verraten, dass der tägliche Besuch im Katzenhaus für sie ein Ritual war, das einfach dazugehörte. Sie musste sich doch vergewissern, wie es den Vierbeinern ging, die sie alle ins Herz geschlossen hatte. Aber sie begriff auch, dass die Kater und Katzen nicht gerade glücklich waren, zusammen mit Artgenossen in einem Zimmerchen mit Zugang zum vergitterten Gartenteil zu leben. Hatten doch die meisten von ihnen entweder eine Wohnung mit Balkon oder gar ein Haus mit Garten ihr Eigen genannt und sich ihr Kommen und Gehen nach Belieben einteilen können. Daher brauchten diese Katzen besonders viele Streicheleinheiten. Auf menschliche Ebene übertragen, war der Quellenhof für sie vergleichbar mit einem Internat. Feste Essenszeiten, und um neun Uhr abends wurde das Licht ausgeschaltet. Für Katzen, die am liebsten nachts unterwegs waren, eine gewaltige Umstellung.

Auch gab es hier trotz Irenes unermüdlichen Einsatzes zu wenig Kraulen, Streicheln und Kämmen ... und Mäusemangel sowieso.

Dennoch ruhten sie auf eine Art und Weise in sich, von denen Hunde nur lernen konnten.

Hunde waren – so empfand es Irene – immer abwartend, ungeduldig, auf Befreiung, wenn nicht gar auf Erlösung hoffend. In jedem Menschen, der an ihnen vorüberging, vermuteten sie ihren Retter. Und mit diesem Anspruch bellten oder winselten sie den Besuchern auch nach.

Katzen dagegen schliefen zusammengerollt und träumten von paradiesischen Zeiten. Vermutlich waren sie in einem früheren Leben Yogameisterinnen oder Yogalehrer gewesen. Sie waren in sich selbst zu Hause und sahen der Zukunft gefasst und mit buddhistischer Gelassenheit entgegen. Von Katzen konnten die Menschen lernen.

Jetzt war es kurz nach Mittag, und alle hundertzwanzig Katzenklos standen gesäubert und mit frischer Streu versehen wieder in den Zimmern. Die dort ausgelegten Bettlaken und Kissenbezüge waren durch frische Wäsche ersetzt worden. Einige Vierbeiner umkreisten bereits aufmerksam und erwartungsvoll ihren Fressnapf. Ob ihnen das heutige Angebot wohl zusagen würde? Andere hatten ihre Mahlzeit schon verspeist, und den Samtpfoten einer dritten Gruppe war das servierte Menü eindeutig nicht gut genug. Hochnäsig, missbilligend und schmollend umrundeten sie ihre Näpfe.

Irene wusste schon, wer Fisch ablehnte, wer Trockenfutter bevorzugte und wer sich weigerte, auch nur einen Bissen Hühnerfleisch zu verspeisen. Katzen waren pingelig, Hunde dagegen fraßen alles und hörten erst auf, wenn der Napf leer war.

Auf dem Treppenabsatz zwischen Erdgeschoss und erstem Stock stand ein Korb mit schmutziger Wäsche, und genau dort hockte Emil, jener Kater, der gestern Abend gebracht worden war. Irene ging in die Knie und redete dem grau getigerten Vierbeiner gut zu. Er trug zwar seinen Namen am Halsband, leider aber nicht die Adresse seines Zuhauses. »Was machst du denn hier? Wie bist du denn aus deinem Zimmerchen entkommen?«

Emil sah sie mit großen grünen Augen an und schien leicht verdrossen die Gegenfrage zu stellen. »Na, warum wohl?«

»Der ist an der Putzkolonne vorbei und entwischt«, brummte Paul und richtete sich in seinem blauen Overall hinter den beiden auf. »Ich konnte ihn nicht gleich wieder einfangen. Inzwischen hat er sich selbst sein Plätzchen gesucht. Der Korb sollte daher hier stehen bleiben. Das ist besser für ihn. Meiner Meinung nach braucht er noch Eingewöhnungszeit, und auf der schmutzigen Wäsche scheint es ihm besonders gut zu gefallen.«

»Ja, da hast du recht.« Irene musterte Paul. Sie hatte sich damals dafür eingesetzt, dass er, der sich selbst als chronischen Berufsabbrecher bezeichnete, eine feste Anstellung bekam. Und alle hatten es noch keinen Augenblick lang bereut. Selbst Cindy kam mit dem verschlossenen und fast immer nachdenklich dreinblickenden Paul klar. Bevor er sich im Tierpark Straubing zum staatlich anerkannten Tierpfleger hatte ausbilden lassen – drei Lehrjahre, die er tatsächlich durchgehalten hatte –, war er Taxifahrer in München gewesen. Davor hatte er Philosophie, Sinologie und Theologie studiert. Er war inzwischen Mitte vierzig und hatte Edda und Irene beim Einstellungsgespräch freimütig gestanden, dass er sich auch deshalb für diesen Arbeitsplatz interessierte, weil er mit Menschen nicht so gut klarkam. »In Gegenwart von Männern und Frauen treffe ich fast immer den falschen Ton. Bei Kindern hält sich's im Rahmen.«

Das hatte Irene damals nicht so gesehen. Wenn eine den falschen Ton traf, dann ganz gewiss Cindy.

»Hat Emil sich mit den anderen gestritten?«, wollte sie

nun wissen und streichelte den Kater, der inzwischen verhalten schnurrte.

Paul schüttelte den Kopf. »Keine Ahnung, was da ist. Vielleicht können die sich ja nicht riechen. Oder Emil ist von Haus aus ein Einzelgänger wie so viele Katzen.« Irene wartete darauf, dass er *Und wie ich* hinzufügte. Doch diese Bemerkung blieb unausgesprochen im Raum stehen.

»Hoffentlich wird er bald wieder heimgeholt«, tröstete sie Kater und Tierpfleger gleichermaßen. »Ich habe sein Porträt heute an die Zeitung geschickt und auf unserer Website veröffentlicht. Und zwar mit der Überschrift: *Bitte holt mich nach Hause!*«

Irene hatte keine Ahnung, was Paul davon hielt. Der ging nun auch in die Hocke und streichelte den Kater. Emil schnurrte ein bisschen lauter. »Lassen wir ihn doch vorerst im Wäschekorb wohnen, dann kann er mit dem ins Chefbüro umziehen. Dort hat er dann einen Raum für sich.«

»Einverstanden.«

Paul suchte Irenes Blick. »Gibst du diese Entscheidung an die anderen weiter?«

»Damit meinst du wohl vor allem Cindy.« Irene verstand.

»Genau, wenn eine mit ihr klarkommt, dann du.«

»Nicht immer.« Irene dachte an die Szene mit der Hündin Birke. »Ganz unter uns ...«, verriet sie Paul. »Cindy hat sich vor Kurzem für ein Fernstudium zur Tierheilpraktikerin eingeschrieben. Das dauert zwei Jahre, und vermutlich tüftelt sie seitdem Nacht für Nacht sowie an den Wochenenden an Naturheilverfahren für Tiere, Ernährung, Fitness und Wellness für Katzen und Hunde herum.«

»Nicht zu fassen!« Paul wirkte total entgeistert. »Was will sie denn damit? Besser sollte sie erst mal an sich selbst Ernährung und Fitness optimieren. So, wie die aussieht! Und was erwartet sie sich bloß von dieser Ausbildung? Dass sie das alles hier umsetzen kann?«

»Dass ihr Traum Wirklichkeit wird«, antwortete Irene kryptisch und legte die Aufklärung gratis obendrauf. »Cindy will Tierarzthelferin werden, um dann den jungen und sehr attraktiven Tierarzt zu heiraten, der ihre Fähigkeiten bewundert. Und natürlich ist sie dann glücklich bis an ihr Lebensende.«

»Ach so. Ja dann. Wir brauchen wohl alle unsere Träume.«

Zum ersten Mal in all den Monaten, seit Paul bei ihnen war, fragte Irene sich, ob auch Paul Träume hatte. Sie wusste nichts von ihm, nur dass er sich eine Zweizimmerwohnung in Reisbach genommen hatte und allmorgendlich die dreieinhalb Kilometer mit dem Fahrrad zum Quellenhof fuhr. Dort zog er sich dann die Mütze vom Kopf, und das dunkelblonde Haar stand ihm wie Igelborsten um den Kopf. Hatte er Freunde, Familie, irgendjemanden, der auf ihn wartete? Oder ging es ihm so wie ihr, die allabendlich eine leere Wohnung betrat und den Anrufbeantworter ins Visier nahm? Vielleicht suchte jemand Kontakt zu ihr ... was so gut wie nie der Fall war.

Paul war jung. Er konnte noch beizeiten vorsorgen. Für sie, Irene, war es wohl schon zu spät. Seit sie Paul kannte, fielen ihr immer wieder die Bibelsprüche ihrer Kindheit ein, vielleicht weil Paul auch mal Theologie studiert hatte. *Sorget euch nicht um euer Leben, was ihr essen und trinken werdet; auch nicht um euren Leib, was ihr anziehen werdet. Ist nicht das Leben mehr als die Nahrung und der Leib mehr als die Kleidung?* Der Evangelist Matthäus hatte gut reden. Klar, das Leben war mehr, bestand auch aus Freundschaft, Liebe, Zuneigung. Nur wie man sich das erwerben konnte, hatte der wackere Apostel nicht verraten.

Irene hatte nicht vorgesorgt. Hoffentlich war Paul ein bisschen klüger.

»Ich finde«, sagte er nun, »dass wir dem Kater Emil im Chefbüro auch Wasser, Futter und ein eigenes Klo anbieten sollten.« Gleich darauf machte er sich auf den Weg, um seinen Plan in die Tat umzusetzen. Ein Mann, ein Wort!

Aus den Augenwinkeln nahm Irene wahr, dass Edda gerade wieder auf den Hof fuhr. Allen war klar, dass sie Irene auch deshalb zu ihrer Stellvertreterin gemacht hatte, damit sie jeden Mittag heimfahren und ihren Mann und die Kinder bekochen konnte.

Irene dagegen genoss die Zeit, wenn sie allein im Büro saß, eine Kanne Tee trank und die Stullen, die sie morgens vorbereitet hatte, in aller Ruhe essen konnte. Heute allerdings hatte sie ihre Mittagspause verpasst, da Cindy ihr in die Quere gekommen war, um den Hund Birke ins Unglück zu stürzen. Und so eine wollte Tierheilpraktikerin werden. Unfassbar!

»Alles in Ordnung?«, fragte Edda.

Irene nickte. »Wir haben eine neue Schreibkraft.« Sie wies auf Emil, der es sich mittlerweile im Besuchersessel bequem gemacht hatte. Dass sie Birke eine schreckliche Zukunft erspart hatte, behielt sie für sich. Ob Cindy das Thema ansprechen würde?

»Schau mal!« Edda stellte ihre große Handtasche auf den Tisch und zog zwei Papierblätter heraus. »Es sind wieder Katzen verschwunden. Und schon wieder quasi vor unserer Nase. Diese neuen Suchmeldungen habe ich gerade von den Bäumen gepflückt. Entlang der Straße ist alles damit vollgepflastert.«

Sie platzierte das Foto eines schwarz-weißen Katers auf dem Tisch. Auffällig an ihm war sein fast weißer Kopf mit zwei dicken schwarzen Punkten, einer auf dem Nasenrücken, einer unterhalb der Unterlippe. Das Tier hatte eine Mimik, als wäre es mit seinem Schmollmund auf Schmusekurs. Irene schluckte. Den hätte sie vermutlich auch mitgenommen, zumindest mit ihm geschmust. »Ein hübscher Kerl!«

»Er heißt Findus.« Edda wies auf die Suchmeldung. *Verschwunden seit gestern Abend.* Und dann, gleich um die Ecke, fand ich mindestens zehn dieser kleinen Plakate. *Unsere liebe Lucy hat sich vermutlich verlaufen. Wer immer sie findet, möge sie bitte sofort nach Hause bringen. Finderlohn.*

Abgebildet war eine norwegische Waldkatze, braungrau getigert und mit großen, fast gelben Augen.

Edda seufzte. »Gerade diese Tiere brauchen viel Bewegung. Ich will mir gar nicht vorstellen, dass Lucy entführt und in einer winzigen Wohnung gefangen gehalten wird.«

Irene betrachtete beide Bilder. »Du sagst, die Katzen sind seit gestern Abend verschwunden?«

»Exakt.«

»Da denke ich an das Telefonat von heute früh. Vielleicht ist da ja doch was dran. Also, ich ginge der Sache gerne mal nach.«

Edda bedachte ihre Freundin mit einem langen Blick. »Lass mich darüber nachdenken! Hab ich mir eigentlich die Nummer der Anruferin notiert? Vermutlich nicht. Da geh ich doch am besten gleich zur Zentrale, das Telefon dort speichert die letzten zehn Anrufer. Hoffentlich sind seitdem nicht zwölf eingegangen. Dann haben wir keine Chance mehr.«

4. Kapitel

Es war schon fast zwei Uhr mittags, als Irene endlich ihr Pausenbrot auspacken und an den Möhren- und Selleriestiften knabbern konnte. Dabei fühlte sie sich immer ein wenig den Kaninchen verwandt. Gelegentlich dachte sie bei sich, dass es sicher nicht normal war, sich so sehr mit dem Tierheim und dessen Insassen zu identifizieren, aber ihr tat es gut. Und darum ging es ja vor allem. In diesem, ihrem zweiten Leben.

Während sie in ihrem ersten Leben jeden Mittag die Kantine besucht hatte, kochte sie inzwischen abends für sich, wobei sie sich das Zusammenstellen von Gerichten erst mühsam hatte beibringen müssen, sich aber inzwischen auf ihr abendliches Ritual freute. Zu Beginn ihrer Kochaktionen war viel danebengegangen, falsch gewürzt gewesen oder auch verbrannt. Einmal hatte sie aus Versehen in den Zucker- statt in den Salztopf gegriffen. Diese Phase lag inzwischen glücklicherweise hinter ihr. Nun hielt sie sich genau an die Rezeptangaben, die aber waren fast immer für vier Personen berechnet. Und das war die Krux.

So nämlich war es nicht zu vermeiden, dass sie sich drei oder vier Tage lang das Gleiche vorsetzte und bei der letzten Portion jammerte wie ein verwöhntes Kind, weil es schon wieder etwas von gestern und vorgestern gab. Aber eine Kühltruhe für nur eine Person? Das lohnte sich doch nicht!

Neben ihrer Teetasse lagen nun die Fahndungsbilder mit den Überschriften *Findus* und *Lucy*. Sie heftete sie zu den anderen acht Gesuchten an die Pinnwand und betrachtete sie lange. Zehn Tiere in zehn Tagen. Alle gesund und gepflegt. Wurde etwa an jedem Tag eine Katze oder ein Kater entführt? Das hatte System. Irgendetwas stimmte hier nicht.

Was genau noch mal war in dem Telefonat am Vormittag gesagt worden, das Edda so ungewöhnlich schnell abgewickelt hatte?

Irene erinnerte sich, dass ihr erster Gedanke beim Mithören *Eifersucht* gewesen war, und stellte sich nun zwei Kolleginnen vor, so eng miteinander vertraut wie sie und Edda. Oder möglicherweise noch vertrauter? Mit Edda war Irene nämlich noch nie abends ins Kino oder auf einen Absacker in eine Bar gegangen. Egal. Die zwei gedachten Kolleginnen im selben Büro mussten miteinander eng befreundet sein. Und ganz plötzlich entzog sich die eine der anderen, hatte angeblich abends keine Zeit mehr. An einem Mann liege es nicht, hatte die Anruferin behauptet, und bis auf die überstürzten abendlichen Aufbrüche ihrer Kollegin sei ja sonst alles normal, alles wie immer. Nun ja, sie kam eben nicht mehr wie aus dem Ei gepellt ins Büro. Aber sonst ... es habe weder Unstimmigkeiten noch Streit gegeben.

Nur ... was hatte das schon zu sagen? Zwischen Irenes Eltern gab es ebenfalls nie Unstimmigkeiten oder Streit. Vor allem allerdings deshalb, weil sie sich mit Bedacht aus dem Weg gingen. Es gab viele Wege der Entfremdung, und manche waren mit einem unechten Lächeln gesäumt.

Sie empfand es als ärgerlich, dass sie sich so intensiv mit einem Telefonat beschäftigte, das sie gar nicht selbst geführt hatte. Jetzt musste Schluss damit sein! Nun gut, einen Gedanken erlaubte sie sich noch: Warum musste jemand von heute auf morgen täglich so früh nach Hause? Als einleuchtende Erklärung bot sich lediglich all das an, was unter dem Begriff *Fürsorge* zusammengefasst werden konnte. Entweder kümmerte man sich um ein Tier oder um eine arme Verwandte, die rund um die Uhr gepflegt werden musste.

Gleich darauf verwarf Irene letzteren Gedanken. Für solche Fälle gab es Pflegeheime. Am wahrscheinlichsten hatte die nun unter Zeitdruck stehende Kollegin einen Hund oder eine Katze bei sich aufgenommen. Aber warum verschwieg sie das? Daran war doch nichts Verwerfliches! Es sei denn, bei dieser Aktion handelte es sich um etwas Illegales. Vielleicht Flüchtlinge? Aber die konnten sich selbst versorgen und mussten nicht gefüttert werden.

Seit etwa einem Jahr war Irene mit allen Fernsehkommissarinnen und -kommissaren vertraut, ein Laster, das sie sich in ihrem ersten Leben niemals erlaubt hätte. Nun hatte sie das prickelnde Gefühl, eine wichtige Fährte entdeckt zu haben. Nur so wurde ein Schuh draus. Eine überhastete allabendliche Heimkehr war eindeutig der Beweis dafür, dass dort Tiere versorgt werden mussten. Pflanzen konnten warten.

Sie sah Edda auf sich zukommen. »Hast du die Telefonnummer?«, fragte sie. »War sie noch gespeichert?«

»Ja.« Zögernd reichte ihr Edda einen Zettel.

»Dann ruf ich da mal an.«

»Willst du dir das nicht doch noch mal überlegen?«

»Warum?«

»Weil … ich habe kein gutes Gefühl. Für mich klingt das nach einer psychisch kranken Frau. Und wir haben weiß Gott genug kranke Tiere, um die wir uns kümmern müssen. Menschen gehören nicht in unsere Liga. Und außerdem ... was willst du denn fragen? Etwa: ›Hallo, haben Sie zufällig Katzen entführt, und wenn ja, wie viele?‹«

Edda mit dem unglaublich großen Herzen, in dem doch immer Platz für alle war, egal, ob Mensch oder Tier, räumte der Anruferin von heute früh keinen Quadratzentimeter frei und bezeichnete sie auch noch mit abwertender Geste als Denunziantin. Was war da nur los?

Irene blieb standhaft. »Ich rede doch erst einmal mit der Frau, die bei dir angerufen hat. Denunziantin oder nicht. Und nicht mit der möglicherweise psychotischen Entführerin. Von der wissen wir ja nichts. Und überhaupt ... wäre es kein riesiger Zufall, wenn wir einen Treffer landen und ausgerechnet bei der alle verschwundenen Tiere fänden? Du selbst sagst doch auch immer: ›Versuch macht kluch.‹«

Weiterhin skeptisch, hob Edda die Schultern. »Wie du meinst. Aber eins solltest du bedenken: Katzenhaare an der Kleidung sind kein stichhaltiger Beweis dafür, dass jemand Tiere stiehlt.«

»Ich will doch nur mit ihr reden.«

»Na gut, dann führst du eben dein Gespräch. Werde mal wieder Soziologin und starte eine Feldforschung zum Umgang mit Tieren.« Edda spielte damit auf Irenes frühere Existenz als Wissenschaftlerin an. »Ich bin gespannt, was dabei herauskommt.«

»Vielleicht die Adresse der Verdächtigen?«, fragte Irene und verfiel damit in den Ton einer Fernsehkommissarin. Gleich darauf bot sie schon den folgenden Schritt an. »Im Anschluss daran könnten wir zu der Wohnung fahren und checken, ob da Katzennetze in offenen Fenstern installiert sind oder gar ein Netz über dem Balkon hängt.«

»Es ist Sommer«, sagte Irene. »Da stehen viele Fenster offen. Und denk dran, auch Fliegengitter können Katzen am Weglaufen hindern. Wie willst du das jemals alles überprüfen?«

»Gib mir eine Chance! Danach gebe ich wieder Ruhe.«

»Du machst ja doch, was du willst.« Edda lachte. »Und genau das schätze ich an dir.«

Irene staunte. Dieses Bild also hatte man hier im Quellenhof von ihr? Nicht schlecht!

Zufrieden lehnte sie sich auf ihrem Schreibtischstuhl zurück und griff zum Telefon. Nach zweimaligem Läuten wurde abgehoben.

»Hallo, ich bin Doktor Irene Thannberg vom Tierheim in Passbrunn«, stellte sie sich vor. »Haben Sie heute Vormittag mit uns Kontakt aufgenommen?«

»Ja. Warten Sie! Ich gehe mit dem Telefon nach draußen, um meine Kollegin nicht zu stören.«

Nun war das Öffnen und Schließen einer Tür zu hören. Dann ein überraschter Aufschrei. »Toll, ich hätte nie gedacht, dass Sie zurückrufen! Super!«

»Erzählen Sie mir bitte noch einmal, worum genau es geht.«

»Wie, Sie haben noch nichts unternommen?«

»Was hätten wir denn tun sollen?«

»Nadjas Wohnung untersuchen«, flüsterte die Stimme, und erst jetzt stellte sich die Angerufene als Doris Ott vor. »Wissen Sie, ich mache mir Sorgen. Nadja hat für nichts mehr Zeit, nur noch für ihre Arbeit. Und dann rennt sie nach Hause, als würde dort ein Riesenstressfaktor auf sie warten ... als hätten wir davon nicht schon genug.«

»Vielleicht verfolgt sie gerade eine spannende Fernsehserie«, bot Irene halbherzig an und spürte selbst, wie albern diese Vermutung klang.

»Nee, die guckt nur Mediathek.« Doris ging tatsächlich darauf ein und schien ihre Freundin in- und auswendig zu kennen.

»Wir wissen ja noch nicht einmal, wo diese Wohnung ist, geschweige denn, wie die Eigentümerin heißt«, gab Irene zu bedenken und fragte sich gleichzeitig, ob es ihr recht wäre, wenn sich jemand so in ihrem Leben auskannte.

»Nadja Herzog«, kam es wie aus der Pistole geschossen. »Und die Adresse gebe ich Ihnen auch sofort. Aber wie geht es dann weiter?«

Irene zögerte. »Nun, ich will Ihnen nicht zu viel versprechen, aber ich selbst führe heute nach Feierabend mal durch die Straße, in der Frau Herzog wohnt, und sähe nach, ob mir an dem Haus irgendwelche Anzeichen für Katzenhaltung auffallen. Sind Sie sich eigentlich sicher, dass es sich um Katzen handelt? Es könnten doch auch Meerschweinchen, Chinchillas, Hamster, Kaninchen, Frettchen, Minischweine oder Rennmäuse sein.« Irene bot alle Tierarten aus dem Tierheim an.

»Nadja liebt Katzen. Natürlich sind es Katzen!«

»Unter uns ...«, bemühte Irene sich um einen vertrauensvollen Ton. »Wenn Ihre Freundin sich eine Katze hält, so ist das doch ihr gutes Recht. Solange sie sich um das Tier kümmert, ist alles in Ordnung.«

»Ginge es nur um *eine* Katze«, widersprach Doris Ott ungeduldig, »würde sie es mir sagen. Unter uns: Sie müffelt seit einiger Zeit auch ein bisschen. Vielleicht hat sie zwanzig Tiere? Ich habe Atemnot und eine Katzenallergie.«

Irene schluckte, denn plötzlich schrillten bei ihr alle Alarmglocken. Sie drehte ihren Schreibtischstuhl und betrachtete die Pinnwand mit den Fotos der zehn vermissten Katzen. Gab es da einen Zusammenhang?

»Nadja wohnt im zweiten Stock«, verriet Doris. »Mit einem Eckbalkon nach Südwest. Bis vor Kurzem haben wir dort abends oft gesessen und ein Glas Wein getrunken. Doch das ist nun alles vorbei.« Sie klang wehmütig, fast beleidigt. »Dicht an der Balkonecke steht ein Oleanderbäumchen. Also, machen Sie sich auf den Weg, und wissen Sie, was?«, schlug sie in verschwörerischem Ton vor. »Ich könnte versuchen, meine Kollegin noch etwas aufzuhalten, falls Sie Zeit für Ihre Recherchen brauchen.«

Irene fragte sich, wie Doris ihr Schreibtischgegenüber aufhalten wollte. Das müsste dann ja ein ganz spezieller Trick sein, da alles andere wie beispielsweise Essenseinladungen, Kino- und Konzertbesuche sowie Feierabenddrinks nicht gegriffen hatten.

»Nein, nein!«, wiegelte sie ab. »Unternehmen Sie nichts! Wir schauen erst mal von außen und melden uns dann wieder.« *Oder auch nicht,* dachte sie.

»Geben Sie mir Ihre Durchwahl? Kann ich Sie dann wieder anrufen?«, fragte Doris neugierig.

»Ja, aber frühestens morgen am späten Nachmittag. Ich muss erst einmal sehen, ob und wie ich das alles unter einen Hut kriege.«

»Hauptsache, Sie tun etwas!« Selten hatte jemand so erleichtert geklungen.

»Wenn Tierwohlgefährdung im Raum steht, müssen wir aktiv werden«, behauptete Irene streng und dachte, dass sie mit dieser Ansage auch Edda überzeugen würde. *Tierwohlgefährdung.* Das klang amtlich und forderte Konsequenzen.

Aus dem Foyer des Quellenhofs schlug ihr Gelächter entgegen. Dies war die Stunde, in der die Gassigeher ihre Ausführhunde zurückbrachten und man sich auf einen kleinen Plausch traf. Meistens führte Cindy dann das Wort, so auch heute. Doch jetzt ging es nicht um das Verhalten von Hund und Frauchen beziehungsweise Herrchen, sondern um eine Sondervorstellung der zukünftigen Tierheilpraktikerin mit dem Aussehen einer prallen Weißwurst.

»Wollen wir wetten?«, rief sie gerade in die Runde.

»Worum?«, fragte ein älterer Herr aus der Nachbarschaft, der täglich mit seinem Hund Wastl vorbeischaute, um mit ihm und einer Königspudeldame aus dem Tierheim eine große Runde zu drehen.

»Wer verliert, besorgt fünf Kilo Hundefutter.«

»Gebongt!«

»Also, ich behaupte, dass dieses Paket nicht professionell gepackt ist. Die Post sagt, dass Päckchen so gepackt sein müssen, dass bei einer Fallhöhe von achtzig Zentimetern nichts zu Bruch geht. Nur dann ist eine unbeschädigte Zustellung gewährleistet. Und deshalb lasse ich das Ding hier aus achtzig Zentimetern auf den Boden fallen und behaupte, dass es Scherben gibt.«

»Ich setze dagegen.« Karl hob die Hand, und auch Wastl schien eine Pfote zu heben.

»Was ist hier los?« Edda, die gerade von den Pferden kam, näherte sich der Gruppe.

»Hier ist nichts los. Hier ist was drin, und zwar Näpfchen und Tellerchen aus einem Haushaltswarenladen, der in Insolvenz geraten ist. Eine kleine Spende.« Cindy klang überdreht.

»Und was machst du nun damit?«

»Wir testen, ob es gut verpackt ist, und haben mit dieser Fallhöhe darauf gewettet.« Sie hielt ein Metermaß in der Hand.

»Ja, spinnst du denn jetzt völlig? Da könnte doch alles kaputtgehen!«

»Risiko.« Cindy lachte und ließ den Karton fallen.

Es schepperte. »Hab ich's doch gewusst! Eindeutig schlecht verpackt.« Sie griff nach einem Messer und öffnete die Pappschachtel. Neun Zehntel der Schüsselchen bestanden aus Blech, der Rest aus Glas oder Porzellan.

Edda tippte sich an die Stirn. »Dir ist ja wohl klar, wer hier alles wieder sauber macht. So ein Unsinn!«

»Ich habe fünf Kilo Hundefutter für uns gewonnen«, strahlte Cindy.«

Karl griff nach seinem Geldbeutel. Wettschulden waren schließlich Ehrenschulden.

5. Kapitel

Nadja Herzog sprang in ihr Auto und raste nach Hause, maßregelte sich dann aber bereits an der ersten scharfen Kurve. Wenn sie weiterhin mit Vollgas fuhr, würde sie irgendwann geblitzt. Und das hieße im schlimmsten Fall Führerscheinentzug. Nadja Herzog rechnete immer mit dem Schlimmsten, und gerade das durfte jetzt auf keinen Fall passieren. Dann wäre eine sowieso ständig drohende Katastrophe komplett, und einem solchen Desaster musste unbedingt vorgebeugt werden. Daher schaltete sie einen Gang herunter und spürte erneut, dass ihr Leben seit einigen Tagen schöner und ausgefüllter geworden war, obwohl es – wie sollte es anders sein? – erneut jemanden gab, der ihr den Alltag vermieste.

Nun gut, daran war sie selbst nicht unschuldig. Sie hatte Doris Ott in den vergangenen Jahren zu dicht an sich herangelassen. Wie Zwillinge waren sie ja schon fast gewesen, hatten alles gemeinsam unternommen. Nur im Doppelpack waren sie zu haben gewesen. Beste Freundinnen. Das hatte sie nun von zu viel Nähe! Jetzt musste Nadja sich dauernd rechtfertigen, wenn Doris von ihrem Computer aufsah, demonstrativ die Dateneingabe unterbrach, sich die Nase schnäuzte und kleinmädchenhaft jammerte: »Wieso hast du keine Zeit mehr? Warum machen wir nichts mehr zusammen? Wenigstens am Wochenende! Was ist los?«

»Ich brauche verdammt noch mal mein eigenes Leben!«, hatte Nadja deshalb heute gezischt, und genau deshalb schämte sie sich nun. Als wüsste sie nicht zur Genüge, wie weh es tat, angekeift zu werden, und als hätte sie sich nicht bereits als Kleinkind geschworen, niemals einen Menschen anzuschnauzen. Und jetzt war es doch passiert!

Andererseits ... Doris hatte anscheinend auch ihre kleinen Geheimnisse. Schließlich hatte sie heute auf dem Flur und bei verschlossener Tür ein langes privates Telefonat geführt und ihrer angeblich besten Freundin nicht verraten, mit wem sie da verhandelt hatte oder worum es ging. *Von dir weiß ich auch nicht alles,* hätte Nadja in einer Gegenklage zurückschießen können. Aber so kleinlich war sie nicht. Außerdem nervten sie Doris' lauernde Blicke. Besser, sie konzentrierte sich ganz auf ihre Arbeit. Also gab sie weiter die Kundendaten eines großen Versandhauses, in dem weder sie noch Doris jemals etwas bestellt hatten, in die vorgefertigten Masken ein. So wurden Kunden und Schnupperbesucher zu gläsernen Menschen und konnten individuell beworben werden.

Nadja und Doris hatten sich geschworen, keine gläsernen Menschen zu werden. Eigentlich schade. Wäre Doris gläsern, so wüsste Nadja auf Anhieb, ob es da einen Mann in Doris' Leben gab oder wie sich die Sache mit Elmar entwickelte. Gerade jetzt, da auch Nadjas Leben sich von Grund auf wandelte. Das wäre doch für beide das Beste. Aber es wäre auch ein kleines Wunder. Nadja konnte sich – bis auf sich selbst als rühmliche Ausnahme – niemanden vorstellen, der auch nur eine Stunde mit Doris klargekommen wäre. Nicht nur, weil Doris gern alles bestimmte und immer wusste, wo es langging, was zu unternehmen war, und sie ihre ureigene Aufgabe ausgerechnet darin zu finden schien, über andere zu bestimmen. Nein, Doris hatte auch etwas von einem grob gewebten Sack, der sich vorwarnungslos über die erwählte Freundin stülpte und deren Sicht- und Handlungsfeld einschränkte. Nadja befreite sich gerade aus dieser Hülle. Und bekam endlich wieder ausreichend Luft.

Ebenso wie Nadja war auch Doris keine Schönheit. Möglicherweise hatte genau das die beiden miteinander verbunden.

Doris war stämmig, hatte einen teigigen Teint sowie einen leichten Überbiss, dünnes, schütteres braunes Haar, wachsame kleine Augen und ein Auftreten, als sei die ganze Welt ihr etwas schuldig. Jetzt war Nadja ihr etwas schuldig.

Doch die Welt war niemandem etwas schuldig. Wenn Nadja eines gelernt hatte, dann dies. Die Welt war ein Supermarkt voller Angebote, und frau durfte sich das nehmen, was sie brauchte. Und genau das hatte sie getan. Nicht mehr und nicht weniger. Und damit ging es ihr gut.

Von der Ladefläche des vor ihr fahrenden Erntewagens purzelten reife Gurken auf die asphaltierte Straße und wurden von ihren Autoreifen zerquetscht. Dass man immer alles im Übermaß bepacken musste! Wer konnte heutzutage noch Maß halten? Niemand. »Aus diesen Gurken hätte doch noch ein wunderbarer Salat werden können«, schimpfte sie vor sich hin. »Mit Dill und saurer Sahne.« Sie ärgerte sich.

Zu Zeiten der Pandemie hatte sie im Homeoffice arbeiten können, ohne Doris als Gegenüber, und in diese Zeit sehnte sie sich nun zurück. Damals allerdings hatte noch Nadjas Mutter mit ihr in der Dreizimmerwohnung gelebt, ihr dadurch die Freiheit des Zuhausearbeitens vermiest.

Allerdings lebte die Mutter nun in einem Alten- und Pflegeheim, da sie es inzwischen gar nicht mehr schaffte, die Stufen bis in den zweiten Stock zu erklimmen. Wie schön könnte ein Homeoffice daher jetzt sein! Ein Reich für sich, einen aufgeräumten Schreibtisch in den eigenen vier Wänden und das Glück ringsum.

Vorbei!

Damals waren selbst die Telefonate mit Doris eine angenehme Unterbrechung gewesen. In jener Phase hatten sie sich auf ein abendliches Fernsehprogramm geeinigt – genau genommen hatte Doris den Film bestimmt – und ihn am nächsten Tag telefonisch besprochen. Selbst Nadjas Mutter fand diese Filmkritiken unterhaltsam, auch wenn sie gern selbst hin und wieder eine Sendung vorgeschlagen hätte. Aber das kam für Doris gar nicht infrage. So war sie nun mal.

Endlich bog der Laster ab, nicht ohne weitere Gurken zu verlieren. Nadja stellte sich vor, wie sie zermatscht auf ihrem beigefarbenen Teppich lagen, und schüttelte sich. Dabei hatte sie am frühen Vormittag ganz andere Überbleibsel von diesem Teppich entfernt. Als sie einparkte, nahm sie in ihrer Straße ein hellblaues Auto wahr, das ihr nicht vertraut war. Neue Mieter?

Selten hatte Irene jemanden so vergnügt Scherben zusammenfegen sehen. »Leicht übertrieben war das gerade schon, oder?«, wandte sie sich an Cindy.

»Wenn hier jemand übertreibt, dann du. Ich erinnere nur an die Situation mit den beiden Herren. Die wollten doch nichts anderes, als einem Hund ein Heim zu geben. Und sie wirkten nicht so, als würden sie Birke verhungern lassen. Aber du hast dich wie eine Blockmutter aufgeführt.«

Irene suchte Cindys Blick. »Wir können die ganze Sache auch mit Edda besprechen.«

Cindys Augen wurden schmal. »Die sollten wir wirklich nicht auch noch mit so etwas belasten. Die hat schon genug an der Hacke.«

»Ich mache das nicht zur Chefsache«, versicherte Irene, behielt jedoch für sich, dass sie gerade eine Aktennotiz für Edda verfasst hatte. Sie wollte sicherstellen, dass künftig alle über Cindy laufenden Tiervermittlungen von Edda, Paul, der Tierärztin – falls diese anwesend war – oder ihr persönlich abgesegnet werden sollten. Damit wäre den Tieren gedient, ebenso wie jenen Menschen, die offenbar davon ausgingen, ein Hund oder eine Katze wären so pflegeleicht wie ihr Smartphone.

»Jetzt mal ganz was anderes!« Cindy richtete sich zu ihrer ganzen weißen und eigenartigerweise immer etwas schmuddeligen und kompakten Größe auf und ließ die Scherben in einen Mülleimer fallen. »Warum ist Kater Emil nicht in seinem Zimmer?«

»Er ist lieber allein und wohnt nur für den Übergang in unserem Büro.« Irene hatte schneller geantwortet, als sie wollte, und ärgerte sich. Wieso rechtfertigte sie sich eigentlich vor Cindy?

»Ach so, eine Extrawurst. Der Kater muss in sein Zimmer!« Die kleine Weißwurst war drauf und dran, vor Empörung zu platzen.

»Gern, aber erst, wenn genug Platz vorhanden ist oder ein Einzelzimmer frei wird«, gab Irene gelassen zurück. »Bis dahin bleibt alles so, wie ich es angeordnet habe.« Sie sah auf ihre Uhr. »Ich muss los, ich mache Feierabend.«

Cindy richtete sich breitbeinig vor ihr auf und schien ihr den Weg versperren zu wollen.

»Und was sagt Edda dazu?«

»Edda hat ihn als unsere neue Schreibkraft begrüßt. Und überhaupt, was regst du dich so auf? Vielleicht wird er ja schon morgen abgeholt. Ich habe heute sein Foto in die Zeitung und auf unsere Homepage gesetzt.«

Irene griff nach ihrem Wagenschlüssel. »Bis morgen.«

Vor einem halben Jahr hatte sie Cindy das Du angeboten.

Vielleicht hätte sie das nicht machen sollen!

Welches Farbenspiel! Der Sonnenuntergang tauchte den Himmel in rotes Licht, und auf dem grauen Asphalt, über den sie mit ihrem hellblauen Auto fuhr, lagen glänzende grüne Gurken. Einige der Früchte waren unter die Räder gekommen und schimmerten als weiß-gelblicher Brei. In diesem Jahr kamen die Erntehelfer mit dem Einsammeln der Früchte kaum nach. Und jede nicht gepflückte Gurke schoss in den warmen Nächten in die Höhe und in die Breite und passte kaum noch in ein normales Gurkenglas. So hatten die Gassigeher vom Quellenhof geklagt, und seitdem dachte Irene über Dinge nach, an die sie in ihrem früheren Leben keinen Gedanken verschwendet hätte.

Vermutlich war sie seinerzeit davon ausgegangen, dass Gurken mehr oder weniger automatisch vom Feld ins Glas kamen und nur die Regalauffüller des Supermarkts etwas körperlichen Einsatz zeigen mussten.

Das Haus, in dem Nadja Herzog lebte, war eines jener typischen Mehrfamilienhäuser aus den Siebzigerjahren. Sechs Parteien in drei Stockwerken. Draußen gab es noch einen Vorgarten sowie einen Trakt mit abschließbaren Garagen. Jede Wohnung hatte ihren eigenen Balkon. Der

Eckbalkon im zweiten Stock musste der von Nadja sein. Er war tatsächlich mit einem Katzennetz versehen.

Hatte Doris gesagt, dass es dort schon immer ein Katzennetz gab? Irene konnte sich nicht daran erinnern.

Aber drinnen bewegte sich nichts trotz geöffneter Balkontür. Irene betrachtete lange Haus, Wohnung und Balkon, nichts tat sich. Nur die Schatten wurden länger, und das Farbenspiel verblasste.

Sie dachte an ihre eigene Wohnung. Dort wartete schon zum zweiten Mal ein aufzuwärmender Risotto auf sie. Und ein kühles Glas Weißwein.

6. Kapitel

»Kater Emil ist verschwunden.« Mit dieser Information wurde Irene empfangen, als sie am Donnerstagvormittag auf den Hof fuhr.

»Verschwunden? Das kann doch gar nicht sein! Er befindet sich garantiert noch im Büro. Und dort gibt es genügend Versteckmöglichkeiten …«

Die vor Aufregung zitternde Mitarbeiterin der Putzkolonne ließ sie gar nicht ausreden. »Cindy ist auf hundertachtzig!«, rief sie.

»Das kann ich mir denken«, kommentierte Irene.

Sie beugte sich in ihren Wagen und griff nach der Tasche mit den belegten Broten und dem gestifteten Gemüse. »Ich kümmere mich darum. Machen Sie sich keine Sorgen! Es ist nicht Ihre Schuld.«

Die Frau im grauen Kittel stützte beide Fäuste in die Hüften. »Bitte bringen Sie das wieder in Ordnung! Die macht sogar die Tiere nervös. Ungeheuerlich! So ein Aufstand am frühen Morgen!«

Dabei war es schon zehn Uhr.

»Emil sitzt also definitiv nicht im Chefbüro?«, fragte Irene das aufgeregte Häuflein Elend neben ihrem Wagen.

»Ja.« Der graue Kittel nickte.

»Wie ich ihn kenne, ruht er sich noch aus«, behauptete Irene etwas zu laut, damit Paul, der ein wenig abseits stand, es auch hörte. »Da wird schon nichts sein.«

»Da wird schon nichts sein? Da ist schon die Kacke am Dampfen!« Wie ein weißer Blitz kam Cindy auf sie zugeschossen: »Ich habe übrigens auch schon mit Edda darüber gesprochen. Es geht nicht, dass du immer deine eigenen Süppchen kochst und die Tiere dort unterbringst, wo es dir gerade passt. Der Kater hätte ins Katzenhaus gehört. Dort ist sein Platz.«

Ihre Rede glich einer Standpauke, und Irene sah ihr an, dass sie die Situation genoss.

Je mehr die andere sich aufregte, umso ruhiger wurde Irene. »Du weißt doch, dass wir kein Einzelzimmer für den Kater haben, so überbelegt, wie wir gerade sind. Emil hat sich in unserem Büro schon seinen Platz gesucht. Habt ihr denn wirklich überall nach ihm gesucht?«

»Was denkst du denn? Und dann haben wir auch noch alle nach ihm gerufen«, verkündete Cindy mit schriller Stimme.

»Ja, dann ...« Irene hätte sich auch versteckt, wenn Cindy in voller Lautstärke nach ihr gerufen hätte. »Jetzt geht mal wieder alle an eure Arbeit und lasst mich ins Büro und an meinen Schreibtisch!« Bevor sie die Tür hinter sich schloss, schickte sie ihrer Spezialfreundin noch zwei Sätze hinterher: »Der Emil ist kein Angsthase. Dem war nur eure Hektik zu viel.«

»Wenn du ihn findest, sperr ihn bitte sofort in Zimmer vier!« Cindy bestand wirklich immer auf dem letzten Wort.

»Wieso dorthin?«

»Da wohnen nun zwei alte Katzendamen. Die tun dem schon nix.«

Die begnadete Menschenkennerin ließ Irene mal wieder großzügig an ihrem Tierwissen teilhaben.

Vorsichtig und auf Zehenspitzen ging Irene in Richtung

ihres Schreibtischs. Komisch, da glänzte etwas auf dem Fußboden. Bei genauerem Hinsehen entpuppte sich das Glitzern als eine Spur von vier nassen Katzenpfötchen. Sie lachte und wusste auf Anhieb, zu wem die gehörten. »Emil? Bist du über einen nassen Feudel gelaufen und dann mit deinen Samtpfötchen durch den Sonnenschein getanzt?«

Sie durchsuchte das Büro so sorgfältig wie möglich. Wo mochte Emil sich nur versteckt haben, dieser Schlingel. Dann bemerkte sie das angelehnte Fenster ... Sollte der Kater es geschafft haben, zu fliehen? Sie traute ihm alles zu. Mutig genug war er ja. Doch dann vernahm sie aus der hintersten Ecke der Büroschränke ein schüchternes *Miau.* Zufrieden hockte Emil in einer halb offenen Schublade, putzte sich die Pfoten und schnurrte bei Irenes Anblick besonders laut. Was gab es Schöneres als einen entspannt schnarchenden oder schnurrenden Kater?

Irene hatte zum letzten Weihnachtsbasar vorgeschlagen, eine CD mit Katzenschnurren und Katzenschnarchen aufzunehmen. Vielleicht hätte man die sogar für therapeutische Zwecke einsetzen können. Leider war sie mit diesem Vorschlag auf taube Ohren gestoßen. »Live ist das allemal besser. Eine CD kann man weder streicheln noch mit ihr schmusen, und die Schwingungen werden dann auch nicht vermittelt«, war Eddas Kommentar gewesen. »Wie sollen wir je ein neues Zuhause für unsere Samtpfoten finden, wenn die Leute sich stattdessen nur die Geräuschkulisse kaufen?«

Irene griff in die Hosentasche und holte ein Leckerli hervor. Der Kater ließ sich bedenkenlos von ihr auf den Arm nehmen und ins Katzenhaus tragen.

»Schau mal, da sind zwei Damen, die schon sehnsüchtig auf dich warten«, log sie und ging mit Emil auf die Glastür von Nummer vier zu. »Besuch!«

Beide Katzen lagen in verschiedenen Ecken auf zwei Kissen und zogen gleichzeitig und mit unfreundlichem Knurren die Nasen kraus.

»Nicht knurren! Cindy behauptet doch, dass ihr euch gut versteht.« Irene öffnete die Tür und setzte Emil auf den Linoleumboden. »Jetzt beweis uns allen, dass sie recht hat.« Sie selbst war sich da nicht so sicher. Der Kater schnüffelte alles ab und machte sich dann über einen der Futternäpfe her. Es schien ihm zu schmecken. Nun gut, das also sah nicht nach einer Katzen-WG mit Stress aus.

»Emil wird in frühestens zehn Tagen abgeholt«, verkündete Edda, als Irene ins Büro zurückkehrte. »Eine seiner Besitzerinnen hat gerade angerufen, die sind verreist. Er war bei den Nachbarn und ist von dort abgehauen. Chippen lassen wollen die ihn noch nicht. Dabei wäre dies das Einfachste.«

»Hat man dir erzählt, dass er sich versteckt hielt?«

»Von hier aus habe ich nur mitgekriegt, dass Cindy einen Aufstand veranstaltet hat.« Edda seufzte. »Und dann kamst du und hast die Wogen geglättet. Danke.«

»Inzwischen ist Emil auch wieder da und wohnt nun in der Vier.«

»Na ja, aber nicht für immer, oder?« Edda lächelte.

»So ist es. Ich trage jetzt seine tatsächlichen Halter in unsere Liste ein und vermerke, dass er in den ersten Augusttagen abgeholt wird.«

Irene liebte Statistiken, Zahlen und Übersichten. Was gab es Schöneres, als dem Kuratorium zum Jahresende Diagramme zu präsentieren?

»Du hast doch gestern mit dieser Frau telefoniert«, wurde sie von Edda unterbrochen. »Sie hat gerade wieder angerufen. Ob du schon etwas unternommen hast. Sie wollte mit dir sprechen, aber du hast Außentermine, habe ich behauptet. Sei vorsichtig mit der! Bitte!«

»Sie heißt Doris. Doris Ott«, sagte Irene und versprach, sich darum zu kümmern.

Zur etwa gleichen Zeit beobachtete Doris Ott mit wachsender Ungeduld ihr Gegenüber. »Jetzt ist schon Donnerstag, bald Wochenende. Morgen noch ein halber Tag, und schon haben wir zwei lange Tage für uns! Ich freue mich.« Sie reckte sich genüsslich auf ihrem Stuhl und beobachtete Nadja mit wachsamen Blicken. »Also, was machen wir? Für den Samstagabend hätte ich schon einen Vorschlag, und Sonntag ...«

»Keine Zeit!« Nadja hob nicht einmal den Kopf.

»Seit zwei Wochen hast du nie Zeit!« Doris klang beleidigt. »Was soll das? Bist du krank?«

»Quatsch! Ich will einfach ein bisschen für mich sein.«

Doris Ott seufzte tief auf. »Wieso jetzt? Nach dem Auszug deiner Mutter hätte ich das verstanden. Fünfunddreißig Jahre lang habt ihr schließlich in derselben Wohnung gelebt. Klar, dass du dich da neu sortieren musstest. Aber das ist schon fast ein halbes Jahr her. Ich verstehe dich nicht! Letztes Wochenende hattest du auch schon keine Zeit.«

Nadja hob den Kopf und lächelte schief. »Vielleicht bin ich eine Spätzünderin.«

»Quatsch!« Doris wurde wütend. Sie wollte es endlich wissen. Sie würde Nadja so lange provozieren, bis die ihr blödes Geheimnis preisgab. Aber erst einmal sanft beginnen.

»Als deine Mutter ausziehen musste«, begann sie daher mit salbungsvoller Stimme, »war ich diejenige, die dich auffing.«

»Danke«, murmelte ihr Gegenüber.«

»Aber nun, da ich dich brauche«, fuhr Doris mit dem Unterton einer Anklage fort, »lässt du mich allein.«

Noch während sie sprach, überlegte sie, warum und wozu sie Nadja wirklich brauchte. Um ein Zimmer in ihrer Wohnung zu streichen oder neu zu tapezieren? Zu zweit machte es auch mehr Laune, die Küche von oben bis unten zu putzen und anschließend zu kochen und zu essen, obwohl sie alles natürlich auch allein erledigen konnte. Sollte sie vielleicht lügen und behaupten, sie habe ein Wellnesswochenende für zwei in einem Viersternehotel gewonnen und dabei an Nadja gedacht?

»Sorry, aber ich habe keine Zeit.« Nadja wollte nicht einmal wissen, warum ihre beste Freundin und Kollegin sie brauchte. Ungeheuerlich war das!

Doris biss sich auf die Lippen. »Sag bloß, du holst deine Mutter in die Wohnung zurück! Sie kann keine Treppen mehr steigen und braucht ständig einen Rollator. Dann musst du ihr jeden verdammten Einkauf abnehmen, und sie ruft dich wieder zehnmal am Tag hier an. Wir beide wissen doch, wie anstrengend deine Mama ist.«

»Martha Herzog ist und bleibt in ihrem Heim – für immer!« Nadja blickte nicht einmal hoch. »Aber lass mich jetzt bitte einfach arbeiten! Ich habe hier noch einen ganzen Stapel Neuanmeldungen.«

»Was habe ich dir getan? Was ist los mit dir?« Doris ging zum Angriff über.

»Du kommst mir zu nahe«, murmelte Nadja fast unhörbar vor sich hin. »Das halte ich nicht aus. Ich brauche Zeit für mich selbst.«

»Ach so? Und wieso jetzt? Wieso so plötzlich?«

Nadja hob den Kopf. Ihre Hände zitterten. »Warum hältst du dich nicht an Elmar?«

»Der ist noch nicht so weit. Willst du dich etwa in eine andere Abteilung versetzen lassen?«

»Darüber habe ich tatsächlich schon nachgedacht.«

Doris schluckte. »Du bist krank«, diagnostizierte sie. »Ist dir das bewusst?«

Nadja holte tief Luft und nahm ihren ganzen Mut zusammen. »Du bist auch krank«, fauchte sie. »Immer willst du über mich bestimmen und mich ständig kontrollieren. Das alles wird mir zu viel!« Endlich war es heraus.

Doris spielte die Überhebliche. »Das ist ja interessant. Dabei bin ich die Einzige, die es mit dir aushält. Weitere Freunde müsstest du dir kaufen. Schau dich doch mal um! Wer außer mir unternimmt etwas mit dir? Mir fällt niemand ein.«

»Weil du mich dauernd mit Beschlag belegst.«

»Ha, da bin ich ja mal neugierig auf deine Zukunft. Kaufst du dir einen Hausfreund? Da musst du aber ganz schön was hinblättern. Umsonst macht das keiner! Ein Freizeitpferd?« Doris lief zur Hochform auf. »Vor Kurzem habe ich irgendwo gelesen, dass verwahrloste Kinder, kaum sind sie erwachsen, sich ein Lebewesen zulegen. Egal, ob mit zwei oder vier Beinen.«

»Ich bin nicht verwahrlost!«

»Jeder, der vaterlos aufwächst, ist verwahrlost.«

»Manche verwahrlosen wegen ihrer Väter. Da habe ich Glück gehabt«, schoss Nadja zurück. Diese Weisheit hatte Magda Herzog ihrer Tochter ständig gepredigt. *Sei froh, dass ich dir diesen Kerl erspart habe!*, hatte sie geheimnisvoll hinzugefügt. Nadja richtete sich auf und suchte Doris' Blick. »Wenn ich nur daran denke, wie oft du über deinen Alten geschimpft hast ...«

»Jetzt wechsle bloß nicht das Thema! Du hast dir ein Tier zugelegt und machst daraus ein Riesengeheimnis.«

»Genau, ich halte mir auf dem Balkon ein Pferd und reite abends aus.«

»Da würde ich bei dir schon eher auf einen Esel tippen.« Doris stand auf. »Jetzt muss ich erst mal eine rauchen.«

In genau diesem Moment klingelte ihr Handy. Sie griff danach und verschwand im Flur, nicht ohne die Bürotür besonders laut hinter sich zuzuschlagen.

7. Kapitel

»Hallo! Wir hatten gestern telefoniert. Und vorhin haben Sie hier angerufen? Gibt es gute Neuigkeiten? Ist wieder alles in Ordnung mit Ihnen und Ihrer Kollegin?«

Irene ärgerte sich über sich selbst. Wie klang sie nur! Sie war doch hier nicht bei der Telefonseelsorge. Aber je länger sie im Tierheim arbeitete, umso intensiver wurde ihre Neugierde auf Menschen und damit auch ihre Anteilnahme. Ob das normal war? Cindy nämlich schien dagegen gefeit zu sein.

Doris Ott klang kleinlaut. »Nein, es wird immer schlimmer.« Sie schien an einer Zigarette zu ziehen. »Ist Ihnen denn etwas aufgefallen?«, fragte sie hoffnungsvoll.

»Nein, nichts. Die Wohnung sieht normal aus. Ich wüsste auch nicht, was ich von außen hätte entdecken können. Allerdings ist mir aufgefallen, dass es ein Katzennetz auf dem Balkon von Frau Herzog gibt. Sie sagten doch, zweiter Stock rechts. War das immer schon so?«

Am anderen Ende der Leitung blieb es ungewöhnlich lange still. »Nein«, erwiderte Doris. »Das ist neu. Das ist doch der Beweis, oder? Die hält da etwas gefangen. Ein exotisches Wesen? Übrigens, Nadja wird immer komischer. Sie leidet unter extremen Stimmungsschwankungen und sagt heute etwas, das sie garantiert schon morgen bereut. Ich mache mir wirklich Sorgen. Können Sie nicht in ihre Wohnung einbrechen und einfach mal nachgucken?«

Irene schnappte nach Luft. Wie naiv war die denn? »Nein, auf keinen Fall! Das wäre ja ein Einbruch, Hausfriedensbruch. Nachschauen kann ich nur, wenn Ihre Kollegin daheim ist und mich freiwillig in ihre Wohnung lässt.«

»Sie will weder Samstag noch Sonntag etwas mit mir unternehmen.« Doris klang verzweifelt.

»Ist das schlimm für Sie?« Irene schüttelte über sich selbst den Kopf. Die Frage ging sie doch gar nichts an.

»Ja.« Doris kämpfte mit einem Schluchzer. »Ich hab doch sonst niemanden. Was soll ich denn allein unternehmen?«

Irene fielen gleich tausend Dinge ein, die sie gern allein unternahm, aber Doris und sie waren nicht miteinander zu vergleichen. Da wären ihre Ratschläge fehl am Platz gewesen. Und überhaupt ... kein Mensch war mit dem anderen zu vergleichen. Daher konnte auch niemand einem anderen raten, was das Beste für ihn war.

»Das heißt, Sie haben bisher sehr viel zusammen gemacht.«

»Genau. Vor allem nach dem Auszug ihrer Mutter war ich fast immer bei ihr. Und jetzt will sie mich seit zehn Tagen nicht mehr sehen. Das alles verstehe ich nicht.«

»Haben Sie mal daran gedacht, mit der Mutter Ihrer Freundin zu reden? Vielleicht weiß die ja mehr.«

Doris schniefte. »Ja, das wäre möglich. Und Sie gehen dann mal am Wochenende hin? Wenn Nadja zu Hause ist, gilt das ja nicht als Einbruch.«

Irene lächelte. »Mag sein, aber ich brauche natürlich einen Grund für meinen Besuch.«

»Ich glaube, sie hält dort Tiere gefangen, vielleicht eine Riesenechse, möglicherweise sogar ein Krokodil ... oder Vögel, vielleicht aber auch Menschen.«

Was für eine Anschuldigung!

Wie immer streifte Nadja Herzog auch an diesem Donnerstagabend ihre samtpfotige Bande mit liebevollem Blick. Nie zuvor war das Heimkommen so schön gewesen. In ein echtes Zuhause, eine Heimstatt, in der man sie sehnsüchtig erwartete. Hier wurde sie empfangen von Lebewesen, die sie gesucht hatten und die sie einfach nur liebten, ohne dass sie etwas dafür tun musste.

Nadja hatte schon immer gewusst, dass Tiere, vor allem Katzen, feinfühliger waren als Menschen. Wesentlich sensibler beispielsweise als Doris, die ihre Bedürfnisse mit der Holzhammermethode kundtat und einforderte.

Alle zehn Vierbeiner, die nun zu ihr aufschauten, hatten mit sämtlichen Katzensinnen zu ihr gewollt. Nun ging es ihnen gut. Endlich! Nadja fragte sich, welche Schrecknisse ihre vierbeinigen Mitbewohner hinter sich haben mochten, warum sie ihre Nähe und ihren Schutz suchten und zu ihr ins Bett krochen, um dort schnurrend an ihrer Seite Schutz zu suchen oder zu schlafen. Das tat so gut! Dadurch bekam ihr Leben einen Sinn.

Auf Tiere war Verlass. Sie logen nicht, sie verstellten sich nicht, sie machten keine falschen Versprechungen. Im Gegensatz zu Menschen.

Schon sehr früh hatte Nadja Herzog lernen müssen, dass auf Menschen kein Verlass war. Schließlich war ihre eigene Mutter ein Ausbund an Unzuverlässigkeit gewesen und hatte, soweit Nadja sich erinnern konnte, kein einziges ihrer vielen Versprechen eingelöst. Dennoch hatte Nadja bei jedem Ehrenwort darauf gebaut, dass es verbindlich sei. Vergeblich! Aber wem sonst sollte sie glauben, wenn nicht ihrer Mutter? Sonst gab es ja niemanden. Andere Kinder hatten einen Papa und Großeltern, Nadja nur ihre Mutter Martha und einen abwesenden Vater, dessen Name nie erwähnt wurde. Fragte sie danach, so hieß es, sie solle sich glücklich preisen, nichts von ihm zu wissen. So würde ihr vieles erspart. Er musste ein mächtiger und großer Mann sein, denn der Schatten seines Nichtvorhandenseins füllte jeden Winkel der Dreizimmerwohnung.

»Verlass dich auf niemanden!«, pflegte Martha Herzog ihrer Tochter zu sagen. »Und erst recht nicht auf mich.«

Dass Nadja trotz dieser Bekenntnisse zu einem tatkräftigen Menschen geworden war, verdankte sie allein ihrer Fantasie. Schon als kleines Mädchen fühlte sie sich von unsichtbaren Fabelwesen umgeben. Anfangs waren es Einhörner, Hunde und Katzen, später nur noch Katzen. Eine Ansammlung ganz besonderer Tierpersönlichkeiten mit unglaublichen Fähigkeiten. Wohlerzogene kleine Lebewesen, die auf alles eine Antwort wussten und sich glücklicherweise nur der kleinen Nadja zeigten. Andernfalls hätte Martha Herzog die Tiere sofort vor die Tür gesetzt.

Denn Martha Herzog war strikt gegen den Umgang mit Tieren. »Die verlieren Haare und machen Dreck, und wenn du Pech hast, laufen sie dir weg. Und das tut dann erst recht weh. Binde dich daher an nichts und niemanden!«

Mit diesen Sätzen war Nadja fünfunddreißig Jahre alt geworden und hatte sich lediglich an Doris gebunden. Warum hatte die Mutter ihr denn das nicht ausgeredet? Sie war doch sonst so rigoros gegen andere Menschen. Vielleicht – und das war ein sehr bitterer Verdacht – waren Martha Herzog und Doris Ott sich vor allem darin einig, dass Nadja allein nicht lebensfähig war und man ihr ständig Vorschriften machen musste.

Ha! Jetzt zeigte sie es ihnen aber!

Nadjas Befreiung hatte vor knapp einem Jahr begonnen, als Martha Herzog in der für sie typischen Hektik eine Straße überquert hatte und von einem Auto erfasst worden war. Diese unbedachte Schnelligkeit führte zu einem gesplitterten Becken und langwierigen Aufenthalten in Kliniken und Reha-Einrichtungen. Allen war klar, dass Martha niemals wieder Treppen steigen konnte. Und das bedeutete im Klartext: Sie würde die eigene Wohnung nur noch einmal und mit viel technischem Aufwand erreichen. Dort angekommen, säße sie für immer fest.

»Das geht auf keinen Fall!«, hatte Doris gewusst und damit Nadja ausnahmsweise aus der Seele gesprochen. »Dann hast du sie von morgens bis abends an der Backe. Und was wird aus deinem eigenen Leben? Wie viel rückt denn die Versicherung des Unfallverursachers heraus? – Na bitte, das ist doch schon mal eine Hausnummer. Komm, wir besorgen unserer Martha ein Zimmer in einem Seniorenheim! Barrierefrei, und mit dem Rollator ist sie dann ratzfatz überall. Sie rennt doch so gern durch die Gegend.«

»Aber ob sie das will?«

»Sie muss!«, bestimmte Doris pragmatisch. Tatsächlich trauerte Martha, kaum hatte sie es sich in der Residenz eingerichtet, weder ihrer Dreizimmerwohnung noch der Symbiose mit der Tochter nach.

»Als hätte sie es darauf angelegt«, war Doris' Kommentar gewesen. »Sie lebt richtig auf. Schau mal, sie hat Bekannte, mit denen sie, gestützt auf ihren Rollator, spazieren geht und Karten spielt. Hat sie das früher je getan?«

»Weder das eine noch das andere.«

Nadja hatte ganz plötzlich ein schlechtes Gewissen.

Hatte ihre Mutter etwa ihr Leben lang auf sie Rücksicht genommen? Musste sie dankbar sein?

Nach und nach wurde die Wohnung zu ihrem eigenen Reich. Das Warten hatte sich gelohnt. Sie aß nun genau das, worauf sie Appetit hatte, kleidete sich nach ihrem eigenen Geschmack, der um einiges unpraktischer war, als die Mutter es ihr je zugestanden hatte. Die Möbel der Mutter wanderten auf den Sperrmüll. Ihre Suche nach verräterischen Beweisen für den nicht vorhandenen Vater war leider erfolglos.

Seit nicht einmal zwei Wochen holte sie sich nun ihre Katzen ins Haus – endlich! Die warteten an Straßenecken und hinter Mäuerchen auf sie. Natürlich hatte sie immer ein Leckerli dabei, um sie für ihre Geduld zu belohnen, sowie ein kleines Halsband nebst Leine, um die Süßen an sich zu binden, falls sie ihr aus den Armen schlüpfen wollten.

Inzwischen waren es schon zehn Zöglinge. Eine kleine Gruppe von Vierbeinern, die sich anfangs aus dem Weg gegangen waren, sich nun aber miteinander arrangierten. Manchmal sogar Wettrennen im Flur veranstalteten und miteinander tobten.

An diesem Donnerstagabend glich es einer doppelten Erholung, ihre vierbeinigen Freunde wieder um sich zu haben. Nadja erzählte ihnen von der schrecklichen Doris, und die Fellnasen nickten, miauten und trösteten sie.

»Nur noch ein halber Tag«, versprach sie ihnen, »und dann bin ich zwei lange Tage ganz für euch da.«

Mehr als dreißig Jahre hatte Nadja auf diesen Moment gewartet. Sie allein in der Wohnung und umgeben von zehn Zöglingen, die sie bedingungslos liebten. Jeden Morgen und jeden Abend schauten die Katzen erwartungsvoll zu ihr auf, sobald sie mit der Futtertüte raschelte. Sie fühlte sich gebraucht, wichtig und sogar ein bisschen zufrieden. Auf jeden Fall stimmte die Feststellung: Tiere waren besser als Menschen, und zwar um einiges.

An diesem Freitag hatte Doris sich krankgemeldet, und Nadja bemerkte erleichtert, wie gut es ihr tat, nicht ständig die vorwurfsvolle und missmutige Miene der Kollegin vor sich zu haben. Selbst die Dateneingabe ging ihr an diesem Tag leicht von der Hand. Allein arbeitete es sich einfach besser. Sollte sie wieder für das Homeoffice plädieren? Nur – mit welcher Begründung? Die Behauptung, allein besser arbeiten zu können, würde garantiert abgeschmettert werden, und zwar mit dem Satz: *Da kann ja jede kommen.* Mit ihrer alten Mutter war so etwas auch nicht mehr möglich. Für deren Umzug ins Seniorenheim hatte Nadja sogar einen Tag Sonderurlaub bekommen. Davon wusste die ganze Firma. Und niemand hätte ihr abgenommen, dass sie Martha wieder zu sich holen würde. Nein, die war jetzt gut versorgt.

Nur einen Augenblick lang irritierte es Nadja, dass Doris weder bei ihr anrief, um lang und breit zu erzählen, unter welchen Malaisen sie litt, noch, um ihre einzige Freundin um Botengänge zu bitten. Dann aber merkte sie, dass es ihr egal war. Sie löste sich aus Doris' Vormundschaft. Sie erlöste sich.

Irene Thannberg brachte ihren elektronischen Terminkalender auf den neuesten Stand. Es war Freitag, der 24. Juli, und für Samstag hatte Paul sich angeboten, sie zu einer angeblichen Platzkontrolle in Nadjas Wohnung zu begleiten. Vorher gäbe Doris ja doch keine Ruhe. *Am besten,* so dachte sie, *wäre es doch, das Nützliche mit dem Angenehmen zu verbinden.* 17 Uhr, schrieb sie in den Kalender.

Anschließend könnte man noch in aller Ruhe irgendwo einen Kaffee trinken oder ein Eis essen und den lauen Sommerabend genießen. Wenn sie Glück hatte, erzählte Paul ihr vielleicht etwas aus seinem Leben. Ob er sich nun wohler fühlte?

Jetzt im Sommer, wenn sie selbst sehr früh nach Passbrunn fuhr, überholte sie ihn gelegentlich auf seinem Fahrrad, und er machte dann eine Geste, als wolle er seine Mütze vor ihr ziehen. Im Rückspiegel sah sie dann sein Lächeln. Das zauberte auch ihr ein Schmunzeln auf die Lippen.

Morgen siebzehn Uhr, schrieb sie an sein Handy.

Gebongt, kam es augenblicklich zurück.

Doch dann sollte alles ganz anders kommen.

8. Kapitel

Irene Thannberg hatte gerade in den fünften Gang geschaltet, als ihr Handy klingelte. Sie zuckte zusammen. Wer um Himmels willen rief um diese Zeit bei ihr an? Das konnte nur ein Irrtum sein. Dennoch bremste sie und parkte am Fahrbahnrand. Morgens um sieben!

Sonst lag sie zu dieser Zeit noch im Bett und las die Zeitung. Heute jedoch war sie schon um fünf Uhr aufgewacht, und vor dem Fenster zeigte sich bereits die frühe Sommersonne am Horizont. Also war sie aufgestanden, um jede Stunde dieses Tages voll und ganz auszukosten.

Nie hatte sie sich so sehr geirrt.

»Es ist eine Katastrophe passiert, du musst sofort kommen!« Edda klang so erregt, wie Irene es bei ihr noch nie erlebt hatte.

»Ich bin schon auf dem Weg. In zehn Minuten stehe ich vor der Tür.«

»Gott sei Dank! Die Feuerwehr ist zwar auch schon hier ... aber von dir brauche ich einen Notfallplan.«

Wow! Sie war für Edda wichtiger als die Feuerwehr ... oder ebenso bedeutend. »Ganz kurz nur: Was ist passiert? Gib mir ein Stichwort!«

Edda sprach schneller als gewöhnlich. »Als Cindy heute früh das Katzenhaus betrat, stand dort das ganze Erdgeschoss unter Wasser. Reflexartig hat sie das einzig

Richtige getan, nämlich erst die Hauptsicherung ausgeschaltet und dann mich und die Feuerwehr angerufen.«

»Wasser?« Ungläubig schüttelte Irene den Kopf. »Wie kann das sein? Es hat doch gar nicht geregnet!«

»Wasserrohrbruch!« Edda hörte sich fast hysterisch an. So kannte Irene sie gar nicht. »Du musst sofort kommen! Alle Decken, alle Kissen, alle Körbchen sind nass. Wir haben die Katzen schon mal in den ersten Stock und in die Dachbodenzimmer gebracht ...«

»Ich bin schon auf dem Weg. Bis gleich!«

Wie hoch mochte das Wasser stehen?, fragte sich Irene. Hatten alle Katzen nasse Pfötchen bekommen? Hatte es vielleicht einige im Schlaf erwischt? Und woher kam überhaupt so ein Wasserrohrbruch? Gestern Abend war doch noch alles völlig in Ordnung gewesen.

Sie fuhr schneller als sonst, und tatsächlich überholte sie auch heute Paul auf der leicht ansteigenden Straße nach Passbrunn. Er trat in die Pedale, als ginge es um sein Leben, und bemerkte sie nicht. Vermutlich wusste er schon Bescheid.

Cindy als Heldin, dachte Irene und merkte, dass dieser Gedanke sie ärgerlich stimmte. Warum hatte niemand sonst den Schaden bemerkt? Aber klar, die war oft schon um sechs Uhr da. Dennoch, ausgerechnet die! Das gäbe der kleinen Weißwurst wieder Auftrieb. Andererseits hatte sie wenigstens gleich etwas unternommen.

»Als Erstes hat die Feuerwehr den Haupthahn abgedreht«, war der Satz, mit dem Edda sie empfing. »Was machen wir bloß? Hast du eine Idee? Vorrangig geht es um die vierzig Katzen. Für die brauchen wir eine Zwischenstation. Eine Scheune, eine halbe Turnhalle, und zwar in unserer Nähe und mit unserer Betreuung. Die sind jetzt natürlich ziemlich durch den Wind. Kaum drang das Wasser in ihre Zimmer ein, schon wollten sie fliehen, aber die Türen waren geschlossen. Eine Katastrophe. Ein Tsunami im Katzenhaus.«

»Das wäre die beste Schlagzeile für die morgige Zeitung«, merkte Irene an, auch um Eddas Panik zu durchbrechen.

Tatsächlich lächelte die für einen winzigen Moment. »Gut, dass du da bist!«

Genau daran konnte sich Irene niemals satt hören. Während ihres ganzen Arbeitslebens hatte niemand diesen Satz zu ihr gesagt. Warum eigentlich nicht? War es denn immer nur schlecht, wenn sie da war?

»Und wo sind die Tiere jetzt?«

»Im ersten Stock, in den Gästetoiletten, in unserem Besprechungsraum und auf dem Dachboden. Emil liegt wieder im Chefbüro. Aber da können die Katzen natürlich nicht bleiben.«

»Und was ist mit dem Foyer?«

Edda schüttelte den Kopf und hob verzweifelt die Schultern. »Alles unter Wasser. Für ein, zwei Tage können wir sie im ersten Stock unterbringen, aber die Beseitigung des Schadens kann sich ja über Wochen hinziehen. Wir brauchen eine solide Lösung. Ausgerechnet jetzt! Ich habe meiner Familie versprochen, dass wir dieses Jahr in den Sommerferien an den Gardasee fahren. Und es ist schon alles gebucht.« Sie fasste sich an die Stirn.

»Das bleibt auch so«, versprach Irene. »Mach dir keine Sorgen! Das kriegen wir hin.« Und während sie das sagte, glaubte sie eigenartigerweise sogar daran. »Sag mal, woher kommt eigentlich das ganze Wasser?«

»Ein Rohrbruch, die Leitung scheint schon seit Längerem marode zu sein, und nun ist es passiert.«

Steter Tropfen höhlt den Stein, dachte Irene. *Ausgerechnet jetzt.* »Also, wofür hast du mich eingeplant?«

»Du bist immer so pragmatisch und sachlich. Mach dich auf die Suche nach einer Bleibe für die Katzen. Am besten gleich hier auf dem Hof. Zum Glück haben wir Sommer und brauchen nicht noch beheizte Räume. Hinter dem Hundetrakt gibt es noch Strom. Da soll unser Hausmeister dir einen Sonnenschirm aufstellen und den Computer anschließen. Das schaffst du. Ich muss weiter.«

»Wieso hat Ignatz eigentlich nichts gecheckt? Der ist doch schließlich Hausmeister!«, rief Irene Edda hinterher. Aber dann gab sie sich selbst die Antwort. Ignatz begann ja erst um acht Uhr seinen Dienst.

Cindy war und blieb die Heldin des Tages.

Den gesamten Innenhof des Tierheims durchzogen Wäscheleinen, an denen Decken, Kissen und Tücher zum Trocknen hingen. Offensichtlich war dies ein Tag, an dem die kompakte Weißwurst zur Höchstform auflief. Sie hatte schon alles einmal durch die Waschmaschinen gejagt. Wenigstens standen die in der Nähe des Hundetrakts und damit noch unter Strom.

Warum suchte Cindy nicht auch eine neue Bleibe für die Katzen? Bisher hatte sie doch alles richtig gemacht, den Hauptschalter umgelegt, die Katzen umgebettet, die Wäsche gewaschen, die Polizei gerufen. Ein Teufelsweib!

Dieses Teufelsweib kam nun auf Irene zu. Mit nackten Füßen, die weiße Hose und das weiße T-Shirt verschmutzt und mit Grasflecken übersät. Jetzt sah sie wirklich aus wie eine schon angezuzelte Weißwurst mit ein bisschen zu viel Petersilienfüllung und suchte erschöpft Irenes Blick. »Gut, dass du da bist! Ich kann nicht mehr.«

Natürlich war Doris Ott nicht wirklich krank. Aber wenn nicht heute, wann dann? Noch saß Nadja im Büro und starrte auf ein nicht vorhandenes Gegenüber. So konnte sie schon mal spüren, wie es wäre, wenn keine liebevollen Blicke mehr auf ihr ruhten. Dieser Gedanke erfüllte Doris mit Genugtuung. Zudem bestand am Wochenende die Gefahr, dass Nadja ihre Frau Mama besuchte. Für ihre Mutter schien sie ja offensichtlich mehr Zeit zu haben als für den einzigen Menschen, der nichts als ihr Bestes wollte. Aber wer nicht will, der hat schon. Sie, Doris, würde Nadja nicht zu ihrem Glück zwingen. Ja, wer war sie denn? Doris hatte die Nase voll, und zwar endgültig.

Also machte sie sich auf den Weg zu jenem Seniorenstift, in dem Martha Herzog mit der Attitüde einer Königin residierte, da sie sich dank ihres Schmerzensgelds ein Zweizimmerapartment leisten konnte. Nicht alle verfügten über so viel Raum für sich selbst.

»Dieser Unfall hat sich gelohnt.« Mit genau dieser Bemerkung hatte sie die damals noch unmöblierte Wohnung in Besitz genommen und sich daraufhin an ihre Tochter gewandt. »Du warst übrigens auch ein Unfall, aber kein so glücklicher.«

Stellvertretend für ihre Freundin war Doris auf die Barrikaden gestiegen. »Was meinen Sie damit? Sie haben eine wunderbare Tochter und können von Glück sagen, dass die sich so um Sie kümmert.«

»Lass sie!«, war Nadjas Reaktion gewesen. »Solche Sprüche machen mir nichts mehr aus.«

»Aber mir!«

»Trotzdem, lass es gut sein!«

Seit tags zuvor hatte Doris jedoch kein Mitleid mehr mit ihrer Freundin und Kollegin.

Jeder war seines Glückes Schmied, und wenn Nadja

Lust hatte, an ihrem Unglück zu schmieden, dann bitte sehr!

Das Seniorenstift protzte mit einer großen Empfangshalle samt hölzernem Tresen. Jetzt im Sommer standen die großen Glasfenster zum Garten offen. Auf jedem Tisch waren Blumensträuße arrangiert, offenkundig mit Pflanzen, die nicht aus dem eigenen Garten stammten. Dezente Barmusik im Hintergrund, so leise, dass Seniorinnen und Senioren mit Hörproblemen sie garantiert nicht wahrnahmen. Doris fühlte sich wie im Urlaub und hätte sich am liebsten einen Gin Tonic bestellt. Sie trank nämlich lediglich im Urlaub Alkohol und dann nur Gin Tonic. Man gönnte sich ja sonst nichts.

Sie fragte nach Frau Herzog, und die Gesuchte wurde angerufen. »Ja, Frau Herzog empfängt Sie gern. Nehmen Sie doch kurz Platz! Sie kommt sofort.«

Allerdings dauerte es doch noch eine Viertelstunde. So war das eben mit Königinnen.

Und dann kam ihr Auftritt. Leicht vorgebeugt auf ihren Rollator gestützt, schob sie sich in den Raum. Sie trug eine graue Flanellhose mit eingenähter Bügelfalte, Gesundheitssandalen und einen rosafarbenen Pullover. Ihr Haar, das sie, solange Doris sie kannte, immer schwarz nachgefärbt hatte, war nun grau und zu einem flotten Bubikopf geschnitten. Sie sah um einiges jünger aus als noch vor einem halben Jahr.

Zögernd ging sie auf Doris zu, musterte sie prüfend mit gerunzelter Stirn und schien erst dann zu wissen, wer vor ihr stand.

»Ach, du bist es, Doris! Nadjas Freundin. Wie geht es euch?«

»Mir geht es gut, allerdings habe ich Nadja ein paar Tage lang nicht gesehen. Da dachte ich, sie ist vielleicht hier.« Manchmal war es notwendig, mit Notlügen zu arbeiten, fand Doris.

Martha Herzog lachte ungläubig. »Warum sollte sie? Die hat hier wirklich nichts zu suchen. Es reicht schon, wenn sie mich am Sonntagvormittag anruft. Als hätte ich alle Zeit der Welt, um lange mit ihr zu sprechen. Außerdem hat sie ja sowieso nichts zu erzählen.«

»Ach so. Sie hat Ihnen also nichts von den Veränderungen in ihrem Leben berichtet?«

Martha reagierte nicht einmal neugierig. »Was soll sich da schon tun? Und außerdem ist es mir wurscht. Töchter sind fremde Frauen. Und mit der habe ich nichts mehr zu tun. Soll sie ihr eigenes Leben führen. Wenn sie es überhaupt auf die Reihe kriegt.«

Das sagte ja wohl alles. Doris begriff und bemühte sich um Small Talk. »Sie sehen fantastisch aus.«

»Das will ich auch meinen.« Martha Herzog stützte sich auf ihrem Rollator ab. »Hier wohnen so interessante und bezaubernde Menschen. Aber ich finde, ich habe es auch verdient. Nachdem ich mich fast dreißig Jahre lang für Nadja aufgeopfert habe, von der nie ein Wort des Dankes kam.«

Doris verkniff sich die Worte *Das stimmt so nicht.* Stattdessen räusperte sie sich.

»Weißt du, wir haben inzwischen sogar einen kleinen Schafkopfclub«, schwärmte Martha Herzog.

»Sie spielen Karten? Haben Sie früher nicht immer behauptet, Karten seien das Gebetbuch des Teufels?«

»Papperlapapp! Schafkopf ist eine intellektuelle Herausforderung. Man muss ja auch etwas für die grauen Zellen tun.«

»Wieso haben wir eigentlich nie Karten gespielt?«

»Weil man zum Schafkopf vier Personen braucht. Wir waren ja immer nur zu dritt.« Das klang abfällig.

»Wir hätten Skat spielen können. Dazu braucht man nur drei Personen«, widersprach Doris.

Lauernd blickte Martha Herzog zu ihr hoch. »Warum besuchst du mich? Was willst du von mir?«

»Ich dachte, ich schaue mal vorbei. Wollte mich einfach erkundigen, wie es Ihnen so geht.«

»Wunderbar! Das kannst du auch Nadja sagen. Dann muss sie mich am Sonntag nicht anrufen. Und jetzt will ich zum Mittagessen.«

Doris blickte zur Uhr. Es war halb zwölf. Wie zum Segnen hob Martha Herzog eine Hand, stützte sich auf ihren Rollator und rollte davon, ohne sich auch nur einmal umzusehen. *Eingenähte Bügelfalten*, dachte Doris. *Wie entsetzlich!* Aber klar, die Herzogs hatten definitiv alle einen an der Waffel. Angefangen bei Nadja. Hoffentlich sorgte diese Frau Thannberg für Ordnung. Doris seufzte. Warum musste sie sich immer um alles kümmern?

9. Kapitel

Wie albern! Ein impressionistisches Sommerbild, unpassenderweise ausgerechnet auf der Wiese des Quellenhofs. Die missglückte Nachbildung einer Sommeridylle von Claude Monet. Aber natürlich zeitgemäßer und dadurch auch grotesker. Ein Tischchen mit Laptop mitten im Grünen, neben dem aufgeklappten Computer ein Mobiltelefon, davor ein Gartenstuhl mit blumigem Sitzkissen und darüber ein knallroter Sonnenschirm. Das schwarze Verlängerungskabel mit der Mehrfachsteckdose verschwand im hohen Gras. Irene trat einen Schritt zurück und machte mit dem Handy ein Foto. Das würde sie Lorenz Erlenburg schicken. Mal sehen, was ihr guter Bekannter dazu sagte. Schließlich war er Maler und würde auf Anhieb die Symbolik der Anordnung erkennen.

Ja, es war lächerlich, und sie fürchtete, dass sie an diesem Ort keinen klaren Gedanken zu fassen vermochte. Wie denn auch?

Arbeitsplätze hatten eben nichts mit Freilufttheater zu tun. Irene hatte ihr Leben lang nur in geschlossenen Räumen gearbeitet, und wenn es sein musste, sogar bei geschlossenen Fenstern. Und nun? In einem eingezäunten Geviert, gar nicht so weit entfernt, saßen weiße Kaninchen, mümmelten vor sich hin und schienen sie erwartungsvoll anzusehen. Hinter ihr bellte ein Hund. Was rief er ihr bloß zu? Etwa die Aufforderung: *Nun mach schon?*

In genau diesem Augenblick fuhr auch noch die Feuerwehr mit lautem Tatütata auf den Hof. Irene hielt sich die Ohren zu. Was genau war ihre Aufgabe?

Jemand klopfte ihr auf die Schultern, und sie sah auf. »Die pumpen nun erst einmal alles ab«, wusste Edda und stellte einen Krug mit Wasser und darin schwimmenden Eiswürfeln auf den Tisch. »Kommst du gut voran? Hast du schon eine Idee für eine Unterkunft?«

Irene hatte noch nicht einmal angefangen.

»Ich glaube an dich«, erklärte Edda. »Wenn eine es schafft, dann du. Da bin ich sehr zuversichtlich.«

»Dein Wort in Gottes Ohr.« Irene lächelte. Sie fühlte sich ziemlich daneben, ein bisschen aber auch so, als beginge sie eine Sünde, indem sie mitten auf dieser Wiese saß und sich gar nicht so unwohl fühlte.

Eine halbe Stunde später hatte sie sämtliche Festzeltanbieter in einem Radius von fünfzig Kilometern angemailt und wartete nun auf deren Rückmeldungen. Große Hoffnung machte sie sich nicht. Gerade in diesen Sommerwochen gab es überall kleinere und größere Events. Dorffeste, Hochzeiten, Fahnenweihen, Schützenfeste und andere Jubiläen, und überall wurde ein Zelt gebraucht, und zwar mit Ausschank.

Sie hingegen suchte lediglich ein Zelt. Ohne Brauereibindung und ohne Ausschank, denn Katzen tranken kein Bier und saßen auch nicht an Biertischen. Katzen brauchten auch keine eigenen Toilettenhäuschen. Nur ein Dach über dem Kopf und pro Nase ein Kistchen mit Streu.

Tatsächlich trudelte innerhalb der nächsten Stunde eine Absage nach der anderen ein. Für ein bis drei Monate oder gar auf unbestimmte Zeit wollte niemand sein Zelt vermieten.

Was nun?

Sie besann sich auf einen leer stehenden Schafstall, da die Schafe im Sommer weit oben im Bayerischen Wald ihr Quartier hatten, aber der gemauerte Stall war zu weit weg. Sie hätten jeden Tag etwa dreißig Kilometer hin- und zurückfahren müssen. Keine Chance.

Nachdenklich ließ sie den Blick über die Wiese von Passbrunn schweifen.

Eisenbahnwaggons? Keine schlechte Lösung. Aber dazu hätte man erst einmal Schienen verlegen müssen.

Und Bauwagen? Alle Baustellenwagen und Container, die sie im näheren Umkreis entdeckte, bestanden aus Blech, und das in der Sommerhitze. Also nicht geeignet, und Irene verwarf auch diesen Plan. Und die Folientunnel der örtlichen Bauern? Nein, im Sommer staute sich darin die Hitze.

Und dann, zu einer Zeit, als andere sich mit Kaffee und Kuchen in den Garten setzten, hatte sie den genialsten Einfall des Tages, blickte auf und strahlte. Dass sie darauf nicht gleich gekommen war!

»Was macht dich so glücklich?« Paul trat auf sie zu und schob sich die Sonnenbrille auf das dunkelblonde Haar. »Etwa unser bevorstehender Besuch bei Frau Herzog?«

Irene zuckte zusammen. »Ist der etwa heute?«

»Exakt.« Offensichtlich hatte er sich für diese Begegnung in Schale geworfen. Irene kannte ihn sonst nur im Overall, jetzt aber trug er dunkelgraue Jeans, Sneakers und ein hellgraues T-Shirt. Das alles stand ihm gut.

»Ich fürchte, das müssen wir verschieben. Gut, dass wir keinen festen Termin haben.« Sie schmunzelte über ihren eigenen Witz. Überraschungstermine und Spontankontrollen wurden nun mal nicht vorangekündigt. Dann wäre es ja keine Überraschung mehr gewesen.

»So sehe ich das auch.« Paul nickte. »Hast du beobachtet, was drüben im Hof los ist?«

Irene schüttelte den Kopf. »Diesen Platz habe ich bisher noch nicht verlassen, nur organisiert und nichts Wirkliches erreicht.« Es war noch zu früh, um ihre geniale Idee mit ihm zu teilen. »Und, was ist da los?«, fragte sie stattdessen.

»Unglaubliches! Der ganze Landkreis scheint von der Katastrophe gehört zu haben. Nicht nur, dass viele Leute jetzt doch Katzen bei sich aufnehmen wollen, und zwar für immer. Edda spricht gerade mit den Interessenten. Unglaublich viele Menschen wollen uns helfen. Und ein paar echte Handwerker sind zum Glück auch dabei, die können die anderen dann anleiten.«

»Was muss denn alles gemacht werden?«

»Einige Wände müssen sicher aufgestemmt und ein paar Rohre ausgewechselt werden. Das ist wohl das Schlimmste. Und anschließend werden Bautrockner aufgestellt. Aber wenn alle mit anpacken, haben wir das in vier bis sechs Wochen erledigt.«

»Packst du auch mit an?«

»Teamwork ist nicht so ganz mein Ding, aber ich kann es ja probieren. Übrigens, die nassen Teppiche aus eurem Büro hängen zum Trocknen auf der Leine. Emil haust in Zimmer vier. Wenn ihr es schafft, zu dritt dort zu arbeiten, also in Gesellschaft eines fauchenden Bautrockners, könnte ich gleich wieder loslegen.«

Irene sah zu dem roten Dach ihres Sonnenschirms hinauf. Schade, jetzt hatte sie sich gerade daran gewöhnt.

»Du meinst also, dass wir es auch in der kommenden Woche nicht schaffen werden?«

»Was schaffen?« Irene hatte keine Ahnung, wovon er sprach.

»Nun ja, diese Frau Herzog. Unser Kontrollbesuch bei der ... genauer gesagt: unser geplanter Überfall.« Er lächelte tatsächlich, und sie merkte, dass sie das überraschte. Er lächelte offensichtlich sonst nicht so oft.

»Ach ja, das ...« Sie schlug sich an die Stirn. Dafür, dass Paul eigentlich nur ungern mit Menschen zu tun hatte, war er an dem Herzog-Termin ganz schön interessiert.

»Vielleicht kriege ich raus, wann sie Feierabend macht. Ich denke, bis sieben Uhr abends kann man jetzt im Sommer schon noch Hausbesuche machen. Sobald Frau Ott mich anruft, frage ich sie. Wie sieht es denn bei dir aus? Hast du im Lauf der nächsten Woche Zeit? Und falls ja – an welchem Tag?«

Paul tat so, als müsse er scharf nachdenken. »Dienstag«, antwortete er nach einer Weile. »Dienstag würde es mir am besten passen.«

»Gut, ich kümmere mich darum. Aber jetzt muss ich noch telefonieren. Vielleicht komme ich heute noch mit unseren Katzenunterkünften weiter. Es müssen ja keine Luxusimmobilien sein.«

»Viel Glück! Ich begebe mich dann mal zum Bautrupp.« Paul hob eine Hand.

Immobilien ... da steckte doch auch das Wort *Mobil* drin, und das wiederum kam Irenes Plänen ziemlich nahe. Sie lächelte. Edda war davon überzeugt, dass sie es schaffte. Und dann schaffte sie es auch. Auf Irene war schließlich Verlass.

Nicht einmal fünfzig Kilometer entfernt von Passbrunn gab es eine Firma, die Hühnermobile herstellte und zum Verkauf anbot. Es müsste doch möglich sein, so ein fahrbares Häuschen mit nur wenigen Handgriffen zum vorübergehenden Lebensraum für fünf bis sechs Katzen umzurüsten! Vermutlich ging es dabei in erster Linie darum, das Laufgitter am Fußboden mit Linoleum und Teppichen zu bedecken und das Innere des Bauwagens mit Plüschhöhlen und Katzenklos auszustatten.

Irene nahm einen großen Schluck von dem inzwischen lauwarmen Wasser. Sie brauchte irgendeinen Aufhänger, einen Kick, der den Hühnermobilverleih zu einem Event machte. Einfach so anzurufen und zu betteln, das war nicht ihr Ding.

Aber wie wäre es mit einer Verkaufsausstellung der besonderen Art? Nach dem Motto: *Wofür eignet sich dieses Hühnermobil?* Man könnte viele bunte Fotos machen und Werbung in allen Zeitungen sowie einen Wettbewerb für die besten Vorschläge ausschreiben. Auf jeden Fall wären sechs bis acht Hühnermobile – umgebaut zu Ferienhäusern für Katzen – der Renner und *der* Hingucker.

Schon begann sie zu kalkulieren, Texte zu entwerfen und Kostenpläne zu erstellen. Das alles hätte sie für sich selbst niemals in Angriff genommen, aber es ging ja nicht um sie. Es ging um den Quellenhof und um sämtliche dort lebenden Tiere. Und wenn ... ja, wenn sie versprechen konnte, die Hühnermobile nur von Katzen bewohnen zu lassen und nach Gebrauch sehr ordentlich und mehr als gepflegt zurückzugeben ... Ja, dann müsste doch ein guter Mietpreis denkbar sein, zumal nun relativ klar war, in welchem Zeitraum die Ersatzunterkünfte gebraucht wurden. Und brüstete sich nicht jeder gern mit seinen Wohltaten? Sie würden auch alles mit einer Spendenquittung belegen, dann hätte jeder etwas davon. Sie sah das Foto schon vor sich: Edda und der Hühnermobilfabrikant im Innenhof des Tierheims, umringt von einer Katzenschar und inmitten einer Wagenburg aus Hühnermobilen, aus deren Lüftungsklappen Katzen in die Welt blickten.

Die Hühnermobile standen auf vier Rädern und konnten von einem Platz zum anderen verschoben werden. Möglicherweise sogar im Lauf eines Tages. Damit es den Katzen nicht zu heiß wurde – obwohl sie es sehr gern warm hatten. Und das Tollste war, dass diese Wagen aus Holz bestanden und Solarzellen hatten, mit denen sich bei Bedarf die Ventilatoren anstellen ließen.

Das gleiche Konzept überdachte sie auch in Bezug auf Tiny Houses. An denen war das Beste, dass es gleich zwei Stockwerke gab, in denen sich eine Katzenschar ausbreiten konnte.

Allerdings müsste auch hier gewährleistet sein, dass alle Vierbeiner nach draußen konnten. Hier könnte der gute alte Maschendraht zum Einsatz kommen.

Irene freute sich darauf, ihr Konzept mit Edda zu besprechen. »So schlagen wir zwei Fliegen mit einer Klappe. Wir haben Unterkünfte für unsere Katzen und machen Reklame für Tiny Houses und Hühnermobile.«

Zufrieden stand sie auf, doch in genau diesem Moment läutete ihr Diensthandy.

Es war Doris. Und sie kam sofort zur Sache. »Ich wollte nur wissen, wie es gelaufen ist. Haben Sie was entdeckt? Was versteckt sie nur in ihrer Wohnung? Skorpione? Exotische Tiere? Giftschlangen? Menschen können es nicht sein, die sind in der Lage, für sich selbst zu sorgen.«

Was für ein Statement! Da telefonierte sie wirklich mit einer, die sich so gab, als hätte sie die ganze Welt im Griff. Nur nicht ihre Arbeitskollegin und Freundin.

»Ich konnte mich heute doch nicht darum kümmern.«

»Was!? Und warum nicht?« Doris klang empört. »Sie haben es mir doch versprochen!«

»Ich habe gesagt, dass ich mich an diesem Wochenende mit der Sache befasse. Und heute ist erst Samstag. Aber unabhängig davon ... auch morgen schaffe ich es nicht.

Wir haben hier im Tierheim einen Notfall. Wann macht Frau Herzog denn sonst Schluss im Büro? Dann schaue ich im Lauf der Woche mal bei ihr vorbei.«

»Meistens schon um vier. Sie macht nur noch Dienst nach Vorschrift. Keine Minute zu viel. Vor allem in letzter Zeit.« Doris hielt kurz inne. »Was ist das denn für ein Notfall?«

»Wasserschaden, Rohrbruch.« Irene richtete diese zwei Worte wie Waffen an ihr Gegenüber. Am anderen Ende der Leitung blieb es still. »Wir müssen alles evakuieren. Die Räume im Erdgeschoss sind geflutet. Dieser Notfall hat Priorität.«

»Brauchen Sie Hilfe?«

»Wenn wir was brauchen, dann ist es Bettzeug, Kissen ... Handtücher. Es stand eben alles unter Wasser.«

»Ich sehe mich mal um.«

Schon der Tonfall dieses Satzes machte klar, dass sich Doris nicht umsehen würde.

»Sehen Sie dann auch nach Nadja?«

»Ich versuche es in der nächsten Woche. Aber versprechen kann ich nichts.«

10. Kapitel

Die Reporterin der örtlichen Zeitung lief mit ihrer Kamera so aufgelöst über den Hof, als wäre sie in einem Katastrophengebiet gelandet. Dabei strahlte die Sonne vom Himmel, in den Zweigen zwitscherten Vögel, Kaninchen und Hamster in den umzäunten Gehegen mümmelten zufrieden vor sich hin. Die Linse ihrer Kamera aber erfasste einzig und allein nasse Decken, einen Berg von Webteppichen sowie aufgeweichte und aus dem Leim gehende Schränkchen, Stühlchen und Tischchen, alles für den Sperrmüll bestimmt. Und inmitten des Chaos immer wieder Cindy, Cindy in ihrer nun graugrün gesprenkelten weißen Kleidung, mit hochrotem Kopf und zu einem Pferdeschwanz gebundenem mittelblondem Haar. Ein Michelinfrauchen im Ausnahmezustand.

Am äußeren Rand des Innenhofs stand ein Feuerwehrmann und verfolgte Cindys Gewusel mit anerkennenden Blicken.

Als Irene an ihm vorbeiging, hörte sie ihn murmeln: »Wow, wirklich eine zupackende Frau! Hammermäßig!«

Auf Irene dagegen wirkte Cindys Aktionismus eher wie ein panisches Hin-und-her-Gerenne, aber das behielt sie besser für sich. Vielleicht war das ja Cindys Art, mit Problemen umzugehen. Sie schlug erst einmal um sich und machte viel Lärm um nichts.

Tatsächlich war es Cindy, die den Abfallberg wachsen

ließ. Allen Helfern, die mit durchnässten Sachen aus dem Parterre des Katzenhauses kamen, wies sie an, wohin damit.

Textilien landeten offensichtlich nach einem Zwischenaufenthalt in der Waschmaschine auf den quer durch den Hof gezogenen Wäscheleinen und sorgten für ein angenehmes feucht-kühles Klima.

Auch die Journalistin ging nun auf Cindy zu, obwohl sie eigentlich wissen musste, dass Edda die Chefin des Tierheims war. Vermutlich ging sie davon aus, dass der rotgesichtige Wirbelwind mit dem Pferdeschwanz für den aktuellen Notfall zuständig war.

»Ich kann einen Aufruf in der Zeitung machen«, bot die selbst ernannte Krisenreporterin der vermeintlichen Notfallmanagerin an. »Zum einen, weil diese Katzen gerade jetzt am glücklichsten wären, wenn sie sofort ein neues Zuhause fänden, und zum anderen, weil Sie sich sicher über jeden Helfer freuen.«

Cindy, inzwischen mehr leber- als weißwurstig anzusehen, schüttelte den Kopf. »Sie sehen doch, wie viele Leute hier herumrennen. Wir treten uns fast schon gegenseitig auf die Füße.«

Glücklicherweise mischte sich die das alles beobachtende Edda jetzt ein. »Nun ja, ganz so stimmt es nicht. Zwar haben wir gerade genug, die uns dabei helfen, das Erdgeschoss so schnell wie möglich leer zu räumen, um eventuell noch ein paar Sachen zu retten, aber in den kommenden schweren Wochen sind wir sicher froh um jeden Unterstützer. Jemand muss ja mit den Hunden Gassi gehen, die Pferde müssen gestriegelt und regelmäßig ausgeritten, Kaninchen, Chinchillas und Hamster mit Grünzeug versorgt und die Ställe täglich ausgemistet werden. Selbst ohne Wasserschaden haben wir schon sehr viel zu tun, aber jetzt sieht es so aus, als kämen wir an unsere Grenzen. Könnten Sie Ihren Lesern diese Botschaft vermitteln? Natürlich geben wir unsere Katzen, die in den überfluteten Räumen von Panik erfasst wurden, nur in gute Hände.«

Die etwa dreißigjährige Journalistin stenografierte mit und erinnerte Irene an ihre Anfangszeit als Wissenschaftlerin. Das Institut hatte ihr damals eine Sekretärin zur Seite gestellt, die auch Steno konnte. Unglaublich, in welcher Windeseile die ihre Hieroglyphen aufs Papier bannte und es dann Wort für Wort wieder vorlas. Wie machten die Leute das eigentlich heutzutage? Trugen die ständig ein Aufnahmegerät mit sich herum? Oder wurden weiterhin in der Volkshochschule Stenografiekurse angeboten? Konnte sie, Irene, es mit siebenundsechzig Jahren noch lernen? Aber wozu?

»Mache ich«, verkündete die Reporterin. »Freiwillige Helfer gesucht … und dazu viele Tierfotos. So was geht immer. Ich lasse mir dafür sofort eine ganze Seite freischlagen.«

»Genau. Und machen Sie doch dazu gleich ein Foto von unserer Cindy. Cindy Plödereder ist nämlich die Frau, die alles in Absprache mit dem Team organisieren wird. Es ist immer besser, wenn die Aufgaben von nur einer Person koordiniert und verteilt werden. Und in dieser Hinsicht ist Cindy ein Genie. Sie behält immer den Überblick.«

Cindy schluckte, schien aber gleichzeitig um zwei Zentimeter zu wachsen. »Echt, traust du mir das zu?«, frage sie ungläubig.

»Wenn nicht dir, wem sonst? Du hast den Hauptschalter rechtzeitig umgelegt, du hast gewusst, wo der Hauptwasserhahn ist, und nun organisierst du den Wiederaufbau vom Quellenhof.«

»Cindy Plödereder? Können Sie den Namen bitte buchstabieren, damit ich ihn in meinem Artikel nicht falsch schreibe? Und dann bitte noch ein Foto von Ihnen!«

Cindy wurde rot und stellte sich in voller Montur der Fotografin.

»Bitte lächeln!« Klick.

»Wow!« Der Feuerwehrmann, neben dem Irene immer noch stand, ging vor Ehrfurcht fast in die Knie. »Unglaublich! Eine echte Powerfrau! Was macht die hier? Schmeißt die den ganzen Laden? Respekt!«

Die ist lediglich Tierpflegerin, hätte Irene am liebsten gesagt und tat so, als wäre sie nur zufällig vorbeigekommen.

Sollte er doch selbst herausfinden, dass ein Großteil der Power bei dieser Powerfrau nichts als unnütz verschossenes Pulver war.

»Ich wusste, dass du die besten aller Ideen hast! Genial.« Edda gab sich euphorisch, doch Irene merkte ihr die Erschöpfung an. Kein Wunder, sie alle waren seit mindestens vierzehn Stunden auf den Beinen. »Mit wem willst du die Kampagne entwickeln und dann auch vorantreiben? Ihr solltet nämlich gleich am Montag damit anfangen, Tiny Houses und Hühnermobile zu organisieren. Morgen ist Sonntag. Da kommen wir nicht weiter. Was meinst du, soll Paul dir helfen?«

Irene nickte. Schade, sie hatte insgeheim gehofft, dass Edda sich in die Aktion einklinken wurde. »Paul, ja, gern. Ein kluger Mann voller Ideen. Wo steckt er eigentlich?«

»Er kümmert sich um die Versorgung der Katzen. Die kriegen heute ihr Abendessen später als sonst.« Edda fuhr sich müde durch die schwarzen Locken und bemühte sich um ein Lächeln. »Stell dir vor, der Kater Emil ist als Erster aus dem Damenzimmer geflüchtet und hat sich in einem

Wäschekorb niedergelassen. Vermutlich ist er in einer Wäscherei zu Hause. Das sollten wir fragen, wenn er abgeholt wird.«

»Wäscherei? Gibt es hier in der Gegend noch so etwas, während doch heute jeder seine eigene Waschmaschine und seinen eigenen Trockner hat?« Irene zweifelte.

»Da hast du recht. Er ist vermutlich einer dieser Waschkellerkater und einem Charles-Dickens-Roman entsprungen. Aber egal. Die armen Vierbeiner verstehen die Welt nicht mehr. Erst nasse Pfoten und jetzt die Enge, dazu andere Räume und unbekannte Mitbewohner. Im Katzenhaus gibt es heute richtig viel zu tun. Trotz allem bin ich froh, dass das Hundehaus nicht geflutet wurde. Hunde sind ja sehr stressempfindlich.«

Irene seufzte. Diese Erfahrung hatte sie auch schon gemacht.

»Nun gut, dann mache ich mich jetzt mal an einen ersten Einsatzplan für die kommenden drei Tage. Vielleicht wissen wir danach etwas mehr.« Edda klang unendlich müde. »Drück uns die Daumen, dass viele freiwillige Helfer kommen und sich zusätzlich auch noch brav von Cindy einsetzen lassen. Menschen wachsen bekanntlich an ihren Aufgaben.«

Jetzt war es Irene, die stutzte. Hatte Edda ihr deshalb die Aufgabe mit der Suche nach Unterbringungsmöglichkeiten für Katzen gegeben?

»Cindy ist manchmal chaotisch, aber sie hat ein gutes Herz«, murmelte Edda. »Und an dieser Aufgabe schult sie sicher ihre Menschenkenntnis.«

Irene dachte an den Feuerwehrmann. Der böte sich garantiert besonders gern als freiwilliger Helfer an, um seiner Powerfrau nahe zu sein. Na, der würde sich wundern!

»Ich wüsste nicht, was ich ohne euch machen sollte.

Ehrlich, ich bin so froh, dass ich euch alle habe! Immer kommt alles auf einmal. Und jetzt habe ich auch noch die Urlaubsvorbereitungen an der Hacke.« Edda klang leicht verzweifelt.

Irene verstand sie so gut. Sie hatte zwar weder Mann noch Kinder, konnte sich aber gut vorstellen, was augenblicklich im Hause Kallmayer los war. Auch fragte sie sich, warum Eddas Mann nie etwas tat. Der könnte doch auch mal Koffer packen und die Nahrungsmittel für das Ferienhaus zusammenstellen. Angeblich waren Männer doch zu allem fähig. Sie hatte das Thema schon mehrfach angesprochen. Der fährt doch schon das Auto, pflegte Edda zu sagen. »Seit wir verheiratet sind, hat er noch nie Koffer gepackt, weder für sich noch für die Kinder. Und ließe ich ihn das wirklich machen, hätten wir ein Riesenchaos«, fügte sie dann augenzwinkernd hinzu. »Es ist schon richtig so. Er sucht die Ferienhäuser aus und macht den Chauffeur. Die Infrastruktur und die Familie sind meine Aufgabe.«

Heute allerdings sah Edda aus, als wünsche sie sich eine riesige Horde von Heinzelmännchen, die alles über Nacht für sie regelten.

Erneut preschte Irene vor: »Du hast wirklich niemanden, der dich unterstützen könnte? Keine Mutter, keine Schwiegermutter?«

»Du kennst mich doch! Ich habe gern alles selbst unter Kontrolle. Mir fällt es schon schwer genug, die Kontrolle an dich, Paul und Cindy abzugeben.«

»Hoffentlich enttäuschen wir dich nicht.« Irene wandte sich an der Tür noch einmal um. »Ich rede mit Paul.«

»Ja, das wäre nett.«

Sie fand ihn auf den Stufen des Treppenhauses sitzend und kam gleich zur Sache. »Sag mal, könnte ich dich für morgen auch einplanen?«

»Hier? Zum Aufräumen?«

»Nein, nein. Du würdest dann ja unter Cindys Fuchtel stehen. Die hat schon genug Personal, das auf ihre Befehle wartet. Ich dachte eher, dass wir zwei schon morgen zu Frau Herzog fahren, denn ab Montag müssen wir uns um die Organisation von mobilen Katzenunterkünften kümmern.«

»Wer sagt das denn?« Paul riss die blauen Augen auf, und wie häufig in Stresssituationen standen ihm wieder die Haare zu Berge. Kurze Igelstacheln, mit denen er sich gegen Menschen zur Wehr setzte.

»Das sagt Edda.«

»Und wie sollen wir das hinkriegen? Hast du schon einen Vorschlag? Hast du daran etwa den ganzen Nachmittag gearbeitet? Ich habe mich schon gewundert, warum du nicht mit anpackst.«

Irene nickte. »Dafür habe ich die Telefonnummern und die Namen unserer Ansprechpartner recherchiert. Jetzt geht es nur noch ums Überzeugen.«

»Ausgerechnet mit mir?« Die Igelstacheln richteten sich erneut auf. »Wie soll das gehen?«

»Falls etwas Technisches geklärt werden muss, kann ich dich dann sofort fragen. Keine Angst! Du musst am Telefon keine Überzeugungsarbeit leisten.«

»Dann ist's ja gut.«

Irene hatte sich schon oft gefragt, warum Paul mit ihr ganz gut klarkam. Dabei hatte er mit anderen Menschen angeblich so viele Schwierigkeiten. Einmal hatte sie versucht, mit Edda darüber zu reden. Die hatte sofort gelacht. »Ihr seid euch ähnlicher, als ihr ahnt. Ihr wisst, wie nahe ihr euch kommen dürft. Nein.« Edda hatte sich widersprochen. »Ihr wisst, wie viel Abstand ihr voneinander halten sollt. Haltet euch daran!«

»Und wann morgen?«

Irene dachte kurz nach, wollte sie vorher noch im Quellenhof vorbeischauen? Besser wäre es. Fragend musterte sie Paul. »Sollen wir die Herzog um vier Uhr nachmittags aufsuchen? Ich kann dich in deiner Wohnung abholen.«

Er nickte. »Und soll ich etwas mitbringen? Ein Fangnetz, einen großen Käfig oder die dicken Handschuhe, falls sie die Krallen ausfahren?«

Hatte er etwa dies alles in seiner Wohnung vorrätig? »Nein, nein. Wir wollen die Frau doch nur besuchen.«

11. Kapitel

Irene wurde wach und richtete sich im Bett auf. Irgendwas war doch heute los! Aber was?

Von sehr weit her vernahm sie den Klang von Kirchenglocken, und vor ihrem Schlafzimmerfenster breitete sich erneut ein Sommertag aus, der einem Wohlfühlprospekt entnommen zu sein schien. Kirchenglocken, das bedeutete, dass heute Sonntag war. Sie warf einen Blick auf ihren Wecker: Zehn Uhr vormittags. Gestern war sie bereits gegen elf ins Bett gegangen. Sie hatte also länger als zehn Stunden geschlafen. Kein Wunder nach dem Chaos mit dem Wasserrohrbruch!

Und heute hatte sie schon wieder etwas vor. Ihr Leben war abwechslungsreich und aufregend. Wie hatte sie nur vorher vierzig Jahre lang Tag für Tag das Gleiche tun und sich einreden können, Forschung sei ihr Leben? Jetzt bestand ihr Leben aus Lebendigem. Aus Menschen und Tieren. Und irgendwie war es gut, dass nicht immer nur Highlights auf sie warteten. Dann nämlich hätte sie sich vermutlich an dem vielen Glück verschluckt.

Nach einem ausgiebigen Frühstück machte sie sich gegen Mittag auf zum Tierheim, um in Eddas Abwesenheit zumindest so zu tun, als gäbe es eine Leitung und ein Chefinnenbüro. Hoffentlich hatte Edda es tatsächlich geschafft, mit ihren drei Kindern und ihrem oft linkisch wirkenden Mann zum Gardasee aufzubrechen. Wenn jemand Erholung brauchte, dann Edda.

Der Parkplatz vor dem Quellenhof war so vollgestellt, wie Irene es nur von Sommerfesten und Winterbasaren kannte. Bestimmt hatte die Journalistin mit dem geschulten Blick für Alltagskatastrophen ihren Aufruf auch im Internet veröffentlicht. Wie sonst sollte sich der plötzliche Andrang von freiwilligen Helfern erklären? Als Irene den Hof betrat, bot sich ihr das Bild einer gut gedrillten Schulklasse, die sich wissbegierig um Cindy scharte, während diese von ihrer hohen Warte – sie stand auf einem Fußbänkchen und überragte alle – ihre Anweisungen gab. »Die trockene Wäsche kann von den Leinen genommen und zusammengefaltet werden. Im Waschraum liegen weitere Kissen und Decken, die in die Maschinen gehören.«

Die Frauen und jungen Mädchen machten sich auf den Weg. Die Männer schienen wesentlichere Aufgaben zu erwarten. Cindy hatte sich auch heute wieder in eine enge und noch weiße Stretchjeans gezwängt, trug dazu ein ärmelloses weißes T-Shirt und darunter einen grünen BH. Irene sah zweimal hin. Bisher hätte sie schwören können, dass Cindy nur weiße Kleidungsstücke besaß. Und nun das! Aber wer wusste das schon? Vielleicht hingen auf ihrer Wäscheleine rote und schwarze Dessous und wimpelten im Sommerwind. Vielleicht trug sie an ihren freien Tagen quasi als Gegenstück zu der Fantasieuniform einer Tierarzthelferin dunkle und knallbunte Klamotten. Nun verkündete sie mit durchdringender Stimme: »Das Parterre des Katzenhauses muss entwässert werden. Die Räume selbst sind leer. Hat jemand Eimer mitgebracht und Wischlappen? Sonst gibt's die bei uns im Hauswirtschaftsraum.«

Vier Frauen traten vor und wurden zum Hausmeister Ignatz geschickt, der ihnen das Benötigte aushändigte.

»Sobald der Boden trocken ist«, fuhr Cindy in ihrer Rede fort, »müssen dort Planen ausgelegt werden. Und anschließend brauchen wir Männer, die die Wand aufschlagen, dort, wo wir den Rohrbruch vermuten. Und wir brauchen natürlich auch noch Leute, die den Bauschutt nach draußen tragen. Mörtelwannen hab ich schon organisiert. Freiwillige vor!«

Irene sah, wie der Mann von der Freiwilligen Feuerwehr vom Tag zuvor, der Cindy für eine überaus energische Frau gehalten hatte, beherzt auf sie zuging. »Wenn der Hausmeister mir den genauen Plan gibt, kann ich das Aufschlagen der Wand mitorganisieren und vor allem kontrollieren. Ich bin nämlich Projektmanager. Nicht dass die falschen Wände aufgeschlagen werden und uns das Haus mit sämtlichen Katzen auf den Kopf fällt. Wie lang ist denn die Wand?« Er wandte sich an Cindy. Die sah angestrengt über ihn hinweg.

»Zumindest bin ich zu allen Schandtaten bereit«, schob der Uniformierte hinterher und grinste Cindy augenzwinkernd an.

Endlich reagierte sie, straffte sich und erklärte kurz und bündig: »Schandtaten werden hier nicht verübt, vielmehr nur gute Taten vollbracht.« Ohne ihn weiter zu beachten, wandte sie sich an jene Gruppe, die sich zum Wandaufschlagen gemeldet hatte.

Irene ging auf den leicht verwirrten Feuerwehrmann zu. »Ich mach sie mal mit unserem Hausmeister bekannt.«

»Ja, das klingt gut.« Er reichte ihr die Hand und stellte sich formvollendet vor. »Ich heiße Simon. Simon Braun.«

»Und ich bin Irene. Dr. Irene Thannberg. Stellvertretende Leiterin des Tierheims. Da Frau Kallmayer heute nicht hier ist, trage ich die Verantwortung.« Sie nickte betont zuversichtlich. »Wie ich sehe, hat unsere Cindy ja alles gut im Griff«, fuhr sie fort.

Simons Augen leuchteten. »Cindy heißt sie? Was für ein schöner Name! Wirklich eine unglaubliche Frau! Sie erinnert mich an meine Mutter.«

Irene betrachtete ihn überrascht, vor ihr stand der erste Mensch, der an Cindy besondere Fähigkeiten und Qualitäten entdeckte, möglicherweise sogar mütterliche. Aber warum auch nicht? War nicht jeder Mensch einzigartig? Ein Kaleidoskop an erstaunlichen Fertigkeiten und Anlagen? Sie selbst allerdings hatte all das noch nie an Cindy wahrgenommen. Lag es daran, dass sie in den vergangenen Jahren nur Cindys Fehlgriffe und Irrtümer erlebt hatte? Ob dieser Simon Braun ihr jemals verraten würde, was genau das Reizvolle an Cindy war? Und wollte sie es wirklich wissen? Sie und alle anderen hatten sie bisher nur für besserwisserisch und anstrengend gehalten.

Paul dagegen war weder besserwisserisch noch anstrengend. Er stand bereits vor der Tür des Hauses, in dem er die Dachwohnung gemietet hatte.

Leah, die neunjährige Tochter der Hausbesitzer, kam auf Irene zu, als sie an Pauls Wohnungstür läutete. »Hast du's schon gehört?«

Irene schüttelte den Kopf. »Nein, was denn?«

»Ich habe den Wettbewerb im Vorlesen gewonnen.«

»Also wirklich, davon hat Paul mir nichts erzählt. Herzlichen Glückwunsch!«

»Sagst du es auch den Katzen? Die haben nicht einmal gefaucht, als ich bei ihnen lautes Vorlesen geübt habe.«

»Warum auch? Die haben sich sehr gefreut. Wer kriegt schon jeden Tag Geschichten vorgelesen?«

»Ja, sie wissen jetzt alles über das kleine Gespenst, die kleine Hexe und Pippi Langstrumpf. Paul sagt, ihr habt gerade Chaos, aber wenn das vorbei ist, komme ich wieder vorbei. Aber jetzt muss ich in den Garten. Stell dir vor, mein kleiner Bruder will jetzt immer, dass ich ihm vorlese. Und er sagt nie mehr Stotter-Leah zu mir.« Leah verschwand.

»Das hat ja wunderbar funktioniert«, wandte sich Irene an Paul, der in diesem Moment vor die Tür trat.«

»Ja, die Eltern sind auch begeistert. Das Kind spricht nun fließend. Es war also eine gute Sache, dass ich damals zur Notlüge griff und behauptete, Katzen seien verrückt nach vorgelesenen Geschichten. Und jetzt hat Leah den Wettbewerb gewonnen. Sie ist total stolz auf sich.«

»Zu Recht.« Irene nickte. »Ich glaube übrigens nicht, dass wir das Gleiche heute Abend auch von uns sagen können.« Sie seufzte.

»Schauen wir mal«, meinte Paul, der sonntäglich gekleidet und frisch rasiert vor ihr stand und sich ohne weiteren Kommentar in ihren Wagen setzte.

Vielleicht war genau dies das Besondere an ihm, er ließ sich niemals auf Small Talk ein, da er das nach eigener Aussage nicht konnte. Möglich, dass diese Verweigerung von Dritten schnell als Arroganz gewertet wurde.

»Und wenn sie nicht zu Hause ist?« Paul brach das Schweigen.

»Dann probieren wir es am nächsten Wochenende noch einmal. Während der Woche kann ich mich nicht darum kümmern. Edda ist glücklicherweise nun doch in ihren wohlverdienten Urlaub gefahren. Gestern noch wollte sie alles absagen. Aber das haben wir ihr ausgeredet.«

»Wer? Cindy und du?«

»Ja, aber wärst du dabei gewesen, hättest du genauso argumentiert.« Irene bog auf den Parkplatz, auf dem sie schon einmal gestanden hatte. »So, da sind wir.«

Hinter Nadja Herzogs Adresse verbarg sich ein Mehrfamilienhaus am Stadtrand, bestückt mit kleinen Balkonen, die wie Schubladen aus dem grauen Beton herausragten. Und auf jeder dieser Veranden standen Blumentöpfe, fast alle mit Hängegeranien, die weiß, rosa und rot vor sich hin blühten. Ganz ordentlich und noch ohne verwelkte Blätter. Nur im zweiten Stock ganz rechts gab es einen schmucklosen Eckbalkon, der mit einem großen Netz geschützt war. Ein Zeichen, dass die Besitzer Katzen oder Vögel hielten. Weit an den Rand gedrängt bemühte sich ein Oleanderbäumchen ums Überleben.

»Und wenn die Frau völlig in Ordnung ist?« Paul hob die Brauen.

Irene fuhr mit dem Zeigefinger über die Klingelschilder. »Ecco, da haben wir sie! Zweiter Stock rechts. Das ist dann wohl die Wohnung mit dem Katzennetz.«

Paul betrachtete seine Füße und äußerte erste Zweifel. »Möglicherweise sind wir in eine Fehde zwischen zwei Frauen geraten. Zickenkrieg. Die eine zeigt die andere an. Überschrift: *Tierwohlgefährdung.* Da sollten wir uns vielleicht doch besser raushalten.«

Sprach er etwa aus Erfahrung?

Irene hakte besser nicht nach. Sie dachte an die entführten Katzen. »Ich weiß nicht, aber ich habe einen gewissen Verdacht.«

»Soll ich mal klingeln?«

»Ja, packen wir's an!« Irene schob ihre Sonnenbrille in ein Etui und überprüfte ihre Handtasche.

»Hast du deine Karte dabei?«

Sie nickte und schob sich eine ihrer Visitenkarten in die Hosentasche. »Dann hoffen wir mal, dass es in der Wohnung auch wirklich Tiere gibt.«

»Ja bitte?« Eine abweisende Frauenstimme.

Paul begann mit genau der Lüge, auf die sie sich geeinigt hatten. »Wir kommen vom Tierheim Quellenhof. Man hat uns angerufen und mitgeteilt, dass Ihnen vor Kurzem eine Katze zugelaufen ist. Glücklicherweise kennen wir den Besitzer und würden das arme Ding gern noch heute zurückbringen. Können wir kurz reinkommen?«

»Nein. Und der Katze geht es gut!«, hallte es aus der Sprechanlage.

Irene und Paul warfen sich einen verschwörerischen Blick zu.

»Mag sein, dass es ihr gut geht«, wandte Irene ein. »Aber der Besitzerin der Katze geht es gar nicht gut. Voller Verzweiflung sucht sie nach ihrem Tier, nach Luna«, ergänzte sie mit leichtem Zögern und wählte den erstbesten Namen, der ihr einfiel. »Lassen Sie uns einfach einen Blick auf die Katze werfen. Vielleicht handelt es sich ja gar nicht um Luna. Nur ganz kurz. Dann sind wir auch schon wieder weg.«

»Ich wüsste nicht, warum«, kam es aus der Sprechanlage, und in genau diesem Moment verließ eine Frau das Haus.

Blitzschnell schlüpfte Paul durch die geöffnete Tür und hielt sie für Irene auf.

»Wir gehen am besten einfach mal hoch«, flüsterte er, und Irene hatte den Eindruck, er sei nur für sie in die Rolle des verwegenen Abenteurers geschlüpft. Angespannt folgte sie ihm. Nach Prüfung aller Türschilder fanden sie die Klingel mit der Aufschrift *Nadja Herzog* am rechten Ende des Flurs in der zweiten Etage. Es war genau die Wohnung, deren durch ein Katzennetz geschützten Balkon sie beim Ankommen gesehen hatten.

Paul klingelte Sturm. Niemand öffnete.

Irene klopfte an die Wohnungstür. »Frau Herzog, machen Sie auf! Wir wollen nur schnell einen Blick auf die Katze werfen, die von Ihnen aufgenommen wurde.«

»Nein«, kam es von innen.

»Ich kann auch die Polizei holen«, drohte Irene, obwohl sie wusste, dass sie nichts Entsprechendes in der Hand hatte. »Entwendung fremden Eigentums«, behauptete sie auf Geratewohl. »Diebstahl, Tierwohlgefährdung!«

Paul musterte sie fragend.

Nach kurzem Zögern öffnete sich die Tür einen Spaltbreit. Vor ihnen stand eine mittelgroße und nicht mehr ganz junge Frau mit leichtem Übergewicht und gepflegtem Äußeren. Ihr aschblondes Haar saß so, als wäre sie gerade vom Friseur gekommen. Eine Weißgoldkette mit einem winzigen goldgefassten Brillantenanhänger passte exakt in die Drosselgrube ihrer Kehle. Sie trug ein helles, flecken- und knitterfreies Kleid und elfenbeinfarbene Sandalen. Finger- und Zehennägel waren lackiert. Perfekt. Doch ihrem Mienenspiel waren weder Ärger noch Vorwürfe zu entnehmen, stattdessen ein solches Übermaß an Unglück, als wäre sie schon zutiefst enttäuscht und mit geschundenem Herzen auf die Welt gekommen.

So stand sie vor ihnen. Stumm und mit Blick an ihren Besuchern vorbei. Im Hintergrund huschten mehrere Katzen durch die Wohnung.

»Wie viele Tiere leben hier?«, fragte Irene und zückte ihr Kärtchen. Sollte die Frau ruhig denken, dass sie nicht nur eine Abgesandte des Quellenhofs, sondern auch eine Tierärztin vor sich hatte. Ein Doktortitel war manchmal doch zu etwas gut.

»Zehn«, kam es einsilbig zurück.

»Und wie viele Katzentoiletten?«

»Zwei. Eine auf dem Balkon und eine im Bad.«

Irene rümpfte ganz leicht, quasi ansatzweise, die Nase. »Das ist viel zu wenig«, tadelte sie und trat einen Schritt in die Diele hinein.

Nadja Herzog hob abwehrend beide Hände. Hinter einer Tür fiel etwas zu Boden. Eine Katze fauchte.

»Darf ich?« Rigoros griff Irene nach der Klinke jener Tür, hinter der das Fauchen zu hören gewesen war, und machte Anstalten, sie hinunterzudrücken.

Nadja Herzog schüttelte den Kopf. »Ich will das nicht!«

»Es muss sein!«

Nie im normalen Leben hätte sich Irene so etwas in einer fremden Wohnung getraut. Aber hier und jetzt war sie als Tierschützerin unterwegs. Und da ging es nicht mehr um die Rücksichtnahme auf Menschen, es ging um die Rettung und das Wohl von Tieren.

Paul steckte beide Hände in die Hosentaschen und blieb steif stehen.

Irene dagegen aktivierte ihr Handy. »Hier habe ich alle Fotos der seit gut zwei Wochen vermissten Katzen.« Mit schnellen Fingerbewegungen spulte sie vor den Augen der Wohnungseigentümerin eine Galerie von Tierbildern ab.

Nadja wurde blass.

»Sie kennen eine dieser Katzen? Oder sogar mehrere?«

Nadja schluckte.

Ohne nachzufragen, öffnete Irene die verbotene Tür und eilte quer durch den Raum zum Balkon.

12. Kapitel

Etwa vier Katzen flüchteten unter Sofa, Schrank, Tisch und Schreibtisch und starrten verschreckt auf die resolut den Raum durchschreitende Frau. Auf dem Balkon zwängten sich zwei weitere Vierbeiner hinter den Oleander.

Erleichtert stellte Irene fest, dass alle sechs ordentlich und gepflegt aussahen, aber sie registrierte auch sofort, dass die Bilder aller sechs Katzen auf der *Fahndungsliste* des Tierheims standen. Damit war Nadja Herzog als Katzenentführerin enttarnt. Eigentlich sah sie gar nicht so aus. In Irenes Kopf überschlugen sich die Möglichkeiten. Die Tiere gleich mitzunehmen, war unmöglich. Und dann ... Wohin mit ihnen, bis sie abgeholt wurden? Ins Dachgeschoss des Tierheims? Das war auch schon besetzt.

Hier schienen sich die Katzen zwar auszukennen und aneinander gewöhnt zu haben. Aber sie gehörten nicht hierher. Sie hatten ein anderes Zuhause als diese Wohnung. Sie gehörten zu den Menschen, die sie schon vor langer Zeit ins Herz geschlossen hatten. Sie gehörten in ein anderes Leben, nicht in das von Nadja Herzog.

Paul stand weiterhin auf der Türschwelle, ließ die Frau nicht aus dem Blick und sagte kein einziges Wort.

Irene holte tief Luft und zwang sich zur Ruhe. Hier lag ein verdammt schwieriger Fall vor. Wer wusste schon, was diese Frau mit ihren Lieblingen anstellen würde, wenn sie diese in Gefahr wähnte? Vielleicht würde sie mit allen fliehen und sich in einem einsamen Waldhaus verstecken, unauffindbar. Irene malte sich die schrecklichsten Geschichten aus und wusste, das musste verhindert werden. Verzweifelt hielt sie nach einer möglichen Lösung Ausschau. Der nach wie vor schweigende Paul war ihr keine große Hilfe.

Und plötzlich wusste sie es und atmete erleichtert auf.

Nadja rechtfertigte sich. »Sie sind mir zugelaufen. Weil sie wissen, dass es ihnen bei mir gut geht. Hier gibt es immer genug zu essen und zu trinken. Und ich bin gerade mal acht Stunden am Tag auf der Arbeit. Danach bin ich immer mit ihnen zusammen. An den Wochenenden sowieso.«

Irene stimmte zu und komplettierte insgeheim ihren gerade gefassten Plan. »Ja, ich sehe, dass es den Tieren bei Ihnen gefällt. Sie leiden keinesfalls unter der Situation. Katzen sind ja Einzelgänger, aber die hier haben sich miteinander angefreundet. Das Einzige, was ich zu bemängeln hätte – ich bringe es einfach auf den Punkt –, sind die fehlenden Katzenklos. Sie brauchen pro Katze eine Kiste mit Streu. Aber da gibt es Abhilfe.«

»Wieso? Ich habe doch zwei Klos, und die säubere ich jeden Tag. Meine Wohnung ist nun mal klein. Wir alle leben hier miteinander in gerade mal drei Zimmern, dafür aber mit Balkon.« Mit einer ausladenden Handbewegung schloss sie alle Vierbeiner in dieses *Wir* ein. »Und schauen Sie mal, die gehen auch alle brav in ihre Häuschen.« Sie wies auf zwei Katzen, die sich hintereinander aufgestellt hatten. »Dort stehen sie Schlange – wie unsereins vorm Damenklo.« Nadja lächelte hilflos. Irene schaute zweimal hin. Diese beiden Katzen kamen ihr bekannt vor. Waren das nicht Findus und Lucy?

Doch statt danach zu fragen, lächelte sie der Katzenmutter aufmunternd zu. »Wissen Sie, was? Ich bringe Ihnen morgen sechs oder sieben zusätzliche Katzenklos vorbei. Wäre das in Ordnung? Dann haben Sie neun. Wie viele sind es insgesamt?«

»Zehn Schätzchen.« Die Frau klang stolz.

»Na bitte, das passt doch schon fast. Eigentlich braucht nämlich jede von ihnen ihr eigenes Häuschen.« Irene suchte Pauls Blick und nahm wahr, dass er die Augenbrauen hob und fast unmerklich den Kopf schüttelte. Beruhigend zwinkerte sie ihm zu und wandte sich erneut an die Katzenmutter. »Ab wann sind Sie denn morgen hier?«

Nadja Herzog hatte Vertrauen gefasst. »Siebzehn Uhr auf jeden Fall.«

»Nun gut, dann versuche ich, das so hinzukriegen. Wenn bei Ihnen etwas dazwischenkommt, rufen Sie mich einfach an.« Sie reichte der Katzenmutter-auf-Zeit ihre Karte.

Kopfschüttelnd stieg Paul zu Irene in den Wagen. Sie warf ihm einen Seitenblick zu. »Reg dich nicht auf! Ich habe einen Plan.«

»Ich sage doch nichts. Ich bin doch nicht Cindy.« Mit zusammengekniffenem Mund sah er auf die Straße.

»Das habe ich alles gemacht, um Zeit zu gewinnen«, erklärte Irene ungefragt. »Heute können wir ja sowieso nichts mehr bewerkstelligen. So wähnt sie sich noch eine Nacht in Sicherheit, und wir können Pläne entwerfen und Vorbereitungen treffen.«

»Du willst die Katzen doch wohl nicht in den Quellenhof holen, oder? Da gibt es gerade jetzt keinen Platz.«

»Die werden doch innerhalb von vierundzwanzig Stunden wieder von ihren Liebsten abgeholt.« Irene blieb bei ihrem Plan.

»Aber wie willst du das anstellen? Zehn Katzen! Und jede in ihrer eigenen Reisetasche ... da braucht man ja einen Kleinbus.« Er lächelte.

Jetzt war sie es, die staunte. Wann hatte er zuletzt eine so lange Rede gehalten?

»Auf keinen Fall würde ich fünfmal fahren und dabei jeweils zwei Katzen ins Tierheim bringen. Das geht nicht! Es wäre eine Tortur für die Herzog, für die Katzen und erst recht für uns. Wir müssen uns alle Vierbeiner auf einmal holen.«

»Für die Herzog ist alles eine Tortur. Und wie willst du das anstellen?«

Sie zögerte. »Das weiß ich auch noch nicht so genau. Deine Idee mit dem Kleinbus war gar nicht so schlecht. Bis morgen brauchen wir nämlich auf jeden Fall eine Lösung.«

»So sehe ich das auch.«

Das Interesse der soziologisch geschulten Forscherin, die Irene in ihrem früheren Leben gewesen war, wurde wach. »Was ist nur mit dieser Frau los? Woran mangelt es ihr?«

»An Nähe, an Vertrauen, an Liebe.« Pauls Antwort kam wie aus der Pistole geschossen.

Erstaunt musterte sie ihn. Das sagte ausgerechnet jemand, der mit Menschen so gut wie nichts zu tun haben wollte! Ob auch ihn die Arbeit mit den Tieren verändert hatte? Er schien weicher, offener und zugänglicher geworden zu sein.

Wenn sie so zurückblickte, hatte das gute Miteinander bei jedem Mitarbeiter des Quellenhofs positive Veränderungen bewirkt. Vor allem bei sich selbst, musste Irene sich zufrieden eingestehen. Nur bei Cindy passierte nichts. Sie schien gegen Harmonie resistent zu sein.

»Ich bin mir sicher, dass wir mit Nadja Herzog die Katzenkidnapperin gefunden haben. Alle Tiere in ihrer Wohnung sind mir vertraut. Schließlich hängen ihre Porträts an unserer Fahndungswand und sind mir täglich vor Augen. Selbst Lucy und Findus, die seit vorgestern vermisst werden, habe ich auf Anhieb erkannt.«

Er räusperte sich. »Ich habe mit meinem Handy gefilmt«, gestand er.

»Warum?«

»Wir machen von jeder Katze des Films ein Standbild und vergleichen es mit den Fotos der Vermissten. Nicht dass wir dann doch noch falsche Hoffnungen wecken.«

Schon wieder so ein langer Satz.

Irene staunte. »Morgen fahren wir mit einem großen Auto und mindestens zehn Transportboxen für Katzen bei der vor«, versprach sie. »Und sobald die Tiere in Passbrunn sind, informieren wir die Halter. Aber erst mal zurück ins Heim.« Irene lächelte.

Paul sah sie fragend an. »Was genau hast du nun vor?«

»Ich nehme Kontakt zum Tierrettungsdienst auf, organisiere ein Auto, und dann ziehen wir morgen gegen fünf Uhr nachmittags unsere Aktion durch. Wenigstens hat Nadja Herzog die Tiere gut gepflegt. Sie ist kein schlechter Mensch.«

»Sie ist traurig«, diagnostizierte Paul.

»Aber allein und einsam ist sie nicht«, stellte Irene klar. »Doris Ott, mit der ich telefonierte, klingt wie eine fürsorgliche Freundin.«

»Die sich als Verräterin entpuppt.« Paul schnaufte bitter.

»Und wie elegant sie war«, erinnerte sich Irene. »Schick angezogen und geschminkt. Ganz kurz dachte ich, sie erwartet ihren Traumprinzen, und dann kommen ausgerechnet wir.«

»Und wurden mit ihrer Enttäuschung konfrontiert.«
Paul schüttelte sich. »Und morgen erkennt sie, dass wir
sie belogen haben.«

»Das stimmt. Wir bringen keine Katzenklos, wir nehmen ihr die Tiere weg. Aber so geht es nun mal nicht!
Was sie sich da geleistet hat, ist Diebstahl. Katzen kann
man stehlen, Menschen nicht.«

»Menschen können aus eigener Kraft wieder fliehen.«

»Dass man euch endlich mal sieht!« Cindy Plödereder
war ein einziger Vorwurf. Ringsum standen erschöpfte
und verschwitzte Helfer. »Gerade habe ich überlegt, ob
wir für die Mannschaft Pizzen bestellen sollen.«

Offenbar sah Simon Braun seine Stunde gekommen. Er
preschte vor: »Eine geniale Idee! So sitzen wir zusammen
und können heute schon die Arbeiten von morgen besprechen. Ich würde auch die Pizzen abholen.« Er wartete
gar nicht auf Cindys Reaktion, sondern nahm ihr das organisatorische Heft aus der Hand. »Die anderen können
in der Zeit Tische und Stühle aufstellen. Schließlich gibt
es was zu feiern.«

»Was denn?« Irene mischte sich ein und suchte Cindys
Blick.

Die beachtete den Feuerwehrmann gar nicht mehr.
»Das Erdgeschoss vom Katzenhaus ist zwar noch feucht,
aber die Pfützen sind schon mal weg. Die Wand wurde
zum größten Teil freigelegt. Guckt mal!« Sie wies auf die
Mörtelwannen voller Gesteinsschrott, und in ihrer Geste
lag etwas so Hoheitsvolles, als wäre der Inhalt der
schwarzen Kübel kein Abfall, sondern reines Gold.

»Morgen könnten dann die Installationsarbeiten beginnen, oder?«, fragte Irene, die sich lebhaft vorstellen konnte, was noch an Arbeiten anstand.

Der Feuerwehrmann nickte zustimmend.

»Dann machen wir das doch so. Wir vom Tierheim spendieren die Pizzen. Und vom Sommerfest müssten noch Getränke da sein.«

Sie zählte alle Anwesenden durch. »Vierzehn Pizzen?«

»Exakt! Bin schon unterwegs.« Entweder hatte Simon Braun großen Hunger oder Angst vor Cindys Veto.

Nach dem gemeinsamen Abendessen schwang Cindy sich auf ihr E-Bike. Irene hatte sich schon oft gefragt, warum sich die angehende Tierarzthelferin mit dem ausladenden Hinterteil so unvorteilhaft kleidete. War das Absicht? Besaß sie keinen Ganzkörperspiegel? Wie eine Witzfigur sah sie aus! Und dazu die schmuddeligen weißen Jeans und das verdreckte T-Shirt. Ob sie sich selbst in diesen Klamotten sexy fand?

Simon Braun sah ihr sehnsuchtsvoll nach. »Bis morgen!«, murmelte er. »Ich hab mir ein paar Tage freigenommen.« Aber sie hörte ihn schon nicht mehr.

Zuvor hatte er sie gefragt, ob er sie nach Haus bringen dürfe, und war mit einem einsilbigen »Nein« abgespeist worden. Das schien seiner Verehrung keinen Abbruch zu tun. Vielleicht, so befürchtete Irene, war er genau das von seiner Mutter gewohnt.

13. Kapitel

Wenigstens die Tiernotrettung war schon verständigt, und Irene hatte es nach einigen nervenaufreibenden Telefonaten sogar geschafft, Transportboxen für zehn Katzen zu organisieren. Als Einziges fehlte ihr noch ein großer Bully oder – besser – ein kleiner Reisebus, in dem zehn Personen mitfahren konnten, jede mit einem Katzenkorb auf dem Schoß. Und dieses Gefährt sollte schon am nächsten Tag um exakt siebzehn Uhr einsatzbereit sein, denn zu genau dieser Zeit hatten sie Nadja Herzog ihren Besuch sowie die Lieferung von fünf bis sechs Katzenklos angekündigt. Nun blätterte sie sich durch die Gelben Seiten und kontaktierte Mietwagenfirmen, die mit elektronischer Stimme verkünden ließen, dass sie frühestens im September wieder mit Leihwagen dienen könnten.

Gleichzeitig hatte Paul sich durchs Internet gezappt. Keine Chance!

Jetzt, in den Sommerferien, waren die wenigen Kleinbusse der Umgebung ausgebucht und mit Großfamilien in südlichen Gefilden unterwegs. Und überhaupt, es war Sonntagabend. Wer saß denn da noch im Büro? Vermutlich nur sie und Paul. Und dabei war es nun schon fast acht Uhr abends. Hatten sie denn nichts Besseres zu tun? Offenkundig nicht.

Irene seufzte und schüttelte über sich selbst den Kopf. Und in genau diesem Augenblick kam ihr eine Idee. Hatte ihr einstiger Kollege Eckehardt Lüthus nicht einmal dreist behauptet, er könne jedes Problem lösen? Na bitte, jetzt sollte er es mal beweisen!

Sie griff zum Telefon.

»Lüthus am Apparat – ich höre.« Noch immer so förmlich. Irene lächelte. Das also hatte ihm seine Freundin Regina noch nicht abgewöhnt. Doch was er konnte, konnte sie auch. Mit offizieller Stimme meldete sie sich.

»Tierheim Quellenhof Passbrunn, hier spricht Frau Dr. Thannberg.«

»Irene! Wie geht es dir?«

Sie kam gleich zur Sache. »Gut, aber ich brauche deine Hilfe.«

»Wenn's weiter nichts ist. Sag an! Ich höre. Augenblick mal!« Er schien sich an seine Freundin zu wenden. »Das ist Irene. Sie bittet um meinen Beistand.«

Wie sich das anhörte ... und was mochte Regina denken? Beistand, das klang ja fast wie Beileid. Dabei war sie nicht auf Tröstung aus, sondern auf Transport – den Transport von zehn gekidnappten Katzen.

Vor gut einem Jahr hatte Irene Eckehardt und Regina während einer Weihnachtsfeier im Tierheim miteinander bekannt gemacht. Als klar war, dass Reginas Katze Luna Eckehardts Kater Nelson neben sich leben ließ, ohne ihn anzufauchen – was glücklicherweise auch umgekehrt der Fall war –, hatten auch Frauchen und Herrchen eine Verbindung miteinander gewagt.

»Grüß sie bitte!«, rief Regina Richtung Telefon und schaltete den Fernseher aus. Der sonntägliche *Tatort* konnte warten. Hoffentlich war im Tierheim nicht noch Schlimmeres passiert als der Rohrbruch, über den sie per WhatsApp erfahren hatte. Denn wie hieß das alte Sprichwort? *Ein Unglück kommt selten allein.* Vielleicht brannte es auch noch im Tierheim. Eine Katastrophe! Sie zupfte an Eckehardts Ärmel. »Soll ich die Feuerwehr anrufen?«

»Bloß nicht!«, fuhr er sie an und stellte das Telefon auf laut. Zusammen lauschten sie Irenes Ansage. »Ich brauche einen Bus und eine Person, die ihn fährt. Ein Kleinbus ginge auch. Aber für mindestens zehn bis fünfzehn Personen. Und du kennst doch Gott und die Welt! Am besten wäre es, der Bus stünde morgen um spätestens sechzehn Uhr vor dem Tierheim. Dann haben wir genug Zeit, um alles zu besprechen und vorzubereiten. Ich habe schon den ganzen Landkreis nach einem Wagen abtelefoniert, aber keine Chance.«

»Kein Problem!«, rief Eckehardt so laut ins Telefon, dass selbst Paul ihn verstand. »Mit genügend Geld ist alles zu regeln – immer!«

Und in dieser unglaublichen Lautstärke bot er augenblicklich eine Lösung an. »Ich könnte mit einem Reisebus der Mittelklasse dienen. Darin ist Platz für dreißig Personen. Einen Chauffeur hätte ich auch schon, nämlich meinen Verwalter. Du weißt schon, Knud von der Heide. Aber das alles nur unter einer Bedingung.«

»Und die wäre?« Irene rechnete mit dem Schlimmsten.

»Ich komme mit!«, verkündete Eckehardt abenteuerlustig.

Resigniert hob Paul beide Hände. »Wenn es der Tierrettung dient«, murmelte er aus dem Off.

Irene nickte. »Einverstanden.«

»Gut, dann sind wir morgen um halb vier Uhr bei euch am Tierheim.«

»Wie geht es denn mit den Renovierungsarbeiten nach dem Wasserschaden bei euch voran?« Regina hatte das Gefühl, nun sei auch ein wenig Small Talk angebracht.

»Bestens, erzähl ich dann alles morgen.«

Erneut klang Eckehardts Stimme ins Telefon. »Eine kleine Spende bringe ich auch noch mit, damit ihr nicht im Wasserschaden ertrinkt. Aber nun muss ich erst ein bisschen herumtelefonieren, damit *unsere* Aktion steht.« Wahrscheinlich, so vermutete Irene, würde er den Leuten, mit denen er verhandelte, von *seiner* Aktion erzählen. Egal, Hauptsache, er half ihnen.

»Na bitte!« Irene legte das Telefon in die Halterung zurück. »Dieses Problem hätten wir nun auch gelöst.«

»Wer war das denn?« Paul musterte sie entgeistert. Sie sah ihm an, dass er am liebsten hinzugefügt hätte: *Was kennst du nur für Leute!*

»Vor vierzig Jahren waren wir Kollegen in einem Forschungsinstitut zur sozialen Lage in Deutschland«, gestand Irene, ohne seine Frage abzuwarten. »Eckehardt wollte über Armut forschen. Und weißt du, was? Das Schicksal ist manchmal ein Witzbold. Kaum hatte Kollege Lüthus sein Vorhaben genehmigt bekommen, schon erbte er zwei Häuserzeilen und eine Villa. Armut ade! Von nun an war er nicht mehr Wissenschaftler, sondern Haus- und Geldverwalter in eigener Sache. Er hat lange allein gelebt. Vor zwei Jahren brachte uns die Feuerwehr seinen Kater Nelson vorbei. Eckehardt lag im Krankenhaus, und seine Katze jammerte halb verhungert und völlig dehydriert hinter der verschlossenen Haustür. Wir haben ihn – also Nelson – wieder aufgepäppelt, und als er seinen Liebling abholte, traf er die Frau seines Lebens. Ende gut, alles gut.«

Während sie diese Kurzfassung einer sehr langen Geschichte erzählte, fragte sich Irene, ob es umgekehrt auch so gewesen wäre. Wäre Eckehardt beispielsweise in plötzliche Armut gefallen, hätte er dann über Reiche geforscht? Aber wer forschte schon über den Wohlstand?

Erstens ließen sich die Reichen nicht gern in die Karten schauen, und zweitens litten sie nicht unter sozioökonomischen Schwierigkeiten, verbreiteten aber zuweilen umso mehr soziale Kälte.

Paul unterbrach ihren Gedankengang. »Und der kommt dann auch noch mit?«

»Was soll ich machen? Er spendet den Bus, den Fahrer und überreicht uns einen Wiederaufbauscheck für den Quellenhof. Dafür bringen wir ein bisschen Aufregung in sein Leben. Das ist der Deal.«

Paul seufzte.

Bevor Regina Schlössl den sonntäglichen *Tatort* über die Mediathek lud, stellte sie bewundernd fest: »Wow, wie du das wieder organisiert hast! Und so schnell!« Dazu streckte sie einen Daumen wie zu einer Siegesgeste in die Luft.

»Ich bitte dich, das ist doch eine meiner leichtesten Übungen!« Eckehardt klang stolz.

»Aber willst du da wirklich mitfahren, willst du dir das tatsächlich antun?«

»Na klar doch! Stell dir nur mal vor, deine Katze Luna müsste aus den Händen eines Kidnappers befreit werden oder – gar nicht auszudenken – mein Nelson …«

Sie unterbrach ihn: »Heißt es in diesem Falle eigentlich Catnapper? Es sind ja keine Kinder, sondern Katzen.«

Er betrachtete sie lange. Es war doch eigentlich sein Part, alles besser zu wissen und auch solche sprachlichen Feinheiten einzubringen. Aber wo sie recht hatte, hatte sie recht. Dennoch überging er ihren Einwand, beschloss aber, diesen Satz demnächst an kompetenter Stelle anzubringen. »… und wenn die Katzen sich dieser Befreiungsaktion entzögen«, fuhr er unbeirrt fort, »und dann auch noch unter die Räder gerieten. Nicht auszudenken! Deshalb komme ich mit. Deshalb rede ich mit allen und übernehme die Organisation.«

»Du bist so klug!« Regina rückte die Schälchen mit selbst gebackenen Käseplätzchen in die Mitte des Couchtischs und schenkte ihm und sich ein Glas Rotwein ein. Vor Eckehardts Platz lagen Knusperbällchen für die Katzen, die er, immer wenn es spannend wurde, gerecht an Nelson und Luna verfütterte. Es ging doch nichts über einen gemütlichen Abend zu viert auf der Couch.

Regina drückte den Startknopf der Fernbedienung.

»Morgen kriegt ihr eine Menge zusätzlicher Toiletten. Dann wird es hier auch gesitteter zugehen, und ihr müsst nicht mehr so lange anstehen.« Nadja Herzog streifte ihre samtpfotige Bande mit einem liebevollen Blick. Sie alle hatten zu ihr gewollt, ja, sie mit sämtlichen Katzensinnen gesucht. Katzen waren um einiges feinfühliger als Menschen. Immer, wenn sie ihre Vierbeiner betrachtete, freute sie sich, dass es ihnen so gut ging. Endlich richtig gut! Welche Schrecken mochten die Fellnasen hinter sich haben? Einige der Rabauken schliefen nun sogar – nach einer kurzen Phase der Befangenheit – mit ihr im selben Bett und schnurrten um die Wette.

Der Einfachheit halber redete sie alle mit *Schätzchen* an. Das war gut so. Auf diesen Namen reagierten sie sofort, egal, ob es etwas zu essen gab oder Streicheleinheiten. Auf Tiere war Verlass! Sie logen nicht. Ganz im Gegensatz zu Menschen. Angefangen bei Doris Ott. Vor allem bei der!

Menschen waren unzuverlässig und verrieten andere. Menschen logen gern. Wenn Nadja eins gelernt hatte, dann das. Und zwar schon sehr früh. So war ihre eigene Mutter ein Ausbund an Wankelmut gewesen und hatte, soweit

Nadja sich erinnern konnte, kein einziges ihrer vielen Versprechen eingelöst. Und dennoch hatte Nadja ihr geglaubt und immer wieder gehofft, dass sie ihr Wort hielt.

Wie blöd konnte man nur sein! Doch ohne Hoffnung lebte es sich einfach schlecht. Ob ihr Vater zuverlässiger gewesen wäre? Sie hatte es nie überprüfen können. Er war ebenso dauerhaft abwesend, wie ihre Mutter unerbittlich gegenwärtig war. Martha Herzog schwieg sich über die Identität des Kindsvaters mit so hartnäckiger Konsequenz aus, als käme die Nennung seines Namens einem Staatsgeheimnis gleich.

Doris Ott hatte es bewundert, dass ihre Kollegin Nadja in dieser Unzuverlässigkeit hatte erwachsen werden können. Auf Doris Ott konnte man sich verlassen, allerdings nur so lange, wie Nadja genau das machte, was Doris bestimmte.

Also hatte Martha Herzog doch recht gehabt, als sie ihrer Tochter riet: »Verlass dich nicht auf Menschen!«

Nadja hatte ihre Kindheit überlebt, weil sie Fantasie besaß.

Bereits als kleines Mädchen hatte sie sich mit einer Herde von Fabelwesen umgeben. In der Realität jedoch hatte ihr die Mutter den Umgang mit Tieren verboten. »Die verlieren Haare und machen Dreck. Und wenn du Pech hast, laufen sie dir weg.«

Gut, dass Martha Herzog nun im Heim lebte und sich – entgegen ihren eindrücklichen Gardinenpredigten – an andere Menschen band. Mit denen spielte sie Schafkopf oder Scrabble, und in deren Gesellschaft fühlte sie sich so wohl, dass sie kaum noch an ihre Tochter dachte.

Auch Nadja vermisste ihre Mutter nicht, denn nun, endlich nach fast fünfunddreißig Jahren, wurde die Wohnung zu ihrem eigenen Reich, und sie holte sich Katzen ins Haus.

Anfangs waren sich die Vierbeiner in ihren drei Zimmern misstrauisch aus dem Weg gegangen, aber dazu war die Wohnung auf Dauer zu klein. Neuankömmlinge wurden weiterhin erst mal kritisch beäugt, doch inzwischen lebten alle zehn überaus friedlich miteinander.

Endlich hatte Nadja Lebewesen um sich herum, die sie liebten. Jeden Morgen und Abend schauten die zehn Vierbeiner erwartungsvoll zu ihr auf, sobald sie mit der Futtertüte raschelte. Zum ersten Mal im Leben fühlte sie sich gebraucht und wichtig und sogar ein bisschen glücklich. Eines stimmte auf jeden Fall: Tiere waren besser als Menschen. Und zwar um einiges!

War die Frau vom Tierheim vielleicht doch eine löbliche Ausnahme? Klar, wünschen durfte sie sich so etwas, aber sie musste auch wachsam bleiben. Andererseits, warum sonst wollte sie Katzenklos vorbeibringen? Doch nur, weil sie gesehen hatte, dass die Fellnasen bei ihr glücklich waren.

Was die kleinen Plüschpopos so an Stoffwechsel produzierten ... da kam im Lauf eines Tages schon gut was zusammen. Jeden Tag ein großer prall gefüllter Schwerlastsack. Und den konnte sie nicht mehr einfach in den Hausflur vor die Wohnungstür stellen. Die Nachbarn hatten sich beschwert. Daher hatte sie es sich angewöhnt, die Abfallsäcke im eigenen Bad zwischenzulagern, und sie morgens auf dem Weg zur Arbeit in die Hausmülltonne zu hieven.

14. Kapitel

Nasen rümpfen, das konnten die Leute gut. Nicht nur Nadjas Nachbarn in der Bauhofstraße, sondern seit Kurzem auch ihre einst beste Freundin und Kollegin Doris Ott. Seit ihrem Schulabschluss saßen sie sich im selben Büro an zwei Schreibtischen gegenüber und teilten alles miteinander. Doch nun, ganz plötzlich, war Doris nichts mehr recht. An allem meckerte sie herum und wollte zudem, dass Nadja dauernd für sie da war.

Aber das ging nicht mehr. Nadja hatte ja nun zehn Schätzchen zu Hause, um die sie sich kümmern musste und von denen jedes einzelne der kleinen Rabauken ganz uneigennützig geliebt werden wollte. Die liebten sie von Herzen. Bei Doris war sie sich da schon lange nicht mehr so sicher gewesen.

Und jetzt war schon wieder Montag! Das Wochenende war wie immer viel zu kurz gewesen, und Nadja verspürte überhaupt keine Lust auf Büroarbeit. Zudem fürchtete sie sich vor den vorwurfsvollen und anklagenden Blicken ihrer einstigen Freundin und Immer-noch-Kollegin.

Ganz kurz hatte die Katzensammlerin sogar überlegt, Doris von ihrem neuen Leben und der wunderbaren Gemeinschaft zu erzählen, hatte sich dann aber dagegen entschieden. Doris war in gewisser Hinsicht nämlich ein bisschen wie Nadjas Mutter Martha Herzog. Auch Doris hatte gern alles picobello sauber und an seinem Platz gehabt. Auch bei ihr kamen Katzenhaare oder gar eine verschobene Blumenvase einer mittelschweren Katastrophe gleich. Außerdem hatte sie angeblich eine Katzenhaarallergie.

Darum lud Nadja Doris nicht mehr zu sich ein. Die schönen Weißweinabende auf dem Balkon waren für immer vorbei. Käme Doris heute, so fände sie überall ein Haar in der Suppe. Bei diesem Gedanken musste sie fast lächeln. Haare in der Suppe und Haare an der Kleidung. Von Letzteren hatte sie mehr als genug!

Wenigstens war sie an diesem Montag als Erste am Schreibtisch und fuhr augenblicklich den Rechner hoch. Meine Güte, so viele Menschen hatten in den letzten Tagen wieder Bestellzettel ausgefüllt. Wozu brauchten sie all das Zeug? Der Papierstapel neben ihrem Computer schien gigantisch gewachsen zu sein. Hatten die Käufer denn so viel Platz in ihren Wohnungen? Immer noch ein Sofa mehr, ein Bild mehr, einen Teppich dazu oder das allerneueste Küchengerät. Nun ja, das war nicht Nadjas Problem. Sie hoffte nur, dass heute nicht schon wieder Überstunden anstanden. Überstunden gingen nun gar nicht mehr. Sie war schließlich verantwortlich für zehn vierbeinige Mitgeschöpfe.

»Meine Güte, ist das heiß! Dieser Sommer ist eine Zumutung!« Doris stürzte ins Büro, knallte ihre Tasche auf den Tisch und holte aus den Tiefen ihres Lederbeutels eine große Mineralwasserflasche hervor.

Früher hatte sie sich in solchen Momenten fragend zu Nadja umgewandt und gefragt: *Magst du auch einen Schluck?*

Aber jetzt war nicht mehr früher, und Doris brachte nur für sich ein Glas aus der Küche mit.

Obwohl Nadja wusste, dass die Situation schon verfahren war, probierte sie es dennoch: »Wie war dein Wochenende?«

Doris sah kurz auf und klang beleidigt: »Das interessiert dich ja doch nicht!«

Nadja biss sich auf die Lippen und wusste, dass die Antwort stimmte. Sie wollte tatsächlich nicht wissen, was Doris unternommen hatte.

Demonstrativ beugte sie sich vor und gab die nächsten Kundendaten in eine Maske ein. Je schneller sie alles wegarbeitete, umso pünktlicher konnte sie Feierabend machen.

Zumal heute Abend diese Frau vom Tierheim kommen wollte, um Katzenklos vorbeizubringen. Ja, mit der war sicher ein gutes Gespräch möglich. Die gab sich nicht als beleidigte Leberwurst, so wie Doris es zu tun pflegte.

Nun klingelte auch noch das Diensttelefon, das zwischen ihnen stand. Beide Frauen sahen sich an und wussten, dass das Läuten dieses Apparats nichts Gutes verhieß. Fast immer Mehrarbeit. Es läutete weiter. Doris beugte sich vor und griff beherzt nach dem Hörer. »Hier spricht Doris Ott, was kann ich für Sie tun?«

Während am anderen Ende der Leitung gesprochen wurde, legte sie eine Hand auf die Muschel und flüsterte in Nadjas Richtung: »Das sind die IT-Leute!« Mit gerunzelter Stirn lauschte sie dem Techniker.

»Wie meinen Sie das, die Daten von Freitag sind Dubletten? Das kann doch gar nicht sein. Hier arbeitet – jede für sich – ihren eigenen Stapel ab. Bei uns gibt es kein Durcheinander.«

»Und überhaupt: Freitag!« Fast triumphierend blickte sie in Nadjas Richtung. »Da war ich krank. Das hat allein Frau Herzog zu verantworten. Es scheint ja fast so, als hätte sie aus Versehen meinen Stapel zum zweiten Mal eingearbeitet.« Sie lachte verständnislos.

Nadja wurde rot und begriff: Doris hatte absichtlich den von ihr bereits erfassten Stapel mit Anträgen erneut in Doris' Fach gelegt, ohne zuvor auf dem Laufzettel das Häkchen *Im System* abgehakt zu haben. Das kam einer Kriegserklärung gleich.

»Sie müssen doch sehen, welche Datensätze zuerst und welche danach eingegeben wurden. Es wird alles sekundengenau erfasst. Auch unsere Arbeit!«, blaffte Doris nun in gespielter Solidarität mit ihrer Bürogenossin den Anrufer an und stellte sich dazu breitbeinig auf. Mit geübter Geste strich sie sich das spärliche braune Haar zurück und setzte eine Miene auf, als wäre die gesamte Menschheit ihr etwas schuldig – und zwar auf der Stelle!

Allerdings konnten die Techniker am anderen Ende der Leitung das Geschehen nicht verfolgen. Sie vernahmen nur Doris' wütendes Schnauben. »Und wenn es Dubletten sind«, fasste Doris gerade streng zusammen, »dann müssten Sie das Zeug einfach neu sortieren und mit dem Befehl *Aus zwei mach eins* wieder berichtigen. Das ist nun wirklich keine Zauberei.«

Sie schwieg, lauschte den Erörterungen des Anrufers und verdrehte in gespielter Ungeduld die Augen. Dann wurde sie laut: »Was, Sie sagen uns das nur, damit wir nicht aus Versehen erneut diesen Fehler machen? Sie haben das alles schon mit einem Klick gelöst? Sehr fürsorglich von Ihnen! Danke, vielen Dank. Großartig! Sie hätten uns aber auch dieses Telefonat ersparen können. Leeres Geschwätz!«

In früheren Zeiten hätten sie nach einem solchen Telefonat gemeinsam einen Kaffee getrunken, Doris hätte sich dazu eine Zigarette angesteckt – und voller Lust hätten sie miteinander über die Nerds der Computerabteilung gelästert und sich später in der Kantine so gesetzt, dass sie alle *unsere Datenstruppis*, wie Doris die IT-Kollegen gern nannte, im Auge behielten. Zumindest aber jenen Tisch, an dem Elmar saß. Doris verehrte Elmar, und Elmar wusste nichts davon. So war es nun mal im Leben.

Heute aber gab es kein gemeinsames Lästern.

Doris wandte sich ab und verschwand im Flur. »Ich muss mal.«

Nadja wollte das Telefonat ihrer Kollegin nicht mithören, aber es ergab sich so. Doris hatte nun mal eine durchdringende Stimme, und mit dieser Stimme wollte sie von ihrem Gesprächspartner wissen, ob die Frau Doktor schon da sei.

»Ja, gut. Dann verbinden Sie mich bitte sofort mit ihr. Es ist wirklich sehr, sehr dringend.«

Nachdenklich hob Nadja den Kopf. War Doris etwa krank? Und wieso hatte sie ihr nichts gesagt? Ganz plötzlich machte sie sich Sorgen.

An diesem Montagvormittag überholte Irene auf ihrem Weg zum Tierheim den Rad fahrenden Paul, aber er bemerkte sie wieder nicht. Vermutlich befasste er sich bereits gedanklich mit den zwei Aufgaben, die vor ihnen lagen: Telefonate am Vormittag, um Unterkünfte für jene Katzen zu organisieren, die für ein paar Wochen nicht in ihre Zimmer zurückkonnten, und am späteren Nachmittag dann die Befreiung der gekidnappten Kater und Katzen. Zu gern hätten Irene und Paul die erste Aufgabe an Cindy weitergegeben, aber die war weder stellvertretende Leiterin des Tierheims, noch hatte sie eine Stimme, der man gern lauschte. Darin waren sich Irene und Paul in der vergangenen Nacht einig gewesen.

Um konzentriert telefonieren zu können, hatte Irene sich mit einer Kanne grünem Tee gewappnet, sich dazu an der Kaffeemaschine mit einem Espresso versorgt und sah nun der ganzen Aktion um einiges gelassener entgegen. Sie saß an Eddas Platz, und Paul sollte an Irenes gegenüberliegendem Schreibtisch arbeiten. Zwischen ihnen stand eine Vase mit frisch gepflückter Akelei. Altrosa, lila und dunkelrot. Die Lieblingsblumen der beiden Frauen sollten auch ihnen Glück bringen.

Paul tauchte mit einer Flasche Wasser und zwei Gläsern auf. Er grinste zweifelnd. »Ich fürchte, ich bin am Telefon nicht gerade überzeugend.«

Irene stöhnte verständnisvoll. »Das verstehe ich gut. Ich habe mich innerlich so motiviert, dass ich es nur für die Katzen tue, und heute Nacht, als ich nicht schlafen konnte, ein paar Stichworte notiert.«

Er nickte ein wenig zu schnell und streckte siegesgewiss den Daumen in die Luft. »Du schaffst es, an dieser Aufgabe wirst du wachsen. Wenn jemand motivieren kann, dann du. Das denke ich mir immer, wenn du mit zukünftigen Katzeneltern sprichst.«

»Ich weiß nicht ...« Sie hob die Schultern. »Eine berufliche Karriere als Animateurin oder Chefverkäuferin hat mich nie gelockt.«

»Du tust es für unsere Katzen.«

Bevor Irene auf dieses Argument eingehen konnte, läutete das Telefon. In gespieltem Optimismus hob sie den Zeigefinger. »Wer hätte das gedacht? Nun kommen die Tiny Houses schon von selbst zu uns. Glauben wir doch mal an Wunder! Ja bitte?«

Cindy meldete sich von der Telefonzentrale. Neben der ganzen Organisationsarbeit mit den freiwilligen Helfern kümmerte sie sich nun auch noch darum. *Vermutlich kann sie nichts abgeben,* dachte Irene und ahnte, dass Cindy sich vor allem dann wichtig und vielleicht sogar lebendig fühlte, wenn sie an allen Fronten gleichzeitig kämpfen konnte. Da kam es vermutlich auf eine Front mehr oder weniger nicht mehr an.

»Bevor du mir das Gespräch durchstellst, nur zur Info: Heute Abend kommen weitere zehn Katzen ins Haus.«

Cindy schnaubte: »Ich fass es nicht! Was denkst du dir eigentlich? Darüber ist das letzte Wort noch nicht gesprochen. Wie kannst du so etwas nur zulassen?« – »Kaum ist Edda weg, führst du dich auf wie eine Generalin«, konterte Irene. »Bei der Aktion heute Abend handelt es sich um einen Notfall. Vermutlich ebenso, wie das Gespräch in deiner Leitung ein Notfall ist. Nun stell endlich durch!«

»Ein genialer Schachzug!« Paul musterte Irene mit großen Augen. »Jetzt hat sie den ganzen Tag Zeit, um wieder runterzukommen.«

»Ja, Thannberg?« Irene meldete sich verhalten.

»Ich bin's, Doris Ott. Sind Sie weitergekommen? Wie ist der Stand der Dinge?«

Die Angerufene holte tief Luft, und noch bevor sie etwas sagen konnte, prasselte auch schon der nächste Satz auf sie ein. »Sie haben es doch versprochen!«

Irene legte das Telefon auf den Tisch, drückte die Mithörtaste und blieb betont lässig. »Sie wollen wissen, ob wir bei Frau Herzog waren?«

»Natürlich! Darum rufe ich Sie doch an.«

»Ja, wir haben sie tatsächlich gestern besucht.«

»Und, was war? Was war da los? Hält sie sich dort ein wildes Tier?«

Paul und Irene sahen sich an, und Irene hätte am liebsten geantwortet: *Nein, aber einen zahmen Mann.* Es hätte sie einfach interessiert, wie Doris reagierte. Doch dann blieb sie doch bei der Wahrheit. »Sie hält sich einige Katzen. Wild sind die nicht, und alles in allem ist das völlig legitim. Allerdings sind es ein paar zu viel.«

»Hat sie die bei Ihnen aus dem Tierheim geholt?«

»Nicht alle«, log Irene. »Wir wollen heute Abend zu ihr fahren und die Situation ein wenig entspannen.«

Diesen Satz hätte sie sich sparen sollen, denn augenblicklich rief die erregte Doris: »Super! Wie spät? Das muss ich sehen!«

»Besser, Sie kämen nicht. Ihre Freundin erzählt Ihnen sicher morgen alles.«

»Nadja ist nicht mehr meine Freundin. Also, wie spät?«

»Wir wissen es noch nicht. Aber versprechen Sie mir, dass Sie Ihre Freundin nicht vorwarnen.«

»Wir reden kaum noch miteinander.«

»Kaum heißt nicht: gar nicht. Also, verraten Sie nichts?«

»Ich schweige wie ein Grab, aber angucken werde ich mir das Theater.« In ihrer Stimme schwang ein unguter Ton mit.

15. Kapitel

»Mit dieser Doris werden wir noch unseren Spaß haben.«
Paul füllte sein Wasserglas und trank es in einem Zug
leer. »Kennst du sie persönlich?«

»Nur vom Telefon. Aber ich fürchte, du hast recht.«

»Für mich hat die so was Cindymäßiges an sich.« Pauls
Diagnose klang nicht gerade nach einem Kompliment.
»Schlimmer kann es nicht werden. Schau mal, in der Zwischenzeit habe ich siebzig Hersteller von Minihäusern gefunden. Viele eignen sich zum Wohnen, aber auch als Ferienhaus oder als Büro. Manche stehen sogar auf vier Rädern und können problemlos den Standort wechseln. Alle
verfügen übrigens über eine Innentreppe und eineinhalb
lichtdurchflutete Stockwerke. Aber – das ist der springen-
de Punkt – unter achtzigtausend Euro kriegt man so ein
Haus nicht. Und ehrlich gesagt ist ein Hühnermobil auch
nicht gerade billig ...«

»Wir wollen ja auch nichts kaufen«, ging Irene
schnell dazwischen, um zu verhindern, dass dieser
Schreckenspreis sich in ihrem Kopf festsetzte. »Wir wollen es mieten oder – und das ist mein eigentliches Ziel –
geliehen und gesponsert bekommen. Für meinen Plan
brauchen wir mindestens acht Häuser von acht verschiedenen Herstellern. Das hieße, dass jeder nur eins rausrü-
cken muss. Ich habe mir überlegt, dass wir wie folgt vorgehen: Wir werden nicht betteln, wir werden anbieten.

So beginnen wir unser Gespräch mit dem Vorschlag, auf einem sehr großen und gut zugänglichen Areal eine Sonderausstellung von Tiny Houses zu realisieren, an der sich möglichst viele Hersteller beteiligen. Wir versprechen exzellente Pressearbeit und viel Werbung. Edda hat nämlich gute Kontakte, und daher wird sicher auch das Fernsehen vorbeischauen. Sobald die Hersteller angefixt sind, lassen wir nebenbei einfließen, dass es natürlich noch lebensechter rüberkäme, wenn die Minihäuser bewohnt wären.«

»Willst du da etwa einziehen?« Paul hob die Augenbrauen. »Oder dachtest du an mich?«

»Wir doch nicht! Die Katzen! Dieses Thema spreche ich dann aus dem Bauch heraus an. Je nachdem, wie meine Ansprechpartner drauf sind. Wir brauchen die Häuser ja höchstens für zwei Monate. Und danach kriegen die Hersteller sie picobello sauber wieder zurück. Sie profitieren von dieser vermutlich einmaligen Sonderausstellung und können sich zudem mit einem guten Werk brüsten. Wie heißt es so schön? Tue Gutes und rede darüber. Oder gibt es schon Sonderausstellungen zu Minihäusern?«

»Nicht dass ich wüsste.« Paul zog sich mit einer Hand so durch sein Haar, dass dunkelblonde Igelborsten von seinem Kopf abstanden. »Irene, dein Konzept ist so genial, dass du die Gespräche führen solltest.«

Und so geschah es dann auch.

Mittags gegen drei hatten sie tatsächlich ihr Tagessoll geschafft und die Zusage für genau acht Häuser in der Tasche, einschließlich eines günstigen Mietpreises. Paul hatte gleichzeitig auf seinem Computer die Verträge entworfen, ausgefüllt und an die Hersteller geschickt. So arbeiteten sie Hand in Hand. Irene fand ihn gar nicht mehr so menschenscheu. Hatte sich an seinem Selbstbild vielleicht etwas verändert?

»Du bist ein Verkaufsgenie!« Paul war hin und weg. Zögernd sah er sie an. »Hoffentlich bist du auch ein Verhandlungsgenie, wenn Cindy uns über den Weg läuft. Die tobt immer noch wegen der zehn Katzen, die du ihr angekündigt hast.«

»Oje, die hatte ich ganz vergessen!« Gemeinsam blickten sie aus dem Fenster in den Innenhof. Dort machte die Weißwurst ihrem Spitznamen alle Ehre und führte in vorher weißen Jeans sowie einem befleckten weißen T-Shirt das Kommando über ihre freiwilligen Helfer.

Der Feuerwehrmann Simon Braun, nun in ziviler Kleidung, folgte ihr aufmerksam wie ein Hündchen und schien nach ihren Anweisungen zu lechzen.

»Einer ihrer vielen tausend Fans«, meinte Paul lächelnd. »Schade, dass sie es nicht merkt«, fügte Irene hinzu.

Irene suchte in ihrer Tasche nach dem Mittagsimbiss. »Wir könnten uns in den Hof setzen«, schlug sie vor.

»Um den Arbeitern zuzuschauen, die Cindys Befehle befolgen? Und die uns dann auch noch beim Essen zusehen?« Paul war skeptisch.

»Sobald die uns – beziehungsweise mich – sieht«, prophezeite Irene, »erwarte ich eine Gardinenpredigt, die sich gewaschen hat. Aber der stelle ich mich gern. Vor allem mit dem Ergebnis unserer erfolgreichen Arbeit im Rücken. Und wenn sie das nötig hat, bitte!« Irene fischte einen Möhrenstift und eine Selleriestange aus ihrer Vorratsdose und hielt beide wie ein Victoryzeichen in die Höhe. »Auf in den Kampf! Wir stellen uns der Gefahr!«

»Das will ich sehen!« Paul folgte ihr.

»Moment mal, kurze Pause!«, rief Cindy ihren Vasallen

zu, als sie Paul und Irene entdeckte. »Ich muss schnell etwas klären.«

Wie eine Zuschauergruppe blieben die Helferinnen und Helfer beieinander stehen. Was sollte denn jetzt noch geklärt werden? Alle hatten nach bestem Wissen und Gewissen gewaschen, geputzt, gefegt, gestapelt und geräumt. Und jetzt gab es eine neue Aufgabe?

»Also, nun zu euch.« Kampfbereit trat Cindy auf Irene und Paul zu. »Ich wollte euch bei eurer Akquise nicht stören, aber Folgendes solltet ihr wissen: Zehn neue Katzen nehmen wir keinesfalls in dieser Situation auf. Das Boot ist voll.«

Cindys Gefolgschaft nickte zustimmend.

»Also Aufnahmestopp! Mehr geht einfach nicht!« Cindy blieb hart.

»Es geht doch! Es geht immer was«, widersprach Irene.

»Zehn Katzen! Wo hast du die überhaupt aufgetan?«

»Das tut nichts zur Sache.« Die stellvertretende Leiterin des Tierheims blieb gelassen. »Aber wenn du wissen willst, um welche Katzen es sich handelt, dann geh doch mal in unser Büro. Dort hängen Fotos von all jenen an der Wand, die wir endlich wiedergefunden haben.«

Wie erstarrt blieb Cindy stehen. »Alle auf einmal? Das kann doch gar nicht sein!«

Jetzt war es Paul, der bestätigend nickte. »Wir wissen inzwischen, wer sie entführt und bei sich zu Hause eingesperrt hat.«

Die freiwilligen Helfer im Hof lauschten dem Gespräch mit offenem Mund. Was es alles gab!

»Entführt!!! Das müsst ihr der Polizei melden. Etwa auch noch mit Lösegeldforderungen? Also echt!«, schrie Cindy empört. »Das ist ja ungeheuerlich!«

»Das käme übrigens dem Tatbestand der Erpressung

118

gleich«, ergänzte Simon Braun und wurde augenblicklich von Cindy angeblafft. »Du hältst dich da raus!«

Er schluckte.

»Heute Abend hole ich die Katzen zu uns, und dann sehen wir weiter. Spätestens morgen werden die Besitzer informiert. Das heißt, die Tiere bleiben höchstens eine Nacht lang hier. Also reg dich nicht so auf!« Irene blieb gelassen.

»Zehn Katzen! Wie willst du die denn holen? In deinem winzigen Auto etwa?«

»Das habe ich bereits organisiert. Jeder hat seine eigenen Baustellen, um die er sich kümmert. Aber du kommst mit deiner ja richtig gut voran.« Sie sah sich im Hof um. Geputztes und gewaschenes Katzenzimmerinventar leuchtete in der Sonne und flatterte an den Wäscheleinen.

Der immer noch neben Cindy stehende Simon Braun nickte stolz. »Diese Frau hat alles im Griff!«

Ich hoffentlich auch, dachte Irene.

Am späten Nachmittag fuhr der gecharterte Bus vor. Eckehardts Chauffeur und Hausmeister ließ es sich nicht nehmen, zweimal zu hupen.

»Nicht die Tiere erschrecken!«, schrie Cindy zornbebend. »Habt ihr denn kein Benehmen?!«

Wie von Irene vorgeschlagen, war Eckehardt zuvor bei der Tiernotrettung vorbeigefahren und hatte neben zehn ehrenamtlichen Tiernotrettern auch zehn Transportkörbe für Katzen eingeladen. Seine Helfer, wie er sie nannte, saßen nun, jeder für sich, mit je einem leeren Katzenkorb neben sich auf den Zweiersitzen des Busses.

»Die Körbe sind bald bewohnt«, versprach Eckehardt, der Organisator der ungewöhnlichen Reisegruppe. Er wandte sich an Irene. »Seid ihr bereit? Und wo genau geht's denn nun hin?« Halb scherzhaft fügte er hinzu: »Irene, immer machst du aus allem so ein Geheimnis.«

»Das wird gleich gelüftet!« Sie wandte sich an Paul. »Kommst du auch mit?«

»Unbedingt. Uns kennt sie ja.« Paul trug ein graues T-Shirt ganz ohne Flecken, und seine Augen leuchteten erwartungsvoll. Irene nahm wahr, dass auch das Haar frisch gewaschen war.

»Oh!« Eckehardt spitzte die Ohren. »Und wer ist diese *Sie*?«

»Geduld, Geduld!« Irene stieg in den Bus und begrüßte die Mitreisenden.

Es war Paul, der dem Chauffeur sagte, wo es langging. »Hier rechts, dort links, jetzt noch zweihundert Meter und dann halt!«

Eckehardt Lüthus sah sich um. Bauhofstraße. Auf ihn macht die Gegend einen ungut vertrauten Eindruck. War er etwa schon einmal hier gewesen? In einem sehr viel früheren Leben? Oder gar im Traum? Er schüttelte sich. Regina hatte ihm erzählt, dass Déjà-vu-Erlebnisse im Alter zunahmen. Vielleicht hatte er von einer ähnlichen Gegend gelesen oder sie im Fernsehen gesehen. Das Hirn merkte sich die seltsamsten Dinge und kramte sie in den unmöglichsten Situationen wieder hervor.

»Wir gehen voraus«, bestimmte Irene und wies auf Paul und sich. »Sie sollten mit den offenen Transportboxen im Treppenhaus warten und bereit sein, wenn wir die einzelnen Tiere einfangen«, sagte Irene und schloss alle Helfer mit einer Handbewegung ein. »Wir bringen die Katzen, und sobald Ihre Box ein Tier aufgenommen hat, gehen Sie damit zum Bus. So entspannt sich die Lage.«

»Ich komme mit zur Wohnungstür«, stellte Eckehardt klar. »Schließlich habe ich auch einen Kater und weiß, wie man mit ihm umgeht und wie man ihn anfasst. Das gilt nicht nur für meinen Nelson, sondern auch für Reginas Luna.«

Wenn's denn sein muss. Irene verkniff sich gerade noch diese Bemerkung und gab Paul mit einem Zeichen zu verstehen, dass er Eckehardt besser nicht widersprach. Schließlich hatte der nicht nur die ganze Organisation übernommen, er wollte auch für die Kosten der Rettungsaktion aufkommen.

Zu dritt und gefolgt von katzenkorbtragenden Tierrettern, die allerdings auf Irenes Geheiß im ersten Stock stehen blieben, standen sie kurz darauf vor der Wohnungstür und läuteten. Laut las Eckehardt das Türschild vor. »*Nadja Herzog.* Na, das scheint mir ein ganz besonderes Prinzesschen zu sein.«

Während er dem Namen nachlauschte, fühlte er sich eigenartig mulmig. Die Sache wurde immer beklemmender unvertraut-vertraut. Erst die Gegend, dann der Straßenname und nun dieses Türschild. Da war doch mal was ... Vielleicht in einem früheren Leben? Hatte er da nicht eine Martha Herzog gekannt? Gut, dass diese Frau Nadja hieß und offensichtlich Katzen mochte. Martha hatte Tiere gehasst, weil sie *schmutzten,* und hatte ihm, dem damals noch forschenden Eckehardt, das Leben schwer gemacht. Seltsam, was Namen, Gebäude, Gerüche und Gegenden in ihm auslösten. Er schüttelte über sich selbst den Kopf.

16. Kapitel

Schnurrend strichen die Fellnasen um Nadjas Beine und bewiesen ihr damit, wie glücklich sie hier waren.

Das so zärtlich umschwärmte Frauchen stand währenddessen am Fenster und blickte auf die Straße. Fast sehnsüchtig erwartete sie ihre neue Freundin mit den versprochenen Katzenklos. Wenigstens eine, die sie verstand und mit der sie sich austauschen konnte. Nicht nur über Katzen, sicher auch über alles andere. Klug sah sie aus, diese Frau Thannberg. Solche Menschen gab es nicht oft. Sie erinnerte sich, dass die Frau Doktor und ihr Mitarbeiter gestern mit einem blauen Auto davongefahren waren, und nach genau diesem Wagen hielt sie nun Ausschau. Doch da war nichts in Sicht. Stattdessen hielt ausgerechnet in dieser Straße ein Kleinbus mit vielen Reisenden. Als wäre seltsamerweise gerade diese ins Alter gekommene Vorstadtsiedlung an der Bauhofstraße mit den abblätternden Fassaden für Touristen interessant. Nadja wunderte sich kurz und hockte sich dann zu ihren Lieblingen auf den Boden.

Die abendliche Aussprache, der eigentliche Trost ihres Tages, konnte endlich beginnen. »Heute war es furchtbar mit Doris«, begann sie und streichelte einen schwarz-weißen Kater, der den Kopf immer wieder in ihren Handballen drückte. »Weißt du, ich glaube, sie ist krank. Gleich in der Früh hat sie ihre Ärztin angerufen. Und ich sehe ihr ja auch an, dass es ihr nicht gut geht. Aber meint ihr, sie spricht mit mir darüber? Kein Wort! Früher hat sie mir alles erzählt. Und nun dieses Schweigen. Was meinst du, ist es eine sehr, sehr schlimme Krankheit? Muss ich mir Sorgen machen?«

Der schwarz-weiße Kater nickte zustimmend.

»Ich hätte sie vielleicht nicht fragen sollen«, verriet Nadja ihren Katzen. »Aber man muss doch Anteilnahme zeigen, was meint ihr? Sie geht möglicherweise davon aus, dass ich sie belausche. Auf jeden Fall hat sie mich total angefaucht, als ich wissen wollte, was ihr fehlt. Gefaucht und geschimpft, viel schlimmer, als ihr jemals gefaucht habt, meine Süßen. Und dann ist sie auf mich los. *Das hättest du wohl gern, wie?,* hat sie gezischt. Dabei will ich doch nur ihr Bestes! Undankbar ist sie. Und hartherzig.«

Übermannt von Selbstmitleid, putzte sie sich die Nase und rief sich zur Ordnung.

»Freut ihr euch auf eure neuen Toiletten? Dann hat jede und jeder ein eigenes Häuschen mit dem eigenen Geruch.« Sie lehnte sich zurück und lächelte vergnügt. »Da wird sich das Scheiß-Leistungs-Verhältnis garantiert verbessern. Gut, dass wir im Hof so große Mülltonnen haben.«

Unten im Hausflur tat sich etwas. Ein ungewöhnliches Getrappel, ein Hin und Her. Als würden ganz viele Leute Sachen von A nach B tragen. In früheren Zeiten hatte es am Schwarzen Brett neben den Briefkästen gehangen, wenn jemand auszog und Abschied nahm oder jemand zu ihnen zog und sich vorstellte. Doch nun ... Die Menschen wurden immer unhöflicher und egoistischer. Sie zogen ungefragt ein und verschwanden ohne Abschied, und wenn man Glück hatte, sah man gelegentlich einen von ihnen bei den Garagen oder im Treppenhaus. Welch ein

Segen, dass Nadja jetzt nicht mehr auf mögliche Nachbarn und Hausbewohner aus den anderen Stockwerken angewiesen war. Sie hatte ihre Schätzchen. Ihr Glück. Ihr eigenes Paradies.

»Dann wollen wir mal«, leitete sie das abendliche Ritual ein, stand auf und begab sich in Begleitung von zehn miauenden Vierbeinern in die Küche. Sorgfältig spülte sie alle zehn sauber geleckten Näpfchen noch einmal, gab pro Schüsselchen einen gehäuften Esslöffel Nassfutter aus und erfreute sich an dem zufriedenen Schnurren und Schmatzen.

Die Welt war wieder in Ordnung.

Endlich klingelte es. Nadja sah auf die Uhr. Frau Thannberg war ja fast pünktlich. Auf die war Verlass!

Umringt von ihren satten und sich zufrieden putzenden Schätzchen, betrachtete sich Nadja im Spiegel. Eine etwas füllige Mittdreißigerin lächelte ihr entgegen, angetan mit einem altrosafarbenen und weich fallenden Musselinrock sowie einem rosafarbenen T-Shirt. Zehen- und Fingernägel waren in passendem Rosa lackiert. Nadja war einverstanden mit dem Anblick, der sich ihr bot.

In jenen Zeiten, als Doris noch mit ihr sprach und auch ihr Aussehen kommentierte, hatte die einmal gesagt: »Weißt du, in diesem Rosa und mit deinem aschblonden und leicht lockigen Haar schwebst du einher wie auf einer Wolke. Eine Märchenprinzessin! Ein Engel! Nur deinen Gesichtsausdruck musst du noch ändern. Versuch doch mal zu lächeln!«

Tatsächlich fühlte sich Nadja gerade wie in eine Glückswolke gebettet und verzog den Mund zu einem Lächeln. Vor der Tür nämlich stand möglicherweise eine neue

Freundin, eine Frau, mit der sie reden konnte und die die gleiche Wellenlänge hatte wie sie. So jemanden fand man nicht oft. Das Leben war schön! Glücklich und mit Schwung riss sie die Wohnungstür auf. »Wie schön, dass Sie mich nicht vergessen haben!«

»Versprochen ist versprochen«, sagte Irene Thannberg, und der nicht mehr ganz junge Mann mit den Borstenhaaren an ihrer Seite nickte ernst und gewichtig. Hinter den beiden stand ein hochgewachsener schmaler Herr mit auffällig blauen Augen und grauem Stoppelhaar und musterte sie so nachdenklich, als suche er in ihrem Gesicht und ihrer Gestalt nach geheimnisvollen Zeichen. Egal, vermutlich war auch das ein Helfer. Allerdings trug keiner von den Ankömmlingen so etwas wie eine Katzentoilette mit sich.

Nadja begriff. »Warten Sie, ich ziehe mir noch Schuhe an und helfe Ihnen, die Kisten nach oben zu tragen. Haben Sie auch an das Streu gedacht?«

»Streu gibt es im Tierheim«, bemerkte der Herr mit den blauen Augen.

»Das will ich meinen!« Nadja lächelte. »Da leben ja schließlich noch mehr Schätzchen als hier.« Sie wandte sich zum Wohnungsinneren. »Alle mal herhören, alle Prinzen und alle Prinzessinnen! Zeigt euch mal, wir haben Besuch!«

Neugierig schielten einige Katzen um die Ecke, verzogen sich aber augenblicklich wieder.

Irene betrat die Wohnung. »Ich habe Ihnen gestern nicht die ganze Wahrheit gesagt.« Auf ihrer Stirn zeigten sich Schweißtropfen. Nun ja, draußen war es wieder mal sehr heiß.

Nadja stutzte und ahnte wohl, worum es gehen könnte. »Sie haben doch nicht acht oder neun Katzenkisten zusammengebracht? Das ist überhaupt nicht schlimm.« Sie öffnete die Tür noch ein wenig weiter. »Kommen Sie doch rein!«

»Ehrlich gesagt ... also wir sind gekommen, um die in den letzten Wochen von Ihnen entführten Katzen abzuholen«, verkündete der ältere Herr mit befehlsgewohnter Stimme, und Frau Thannbergs Kollege strich sich über das Borstenhaar, als sei ihm die ganze Situation unendlich peinlich.

»Was heißt das?« Nadja sah von einem zum anderen. »Sie wollen doch nicht etwa ...«

»Doch, wir wollen ...« Der ältere Herr suchte ihren Blick.

Nun mischte Irene sich ein. »Wir haben gestern viele Katzen bei Ihnen und in dieser Wohnung gesehen, die von ihren Eigentümern gesucht werden. Es handelt sich allesamt um Tiere, die innerhalb der vergangenen drei Wochen verschwunden sind. Von jeder einzelnen liegt uns ein Foto vor, mit dem nach ihr gesucht wird. So konnten wir sie gleich erkennen.«

»Aber, aber ...«, stotterte Nadja, »... die wollten doch zu mir!«

Paul bemerkte, dass sie ganz blass wurde, und hätte sie aufgefangen, falls sie in Ohnmacht fiel.

Tröstend trat er auf sie zu. »Sie müssen das verstehen ...«

Verwirrt blickte sie zu ihm hoch.

»Die Katzen müssen und sollen in ihr eigenes Zuhause zurück. Dort werden sie vermisst.«

Mit abgrundtiefer Enttäuschung schüttelte Nadja immer wieder den Kopf. So mochte jemand aussehen, dessen Welt von einem Moment zum anderen zusammenbrach. Verlegen suchte Paul nach einem Satz, der sie trösten konnte, und ihm fiel auch nichts besonders Gescheites ein. »Besuchen Sie uns doch mal im Tierheim! Dort gibt es ganz viele Katzen, die nach einem Frauchen suchen und von niemandem vermisst werden.«

Verständnislos sah sie ihn an und stellte sich dann breitbeinig und mit abwehrenden Händen in die Tür, als müsse sie ihr Reich verteidigen. »Nein, das kann nicht sein! Das dürfen Sie nicht!«

»Doch, das dürfen wir.« Der ältere Herr wirkte wie ein gestrenger Richter aus einer Fernsehsendung, und es war klar, dass jeder Widerspruch vergeblich war. »Sie haben die Tiere gestohlen, und wir holen das Diebesgut nun zurück. Wenn Sie kooperieren, verzichten wir auf eine Anzeige. Aber nur dann!«

Er warf seinen Begleitern einen auffordernden Blick zu. »Also, dann legt mal los!« Er drehte sich zum Treppenhaus um und rief lauter als notwendig: »Die ersten Körbe können belegt werden.«

Zwei Männer stiegen vom ersten Stock in den zweiten. Statt Katzentoiletten trugen sie Transportkörbe in den Händen.

Nadja war am Türrahmen in die Hocke gegangen, versteckte den Kopf zwischen den Knien und weinte.

Hilflos stand Paul neben ihr.

Die Tierretter stellten ihre Körbe ab. »Wir können auch mit anpacken.« Gemeinsam mit Irene und Eckehardt durchsuchten sie die sehr ordentliche und überaus saubere Dreizimmerwohnung. Sie fanden Katzen unter dem Bett, unter der Kommode und auf dem Balkon. Zwei hockten in einer geöffneten Küchenschublade. Alle wehrten sich. Keine von ihnen wollte in den Transportkorb.

Währenddessen stand Paul beobachtend in der Diele und behielt die verzweifelte Nadja im Blick.

»Es tut mir leid«, flüsterte er, »aber es ging nicht anders.«

Nadja hob nicht einmal den Kopf.

Natürlich hatte sie geahnt, dass die Tiere ein Zuhause hatten. Aber sie waren ja auch deshalb zu ihr gekommen, weil sie dort nicht so glücklich waren und weil es ihnen nun hier tausend Mal besser ging. Hier lebten sie in einer Gemeinschaft Gleichgesinnter und hatten bereits Freundschaften geschlossen. Und nun wurden sie wieder voneinander getrennt. Nadja brach das Herz.

Keine zwanzig Minuten später war die Aktion vorbei und Nadjas Wohnung wie leer gefegt.

Sie hatte nicht gewusst, dass eine Wohnung so leer sein konnte. Alles Leben war dahin, alle Freude, jeglicher Sinn.

Als Martha Herzog damals ausgezogen war, hatte sich die Wohnung wie eine leere Hülse präsentiert, aber die Vorfreude war groß, neu gefüllt zu werden. Zusammen mit Doris hatte sie Wände gestrichen, das Radio auf volle Lautstärke gedreht und von einem besseren Leben geträumt. Dass ein gutes Leben von einer Sekunde zur anderen Vergangenheit sein konnte, hatte sie sich nicht vorstellen können.

Nun stand die verständnisvollste und fürsorglichste Katzenmutter aller Zeiten, rosafarben gekleidet und mit glänzend lackierten Zehen- und Fingernägeln, vor einem verwaisten Balkon, lief dann durch ihre drei Zimmer und war umgeben von nichts als Leere. Erneut barg sie den Kopf zwischen den Händen.

Was sollte sie noch mit diesen Händen? Damit konnte sie keins ihrer Schätzchen mehr hochheben, keins streicheln, keins kraulen. Völlig überflüssige Hände, die keine Aufgabe mehr hatten. Verständnis für die ganze Situation schien einzig der Kollege der schlimmsten Lügnerin aller Zeiten zu haben. Der hatte ihr doch tatsächlich eine Hand auf die Schulter gelegt und gemurmelt: »Es tut mir leid. Kommen Sie zu uns ins Tierheim. Besuchen Sie mich dort! Ich heiße Paul.«

Paul, was für ein alberner Name ... Um wie viel schöner klang da doch Schätzchen!

Auf ihrem Eckbalkon versteckte sie sich hinter dem Oleander und sah, wie der Bus davonfuhr. Ihre Augen füllten sich mit Tränen.

Was sie nicht sah, war ihre Kollegin Doris, die selbstbewusst und sehr zufrieden mit sich und der Welt zur Wohnung von Frau Herzog hochsah, schließlich in ihr Auto stieg und davonfuhr.

17. Kapitel

Es war bereits neun Uhr abends, als Eckehardt endlich nach Hause kam. Die Hitze des Tages war einem angenehm lauen Lüftchen gewichen, das durch die Stadt wehte.

Regina hatte in dem einstigen Gastgarten des Wirtshauses, in dem sie nun lebten, den Tisch gedeckt, Polsterstühle aufgestellt und eine Kerze entzündet. Eine Flasche Weißwein stand, umgeben von verheißungsvoll knackenden Eiswürfeln, in einem Kühler auf dem Tisch.

»Du bist sicher hungrig«, begrüßte sie ihren Lebensgefährten. Seit sie zusammen in einem Haus lebten, gehörten die gemeinsamen Mahlzeiten zu den wichtigsten Ritualen in ihrer Beziehung. Wobei klar war, dass Regina das Kochen und Einkaufen übernahm und Eckehardts Part vor allem darin bestand, zu genießen und während des Essens über Gott und die Welt zu dozieren. Sie legte die Stoffservietten neben die Teller. »Erzähl, wie war's? Habt ihr alle entführten Katzen wieder eingefangen?«

Er nickte. »Ja, das war kein Problem. Aber dieses ewige Abrechnen, vor allem wegen meiner Spende für die Tierrettung, weil die ja unsere Aktion unterstützten und uns mit Transportkörben ausgestattet haben.« Er seufzte demonstrativ. »Das geht leider nicht mehr so wie früher. Da hat man einfach jemandem Geld in die Hand gedrückt und gesagt: *Das ist für euch.* Fertig. Aber heutzutage muss man für alles eine Quittung und einen Buchungsbeleg ausstellen und eine Begründung angeben. Das Leben wird immer schwieriger.« Er schenkte sich ein Glas Wein ein. »Und dann noch die Verhandlung mit dem Busbesitzer, als wir den Wagen nach weniger als zwei Stunden zurückbrachten. Auf allen vieren und mit der Lupe ist der von Sitz zu Sitz gerutscht und hat geguckt, ob keine Kratzspuren oder Katzenhaare zu sehen waren. Dabei hatte jede Katze ihren eigenen Transportkorb. Aber das nahm er uns so nicht ab. Knud hat dann noch mal alle Sitzpolster gründlich abgesaugt. Und ich musste wieder Unmengen von Papier unterschreiben. Glaub mir, die machen es einem total schwer, wenn man nur mal etwas halbwegs Gutes tun will.«

Regina gab ihm recht. »Das stimmt, die Leute werden immer pingeliger und auch immer undankbarer. Aber ...« Eckehardt hatte den Eindruck, als unterbräche sie sich selbst in ihrem Redefluss. »Aber möglicherweise kriegt bei seiner nächsten Busreise eine Person einen Asthmaanfall, sobald auch nur ein Katzenhaar durch die Luft fliegt.«

Eckehardt schüttelte den Kopf. »Dann soll er eben alle Fenster aufreißen. Unsere vierbeinigen Mitfahrer saßen auf jeden Fall brav in ihren Körben. Und zwar ganz still. Wahrscheinlich waren alle total verschüchtert.«

Sie sah ihn lange an. »War außerdem noch was? Belastet dich etwas? Du bist irgendwie anders.«

»Ja«, stöhnte er. »Wozu ist Knud denn auf meinem Landsitz Hausverwalter und Gärtner? Doch deshalb, damit er in dem Bereich etwas unternimmt. Aber auf der Fahrt zur Tierrettung erzählt er mir, dass an der Haupttreppe des Haupthauses eine Stufe gebrochen ist. Warum repariert er das nicht selbst? Muss denn jeder Quatsch mit mir besprochen werden?«

»Offensichtlich ja.« Sie lächelte beruhigend. »Schau mal, es sind doch dein Anwesen, deine Treppe und dein Geld. Ich möchte nicht wissen, wie du reagieren würdest, wenn Knud das alles ohne deine Einwilligung reparieren würde und du zum Schluss nur eine saftige Rechnung im Briefkasten hättest.«

»Nun denn, saftige Rechnungen kriege ich sowieso schon genug.« Er grinste. »Aber glücklicherweise kann ich die problemlos bezahlen. Und zwar noch lange.«

»Dann mach es dir doch erst mal bequem!« Regina füllte auch ihr Glas mit Wein. »Ich bringe uns nun schon mal das Abendessen.«

Saftige Rechnung, dachte Eckehardt und spürte, wie ihm eine Gänsehaut über den Rücken kroch. Wieso fiel ihm ausgerechnet in diesem Zusammenhang Martha Herzog ein? Knud hatte ihn vorhin heimgefahren, ohne Radio und ohne ein Wort zu sprechen. Das brauchte Eckehardt nach solchen Tagen dringend. Doch dann war ihm nach gefühlten tausend Jahren Martha Herzog wieder eingefallen, und er schämte sich, ihret-, aber auch seinetwegen. Sie hatte in einer Gegend gewohnt, die große Ähnlichkeit mit dem Viertel hatte, in dem er heute die Katzenaktion geleitet hatte. Das war ihm schon beim Einbiegen in die Straße aufgefallen. In Marthas Treppenhaus hatte es damals genauso gerochen wie diesmal, und auch die Wohnung seiner einstigen Geliebten hatte den gleichen Schnitt und die gleiche Raumaufteilung wie die der Katzenentführerin gehabt. Welch ein Zufall!

Damals war er noch ein junger und gerade erst von der Uni kommender Wissenschaftler, der sich das Thema Kinderarmut auf die Fahne geschrieben hatte und darüber forschen wollte, ohne zu ahnen, dass ein großes Erbe auf ihn wartete und sein Leben von Grund auf ändern würde.

Mit dem ererbten Geld hätte er die Kinderarmut des gesamten Landkreises lindern können, sie aber zu erforschen, kam nun nicht mehr in Betracht. Armut war nicht mehr seine Zukunft.

Die damalige Martha jedoch hatte in ihm ihre Zukunft gesehen und ihn unbedingt heiraten wollen. Ihm war das alles zu schnell, zu viel und vor allem zu bevormundend erschienen. Martha wollte über ihn und sein Leben verfügen, als wäre beides ein Baukasten, den man bedarfsgerecht zusammensetzen konnte. Falls etwas nicht passte, ließ sich alles verändern oder gar abmontieren. Marthas individuelle Bauklötzchen hätten in diesem Plan einen Ehrenplatz bekommen. Albtraumhaft klang ihm noch jener Satz im Ohr, den sie am häufigsten zu ihm gesagt hatte: *In Zukunft machst du das bitte nicht mehr so.*

Zukunft und Martha, nein, das passte nicht zusammen. Niemals! So war er von einem Moment zum anderen verschwunden, nicht mehr ans Telefon gegangen und hatte sich verleugnen lassen. Aber nun ... Könnte diese Nadja eventuell sein Kind sein? Wie kam er nur auf solche Gedanken? Still rechnete er nach. Fünfunddreißig Jahre war das bestimmt her. Das entspräche ungefähr dem Alter dieser unglücklichen Kidnapperin wehrloser Katzen.

Martha hatte noch einige Male im Institut angerufen und dort hinterlassen, er möge sich unbedingt bei ihr melden. Es sei wahnsinnig dringend.

Er hatte nicht zurückgerufen, hatte sich wie in einer Falle gefühlt. Ob sie ihn etwa mit einer Schwangerschaft hatte erpressen wollen? War Nadja etwa sein Kind? Ihm wurde erneut mulmig, und er fragte sich, wie er weiter vorgehen sollte. Ein Gespräch mit Regina? Wie würde die darauf reagieren? Sicher würde sie auf einem DNA-Test bestehen. Klar, er natürlich auch. Aber konnte man sich auf solche Tests verlassen? Und käme dann sogar wieder diese Martha ins Spiel? Vorwarnungslos wurde ihm heiß und kalt, und er griff zu seinem Weinglas. Vielleicht lebte Martha ja nicht mehr ... Das wäre ein Segen.

Und vielleicht steigerte er sich da auch in eine Geschichte hinein, die nichts mit der Wirklichkeit zu tun hatte.

»Miau, miau.« Eckehardts Kater Nelson kam aus dem kühlen Hausflur und streckte sich. »Magst du mit uns speisen?«, fragte Eckehardt, und wie auf Kommando ließ Nelson sich dicht neben seinem Stuhl nieder. Reginas Katze Luna folgte ihm gemessenen Schrittes und nahm Platz an ihrer Seite.

»Was gibt es denn eigentlich heute zu essen?«

»Vitello tonnato«, erwiderte Regina und tischte auf.

»Nein, das mache ich nicht! Das kann ich nicht! Bei aller Liebe ...« Paul schüttelte den Kopf. »Das kannst du nicht von mir verlangen. Ich rufe doch nicht bei wildfremden Menschen an.«

»Aber du kannst doch sonst auch mit Leuten umgehen und mit ihnen sprechen.«

»Was meinst du, wie viel Kraft mich das kostet?« Er starrte Irene mit aufgerissenen blauen Augen an und schüttelte den Kopf.

»Wenn die mich am Telefon hören, denken die sicher, dass etwas ganz Schreckliches mit ihren Katzen passiert ist. Ich habe nämlich eine Katastrophenstimme.«

Die stellvertretende Leiterin des Tierheims lächelte. »Das ist mir noch gar nicht aufgefallen. Aber gut. Reg dich nicht auf! Wir finden schon jemanden.«

»Bloß nicht Cindy!«, fuhr er dazwischen.

»Keine Angst! Ich dachte an Sophia, unsere junge Praktikantin. Die hat eine fröhliche Stimme. *Stellen Sie sich vor, wir haben Ihre Katze gefunden!*, könnte sie sagen. *Sie ist im Tierheim. Wann holen Sie sie ab?* Dann würde sie nichts als Glück verbreiten.«

Paul nickte. »Der beste Vorschlag des Tages!«

Irene betrachtete die Liste, die Paul zusammengestellt hatte. Darauf standen die Namen der Katzen, die Namen der Katzenbesitzer und – das Allerwichtigste – deren Telefonnummern. Wie gut, wenn alle morgen schon nach Hause könnten. Vor allem Cindy wäre dann zufrieden.

»Unbedingt!« Paul gab ihr recht. »Die armen Tiere wissen ja nun gar nicht mehr, wie ihnen geschieht. Erst entführt und in einer Dreizimmerwohnung mit anderen Katern und Katzen in einer Zwangsgemeinschaft, dann erneut entführt und von Fremden in einem Bus hergebracht. Und nun hocken sie mit anderen auf dem Dachboden unseres Katzenhauses und verstehen die Welt nicht mehr. Bei so einem Hin und Her würde sogar ein Mensch verrückt werden.«

»Na gut! Sophia soll morgen als Erstes alle anrufen. Glücklicherweise trägt heutzutage fast jeder sein Telefon mit sich herum. Druck die Liste am besten zweimal aus! Dann kriegt Cindy auch eine. Sie fühlt sich ja leicht übergangen.«

»Mache ich, Chefin.« Das sollte lustig klingen, aber es klang wie ein Zögern.

Sie sah ihn an. »Ist noch was? Müssen wir noch irgendwas beachten? Vielleicht vorher ein Besuch beim Tierarzt?«

Er schüttelte den Kopf. »Nein, das machen die Leute schon selbst, falls sie Bedenken haben. Aber was ist mit ihr?«

»Wen meinst du? Cindy?«

»Nein, die Kidnapperin.«

»Um die machst du dir Sorgen?«

Er nickte. »Sie tut mir leid. Übrigens habe ich ihr gesagt, dass sie sich bei uns eine heimatlose Katze holen kann. Ich habe ihr meinen Namen und meine Handynummer aufgeschrieben. Die Kirschblütenkatze würde zu ihr passen. Vielleicht nimmt sie ja auch zwei Katzen zu sich. Die sah so heimatlos und traurig aus, so als fehle ihr etwas.«

Ja, gesunder Menschenverstand. Man stiehlt doch nicht einfach anderen Leuten ihre Tiere, hätte Irene am liebsten gesagt. Stattdessen stellte sie eine Diagnose. »Die braucht jemanden, um den sie sich kümmern kann. Ihre Mutter lebt im Altersheim. Soll sie die doch betüddeln.« Das klang nicht verständnisvoll, sondern eher wie ein Vorwurf.

»Woher weißt du das von der Mutter?«

»Die Ott hat es erwähnt. Welch ein Segen, dass die gestern nicht aufgetaucht ist! Die hätte uns gerade noch gefehlt.«

»Möglicherweise haben wir sie nur nicht gesehen«, gab Paul zu bedenken. »Also dann, bis morgen.« Er hob die Hand.

»Dienstag kommt von *Dienst machen*!«, rief Cindy an diesem Vormittag in die Runde und erntete dafür von den Helfenden verständnisloses Kopfschütteln. Nur ihr Verehrer Simon Braun nickte eifrig zu dieser Feststellung und warf ihr bewundernde Blicke zu. Kurz darauf wollte er wissen, für welchen Dienst sie ihn denn eingeteilt habe.

Sein Traum war eine Arbeit, die nur Cindy und er erledigen konnten, allerdings hatte er keine Ahnung, was das sein könnte. Doch die Vorstellung einer solchen Konstellation war einfach nur schön.

Cindy wedelte mit einem Blatt Papier in die Runde.

»Wie ihr sicher mitbekommen habt, sind gestern zehn zusätzliche Katzen bei uns eingezogen!«, rief sie. »Glücklicherweise werden die aber gleich heute wieder ausziehen und von ihren Besitzern abgeholt. Unsere Kollegin Sophia hat schon mit allen telefoniert, dabei aber unglücklicherweise keinen Terminplan erstellt. Wenn es ganz dumm kommt, stehen alle auf einmal vor der Tür.«

»Tzzz, tzzz.« Simon schüttelte den Kopf. »Dir wäre so was niemals passiert. Du bist eben ein Organisationsgenie.«

»Das stimmt«, bestätigte sie selbstbewusst. »Aber einer von uns muss das nun alles wieder ausbaden. Ich will auf keinen Fall, dass die Leute in unsere Baustelle laufen, da wir doch gerade alles so toll im Griff haben.« Dabei bedachte sie Simon mit einem langen und prüfenden Blick. »Kann ich dir den Job aufs Auge drücken?«

Er nickte. Seine Stunde war gekommen.

»Gut, hier ist die Liste. Du stellst dich ans Eingangstor, und jeder, der zu seinen Katzen will, soll seinen Namen nennen und den Namen des Tiers. Dann hakst du beides auf der Liste ab und schickst den Besucher zum Empfang zu Irene, Sophia oder wer sonst noch so rumsitzt. Und zwar ohne Umwege.«

»Geh nicht über Los!«, stimmte Simon zu, einen Satz aus dem Monopoly-Spiel zitierend.

»Was? Was ist los?«, fuhr sie ihn an.

»Nichts, ich erledige das. Auf mich ist Verlass.«

»Hoffentlich!« Cindy nickte. Wenigstens war sie den jetzt los.

18. Kapitel

»Und ihr«, wandte sie sich unmittelbar darauf an die auf Befehle wartende Mannschaft. »Rein ins Haus! Alle Fenster sperrangelweit auf, ebenso alle Türen! Wir brauchen Durchzug.«

Simon Braun betrachtete sie hingebungsvoll. Diese Frau war einfach klasse. Resolut, klar. Die wusste, was sie wollte. Wie schön wäre es doch, wenn sie auch ihn gewollt hätte. Mit liebevollem Herzen.

Auch heute war sie wieder in Weiß gekleidet, ein Sinnbild der Reinheit und Frische. Doch bevor er sich weiter an ihrem Anblick erfreuen konnte, stand jemand neben ihm und schob ohne Nachfrage sein Rad an ihm vorbei. Also, so ging es nicht! Gut, dass Cindy das nicht beobachtet hatte, sonst zöge sie ihn noch von seinem Posten ab. Simon überfiel den Radfahrer mit Fragen. »Wo wollen Sie hin? Wie heißt Ihre Katze? Wie heißen Sie? Und wieso haben Sie keinen Transportkorb für Ihr Tier dabei?«

Der Mann zog sich die Strickmütze vom Kopf, musterte Simon mit seinen blauen Augen und fuhr sich mit einer Hand durch das zu Berge stehende dunkelblonde Haar.

»Ich habe keine Katze. Ich arbeite hier«, erklärte Paul. »Lassen Sie mich durch! Übrigens, wenn demnächst Katzenbesitzer kommen, schicken Sie sie am besten zu mir. Ich heiße Paul.«

»Können Sie sich ausweisen? Ich meine, woran erkenne ich, dass Sie zum Tierheim gehören?«

»Moment!« Paul hob eine Hand, winkte und rief so laut, dass es über den ganzen Hof schallte: »Cindy!«

Die Frau in Weiß drehte sich um. »Na endlich! Es wird Zeit, dass du endlich kommst! Gibst du dann die Katzen aus?«

Wie sich das anhörte! Paul zuckte leicht zusammen. Es klang fast wie: *Gibst du dann die Getränke aus?*

»Mach ich.« Paul suchte Simons Blick, nickte ihm zu und verschwand in Richtung Foyer.

Hinter der hölzernen Empfangstheke saß Sophia. »Ich habe alle Katzenbesitzer erreicht«, verkündete sie stolz. »Jede und jeder holt seine Lieblinge noch heute ab.«

»Gibt es einen Zeitplan? Hast du es sinnvoll getaktet? Beispielsweise alle zwanzig Minuten einen Termin? Nicht dass dann alle auf einmal hier herumstehen.«

Sie schüttelte den Kopf. »Nee, daran habe ich nicht gedacht.«

»Das kann ja heiter werden! Aber mach dir keine Sorgen, wir haben ja einen Torwächter«, beruhigte Paul seine Kollegin. »Auf mich hat der sehr kompetent gewirkt, ein echter Zerberus. Fast hätte er mich nicht hereingelassen, aber dann hat Cindy ein Machtwort gesprochen.«

Sophia hob die Brauen. »Meinst du damit etwa diesen armen Kerl namens Simon?«

»Ja.« Paul nickte.

»Gut, dass du nicht gesehen hast, wie die tapfere kleine Weißwurst den heute früh schon herumkommandiert hat! Und zwar in einem Ton, also ... Nein, das würde mir nicht passen.«

»Wir kennen doch unsere Cindy. Die kann einfach nicht anders. Übrigens, Irene meint, der braucht das. Der ist das so gewohnt. Das ist der Ton, bei dem er am besten funktioniert.«

»Was es alles gibt ... Man könnte doch auch mal das Gegenteil probieren und ihn sanft um etwas bitten.«

»Super Idee. Schlag das mal unserer Cindy vor!« Paul begab sich ins Hauptbüro und nahm alle Fotos der verschwundenen Katzen von der Pinnwand. Hoffentlich landeten die dann auch heute Abend und nach erfolgter Heimholung durch die Katzeneltern tatsächlich im Papierkorb.

Irene kam um elf und war eigentlich nicht ansprechbar. Mit ernster Miene schloss sie sich im Chefbüro ein, holte Thermoskanne und Becher hervor und begann zu telefonieren. Sie hatte sich fest vorgenommen, dass die Tiny Houses auf dem Tierheimgelände stehen sollten, wenn Edda mit ihrer Familie aus dem Urlaub kam. Und dazu blieben ihr noch genau sechs Tage Zeit. Viel war das nicht.

Während sie telefonierte, spürte sie, wie ihre alte und vertraute Hartnäckigkeit zurückkehrte. *Das wollen wir doch mal sehen! Wo ein Wille ist, ist auch ein Weg.* Am Ende ihres heutigen Wegs sollten mindestens acht lichtdurchflutete Minihäuser für die gerade heimatlos gewordenen Katzen in Passbrunn stehen. Das müsste doch zu schaffen sein! Immerhin gab es schon Verträge und Vereinbarungen. Jetzt ging es nur noch um den Zeitplan.

Nie hätte sie gedacht, dass eine einzige geplatzte Wasserleitung ein derartiges Chaos anrichten konnte. Na gut. Sie würde dieses Chaos beenden. Und zwar allein für die Katzen. Für sich selbst hätte sie niemals einen solchen Aufwand getrieben.

Nadja Herzog meldete sich an diesem Dienstag krank.

Tatsächlich fühlte sie sich jämmerlich und hundeelend. Was war eigentlich das Gegenteil von hundeelend? Etwa katzenprächtig? Ja, mit den Katzen hatte eine Fülle an Glanz und Pracht in ihre Wohnung Einzug gehalten. Doch damit war es nun vorbei. Nadja hatte die ganze Nacht geweint, und mit ihrem nun immer noch verquollenen Gesicht wollte sie sich keinesfalls ihrer einstigen Freundin Doris Ott präsentieren. Die hatte mit ihrer eigenen Krankheit, über die sie beharrlich schwieg, sicher schon genug zu tun. Das wär's noch, dass sie und Doris mit ihrem Kummer in Konkurrenz zueinander gerieten. Was früher nach dem Kantinenbesuch das Lästern über die IT-Leute und vor allem das Spekulieren über Elmars Lebensumstände gewesen war, würde dann womöglich zum kläglichen Jammern über das eigene Leid.

Nein, die Katzen waren allein Nadjas Geschäft gewesen. Und sie bestimmten nun auch das Ausmaß ihres gigantischen Verlustes, der durch nichts und niemanden wiedergutgemacht werden konnte. Schmerzhaft hatte sie beim Einschlafen am vergangenen Abend das Schnurren vermisst, das leise Miauen, die lustigen Schnarchtöne. Und noch viel mehr die Berührungen dieser warmen, seidigen Felle, wenn ihr alle zehn um die Beine strichen, während sie sich die Zähne putzte. All das fehlte nun in ihrer Wohnung, die von einem Tag zum anderen ein kahles und ödes Gebiet geworden war, in dem sie nicht mehr existierte und sich auch nicht mehr aufhalten mochte. Doch wohin dann?

Versteckt hinter einer übergroßen Sonnenbrille, fuhr sie zum Parkplatz des Tierheims und wartete. Doch worauf? In den vergitterten Außenbereichen hockten Katzen auf Kratzbäumen, aber keine davon war eins ihrer Schätzchen.

Sie nahm wahr, dass auf dem Hof des Geländes hart gearbeitet wurde. Ach ja, die hatten ja einen Wasserschaden. Eine sehr bestimmende und dominierende Frauenstimme warf mit Befehlen um sich. Alle schienen ihr zu gehorchen. Frau Thannberg war das nicht. Oder sollte sie sich so gut verstellen können? Nadja traute es ihr zu. Sie hatte gedacht, eine Seelenverwandte gefunden zu haben, doch hatte sich diese Frau als Verräterin erwiesen und Nadjas Lebensglück zerstört. Nie wieder in ihrem Leben würde sie einem Menschen trauen! Diese Lektion hatte sie gelernt.

An der Eingangstür zum Tierheim hielt jemand Wache.

Sie hätte sich einen Wachhund zulegen sollen, der alle Besucher gebissen und verhindert hätte, dass ihr das Liebste auf der Welt gestohlen wurde. Ihre Augen füllten sich mit Tränen.

Der Mann von der Freiwilligen Feuerwehr Simon Braun, spezialisiert auf Löscharbeiten, Rettungsdienste und Katastropheneinsätze, studierte in aller Ruhe jene Liste, die Cindy ihm in die Hand gedrückt hatte. Als hauptberuflicher Projektmanager erkannte er sofort, dass dies ein vernünftig und klug gestaltetes Papier war. Es gab die Rubriken *Besitzer der Katze, Name der Katze* und *Telefonnummer,* nicht die der Katze, sondern die der Besitzer. Simon beschloss, alle drei Punkte abzufragen. Er straffte sich und übte insgeheim mit einer Stimme, der man nur ungern widersprach. *Nennen Sie mir erst einmal Ihren Namen!* Und dann würde er mit einem dynamischen Haken auf dem Formular den Namen bestätigen. Doch das Verhör wäre damit noch lange nicht vorbei. *Wie heißt die Katze? Und nennen Sie mir bitte noch Ihre Telefonnummer!*

Ja, eine solche Abfrage klang gut und kompetent. Cindy wäre stolz auf ihn.

»Wo ist meine Lola?« Ein Kind starrte ihn fordernd an. »Ich will sofort zu Lola. Wo hast du sie versteckt?«

Simon wusste gar nicht, wie ihm geschah, und als das kleine Mädchen in Windeseile an ihm vorbeihuschte und in den Hof rannte, rechnete er mit dem Schlimmsten. Wenn Cindy das mitbekam, würde sie ihn sofort vor die Tür setzen, und zwar zu Recht.

Glücklicherweise fing Paul das Mädchen ab, und dessen Mutter stand nun erwartungsvoll neben Simon. »Was für ein Glück, dass Lola wieder da ist! Wo kann ich sie abholen?« Sie hielt eine Transportbox in der Hand.

»Nennen Sie mir erst einmal Ihre Telefonnummer.« Simon blieb bei seinem Ablauf.

Die Frau murmelte eine Zahlenfolge, wies mit dem Zeigefinger auf die Lola-Zeile seiner Liste und stellte klar: »Das da sind wir.«

»Hier entlang!« Simon wies ihr den Weg zum Empfang, als wäre er der Einzige, der sich hier auskannte.

Sie nickte gnädig.

Während er seine Liste glättete und den Kugelschreiber wieder ordentlich an das Klemmbrett heftete, tauchte ein älterer Herr hinter ihm auf.

»Ich will meinen Boris abholen.«

»Wer sind Sie denn?«

»Boris' Herrchen. Man hat mich heute früh angerufen. Seit zehn Tagen ist er schon verschwunden.«

Simon blieb gelassen. »Boris steht auf meiner Liste, das ja. Aber wie heißen Sie?«

»Poppenwimmer, Arthur. Was mache ich bloß, wenn mein Boris mich nicht mehr erkennt?«

»Und Ihre Telefonnummer?«

»Sie müssen mich nicht mehr anrufen, ich bin ja jetzt da!«

»Ordnung muss sein«, beharrte Simon Braun.

»Oje, hoffentlich erinnert er sich noch an mich!«

Simon fragte sich, wie Cindy mit einem solchen Kunden umgegangen wäre. Er hatte sie als eine Frau kennengelernt, die immer mit dem Schlimmsten rechnete. Also sprach auch er das Schlimmste aller Szenarien an. »Und was ist, wenn Sie ihn nicht mehr erkennen? So was soll ja auch vorkommen, gerade in Ihrem Alter.«

Arthur Poppenwimmer starrte ihn an. »Was soll das denn? Wenn Sie so mit mir sprechen, dann lass ich das lieber mit meiner Spende fürs Tierheim. Wissen Sie, was, junger Mann, Ihnen mangelt es an Respekt.«

Simon zuckte zusammen. Offensichtlich hatte er etwas falsch gemacht. »Entschuldigung«, murmelte er und machte eine einladende Handbewegung. »Dort geht es lang.«

»Ich weiß, dort habe ich Boris auch damals abgeholt.« Der alte Mann schüttelte den Kopf. »Also Personal gibt's heutzutage ...«, murmelte er und stapfte davon.

»Sie haben Findus gerettet! Sie sind ein Schatz. Ich bin so glücklich!« Eine etwa siebzigjährige rundliche Frau tippte ihm auf die Schulter und schickte sich an, ihn zu umarmen. Simon schluckte. So dicht ließ er nicht einmal seine Mutter an sich heran. Er machte sich stocksteif und konsultierte seine Liste.

»Findus? Da schau ich mal, ob der auf meiner Liste steht. Tatsächlich! Und Sie sind?«

»Sein Frauchen!« Noch bevor er sie aufhalten konnte, schoss sie voller Glück an ihm vorbei. Es war gar nicht so einfach, Leuten den rechten Weg zu weisen.

Das Glück umgab alle Katzenbesitzer, die ihre Lieblinge

wieder bei sich hatten und sich freudestrahlend von Simon verabschiedeten. Ein heller Lichtstrahl schien ihn zu umgeben, er hatte das Empfinden, als würde von diesem Licht auch etwas in seinem Innern aufleuchten. Er fühlte sich glücklich, und Glück war tatsächlich ansteckend. Wer hätte das gedacht? Mit Argusaugen suchte er nach Cindy.

19. Kapitel

Hinter ihrer Sonnenbrille beobachtete Nadja, wie jedes einzelne ihrer Schätzchen an ihr vorbeigetragen wurde. Keine einzige Katze wandte sich zu ihr um, um sich mit einem *Miau* von der Frau hinter dem Steuer des parkenden Wagens zu verabschieden oder ihr gar zu danken. Das tat weh! Alle zehn Tiere verschwanden einfach so aus ihrem Leben. Und augenscheinlich auch ohne jegliches Bedauern. Vermutlich hatten sie sie schon vergessen.

Nadja fühlte sich so einsam, dass es schmerzte.

Es war noch nicht einmal zwölf Uhr mittags, als alle Besucher mit ihrer vierbeinigen Fracht in insgesamt zehn Autos gestiegen und heimgefahren waren. Nadja hatte mitgezählt, und jeder abfahrende Wagen hatte ihr einen Stich versetzt. Das Gefühl, kein Zuhause mehr zu haben, schmerzte so sehr, dass sie in einem Anflug von Selbstmitleid überlegte, zu ihrer Mutter zu fahren und bei ihr Trost zu suchen.

Als ob es von deren Seite jemals Zuspruch gegeben hätte! Bestimmt hätte Martha sich nicht einmal die ganze Geschichte angehört, sondern augenblicklich gejammert, dass ihre Wohnung mit Katzenhaaren verseucht sei und daher niemals mehr als Lebensraum für sie infrage kam. Als hätte sie jemals wieder dorthin zurückgewollt, geschweige denn gekonnt. Aber erst einmal jammern und

Vorwürfe machen. Darin war Nadjas Mutter richtig gut. Während Nadja gut darin war, stillzuhalten und Tadel und Kritik zu schlucken.

Jetzt putzte sie sich die Nase und gab sich einen Ruck. Irgendwie musste dieser Tag bewältigt werden! Sie konnte noch nicht in die leere Wohnung in der Bauhofstraße zurück, sie konnte erst recht nicht zu ihrer Mutter und ins Büro ... bloß nicht! Jetzt blieb ihr nur noch übrig, für ein paar Stunden das Leben zu schwänzen und so abzutauchen, wie sie es immer in Zeiten der Not gehandhabt hatte. Und das bedeutete, in die Stadt zu fahren und sich dort in das erstbeste Kino zu flüchten, sich mit einem Eimer voller Popcorn in die letzte Reihe zu setzen – um niemandem im Nacken zu haben – und beim Zuschauen fremder Schicksale das eigene zu vergessen. Ein Drama hätte ihr heute am besten ins Konzept gepasst. Und wenigstens damit sollte sie dann auch Glück haben.

»Bist du fertig?« Cindy hatte sich von hinten an den träumenden Simon herangeschlichen. Erschrocken drehte er sich um. »Ja, ja, alles kontrolliert und abgehakt.« Er hielt ihr das Klemmbrett mit der Liste unter die Nase.

Ohne darauf zu schauen, nickte sie zufrieden. »Dann kann ich dich ja jetzt für einen anderen Job einteilen.«

»Ja, unbedingt!« Er klang hoffnungsvoll.

»Jemand muss die Pferdeställe ausmisten. Kannst du das?«

»Klar doch!« Er log. Nie zuvor hatte er so etwas gemacht. Aber wenn sie ihm das zutraute, dann konnte er das auch.

Spürte sie auch etwas von dem Glücksglanz, der ihn umgab? Er hoffte es so sehr, doch sie stöhnte nur.

Jetzt trat er ganz dicht an sie heran ... Sie duftete so gut.

Es war ein Genuss, sie zu riechen. Fürsorglich beugte er sich vor. »Hast du Sorgen? Kann ich dir etwas abnehmen?«

»Nein, nein!« Schnell trat sie einen Schritt zur Seite. »Mach einfach die Pferdeställe klar! Brauchst du Gummistiefel? Die stehen dort hinten in der Remise.« Sie wies mit dem Zeigefinger in eine unbestimmte Richtung. »Da läuft übrigens noch jemand herum. Der heißt Nils und muss hier Sozialstunden ableisten. Wenn ihr euch zusammentut, geht es sicher schneller.«

»Na logisch! Und was machst du?« Er hätte es zu gern gesehen, wenn sie die ganze Zeit bei ihm geblieben wäre und ihm sogar noch Anleitungen gegeben hätte. Jeden Ratschlag hätte er von ihr entgegengenommen. Egal, was.

»Ich muss ins Büro.« Sie wandte sich ab und verschwand.

Mit hängenden Schultern näherte sich Simon den Pferdeställen. So ein Ausmisten müsste doch mit links zu schaffen sein. Hätte er nur nicht so viel Angst vor Pferden gehabt!

»Acht!« Irene lehnte sich zurück. Acht war die perfekte Zahl. Um Punkt neun Uhr hatte sie angefangen und aus den gestrigen Versprechungen und Versicherungen Nägel mit Köpfen gemacht. Acht unterschiedliche Tiny Houses würden innerhalb der nächsten vier Tage angeliefert. »Das sind unsere Mustermodelle«, hatte man ihr erklärt. »Die sind schon ein wenig eingerichtet, damit man ein Wohngefühl dafür bekommt.«

»Genial!«, hatte sie gerufen und wurde von Zusage zu Zusage stolzer auf sich. Wer schaffte schon an einem Vormittag acht Häuser?

Genüsslich reckte sie sich und streifte die Sandaletten

von den Füßen. Niemand war da, da konnte frau ja mal die Füße auf den Schreibtisch legen. Doch gerade jetzt öffnete sich die Bürotür, und Cindy trat ein.

Mit hängenden Schultern stand sie vor Irene und schüttelte verzweifelt den Kopf, ohne jegliche Dynamik.

»Ist was passiert?«

Cindy stöhnte. »Der nervt! Ich weiß überhaupt nicht, was der von mir will.«

Irene musterte sie aufmerksam. »Von wem sprichst du?«

»Von diesem freiwilligen Helfer. Simon heißt er. Er ist irgendwo angestellt und zusätzlich Mitglied der Freiwilligen Feuerwehr, trägt aber keine Uniform. Dauernd läuft er hinter mir her. Als wäre ich ein Auskunftsbüro. Alles Mögliche will er von mir wissen, mir ständig etwas zeigen. Und dann fragt er mich auch noch, ob ich mit ihm ein Bier trinken gehe. Wozu? Was soll das?«

Irene nickte nachdenklich. »Das klingt so, als sei er in dich verliebt.«

»Deswegen ist er so nervig?«

»Ich glaub schon.«

»Und was mache ich nun?«

»Hast du denn Lust, mit ihm ein Bier zu trinken?«

Cindy schien ernsthaft nachzudenken. »Zu zweit ist es zwar schöner als allein«, gab sie zu. »Aber wenn der mich andauernd angrinst? Was machst du denn in solchen Fällen?«

Da fragte sie gerade die Richtige.

Irene zögerte. »Als Feuerwehrmann hat er sicher so manche Tierrettung miterlebt oder gar geleitet. Das wäre doch ein Thema, das auch dich interessiert.«

Cindy riss die Augen auf. Bei ihr schien etwas zu klicken. »Du meinst, der kennt alle Tierärzte in der näheren Umgebung?«

Oje, dachte Irene. *Die wird den doch hoffentlich nicht als Türöffner für Tierarztpraxen missbrauchen.* Sie hob die Schultern. »Das kann schon sein.«

Am liebsten hätte sie hinzugefügt: *Jeder Mensch ist interessant, unabhängig von seinem Beruf.* Aber sie war weder eine Beraterin noch eine gute Freundin von Cindy und schon gar nicht deren Mutter. Dann nämlich hätte sie ihr angeraten, sich mal etwas ordentlicher anzuziehen. Nicht immer dieses weiße Schmuddelzeug.

Cindy biss sich auf die Lippen. »Na ja, dann probier ich es mal.«

»Das ist gut. Und wo steckt er jetzt, dein Simon?«

»Hör bloß auf damit! Das ist nicht mein Simon! Ich habe ihn zum Ausmisten der Pferdeställe geschickt. Da kann er Nils unter die Arme greifen.«

»Ach, die Ställe sind leer?«

»Davon gehe ich aus.«

»Paul hat heute Morgen angeordnet, dass Amira nicht auf die Koppel darf. Anscheinend geht es ihr nicht gut. Sie hat Schmerzen und tritt um sich. Die Tierärztin kommt am Nachmittag.«

»Dann schaue ich besser mal nach.« Cindy strich sich mit beiden Händen in Hüfthöhe über die nicht mehr weißen Jeans. »Um alles muss man sich selbst kümmern!«

»Hoffentlich ist nichts passiert!«, rief Irene ihr hinterher.

Doch da war es schon zu spät. Als Cindy auf die Ställe zuging, nahm sie von Weitem wahr, dass eine Gestalt in der Einfahrt lag und sich krümmte. Beim Näherkommen sah sie, dass sich der fünfzehnjährige Nils über den Liegenden beugte.

»Was ist los?«, rief sie resolut. »Hat dich etwa ein Pferd getreten?«

»Mich nicht«, sagte Nils, »aber den da.« Er wies auf Simon. Die fast ärztinnenweiß gewandete Cindy ging neben dem Verletzten in die Hocke, und ihr dunkelblonder Pferdeschwanz zitterte beunruhigt. »Wohin?«, fragte sie.

Simon wies auf seinen verlängerten Rücken. »Die hat mich voll am Arsch erwischt. Meine Güte, aber mit so einer Power!«

»Kannst du aufstehen?« Cindy klang besorgt.

Simon seufzte. Klar konnte er aufstehen, aber er wollte es noch ein wenig genießen, dass diese wunderbare Frau sich seinetwegen sorgte. »Geht schon, ich versuch's einfach mal.«

»Warte, ich helfe dir!« Sie reichte ihm eine Hand und rief Nils herbei: »Fass du ihn an der anderen Seite an. Wir richten ihn erst einmal auf, wenn das geht.«

Der Feuerwehrmann mit der gestählten Figur eines Bodybuilders verzog in echtem Schmerz das Gesicht. »Nee wirklich, so einen heftigen Schlag habe ich noch nie abgekriegt.«

»Du bist selbst schuld«, sagte Nils. »Amira hat gespürt, dass du dich vor ihr fürchtest, und ihr selbst geht es nicht so gut. Da ist sie empfindsamer als sonst. Wenn man ihr selbstbewusst entgegentritt, macht sie nicht solche Sperenzchen. Das ist meine Erfahrung!«

»Du hast Angst vor Pferden?« Cindy zog die Stirn kraus. »Wieso hast du mir das nicht gesagt?«

»Du hast nicht gefragt.« Simon rieb sich die Stelle, an der ihn der Huf erwischt hatte. Er lächelte schief. »Geht schon wieder. Ich fürchte nur, dass ich heute Abend beim Biertrinken nicht sitzen kann. Wir sollten uns einen Platz mit Stehtischen suchen. Und ich weiß auch schon, wo!«

»Gebongt.« Cindy nickte. Ihr schlechtes Gewissen

machte ihre Stimme ganz weich. »Aber jetzt legst du dich dort auf die Sonnenliege in den Schatten und ruhst dich aus.« Sie verschwand und ließ ihn mit seinen Träumen allein.

»Nein!«, rief er ihr nach. »Ich bleibe gern hier. Dann kann ich mich schon den ganzen Nachmittag auf heute Abend freuen.«

Cindy ahnte, dass sie aus der Sache nicht mehr rauskam.

Der Film endete damit, dass jemand starb, während eine schwarz gekleidete Nonne mit weißer Haube ein Flügelfenster öffnete, um der Seele Freiheit zu schenken. Einer befreiten und erlösten Seele, die nun in die Unendlichkeit flog.

Es waren genau vier Zuschauer im Kino, und Nadja in der letzten Reihe weinte, als bekäme sie es bezahlt. Zwei Packungen Papiertaschentücher hatte sie schon durchgeweicht. Die lagen nun zu ihren Füßen. Man hätte meinen können, dass sie auf einer weißen Wolke thronte.

Als sie den Raum verließ, die aufgesammelten Taschentücher in einen Papierkorb stopfte und ihr verheultes Gesicht erneut hinter einer Sonnenbrille verbarg, war es draußen immer noch hell. Wie ein Hohn lag der Sommerabend vor ihr, als sei ihm ihre dunkle Seele mehr als egal. Sie sah sich um. Alle Menschen waren entweder zu zweit oder in Grüppchen unterwegs, einzig ihr Schicksal war die Einsamkeit. Gestern noch hatte sie zehn Freunde gehabt, jetzt niemanden mehr.

In der absurden Hoffnung, dass eines ihrer vierpfotigen Schätzchen erneut ausgerissen war und sich mit allen Sinnen nach ihr sehnte, fuhr sie in Richtung Passbrunn und parkte vor dem Quellenhof.

Aber natürlich saß da keine erwartungs- und sehnsuchtsvolle Katze auf der Parkplatzbank. Das wäre auch zu schön gewesen. Hinter den vergitterten Vorgärten des Katzenhauses schliefen Katzen auf den Podesten ihrer Kratzbäume und musterten gelangweilt die Besucherin. Sie alle schienen zu fragen: *Was machst du denn noch hier?*

Ja, was machte sie eigentlich noch hier? Sie wusste keine Antwort. Ein Hund bellte. Die kleine Tür neben der Einfahrt zum Tierheim öffnete sich. Und heraus kam ein Hundeführer mit einem Hund.

»Haben Sie Lust, mit mir eine Runde spazieren zu gehen? Coco muss noch mal Gassi.«

Auch dieser Mann hatte ihr gestern die Katzen weggenommen. Er war ein Feind, ein Verräter.

Nadja wusste nicht, was sie sagen sollte.

20. Kapitel

Eckehardt wand sich auf seinem Gartenstuhl hin und her. Ihm wurde klar, dass er tatsächlich Angst vor Konflikten hatte. Auf jeden Fall vor dem Konflikt, der nun unweigerlich bevorstand. Nicht vor Auseinandersetzungen, die mit Geld gelöst werden konnten. Das schließlich war eine seiner leichtesten und vertrautesten Übungen. Was aber, wenn Regina nun gekränkt oder gar beleidigt wäre? Und wie, um Himmels willen, teilte man seiner Freundin überhaupt so etwas mit? Sollte er etwa aus dem Nichts heraus erzählen: *Du, da gab es einmal eine Frau in meinem Leben. Sie hieß Martha.*

Unvermittelt stellte er sich vor, dass Regina erbleichen und dann betroffen fragen würde: *Und die willst du dir jetzt zurückholen? Genüge ich dir nicht mehr? Tauschst du mich gegen diese Martha aus, wie man ein unlängst ausgelesenes Buch gegen eins austauscht, das man zwar auch schon kennt, dessen Inhalt man aber vergessen hat? Langweilst du dich mit mir?* Er erschrak angesichts dieser Gedanken, und ihm wurde bewusst, dass er Regina nicht verlieren wollte. Warum nur war immer alles so kompliziert?

Er wusste aber auch, dass er dieses Geheimnis und alle Konsequenzen, die sich daraus ergaben, nicht allein bewältigen wollte.

Mit Martha hatte er sich niemals eine Zukunft vorstellen können, mit Regina durchaus. Mit Regina wollte er alt werden. Und das machte alles vermutlich so schwierig. Er seufzte. Regina kam zu ihm in den Garten, setzte sich in eine Sonnenliege und schob den Saum ihres Rocks bis zu den Oberschenkeln hoch. Dann knöpfte sie die Bluse bis zur Grenze der Schicklichkeit auf und seufzte zufrieden. »Was für ein schönes Leben wir doch haben«, stellte sie fest. »Sommer, Sonne und Zeit füreinander.«

»Das stimmt.« Er nickte halbherzig und verfiel in eine ungewohnte Hektik. »Ich könnte doch mal im Tierheim anrufen und fragen, ob alle Vierbeiner wieder wohlbehalten bei ihren Eltern sind.«

»Ja, Kinder gehören zu ihren Eltern. Auch Katzenkinder.« Regina nickte zustimmend, und Eckehardt sah sie an, als habe sie ihn kalt erwischt. Falls Nadja seine Tochter war, so wäre er ja auch ein Elternteil. Und dann?

Er griff nach seinem Handy und rief Irene an. »Sind alle Katzen wieder wohlbehalten bei ihren Besitzern?«, fragte er betont munter. »Was, schon in der Früh wurden die ersten abgeholt? Super! Und schon sind alle wieder daheim! Das ist gestillte Sehnsucht. Ich war ja auch heilfroh, als ich damals meinen Nelson wiederbekam.«

»Die Aktion war ein Erfolg«, berichtete er seiner Freundin mit mühsam zurückgehaltenem Stolz. Regina rekelte sich auf ihrer Sonnenliege. »Daran habe ich nie gezweifelt. Auf dich ist Verlass. Du hast immer alles im Griff.« Sie gähnte. »Vielleicht schlafe ich ein paar Minuten. Und später trinken wir Kaffee, ja?«

»Gern.« Er rutschte auf seinem Stuhl hin und her und fragte sich, ob er sie jetzt einfach so stören durfte in ihrer Vorfreude auf den Mittagschlaf und den anschließenden Kaffee. Andererseits ... irgendwann musste es ausgesprochen werden, und je länger er damit wartete, umso schwieriger würde die ganze Geschichte. Also holte er tief

Luft, sah sie an und stellte dann die Frage aller Fragen: »Könntest du dir vorstellen, dass ich ein Kind habe?«

»Ein Kind?« Sie musterte ihn lange. Dann biss sie sich auf die Lippen und murmelte mit einem Anflug von Bedauern: »Dazu bin ich leider schon zu alt. Wünschst du dir eins?«

»Nein, nein! Kein junges Kind. Kein Baby. Ich dachte an eins aus meinem früheren Leben.«

»Ach was!« Sie fixierte ihn mit schmalen Augen, was aber auch an der Sonne liegen mochte. »Warst du etwa mal Samenspender? Inzwischen haben volljährige Kinder ja ein Recht darauf, ihren leiblichen Vater kennenzulernen.« Sie hielt kurz inne. »Aber das sage ich dir gleich: Wenn du diesen Weg gegangen bist, dann hast du garantiert mehr als ein Kind. Hoffentlich sind die alle so klug wie du.« Sie lächelte ein wenig hilflos.

Er war heilfroh, dass sie es mit Humor nahm, und ließ sich in den Liegestuhl zu ihrer Linken fallen. Besser, er sah sie nicht an bei seinem Geständnis.

»Es ist schon sehr lange her«, begann er. »Zu der Zeit, als ich noch in diesem Institut arbeitete. Da hatte ich mal eine Freundin.«

Regina schwieg. Auch das fand er bewundernswert an ihr. Sie ließ ihn immer ausreden. Allerdings hätte er sich gerade jetzt über eine kleine Unterbrechung oder besser noch Ablenkung gefreut. Na gut, dann eben nicht. »Gestern«, fuhr er fort, »gestern hatte ich das Gefühl, plötzlich wieder voll in genau dieser Vergangenheit zu stehen. Der Stadtteil, die Gegend, die Straße und die Wohnung, das Türschild, alles kam mir so bekannt vor. Vertraut irgendwie, aber dennoch sehr viel kleiner.«

»Hmmm«, murmelte Regina.

»Also, um es auf einen Nenner zu bringen: Ich hatte

den absurden, aber vielleicht auch gar nicht so unbegründeten Verdacht, dass diese Katzenentführerin meine Tochter sein könnte. Dann hätte sie ihre Katzenliebe von mir geerbt.«

Langes Schweigen. Regina räusperte sich. »Hast du das alles schon einmal nachgerechnet? Könnte es überhaupt vom Alter her stimmen?« Sie wandte ihm den Kopf zu.

»Möglich.« Er schluckte, stöhnte und sagte kein Wort. Er, der sonst keine Gelegenheit ausließ, um zu reden und zu dozieren, verstummte plötzlich. Die Frau zu seiner Rechten fragte sich, ob sie sich Sorgen machen musste. »Schau«, schlug sie ihm vor, »wenn es dich so sehr beschäftigt, dann sollten wir das klären. Frag doch einfach die Mutter. Die wird es doch wissen.«

Er nickte erleichtert. *Wir sollten das klären.* Was für ein erlösender Satz! Sie hielt zu ihm. Doch unabhängig davon war der Vorschlag absurd. Und zwar nicht nur deshalb, weil Eckehardt sich vor der Begegnung mit Martha fürchtete. Wie er sie einschätzte, hatte sie jahrzehntelang nichts als Vorwürfe und Ansprüche an ihn gesammelt und würde ihm das alles unverblümt um die Ohren hauen. Schließlich war er von heute auf morgen verschwunden und hatte sich auch mit keinem Cent an den Kosten für Nadja beteiligt.

Er schüttelte den Kopf. »Die Frau wohnte mit ihren Katzen ganz allein dort. Vielleicht ist ihre Mutter schon gestorben.« Der letzte Satz klang wie eine Hoffnung.

Regina hakte nach: »An Kummer?«

»Eigentlich war Martha Herzog eine Spezialistin, anderen Kummer zu bereiten.« Noch während er das sagte, tat Nadja ihm leid, und so gestand er mit klopfendem Herzen und der Hoffnung, sie möge ihm zustimmen: »Ich sollte mich um sie kümmern.«

»Du solltest sie als Erstes einmal nach ihrem leiblichen Vater fragen. Vielleicht stellt sie ihn dir vor? Das wäre doch gut. Dann wären alle deine Befürchtungen umsonst. Ich bin immer für Klarheit.« Regina fand, dass er sich da in eine Torheit hineinsteigerte. Als hätte ihm genau dieses kleine Drama in seinem an und für sich idealen Leben noch gefehlt. Möglicherweise aber hatte er auch ein schlechtes Gewissen. So, wie sie ihn einschätzte, gehörte er vielleicht zu den Männern, die sich still und leise davonmachten.

»Ja, ich könnte sie fragen.« Er seufzte und verspürte so etwas wie Trauer. Wenn da jetzt ein Herr Herzog auftauchen würde, wäre das eigentlich schade. Aber könnte es sein, dass der Marthas Nachnamen angenommen hatte oder gar selbst Herzog hieß?

Regina unterbrach sein Grübeln. »Hast du ihre Telefonnummer und ihre genaue Adresse?«

Er schüttelte den Kopf. »Die Adresse könnte ich wiederfinden, aber alle anderen Daten sind sicher bei Irene. Die hat ja schließlich die ganze Geschichte organisiert.«

»Sieht sie dir ähnlich?«

»Die Entführerin der Katzen? Nein!«

Oder vielleicht doch? Erst nach der Beendigung der sogenannten Rettungsaktion hatte er das Gefühl gehabt, zwischen ihm und dieser Frau gäbe es etwas Vertrautes. Aber möglicherweise hatte er sich das auch nur gewünscht. Es war eine außergewöhnliche Neugier gewesen, ein plötzliches Staunen. Noch während ihm all das durch den Kopf ging, stellte Regina fest: »Du hättest gern ein Kind, oder? Du hättest gern eine Tochter und dann auch noch ganz viele Enkel, denen du deinen ganzen Besitz hinterlassen kannst, falls du nicht weißt, wohin damit. Du könntest es natürlich auch dem Tierheim spenden.«

»Wenn schon, dann halbe-halbe.« Er reckte sich und erhob sich von der Sonnenliege. »Jetzt erledigen wir erst einmal eins nach dem anderen.«

Regina lächelte und fragte sich, was er wohl mit dem einen und dem anderen meinen mochte. Aber sie wusste auch, dass sie es miterleben würde. Und das war doch die Hauptsache.

Fast ebenso blass wie ihre weiße Kleidung erschien Cindy nun in der Tür zum Tierheimbüro und rang nach Luft. »Simon hatte einen Unfall.«

»Ach du Schreck! Ist es schlimm? Soll ich den Arzt rufen?« Automatisch griff Irene zum Telefon.

»Nein, er kann schon wieder laufen. Aber sein Bein und sein Hintern tun weh. Da hat das Pferd ihn wohl voll erwischt. Jetzt habe ich ihm versprochen, dass ich ihn in seinem Auto zu sich nach Hause fahre. Er kann nicht mehr kuppeln.«

»Ja, mach das.«

»Er will, dass wir dann dort bei ihm um die Ecke noch ein Bier trinken.«

»Dann kann es doch nicht so schlimm sein.«

»Ja, wird schon wieder. Nur dass du's weißt: Ich bin jetzt erst mal weg.«

»Und was ist mit deinen ehrenamtlichen Helfern? Hast du da noch alles im Blick?«

»Von mir aus gesehen brauche ich sie in den nächsten paar Tagen nicht. Alles, was trocknen soll, liegt in der Sonne, und nach Regen sieht es auch nicht aus. Ich könnte sie nach Hause schicken. Aber was ist mit deiner Hausaktion? Wann werden die Hütten hier aufgebaut?«

Irene sah auf ihren Terminplan. »Wenn wir Glück haben, kommen die noch vor dem Wochenende, vermutlich am Freitag.«

»Da brauchen wir dann ja auch wieder Leute. Und bis dahin könnte der eine oder andere mit den Hunden Gassi gehen. Ich kümmere mich darum.« Cindy hatte schon wieder alles im Griff. »Und den Pferdestall sollte Nils mit Paul ausmisten. Simon kommt mir da nicht mehr rein.«

Irene sah sie fragend an, und Cindy tippte sich an die Stirn. »Wer hätte gedacht, dass so ein Kerl wie Simon Braun Angst vor Pferden hat?«, bemerkte sie kopfschüttelnd.

»Ach was, hat er das?« Die Frau hinter dem Schreibtisch hob die Brauen.

»Und wie! Na ja, Amira ist aber auch ein besonderes Biest. Mit der kommt nicht jeder klar.«

Mit dir auch nicht, dachte Irene, hielt aber wohlweislich den Mund. »Klärst du das mit den Freiwilligen?«, fragte sie. »Ich muss hier noch ein bisschen organisieren. Und du kennst sie ja auch alle viel besser als ich.«

»Mache ich, kein Problem.«

Keine zwei Minuten später vernahm sie Cindys Kommandostimme. »Alle mal herhören! Wir haben für die nächsten zwei Tage nicht so viel Arbeit für euch. Am besten wäre es, ihr macht euch am Freitag für den nächsten Großeinsatz bereit. Dann werden neue Katzenhäuser geliefert, und wir brauchen Hilfe beim Aufbau. Wer kommt?«

Wie in der Schule fuhren Zeigefinger in die Luft.

Obwohl wir am Freitag gar nicht mehr so viele Katzen haben werden, dachte Irene. Eine Redakteurin der lokalen Zeitung hatte auf einer Doppelseite alle Katzen vorgestellt, die vom Zwangsumzug wegen des Wasserrohrbruchs betroffen waren. Mindestens sechs würden ein neues Zuhause finden und bereits am Samstag von ihrem neuen Frauchen oder Herrchen abgeholt. Alle Adoptiveltern waren dem Tierheim bekannt, und so konnte Irene schon jetzt die Papiere vorbereiten.

21. Kapitel

Mit einem Sicherheitsabstand von ungefähr einem Meter folgte sie ihm und dem Hund. Die weiße Hündin Coco blieb alle zwei Minuten stehen, um aufgeregt zu schnüffeln. Offensichtlich war der Sommer die hohe Zeit der Gerüche. Zumindest für Coco, die überall ihre Nase hineinstecken musste. So hielt auch Paul inne, hinter ihm Nadja. *Wie eine winzige Prozession,* dachte Paul. *Ein stiller Bittgang, bei dem der Hund das Sagen hat.*

Schweigend beobachtete er die schnüffelnde Coco, schweigend beobachtete Nadja ihn und den Hund, und schweigend schnüffelte die Hündin. Paul hätte so vieles sagen können, und natürlich hätte er auch viele Fragen gehabt. Aber er fühlte sich wohl in dieser Stille und schwieg. Nicht nur deshalb, weil er das am besten konnte, sondern vor allem, weil er spürte, dass die Frau mit den verweinten Augen hinter der übergroßen Sonnenbrille das Schweigen gerade brauchte.

Nadja hingegen war immer noch in die Geschichte des gerade gesehenen Films versunken. Dort hatte ein Unglück das andere übertroffen wie beim biblischen Hiob. Dabei hatte sie sich so gewünscht, dass der Held letztendlich für sein Leid belohnt werden würde, vorzugsweise in Gestalt einer großherzigen, schönen und klugen Frau. Der Film war künstlerisch wertvoll, hatte viele Preise gewonnen und musste deshalb den Zuschauern kein Happy End präsentieren. Happy Ends gab es auch nur in Märchen. Das konnte Nadja aus eigener Erfahrung bestätigen.

Hinter ihnen hupte unangemessen ein Auto und raste mit überhöhter Geschwindigkeit und in einer Staubwolke an ihnen vorbei. Nadja, Coco und Paul duckten sich in sicherer Entfernung an den Rand der Böschung und sahen das knallrote Geschoss erst auf sich zukommen und dann an ihnen vorbeijagen. Hinter dem Steuer saß Cindy mit gerunzelter Stirn. Neben ihr, auf dem Beifahrersitz, erkannte Paul das ungewöhnlich blasse und verkniffene Gesicht des bis dato so emsigen Feuerwehrmannes Simon.

»Ob sie den entführt hat?« Paul hatte laut gedacht und biss sich auf die Unterlippe. Welch taktloser Schwachsinn, da doch gerade die Katzenentführerin neben ihm her ging. Er hätte sich ohrfeigen können. Doch Nadja schien ihn glücklicherweise gar nicht gehört zu haben. Sie trat wieder auf die Straße und begutachtete ihre verschmutzten Schuhe.

Als wäre nichts gewesen, ging auch Coco wieder ihren Schnüffelgeschäften nach.

Paul fuhr sich mit den Fingern der rechten Hand durchs Haar, sodass es wie Igelstacheln zu Berge stand. Nadja nahm sich die Sonnenbrille ab, kniff die Augen zusammen und entdeckte am unteren Ende der Straße ein weiteres Paar: Herr und Hund. Oder eher Hund und Herr? Hier schien der Vierbeiner der Bestimmer zu sein und sein Herrchen hinter sich herzuziehen. Paul folgte ihrem Blick. »Das ist Karl«, meinte er. »Genauer gesagt sind das Karl und Wastl. Die gehen zweimal am Tag diesen Weg zum Tierheim hoch und dann wieder hinunter. Gelegentlich nehmen sie auch einen von unseren Hunden zum Gassigehen mit.«

Nadja blieb stumm. Wollte sie noch mehr über die zwei dort unten erfahren? Auf jeden Fall war das ein unverfängliches Thema. »Im Lauf der Jahre«, so erklärte Paul gerade, »ist Wastl immer größer, stärker und auch dicker geworden, sodass jetzt gar nicht mehr klar ist, wer von beiden mehr Kraft und vor allem wer das Sagen hat. Ich vermute, es ist der Hund. Vor Kurzem hat Karl mir gestanden: *Wenn ich mir noch mal ein Tier zulege, dann einen kleinen Hund, den ich mir auf den Schoß setzen kann. Nicht so einen wie Wastl, der das ganze Schlafzimmer ausfüllt, wenn er sich abends zur Ruhe legt. Ins Bett können wir ihn ja nicht mitnehmen, weil ich selbst dann nicht mehr da reinpasse.* Angeblich schnarcht er auch in der Nacht und sägt ganze Wälder zusammen.«

Über Nadjas Gesicht huschte ein Lächeln. Das mit dem Schnarchen kam ihr sehr vertraut vor. Zwei ihrer Schätzchen hatten sich jede Nacht darin überboten.

Paul staunte. War es normal, dass ein so winziges Lächeln ihn schon glücklich machte? Er nahm es als kleines Wunder hin, und Wunder gab es angeblich immer wieder. Inzwischen hatten sich Herr und Hund so genähert, dass Coco Witterung aufnahm und Wastl mit begeistertem Schwanzwedeln begrüßte. »Die kennen sich«, erklärte Paul überflüssigerweise.

»Habe die Ehre.« Der ältere Herr nahm Nadja ins Visier. »Eine neue Mitarbeiterin?«

Nadja schüttelte den Kopf. »Eine Besucherin«, stellte Paul wie aus der Pistole geschossen klar.

»Was sagt sie denn zu den Kirschblütenkatzen?« Karl blieb neugierig stehen und widersetzte sich damit seinem Hund Wastl, der weiterziehen wollte. »Jetzt halt doch mal still – sitz!«

Tatsächlich, das Tier gehorchte, was sowohl Karl als auch Paul in Erstaunen versetzte.

»Hat sie da was rausgefunden? Eure Praktikantin?«

Paul nahm wahr, dass Nadja neugierig geworden war. Eigenartigerweise machte ihn das noch glücklicher. Sie zeigte wieder Interesse an der Welt.

»Ja, Sophia hat nachgeschaut. Diese Katzen heißen Sakuraneko, ein Begriff, der sich aus Sakura, dem Wort für Kirschblüte, und Neko, dem Begriff für Katze, zusammensetzt. Dass ich mir das gemerkt habe!« Er schüttelte über sich selbst den Kopf. »Allerdings ist die Geschichte dahinter nicht ganz so poetisch, wie das Wort vermuten lässt. Denn Kirschblütenkatzen sind streunende Katzen, die man einfängt und dann kastriert, damit sie sich nicht wahllos vermehren. Sie werden von den japanischen Dorfgemeinschaften versorgt. So ähnlich ist es auch mit den Hunden in Georgien.«

»Und was ist mit denen? Waren Sie etwa mal da?«

»Ja, aber das ist lange her.« Paul spürte Karls und Nadjas Blicke, die sich auf ihn hefteten.

»Und was machen die mit ihren Hunden?« Karl beugte sich vor, als plane er, seinem Wastl die Ohren zuzuhalten, falls etwas Unangenehmes zur Sprache käme.

»Die fangen halt auch alle Streuner ein, kastrieren sie und markieren sie mit einer Marke am Ohr. Gelb, rot, grün oder blau. Jedes Jahr mit einer anderen Farbe. Diese Hunde werden dann von der Gemeinschaft versorgt. Ich habe viele von ihnen getroffen und war mit ihnen befreundet. Sie bellen kaum und suchen menschliche Nähe ... und natürlich Futter.«

»Was haben Sie denn in Georgien gemacht?«

»Ich bin durch die Karpaten gewandert – ich war rastlos und musste mich wiederfinden.« Paul staunte über sich selbst. Warum erzählte er das alles? Wollte er Nadja beeindrucken?

»Und hat es was gebracht?« Karl hatte seinem Hund inzwischen die Ohren wieder freigelegt und sich ächzend aufgerichtet.

»Zwischendrin war ich mal glücklich«, murmelte Paul.

»Das ist doch auch schon was.«

Karl nickte verständnisvoll. Nadja schwieg.

»Also, zurück zu den Kirschblütenkatzen«, wechselte Paul das Thema. »Als Zeichen dafür, dass sie sich nicht mehr vermehren können, wird den Katzen ein v-förmiges Dreieck aus dem Ohr herausgeschnitten. Natürlich unter Narkose«, fügte er ganz schnell hinzu, als er sah, dass Nadja entsetzt zusammenzuckte.

»Das kann ich nur hoffen«, bestätigte Karl. »Aber wie ist die zu uns gekommen? Aus Japan? Mit dem Schiff? Vielleicht sogar mit dem Flugzeug?« Karl schien die Katze um ihre Abenteuerlust zu beneiden und hätte sie zu gern persönlich interviewt. Jetzt meldete sich Nadja zu Wort. »Es kann doch auch sein, dass diese Katze sich nur verletzt hat. Beispielsweise an einem Stacheldrahtzaun. Dort entstehen oft solche Wunden.« Sie musterte Paul mit fragendem Blick. »Ist diese Katze noch oben im Quellenhof?«

»Ja.«

»Darf ich sie sehen?«

Paul gab sich skeptisch. »Ja«, meinte er dann nach kurzem Zögern. »Warum eigentlich nicht? Wir haben ihr übrigens einen japanischen Namen gegeben, nachdem Sophia das mit den Kirschblütenkatzen herausgefunden hatte.«

»Und wie heißt sie nun?« Nadja taute ein wenig auf.

Paul begriff: Katzen waren ihr Lieblingsthema. Seins eigentlich auch. »Wir haben sie Kami genannt, was so viel wie göttliche Kraft bedeutet.«

»Kami …«, wiederholte Nadja nachdenklich. »Ein schöner Name! Das klingt nach Wärme und Kaminfeuer …«

Mit Expertenmiene fuhr Karl dazwischen: »Und noch
etwas: Sie ist tatsächlich nicht mehr in der Lage, Junge zu
kriegen. Das hat mir eure Tierärztin verraten.« Er nickte
mit Kennerblick. »Stellt euch vor, die hätte ihre Jungen in
der Wildnis bekommen, die hätten gehungert und gefro-
ren, Ungeziefer hätte sich in das Fell der Kleinen hinein-
gefressen. Und ich sage euch: Hätte sie sieben Junge bekommen, dann hätte sie siebenmal Unglück in die Welt
gesetzt. Meine Frau und ich, also, wir sind beide dafür,
dass alle Katzenbabys Wunschkinder sind und keine Ver-
kehrsunfälle … hahaha … Geschlechtsverkehr-Unfälle …
weil ja zwei Geschlechter miteinander verkehren.« Offenbar wollte er mit dieser Anzüglichkeit Eindruck schinden.
Nadja wurde rot. Ihrer Ansicht nach waren Zeugung,
Fortpflanzung und alles Dazugehörige Themen, über die
man öffentlich nicht sprach.

Paul ging es ähnlich. Er berief sich auf die Fakten, die er
von der Tierärztin gehört hatte. »Kami war schon einmal
Mutter, und das Dreieck im Ohr könnte auch von einem
Kampf herrühren. Aufgegriffen wurde sie ohne Junge,
und wir haben sie dann entfruchten lassen, wie Sophia es
gern nennt. Möglicherweise waren die Kleinen ja schon
groß genug, um selbstständig zu überleben.«

»Und wo? Wo genau habt ihr sie gefunden? Ich könnte
mit Wastl nach Kamis Kindern suchen. Dann machen wir
im Quellenhof eine Familienzusammenführung.«

Paul schüttelte den Kopf. »Das wird nicht mehr viel
bringen. Kami hatte sich in einer Feuerwehrgarage ver-
krochen, und zwar allein.«

»Währenddessen haben sich ihre Kinder garantiert
schon wieder vermehrt, Bruder und Schwester. Wenn das

nur gut geht! Bei Tieren gibt es doch auch so etwas wie Inzucht, hoffentlich sind die dann nicht alle deppert.«

Karl schien in Katzenseelen zu lesen wie in einem Bilderbuch. Nadja sah ihn an und fragte sich, warum er einen Hund hatte.

»Ich liebe Hunde *und* Katzen«, gestand er, als habe er ihre Frage gespürt. »Aber mein Wastl, also, Wastl mag keine Katzen. Und Wastl hat bei uns das Sagen.«

»Das stimmt!« Paul lachte und sah auf Coco hinunter. »Die will zu ihrem Fressnapf. Also, Karl, dann gehen wir mal wieder hoch, Frau Herzog wollte ja Kami auch noch kennenlernen.«

»Dann viel Erfolg!« Bei dem Wort *Fressnapf* sprang auch Wastl auf, um den Rückweg anzutreten, und zerrte sein Herrchen energisch hinter sich her.

»Die zwei sind schlimmer als ein altes Ehepaar«, murmelte Paul kopfschüttelnd. »Gut, dass Karl eine Frau zu Hause hat, die es gut mit ihm meint.«

»Ja, es ist immer besser, wenn man nicht allein ist.« Nadja schob sich erneut die Sonnenbrille zurecht.

»Ehrlich?« Paul war sich da nicht ganz so sicher. Wenn er an Zweisamkeit dachte, dachte er immer daran, dass der eine den anderen herumschubste, ihm Befehle gab und ihn für alles verantwortlich machte, sogar für schlechtes Wetter. Natürlich gab es Ausnahmen. Aber er hatte bisher erst eine einzige solche Ausnahme gesehen. Und das waren Edda und ihr Mann. Nun gut, mit Edda war Streiten unmöglich. Edda war das personifizierte Gute. Warum nur waren nicht alle Menschen so?

Nadja schien ein wenig aufzutauen. »Am meisten allein gefühlt habe ich mich in den Jahren, in denen meine Mutter und ich uns die Wohnung teilten«, vertraute sie ihm mit heiserer Stimme an. »Und am wenigsten einsam war ich in der Zeit, als alle Katzen bei mir lebten.«

Paul biss sich auf die Unterlippe. Er verstand sie so gut!

Inzwischen gingen er und Coco und Nadja zu dritt nebeneinander her. Die Prozession von vorhin hatte sich in eine bunte Reihe verwandelt.

In seinem Herzen suchte er nach einem verständnisvollen Satz und glaubte dann, ihn gefunden zu haben. »Sie lieben Katzen.«

»Natürlich!« Das klang so selbstverständlich, als hätte er gefragt, ob sie lebendig sei. »Katzen sind mein Leben.«

»Gut, wenn Sie mit Kami klarkommen und sie mit Ihnen. Sie ist nämlich ein bisschen taktlos und zuweilen sehr direkt. Ich sag es mal so: Wenn sie jemanden nicht mag, dreht sie sich einfach um und zeigt ihm oder ihr das Hinterteil.«

»Das ist doch Klarheit«, meinte Nadja allen Ernstes und stellte sich in Gedanken vor, sie würde in der Firma allen, die ihr nicht sympathisch waren, den Allerwertesten zeigen. Natürlich ginge es dann umgekehrt ebenso. Und wer konnte schon ahnen, wie viele Ärsche sie und Doris dann zu sehen bekämen, ganz abgesehen davon, dass sie sich gegenseitig auch eher den verlängerten Rücken zeigten als ein freundliches Lächeln. Schade, dabei waren sie mal richtig gute Freundinnen gewesen.

»Ich bin froh, dass wir Menschen nicht so sind«, unterbrach Paul ihren Gedankengang. »Andererseits, bei uns in Passbrunn gibt es eine, bei der wir es ab und zu ebenso machen würden, wenn wir dürften.«

»Meinen Sie damit die Weiße in dem roten Auto?«

»Ja. Unsere Cindy.«

»Um wie viel schöner ist da der Name Kami!«

Wo sie recht hatte, hatte sie recht.

22. Kapitel

Was war das denn? Irene musste zweimal hinschauen und rieb sich die Augen. Tatsächlich: Paul erklomm in Begleitung einer Dame den kleinen Hügel, auf dem der Quellenhof thronte. Nun gut, auch die Hündin Coco war eine Dame, wenn auch eine mit vier Beinen. Im Gegensatz zu Coco war diese aber äußerst elegant gekleidet, trug zu einer weißen Seidenbluse eine lindgrüne Leinenhose, hatte sich das aschblonde Haar zu einem lockeren Knoten gebunden und ihr Gesicht hinter einer übergroßen Sonnenbrille versteckt. Gebeugt und konzentriert ging sie neben Paul her und schien ihrem Begleiter sehr intensiv zuzuhören. Wo hatte er die denn aufgegabelt? Und so schnell? Und was erzählte er der bloß? Er, der sonst immer durch seine Schweigsamkeit auffiel! Sachen gab's!

Unvermittelt musste Irene an sich und Lorenz denken, an ihre verwirrende, aber auch leicht prickelnde Beziehung zu dem Kunstmaler. Sie zuckte zusammen, als ihr bewusst wurde, dass sie sich schon längst bei ihm hätte melden müssen. Eigentlich gingen sie einmal monatlich miteinander spazieren oder essen und führten dabei intensive Gespräche über den Lauf der Welt, über die Bücher, die sie gerade lasen, oder über seine Bilder und natürlich über seinen Kater Bruno. Der hatte sie schließlich zusammengebracht.

Doch in diesem Monat hatte sie ihn nicht angerufen, weil sie und Paul mit der Befreiung entführter Katzen sowie dem Wasserrohrbruch beschäftigt waren. Eigentlich unverzeihlich ... Andererseits hätte er sich auch bei ihr melden können.

Hatte sie eigentlich in den letzten Tagen mal auf ihren Anrufbeantworter geschaut? Der stand kaum sichtbar und unbeachtet in einer Regalecke.

Lorenz. Irene holte tief Luft und überprüfte auf ihrem Handy, ob sie ihm wenigstens das Foto geschickt hatte, das sie *Schreibtisch im Grünen* genannt hatte. Ihr geradezu malerisches Büro mit Computer, Chefsessel nebst geblümten Kissen und rotem Sonnenschirm auf einer frisch gemähten Wiese. Immerhin waren ihr hier die Ideen zum Tiny House gekommen. Ja, das Bild lag in den gesendeten Objekten. Wenigstens das!

Dieser hagere, grauhaarige und überaus spröde Mann, von Cindy achselzuckend als *Künstler halt* charakterisiert, ahnte vermutlich nicht einmal, dass er in Irenes Leben durchaus eine Rolle spielte. Jetzt waren sie schon seit mehr als einem Jahr miteinander befreundet, aber so richtig voran ging es mit dieser Beziehung nicht, wenn es denn eine war. Nicht so wie bei Regina und Eckehardt: Was wollte sie von ihm? Was wollte er von ihr? Gut, sie fühlten sich wohl miteinander. Aber war das genug? Wenn sie ganz ehrlich war: für den Augenblick schon. Durchaus. Aber was, wenn er mehr wollte? Oder etwa sie?

Offenbar war sie in der Pflege von Freundschaften ebenso eine Anfängerin, wie sie es Paul unterstellte. Erneut blickte sie auf das näher kommende Paar mit dem Hund und stutzte. War das etwa Nadja Herzog, die neben Paul einherspazierte? Die traute sich was! Ein Segen, dass inzwischen alle von dieser Frau entführten Katzen wieder mit ihren richtigen Namen angeredet wurden und glücklich bei ihren Besitzern waren.

In der Tat war es eine Höchstleistung gewesen, die Eckehardt und sie da gestern vollbracht hatten, aber niemand hatte sie dafür gelobt. Alle Katzenbesitzer hatten sich zwar bei ihr mit zum Teil sehr großzügigen Tierheimspenden dafür bedankt, dass ihre Lieblinge nun wieder daheim waren, aber das ganze logistische Drumherum und die geniale Organisation, versteckt hinter Notlügen, hatte niemand gewürdigt. Nicht einmal Paul und Eckehardt schon gar nicht, der nämlich hatte sich diesen Coup sofort auf die eigene Fahne geschrieben. Die Welt war ungerecht! Irene trat an den Gemeinschaftskühlschrank und nahm sich einen Becher Joghurt heraus. Was um Himmels willen machte sie plötzlich so unwirsch? War sie etwa eifersüchtig auf Paul? Kopfschüttelnd musste sie sich eingestehen, dass sie tatsächlich ein wenig neidisch auf das Glück war, das Paul zum ersten Mal ausstrahlte. Außerhalb des Katzenhauses hatte sie ihn noch nie so gesehen. Entspannt und gelassen. Fast fröhlich. Dieser Nadja stand es nicht zu, den einstigen Tierpfleger des Straubinger Tierparks zum Strahlen zu bringen.

Und nun brachte er sie auch noch mit in den Quellenhof! Er erwartete von Irene doch nicht etwa, dass diese sich bei Nadja für ihre Notlüge entschuldigte?

Welch peinliche Gegenüberstellung! Am liebsten hätte sie sich hinter einem Schrank versteckt.

»Frau Herzog ist an Kami interessiert!«, hatte Paul gerufen, bevor er die Tür zum Büro der Tierheimleitung geöffnet hatte. »Wir schauen sie uns kurz an, und sollte es zwischen den beiden funken ...«

Hoffentlich gibt es da keinen Schwelbrand, dachte Irene.

Nach dem Wasserrohrbruch brauchen wir nicht auch noch ein Feuer.

»Und jetzt?« Cindy blieb vor der angegebenen Adresse stehen und wischte beide Hände an ihren Oberschenkeln ab. Auf dem weißen Stoff der Jeans hinterließen sie zwei gräuliche Flecken.

»Ich ziehe mir eine saubere Hose an, und dann gehen wir nach nebenan.« Simon wies schräg hinter sich, und Cindy wandte sich um. Zwei Häuser weiter auf der gegenüberliegenden Seite gab es einen Biergarten. *Herzogburg* hieß der. Auch das noch! Die Kidnapperin der Katzen hieß doch auch Herzog, oder?

Zweifelnd musterte sie Simon. »Musst du nicht zum Arzt oder ins Bett? Bist du nicht verletzt?«

»Bier ist die beste Medizin. Magst du mit hochkommen?« Er zögerte und wich leicht zurück. »Aber da ist meine Mutter ...«

Das hatte Cindy gerade noch gefehlt! Sie schüttelte den Kopf. »Ich könnte ja schon mal vorgehen.«

»O ja, bestell mir doch bitte ein Radler. Dann kann ich dich später noch nach Hause fahren.«

»Das musst du nicht. Es sind höchstens zehn Minuten zu Fuß.«

»Ja, dann bestell mir doch gleich eine Halbe. Heute ist mein Glückstag.«

»Weil dich ein Pferd getreten hat?« Doch er war schon zu weit weg.

Jetzt saß Cindy an dem Holztisch auf der hölzernen Bierbank, hatte beide Ellbogen aufgestützt und das Kinn auf die gefalteten Hände gebettet. Was hatte sie eigentlich hier verloren? Reine Zeitverschwendung!

Ringsum Paare und Grüppchen, die sich angeregt unterhielten, die lachten und sich mit großen Bierhumpen zuprosteten. Sie aber saß da wie bestellt und nicht abgeholt. So mochte es auf andere wirken. Dieses Bild gefiel ihr nicht, da es sie an ein Date vor sechs oder sieben Monaten erinnerte. Damals hatte sie sich mitten im tiefsten Winter mit einem bärtigen jungen Tierarzt verabredet. Treffpunkt war die schnuckelige kleine Konditorei am Markt. Ihr Erkennungszeichen, so hatte sie ihm mitgeteilt, waren weiße Hose, weiße Stiefel, ein weißer Pullover und ein roter Schal. Vor dem Spiegel in ihrer Diele hatte sie sich angelächelt und dazu beglückwünscht, dass sie wie ein weiblicher Nikolaus wirkte, und zu dem Lippenstift gegriffen, der die gleiche Farbe aufwies wie ihr Schal.

Sie schien dann die Erste zu sein, suchte sich einen strategisch günstigen Platz und wartete. Ihr Warten dauerte bis zum frühen Abend und wurde nicht belohnt. Es hatte den Anschein, als würden nur Paare und Cliquen das Café besuchen, als bestünde die ganze Welt nur aus Gruppen, und als sei sie die einzige Solistin auf der Welt. Genauso wie hier im Biergarten. Einmal war jemand durch die Tür getreten, ein gutaussehender Mann, und hatte fragend in das Innere des Lokals gespäht. Kurz hatten seine Blicke sie gestreift, und ihr Herz hatte bis zum Hals geklopft. Doch der Mann kaufte nur Berliner vom Vortag, was ein Tierarzt niemals nötig gehabt hätte, und verschwand wieder.

Ihr Date jedoch, jener Mann, der den Schlüssel zu Cindys glücklichem und erfülltem Leben in den Händen hielt, war nicht gekommen. Sicher war ihm ein Notfall dazwischengekommen.

Dennoch, er hätte sich doch melden oder zumindest entschuldigen können.

Erneut schoss ihr nun die Röte ins Gesicht. Hoffentlich hatte damals niemand ihr verzweifeltes Warten wahrgenommen. Wie peinlich!

Jetzt wenigstens war es Sommer, und hier und jetzt wartete sie nicht mehr. Sollte Simon doch bleiben, wo der Pfeffer wuchs. Sie wollte nichts von ihm. Das war ihr Trumpf.

Mit beiden Händen ergriff sie den schweren gläsernen Bierkrug und trank ihn in großen Schlucken fast halb leer. Das tat gut!

»Uiui, du hast ja Durst gehabt! Da kann ich ja kaum mithalten.« Simon ließ sich ihr gegenüber auf die Bierbank fallen. »Endlich!«, seufzte er, und Cindy fragte sich, was er damit meinen mochte.

»Mutter meinte, ich müsse mich auch noch waschen und ein frisches Hemd anziehen. Deswegen hat es länger gedauert«, gestand er ihr.

Cindy rümpfte die Nase. Da hatte es Frau Braun eindeutig zu gut gemeint. Simon duftete, als wäre er in eine Wanne gefallen, die mit Aftershave für alte Herren gefüllt war. Weniger wäre hier mehr gewesen.

»Jetzt aber ... Auf uns!« Er hob sein Glas. Sie stieß mit ihm an. »Hast du noch Schmerzen?«, fragte sie mit halbherzigem Interesse.

»I wo!« Er setzte sich etwas anders hin und verzog das Gesicht.

Also doch! Innerlich triumphierte Cindy. »Du hättest mir doch sagen müssen, dass du dich vor Pferden fürchtest«, schob sie nach. »Dann hätte ich dich niemals reingelassen. Die Pferde spüren es, wenn jemand Angst hat. Sie sind sehr sensibel.«

Er schluckte und suchte ihren Blick. »So sensibel wie du«, konstatierte er.

Cindy griff zu ihrem Bierglas. Was war denn mit dem los?

»Wollen wir etwas essen? Mutter meinte, sie könne uns eine Brotzeit bringen, wenn ich nur kurz durchrufe.«

Schon hatte er sein Handy in der Hand.

Cindy fühlte sich wie in einer Falle. »Nein, ich esse abends nichts.« Das war eindeutig gelogen, aber lieber schmierte sie sich zu Hause noch ein Brot, als jetzt mit Mutter Braun an einem Tisch zu sitzen.

»Abends essen ist auch gar nicht so gesund. Und überhaupt enthält Bier alle wesentlichen Nährstoffe. Das habe ich beim Bodybuilding gehört.«

Wieder hing er an ihren Lippen und fiel dann mit der Tür ins Haus. »Ich finde dich einfach toll! Du hast alles im Griff. Niemand kann dir vorschreiben, was du tun und lassen sollst.«

»Das wäre ja noch schöner«, sagte Cindy schnell.

»Du wohnst nicht mehr bei deinen Eltern?«

Cindy schüttelte den Kopf. »Schon lange nicht mehr. Ich bin unabhängig und nur für mich selbst verantwortlich.« Ihr kam ein schrecklicher Gedanke, und augenblicklich verspürte sie Mitleid mit ihrem Gegenüber. »Was ist mit deiner Mutter? Ist sie krank? Wohnst du deshalb bei ihr? Pflegst du sie?«

Er schüttelte den Kopf. »Sie ist fit. Aber es gibt andere Gründe. Erstens sind Wohnungen gerade wahnsinnig teuer, und zweitens sagt Mama mir immer, wo's langgeht. Und drittens: Wer kommt schon gern nach Hause, und keiner ist da?«

Diesen letzten Satz hätte sie unterschreiben können. Bei ihr war auch niemand. Aber immerhin das Fernstudium zur Tierheilpraktikerin und die Chance, sich mit Tierärzten zu verabreden.

Dennoch, Cindy verstand es nicht. »Will deine Mutter nicht auch mal allein sein oder nur mit deinem Vater zusammen?«

»Ach, der ist schon seit Langem weg. Und ich bin ja auch viel unterwegs ... mein Job, die Freiwillige Feuerwehr und dann noch das Bodybuilding.« Unter seinem kurzärmeligen Hemd ließ er die Oberarmmuskeln spielen. »Die Ma und ich, wir haben es uns ganz gut eingerichtet. Allerdings wäre es nicht klug gewesen, wenn ich ohne Vorwarnung mit dir da aufgeschlagen wäre.«

»Ja, das verstehe ich gut.«

»Sie ist eben immer ein bisschen eifersüchtig.« Er klang fast stolz.

»Du bist bei der Freiwilligen Feuerwehr. Und im wirklichen Leben?« Cindy hob ihr Glas und leerte den Krug.

»Da bin ich Projektmanager. Und weißt du, was? Dein Projekt Bier steht gerade ganz schön auf der Kippe. Das müssen wir retten. Ich hole uns noch mal zwei, okay?«

Eigentlich ist er gar nicht so schlecht, dachte Cindy. *Aufmerksam und zugewandt. Wo findet man heutzutage noch solche Männer?*

23. Kapitel

Tatsächlich hatte es zwischen der Katze Kami und Nadja Herzog gefunkt oder zumindest leise geknistert. Niemals hätte Irene damit gerechnet, dass Kami so schnell zutraulich wurde, doch Paul bestätigte es fast stolz. »Nach einer Minute kam sie auf uns zu und ließ sich von Frau Herzog streicheln. Dann blieb sie auch in ihrer Nähe, zwar wachsam, aber sie blieb. Immerhin. Geschnurrt hat sie allerdings noch nicht. Das wäre wohl auch zu viel verlangt.« Er strahlte, als wäre er ein hochbegabter Katzendompteur und hätte ein besonders kritisches und vielköpfiges Publikum von seinen Fähigkeiten überzeugt. Dabei hatte allein diese Nadja zugesehen.

Irene war sicher, dass die Kirschblütenkatze, sensibel, wie Katzen nun mal waren, die Bedürftigkeit der vor ihr knienden Frau wahrgenommen hatte. Ihr waren die verweinten Augen der Besucherin aufgefallen, und auf Anhieb hatte sie gespürt: Hier lechzte jemand nach Nähe. Das mochte bei Kami den Impuls ausgelöst haben, diese Sehnsucht zu stillen. Oder interpretierte sie mal wieder zu viel in ein Tier hinein?

Zu gern hätte sie mit jemandem darüber gesprochen, aber Edda war weiterhin mit ihrer Familie in Italien, Paul hatte mit Nadja und deren frisch adoptierter Katze den Quellenhof verlassen. Der Einzige, mit dem sie noch über sensible und intuitive Katzen hätte reden können, war der Maler Lorenz Erlenburg. Schließlich war es ihm damals mit dem Kater Bruno ebenso ergangen. Doch mit dem konnte sie nicht einfach so am Telefon darüber reden. Lorenz war – ebenso wie sie – kein Telefonschwätzer. Das Thema feinfühlige Katzen passte auch nicht zu einem Telefon- oder gar Handygespräch. Es hätte während eines langen Spaziergangs oder beim gemeinsamen Essen besprochen werden können. Sie sollte sich wirklich mal wieder bei ihm melden. Es war nicht gut, dass ihr Leben augenblicklich nur aus der Arbeit im Tierheim bestand. Aber jetzt mussten erst einmal die Tiny Houses aufgestellt werden, und Edda musste wieder zurück sein. Dann wäre Irene Thannberg wieder dran. Zumindest ein kleines bisschen. Nur womit? Sie schüttelte über sich selbst den Kopf und dachte an Paul.

Mit Nadja im Schlepptau hatte der am späten Nachmittag das Chefbüro des Tierheims betreten und sich an dem leer geräumten Edda-Schreibtisch niedergelassen. »Die Kirschblütenkatze hat jetzt ein neues Zuhause«, hatte er zufrieden verkündet.

»Und wo?« Irene, der das alles zu schnell ging, stellte sich absichtlich dumm und blickte demonstrativ aus dem offenen Fenster. Nach der Tageshitze sorgte endlich ein angenehmer Durchzug für ein erträgliches Raumklima. Im Garten zwitscherten Rotschwänzchen und Amseln um die Wette.

Fürsorglich hatte Paul gleich einen Vorschlag gemacht. »Ich denke, Frau Herzog kann Kami bereits heute mit zu sich nach Hause nehmen.«

Erst dann hatte Irene sich ihren beiden Besuchern zugewandt und Nadja mit krauser Stirn angesehen. »Ist denn schon aufgeräumt bei Ihnen?«

Nadja schluckte, und es hatte den Anschein, als bräche

sie augenblicklich in Tränen aus. »Da war ja überhaupt kein Durcheinander! Das ganze Chaos haben Sie gestern angerichtet.«

Aus dem Hintergrund nickte Paul bestätigend, und Irene fragte sich, wieso er sich plötzlich so um diese Frau kümmerte. Nur weil beide Katzen liebten? Oder hatte ausgerechnet diese Nadja den Schlüssel zu seinem Herzen gefunden?

»Es ging nicht anders«, wandte sie sich an die Frau mit den verweinten Augen, und erneut fiel ihr deren elegante Kleidung auf. Dabei schoss ihr ein bösartiger Gedanke durch den Kopf. Da Frau Herzog ja nun nicht mehr ständig Katzenfutter kaufen musste, konnte sie wieder in Edelboutiquen unterwegs sein und ihre hausbackene Farblosigkeit mit teuren Klamotten überspielen. Nein, das war unfair, und fast hätte sie sich für diese haltlose Spekulation bei Frau Herzog entschuldigt. »Ist Ihnen eigentlich bewusst«, fragte sie stattdessen, »dass die Katzenhalter Sie auch wegen Diebstahls hätten verklagen können? Seien Sie froh, dass ich das gerade noch abgebogen habe.«

Nadja schniefte, putzte sich die Nase und jammerte weinerlich: »Aber Sie haben mich belogen.«

»Ja, aber es ging nicht anders. Ich musste zu dieser Notlüge greifen«, rechtfertigte sich Irene. »Hätte ich Ihnen gesagt, dass wir am nächsten Tag kommen und Ihnen Ihre Tiere wegnehmen ... was hätten Sie da gemacht?«

Hilflos hob Nadja die von glänzender Seide umhüllten Schultern und blickte schuldbewusst zu Boden.

»Wirklich schlecht ging es den Katzen ja nicht bei ihr«, kam Paul seinem Schützling zu Hilfe.

Irene nickte widerwillig. »Das stimmt, ich will Ihnen auch gar nichts unterstellen, Sie haben es gut gemeint.

Aber Sie haben den falschen Weg gewählt, indem Sie fremde Tiere entführten. Ganz klar den falschen Weg.«

Reumütig nickte das Häuflein Elend in der zerknitterten Designerkleidung.

»Sie sieht ihren Fehler ja ein«, bestätigte Paul fürsorglich.

Was war denn mit dem los? Irene staunte und wandte sich an die Katzenfreundin. »Wissen Sie, was? Wir schließen einen Adoptionsvertrag für Kami ab. Dann gehört sie nur Ihnen und zieht bei Ihnen ein. Sie bekommen einen offiziellen Impfpass für Kami, ich registriere Kami als Ihre Katze in der Katzendatenbank, und sollte es der kleinen Kirschblüte an irgendetwas fehlen, können Sie mit ihr zum Tierarzt gehen. Dann ist alles im grünen Bereich.«

Irene nahm wahr, wie Nadja Paul einen fragenden Blick zuwarf, als wäre er der Bestimmer. »Das stimmt.« Paul nickte seinem Schützling zu. »In ihrer Wohnung kann eine ... können höchstens zwei Katzen gut leben. Für zehn aber ist sie eindeutig zu klein. Lange hätte das nicht gut gehen können.«

Erneut fuhr Irene dazwischen: »Sie versprechen mir, dass Kami jetzt erst einmal allein bei Ihnen wohnt. Sie muss sich an die neue Umgebung gewöhnen, muss sich ihr eigenes Zuhause aufbauen.«

»Aber meine Gäste haben nie miteinander gestritten!« Nadja klang, als müsse sie sich verteidigen.

»Klar, die sind aber auch deshalb nicht aufeinander losgegangen, weil sich keine von denen bei Ihnen heimisch fühlte. Zu zehnt haben sie sich in der Gruppe arrangiert. Allen war klar, dass dieser Aufenthalt nur vorübergehend sein würde und sie schon bald wieder in ihr eigenes Zuhause zurückkehren würden. Was ja nun glücklicherweise auch geschehen ist. Möglicherweise waren ja auch einige Ihrer *Gäste* schon auf Kurzurlaub in Katzenpensionen. Kami braucht auf jeden Fall jetzt erst ein paar Wochen Zeit, um sich in Ihrer Wohnung ein ganz persönliches Revier zu schaffen.«

»Und woran merke ich, dass sie sich zu Hause fühlt?« Nadja wurde zutraulicher.

»Wenn sie sich entspannt vor Ihnen auf den Rücken wälzt und den Bauch streicheln lässt, wenn sie Ihnen schnurrend um die Beine streicht. Aber zuvor wird sie alles begutachten, jede Ecke Ihrer Wohnung abschnüffeln, sich unterschiedliche Ruheplätzchen suchen und es sich auf Fensterbänken bequem machen ...«

»Ich habe auch einen Balkon mit Netz«, fuhr Nadja atemlos und voller Vorfreude dazwischen. »Und dort sogar einen Kratzbaum.«

»Umso besser.«

Prüfend musterte Irene die Katzenliebhaberin. Sie konnte nichts gegen diese Adoption sagen, denn alle zehn von ihr entführten Katzen waren gesund, gepflegt und gut genährt. Also füllte sie die Papiere aus.

»Die Thannberg? Man kann ja von ihr denken, was man will, aber den Deal mit den Häusern hat sie wirklich gut hingekriegt. Die ist schlau, die hat nicht umsonst einen Doktortitel.« Cindy griff nach ihrem Glas.

Simon beugte sich vor. »Welche Häuser?«, fragte er überrascht. »Ist die Thannberg etwa auch noch Immobilienmaklerin? Nicht nur, dass sie bei euch gerade Chefin ist. Nun auch noch das! Und das in dem Alter! Die ist doch garantiert schon in Rente.«

»Vielleicht hat sie in ihrem früheren Leben nicht genug gearbeitet. Das denke ich mir oft, so wie die sich aufspielt.« Dass Cindy ihre Vorgesetzte nicht sonderlich schätzte, war unüberhörbar. Sie war in Fahrt gekommen und seufzte erbost. »Ausgerechnet die hat irgendwelche Leute dazu überredet, uns ihre Minihäuser aufs Gelände zu stellen. Du weißt schon, als Zwischenunterkunft für die Katzen. Und das alles will sie mit einer Werbekampagne verbinden. Und diese Minidinger bleiben so lange bei uns stehen, bis das durchnässte Katzenhaus endgültig renoviert ist.«

»Das kann dauern.« In seiner Eigenschaft als Projektmanager schien Simon sich auch mit Wasserrohrbrüchen auszukennen. »Es ist erstaunlich, wie lange sich die Feuchtigkeit in durchnässten Wänden hält. Man wundert sich immer wieder. Bestimmt braucht ihr auch noch ein paar Bautrockner.«

Cindy nickte abwesend. »Schon an diesem Freitag kommen die ersten Häuser«, verkündete sie verdrießlich. »Und es ist wohl allen klar, dass die Organisation, der Aufbau und die Standortbestimmung wieder an mir hängen bleiben. Wie immer alles, was Arbeit macht, an mir hängen bleibt, während die Frau Doktor nur ein bisschen herumtelefoniert und dann die Lorbeeren einheimst.« Mit einem theatralischen Seufzer beendete Cindy ihre Rede. »Also, um es auf den Punkt zu bringen: Freitag brauche ich dich.«

»Wow, was du alles kannst!« Simon strahlte. »Natürlich helfe ich dir. Du kannst immer auf mich zählen. Für dich lasse ich jedes Projekt links liegen.«

Sie nickte gefasst, und sie stießen mit ihren Gläsern an. Er seufzte vor Glück. Was für eine Frau! Das Leben meinte es gut mit ihm.

»Weißt du, was? Jetzt hole ich uns beiden doch noch eine Bratwurst mit Kartoffelsalat. Dann haben wir was im Magen und können noch ein drittes Bier trinken.«

»Und was sagt deine Mutter dazu?« Diese Bemerkung konnte Cindy sich nicht verkneifen.

Er zwinkerte ihr zu. »Was sie nicht weiß, macht sie nicht heiß.«

»Hoffentlich musst du zum Frühstück nicht das essen, was sie uns heute Abend als Brotzeit bringen wollte.«

»Und wenn schon.« Er erhob sich steif. Sein Rücken schien ziemlich zu schmerzen. »Weißt du, ich gehe ja jeden Tag ins Fitnessstudio. Eines Tages bin ich so stark, dass ich mit links ein Pferd heben und hochstemmen kann. Das ist mein Ziel.«

Cindy lachte. »Du bist ein Clown. Aber ein netter Clown.«

24. Kapitel

»Bedrückt dich etwas? Was ist denn los mit dir? Warum bist du so unruhig?« Kopfschüttelnd beobachtete Regina Schlössl ihren sonst so souveränen Freund Eckehardt, der unruhig im gemeinsamen Garten auf und ab tigerte.

»Ich verstehe nicht, dass keine Presse kommt«, murmelte er zwischen zusammengebissenen Zähnen. Regina fragte besser nicht nach. Er würde schon von selbst weiterreden. Also setzte sie sich sehr gerade auf einen Gartenstuhl und ließ ihn weiter um sich kreisen.

»Ich meine, ich habe doch am Montag wirklich Großartiges geleistet«, beweihräucherte er sich selbst. »Nicht nur, dass ich zehn Katzen befreit habe, ich habe zudem zehn verzweifelten Menschen ihr Lieblingstier zurückgegeben und somit Segen über das Land gebracht.«

»Das stimmt.« Regina nickte; dass er so eitel war, hätte sie nicht gedacht.

»Aber da kommen weder Lob noch Dank. Weder von Irene noch von den Katzenhaltern. Als hätte ich nichts unternommen und wie alle anderen Däumchen drehend den Tag verschlafen.«

Allzu gern hätte Regina gewusst, wie es wohl aussehen möge, Däumchen drehend einen ganzen Tag zu verschlafen, und ob es möglich war, beim Schlafen Däumchen zu drehen, oder ob es für solche Aktionen Däumchendrehmaschinen gab. Aber da jammerte er schon weiter, und sie ahnte, dass sie ihnbesser nicht unterbrechen sollte.

»Glaub mir, es geht mir nicht darum, in den Fernsehnachrichten erwähnt zu werden. Andererseits aber ist es ja keine Selbstverständlichkeit, anderen zu helfen und dafür zu sorgen, dass es auf dieser Welt ein bisschen menschlicher zugeht. Dass aber so gar nichts passiert ...« Unvermittelt blieb er stehen. »Weißt du, ich hätte gedacht, dass zumindest Knud ...«

»Du hättest gedacht, dass Knud sich an eine Zeitung wendet? Dazu ist der eindeutig zu schüchtern, und er würde nie etwas hinter deinem Rücken unternehmen.« Regina staunte. Sie kannte ihren Eckehardt. Hätte ihn jemand angerufen und dann ganz vorsichtig angefragt, ob er über diese wunderbare Aktion der Katzenrettung berichten dürfe, so hätte Eckehardt geantwortet: *Nein, so etwas macht man doch aus reiner Menschlichkeit.*

Und nun das! Sie fragte sich, ob sie lügen und aus dem Nichts heraus behaupten sollte: *Ja, ich habe einen Radioreporter und mehrere Fernsehjournalisten abgewimmelt,* wusste aber im gleichen Augenblick, dass diese Behauptung nicht das gleiche Gewicht hatte wie eine tatsächliche Anfrage, auf die Eckehardt persönlich reagiert hätte – vermutlich leicht blasiert und von oben herab. Also schwieg sie. Wenn sie etwas im Zusammenleben mit diesem Mann gelernt hatte, dann dies: im rechten Moment zu schweigen.

»Weißt du, was? Wir fahren in die Stadt und setzen uns in einen Biergarten. Wenn mich schon kein Mensch anruft, dann will ich wenigstens ein paar Leute sehen.«

Er war wirklich schlecht drauf.

Paul saß mit der Katzentasche neben Nadja in deren Auto. Er hatte den Reißverschluss der Transportbox ein wenig geöffnet und streichelte Kami. Die gab keinen Laut von sich.

»Für mich ist es wie ein Wunder«, gestand Nadja nach einer Weile. »Ich kann gar nicht sagen, wie dankbar ich Ihnen bin.«

»Das Ganze hat zweifellos etwas von einer Win-win-Situation«, sagte Paul und schwieg.

Sie blickte zur Seite. »Was meinen Sie damit?«

»Sie sind nun nicht mehr allein, und Kami hat ein echtes Zuhause. Ihren eigenen und persönlichen Tempel.« Ganz leise raunte er hinterher: »Und ihre eigene Göttin.« Er wurde rot. Welchen Schwachsinn gab er da von sich? Glücklicherweise hatte sie seinen Nachsatz nicht gehört.

Nadja suchte seinen Blick und lächelte verlegen.

»Das stimmt. Der Einzige aber, für den kein Gewinn abfällt, sind Sie«, murmelte sie. »Dabei haben Sie für mich Ihre Zeit geopfert. Danke!«

»Gern geschehen.« Er biss sich auf die Unterlippe. Was sagte man in solchen Situationen? Etwa: *Es war mir eine Ehre.* Auch wenn das von seinem Gefühl her gepasst hätte. Kami miaute leise, als wolle sie ihm recht geben.

»Fahr ich ihr zu schnell?« Nadja ging erschrocken vom Gas.

»Nein.« Paul lächelte. »Das glaube ich nicht. Aber für die Kirschblütenkatze ist natürlich gerade alles sehr, sehr aufregend.«

»Für mich auch«, gestand Nadja. »Kommen Sie noch mit und schauen sich an, wie sie bei mir zurechtkommt?«

Er zögerte und kam mit einer absurden Ausrede. »Kami soll auf keinen Fall glauben, dass zu ihrem Haushalt zwei Menschen gehören und dass daher wir zwei für sie zuständig sind.«

»Echt, machen die sich immer so viele Gedanken? Meine Güte, was mögen meine zehn Schätzchen nur von mir gedacht haben?«

»Nur Gutes!«, entfuhr es ihm. »Sie waren nur vorübergehend am falschen Ort. Aber Kami wird ab heute für immer am rechten Ort sein.«

»Ihr linkes Ohr ist weiß und das rechte schwarz. Und bei den Pfoten ist es genau umgekehrt. Ist Ihnen das auch schon aufgefallen?«

Paul nickte und bemühte sich, Klarheit in seine Gefühle zu bringen.

»Wenn ich mein kleines Schwarzes mit der weißen Straußenfederboa anziehe, sähen wir uns fast ein bisschen ähnlich.«

Paul lächelte. Diese Frau gefiel ihm, und sein Instinkt sagte ihm, dass an ihr nichts Angsteinflößendes war. Die ließ ihn sein, so wie er war. Vorsichtig linste er zur Seite. Sollte er es wirklich mal probieren? Zum ersten Mal in seinem Leben?

»Ja«, sagte er dann kurz entschlossen und wischte rigoros alle Zweifel fort. »Ich komme mit. Vielleicht können wir dann ja später noch irgendwo eine Kleinigkeit essen. Ich habe Hunger.« Dabei fühlte er sich ein ganz kleines bisschen so, als habe er sich selbst übers Ohr gehauen.

»Kann ich Kami denn so einfach allein lassen?«

»Nun ja, nicht auf der Stelle. Eine halbe Stunde sollten wir ihr schon Gesellschaft leisten. Aber dann wird sie alles abschnüffeln und entdecken wollen. Vermutlich ist sie froh, wenn wir sie dabei nicht stören. Wichtig ist erst einmal, dass sie sich sicher fühlt und weiß, wo Futter und Wasser stehen. Dann kann sie ihr neues Reich in aller Ruhe erkunden.« Er hörte sich selbst staunend zu. Wieso redete er so viel? Und woher kam dieser Expertenton?

»Der Kratzbaum mit den Plüschhöhlen steht noch auf

dem Balkon. Da findet sie sicher ein Plätzchen.« Mit Schwung steuerte Nadja das Auto in ihre Parklücke. »So machen wir das.«

Paul wusste natürlich, dass es nicht so einfach war, wie er es prophezeit hatte. Kaum hatte Nadja die herzogliche Wohnungstür geschlossen und er die Klappe der Katzenbox geöffnet, schon schoss Kami an ihnen vorbei und versteckte sich unter dem Sofa.

»Da bleibt sie jetzt erst einmal. Sie muss sich akklimatisieren«, sagte er. »Wir sollten ihr Zeit lassen.«

Mit hängenden Schultern stand Nadja neben ihm. »Was kann ich nun für sie tun?«

»Sie stellen ihr Wasser und Futter hin. Ich könnte in der Zeit ein Katzenklo säubern und mit frischem Streu füllen.« Er räusperte sich.

»Ja, die sind nun beide leer und stehen auf dem Balkon. Irgendetwas musste ich ja heute Morgen tun. Aber draußen beim Oleander steht sicher noch ein Sack mit Streu. Wir hätten noch einkaufen fahren sollen.«

»Nein, das kriegen wir auch so hin. Wasser ist da und Dosenfutter auch.«

Er ging ins Bad, stellte wie selbstverständlich die Katzenbox unter die Dusche und scheuerte sie mit einer Bürste aus dem Putzeimer sauber. Dann füllte er sie neu. Nadja trat hinter ihn. »Es ist gut, wenn das Klo ganz neutral riecht. Dann kann Kami es für sich in Besitz nehmen und muss nicht befürchten, dass noch andere Katzen hier wohnen und Stress machen«, erklärte er.

»Nein, jetzt ist sie meine Prinzessin!« In Nadjas Stimme klang ein wenig Wehmut. Sie kehrte ins Wohnzimmer zurück, setzte sich im Schneidersitz vor das Sofa und redete mit Kami, die sich jedoch nicht zeigte.

Ungelenk stand Paul hinter ihr. Einmal, als er noch ein ganz junger Mann gewesen war, hatte ihn eine Frau auf der Straße angesprochen und in ihre Wohnung eingeladen. Ahnungslos war er mitgestiefelt. Ihren Namen hatte er schon lange vergessen, nicht aber die Situation. Als Erstes hatte sie eine CD mit Schnulzenmusik sehr laut aufgedreht, im ganzen Raum Kerzen angezündet und dann eine Weinflasche geöffnet. Er erinnerte sich noch an die Unordnung und daran, wie schmuddelig es überall gewesen war. Spontan hatte er den Impuls zur Flucht verspürt, aber das war nicht möglich. Sie hielt ihn fest, überhäufte ihn mit Küssen, versuchte ihn auszuziehen und hatte das vermutlich auch geschafft. Er wusste es nicht mehr so genau. Er wusste nur, dass er eindeutig zu viel Wein getrunken hatte. Als er sehr spät in der Nacht wieder zu sich kam, lag er neben ihr auf dem Teppich, ringsum ein paar leer getrunkene Weinflaschen und zerknüllte Kleidung. Niemals zuvor in seinem Leben hatte er sich so geschämt, als er auf leisen Sohlen vor ihr floh, einer Fremden, die leise schnarchte und sehr eigenartig roch. Er flüchtete, schloss sich daheim in das elterliche Badezimmer ein, um sehr lange und sehr ausgiebig zu duschen.

Sogar jetzt noch, zwanzig Jahre später, während er nüchtern neben der ebenso nüchternen Nadja stand, erinnerte er sich an die damalige Situation, schwitzte und wurde rot. Sie sah es nicht.

»Ich kenne einen schönen Biergarten, aber der liegt mitten in der Stadt«, schlug sie vor und stand auf.

»Mein Rad steht noch am Tierheim«, entgegnete er, ohne auf ihren Vorschlag einzugehen.

»Kein Problem. Wir fahren mit dem Auto in die Stadt, und dann bringe ich Sie zu Ihrem fahrbaren Untersatz.«

Paul staunte. »Fahrbarer Untersatz!« Solche Worte hatte zuletzt seine Großmutter benutzt.

»In zwei Minuten, okay?« Sie sah ihn fragend an.

Tatsächlich aber dauerte es dann ungefähr noch zehn Minuten, in denen er lockend auf die Katze Kami einredete, die sich natürlich nicht blicken ließ.

Mit frisch hochgestecktem Haar und einem dezenten Lippenstift kam Nadja aus dem Bad. Er sah sie an und fühlte Erleichterung. Sie machte ihm keine Angst. Damit gehörte sie in die Kategorie Irene: harmlose Rentnerin, mit der man gut reden konnte. Nur dass Nadja höchstens halb so alt war wie Frau Doktor Thannberg und sein Herz bei ihrem Anblick heftig pochte.

Sie lächelte. »Wollen wir?« Ihr Parfüm roch wie eine Blumenwiese im Hochsommer.

Sie fanden einen freien Tisch am äußersten Rand des Biergartens und deckten sich an der Selbstbedienungstheke mit Kartoffelsalat und Frikadellen ein. Nebeneinander sitzend, aßen sie und beobachteten die anderen Gäste.

»Wie es Kami jetzt wohl gehen mag?«, fragte Nadja.

Er drückte etwas Senf auf seinen Teller und versicherte ihr: »Gut. Sie wird bei Ihnen glücklich sein.«

»Wissen Sie etwas von ihrer Vorgeschichte? Kommt sie wirklich aus Japan, oder hat sie sich ihr Ohr hier aufgerissen?«

»Vermutlich Letzteres.«

»Das muss ganz schön wehgetan haben.«

»Sie hat es inzwischen vergessen«, versicherte er ihr.

»Ich werde gut für sie sorgen.«

»Davon bin ich überzeugt.«

»Endlich wird alles wieder gut!«, seufzte sie nach einer Weile. »Wer hätte gedacht, dass dieser Tag noch so endet? Wissen Sie, ich habe einen sehr traurigen Film im Kino gesehen, und danach war ich ganz sicher, dass ich mich nie wieder freuen kann. Aber jetzt ... jetzt denke ich an Kami und bin glücklich. Meine Kamikatze, das klingt ein bisschen japanisch. Meine Katze Kami bewahrt mich bestimmt vor künftigen Kamikaze-Aktionen.«

An den Zweigen der Kastanien wurden bunte Glühbirnen angeschaltet. Paul lehnte sich zurück und blickte in den dunkler werdenden Himmel.

»Morgen ist meine Welt wieder in Ordnung«, murmelte Nadja. »Morgen gehe ich dann auch wieder arbeiten. Morgen erfasse ich wieder Daten und Wünsche. Die Menschen wünschen sich so viel! Aber eigentlich wollen sie doch nur Glück.«

Er lauschte ihr wie einer Märchenerzählerin.

25. Kapitel

Sie spürte, wie er beim Betreten des Biergartens unvermittelt zusammenzuckte, und warf ihm einen besorgten Seitenblick zu.

»Schau mal!«, flüsterte er. »Da sitzt sie!«

Regina kniff die Augen zusammen. »Wen meinst du? Hier sitzen doch viele Leute.«

Eckehardt rührte sich nicht vom Fleck und starrte an den Rand des Biergartens. »Ich spreche von der Frau, von der ich dir gestern erzählte. Die, bei der wir mit unserer Rettungsaktion die Katzen abgeholt haben.«

Regina nickte. Sie verstand. »Ach was! Also deine vermeintliche Tochter?«, murmelte sie amüsiert. »Hast du etwa gewusst, dass sie heute hier ist? Willst du mich mit einem Zusammentreffen überraschen?«

Er schüttelte den Kopf und sah sie verwundert an. »Nein, natürlich nicht. Weißt du, was, da gehen wir jetzt mal hin.«

»Muss das sein? Ich dachte, wir machen uns einen gemütlichen Abend?«

»Das eine schließt das andere doch nicht aus.«

Zunächst noch zögernd, dann aber mit jedem Schritt selbstbewusster, näherte er sich dem Tisch mit dem Paar und stellte sich formvollendet vor. »Ich bin Eckehardt Lüthus. Wir haben uns gestern unter bedauerlicherweise nicht ganz so erfreulichen Umständen kennengelernt.« Er wies auf die hinter ihm stehende Regina. »Und das ist meine Lebensgefährtin, Frau Schlössl.«

Paul zog die Stirn kraus und wandte sich zu Eckehardt um. Nadja zuckte unmerklich zusammen. In ihrer fast geflüsterten Frage klang Panik mit. »Was wollen Sie denn jetzt noch von mir?«

Eckehardt schluckte. Dies war der Moment der Entscheidung. Wenn er jetzt falsch reagierte, war alles vorbei. »Es tut mir leid, dass wir gestern bei Ihnen eingreifen mussten«, murmelte er mit gesenktem Kopf. »Ich wollte Sie nicht erschrecken, aber ich konnte Sie ja auch nicht vorwarnen. Die ganze Aktion lief ... wie soll ich sagen? Suboptimal. Dafür entschuldige ich mich.«

»Suboptimal«, wiederholte Paul leise. Würde er in einer Schachtel überflüssige Wörter sammeln, so käme dieses garantiert mit hinein.

Eckehardt klang kleinlaut, was so gar nicht zu seinem Auftreten und seinem Aussehen passte. »Dürfen wir uns zu Ihnen setzen?«, erkundigte er sich. »Alle anderen Tische sind besetzt.«

Nadja wandte sich an Paul. »Die Kami kann er mir jetzt aber nicht auch noch nehmen, oder?«, flüsterte sie.

»Niemals!« Paul griff nach ihrer Hand. »Nein«, versicherte er erneut und staunte, wie selbstverständlich er sie einfach berührte.

»Wenn wir uns darauf einigen, nicht über die gestrige Aktion zu reden«, sagte er energisch und suchte den Blick des hageren Mannes. »Wenn das klar ist, können Sie sich gern zu uns setzen. Frau Herzog hat den Schock noch nicht ganz überwunden.« Wie kam er nur auf solche Sätze? Und wieso fühlten gerade die sich richtig an? Lag es daran, dass er immer noch Nadjas Hand hielt?

»Natürlich nicht!«, bekräftigte die untersetzte kleine

Frau neben Eckehardt, die während der ganzen Verhandlung wie fasziniert Nadjas Gesicht betrachtet hatte. »Versprochen.« Sie setzte sich neben Eckehardt auf die Bank und wirkte weiterhin wie gefesselt von Nadjas Erscheinung.

»Ist was?« Verlegen fuhr sich Nadja durch das perfekt frisierte Haar und wandte sich an Paul. »Seien Sie bitte ganz ehrlich! Habe ich Senf oder gar Kartoffelsalat im Gesicht?«

»Nein, wie kommen Sie denn darauf?«

»'tschuldigung!« Regina riss sich zusammen. »Sie sind nun mal eine äußerst interessante Erscheinung. Da muss ich Sie einfach ständig anschauen.« Tatsächlich jedoch hatte sie nach einer Ähnlichkeit zwischen der jungen Frau und ihrem Lebensgefährten gesucht und bisher noch nichts gefunden.

»Wie geht es Ihnen heute?«, fragte Eckehardt und wandte sich an Nadja. Mit erhobenen Armen rief er nach dem Kellner.

»Hier ist Selbstbedienung«, erklärte Paul.

»Wenn ich dem das Doppelte zahle, bringt er uns schon was, wetten?«, verkündete Eckehardt.

Und natürlich hatte er recht.

»Wirklich ein wunderbarer lauer Sommerabend!«, bemühte sich Regina um ein entspanntes Gespräch. Verwirrt starrten alle drei sie an. Regina begriff, Small Talk war wohl nicht gerade angesagt. Peinlich berührt blickte sie zu Boden und war fast dankbar, als der wohl kurzfristig aus dem Restaurant entsandte Kellner einen Bierkrug auf den Tisch knallte und wissen wollte, ob es sonst noch etwas sein dürfe.

»Ja, bringen Sie mir die Karte aus dem Bedienungsbereich.« Demonstrativ ließ Eckehardt seinen Siegelring und die hochpreisige Armbanduhr sehen und bedachte seine Gäste mit einem freundlichen Lächeln. »Möchten Sie auch noch was? Vielleicht ein Dessert? Ich lade Sie ein. Schließlich muss ich mich entschuldigen, vor allem bei Ihnen.« Dabei suchte er Nadjas Aufmerksamkeit. »Wissen Sie, gestern ... es ging einfach nicht anders. Irene erzählte mir von diesem Notfall, und wir mussten rasch handeln.«

»Also hat Frau Thannberg mich verraten?« Nadja wurde blass.

Paul schüttelte den Kopf. »Es war doch ausgemacht, dass dieses Thema nicht angesprochen wird!«, fauchte er.

»Nur noch ein einziger Satz!«, widersprach Eckehardt schnell. »Wissen Sie, Frau Thannberg hat nicht Sie verraten. Frau Thannberg wollte zehn verzweifelten Menschen ihre Katzen, ihr Glück, zurückgeben. Ich finde, das ist legitim.«

»Wir wollten nicht über dieses Thema reden«, wiederholte Paul.

Wie auf Kommando wechselte Eckehardt das Thema und wandte sich an Nadja. »Sie erinnern mich an jemanden. Darf ich fragen, wie alt Sie sind?«

»So etwas fragt man eine Dame nicht!«, fuhr Regina dazwischen. »Sie ist doch kein Auto!«

»In diesem Falle interessiert es mich aber aus bestimmten Gründen«, beharrte Eckehardt.

»Fünfunddreißig«, gestand die überrumpelte Nadja.

»Ihren Begleiter habe ich ja gestern schon kennengelernt. Er arbeitet im Tierheim und ging uns bei unserer Aktion zur Hand. Dass der Sie nicht vorgewarnt hat! So wäre ich mit meiner Regina nicht umgegangen.« Verständnislos schüttelte er den Kopf. »Was machen Sie denn beruflich?«, fragte er unvermittelt.

»Was soll das? Warum wollen Sie das alles wissen?«
Nadja verlor ihre Zurückhaltung.

»Sie interessieren mich«, gestand Eckehardt unverblümt. »Wie schon gesagt, Sie erinnern mich an jemanden aus einer weit zurückliegenden Zeit. Ich kannte mal eine Frau namens Martha. Die wohnte in Ihrer Ecke. Martha Herzog. Möglicherweise kennen Sie sie ja. Es gibt doch immer wieder Zufälle.«

Nadja wurde blass, und Paul spürte ihre kalte Hand. »Meine Mutter heißt so.«

»Tatsächlich?« Insgeheim triumphierte Eckehardt. »Ja, Martha, Martha Herzog, so hieß sie. Eine nicht ganz einfache Frau. Sie war überzeugt, alle Probleme wären gelöst, wenn nur jeder auf sie hörte.« Er lächelte so, als erinnere er sich an eine fantastische Zeit. Regina wusste, dass er log.

Jetzt war es Nadja, die seinen Blick suchte. »Wenn sie so war, kann es nur meine Mutter sein.«

»Lebt Ihre Mutter noch?«

»Ja.«

»Und Ihr Vater?« Regina spürte Eckehardts Anspannung, als er diese Frage stellte.

Nadja hob die Schultern. »Keine Ahnung, ich habe ihn nie kennengelernt. Meine Mutter meinte, das sei besser so.«

Eckehardt nickte nachdenklich. Das passte! Er linste in die Ferne, als verfolge er am Horizont einen Film seiner Vergangenheit.

»So ist sie nun mal«, ergänzte Nadja. »Sie weiß immer, was für andere am besten ist. Und auch für sich selbst.«

Der Kellner brachte eine Käseplatte für Eckehardt. Gleichzeitig servierte er Regina einen Krabbencocktail in einer Avocadohälfte sowie eine Weißweinschorle. Abwartend blieb er am Tisch stehen. Paul orderte ein zweites Bier, fühlte sich aber nicht so richtig wohl dabei.

»Darf ich Ihnen noch eine Apfelschorle bestellen?« Eckehardt wandte sich an Nadja. Offenbar dachte er, er bekäme mehr Informationen, wenn er sich besonders großzügig zeigte.

Nadja aber blickte auf ihre Uhr. »Nein, besser nicht. Ich muss ja morgen früh ins Büro.«

»Ausgerechnet jetzt, da Sie mich so an meine Jugendliebe erinnern und ich alles wie gestern vor mir sehe.« Die Enttäuschung in seiner Stimme konnte auch gespielt sein. Paul musterte ihn mit zusammengekniffenen Augen.

Eckehardt beugte sich vor und reichte Nadja seine Visitenkarte. »Fragen Sie Ihre Frau Mutter doch gelegentlich nach mir. Ich weiß, es ist alles ewig her, aber vielleicht erinnert sie sich noch an mich. Ich nämlich erinnere mich noch sehr gut an sie.«

»Mach ich.« Nadja ließ die Karte in den Tiefen ihrer Handtasche verschwinden.

Ob sie die dort jemals wiederfände? Frauenhandtaschen waren für Eckehardt von jeher ein Mysterium. Und vielleicht war das ja auch ganz gut so.

Oje, dachte er nun insgeheim. *Martha Herzog wird sich daran erinnern, dass ich sie nie zurückgerufen habe, dass ich mich verleugnen ließ, dass ich sie verraten habe. Und jetzt sitzt die Frucht meines Verrats mit mir amselben Tisch.* Und während er das dachte, hätte er sich am liebsten auf die Finger geschlagen. So theatralisch! Was war nur los mit ihm? Aber er wusste auch, dass er es sich wünschte. Er wünschte sich, dass Nadja seine Tochter war und er alles an ihr wiedergutmachen konnte. Zumindest einiges.

»Das war doch ein ganz schöner Abend«, führte Paul das Gespräch im Auto weiter. »Wenn nur nicht diese eigenartige Begegnung gewesen wäre.«

»Schicksal!«, murmelte Nadja und lachte heiser. »Ehrlich gesagt, habe ich einen winzigen Moment lang geglaubt, jetzt, nach fünfunddreißig Jahren, endlich meinen Vater gefunden zu haben.«

»Das klingt so, als hätten Sie ihn gesucht.«

Die Frau am Steuer nickte. »Mein Leben lang. Mein ganzes Leben lang. Ohne Vater fühle ich mich nur halb lebendig. Aber sie hat ihn mir gegenüber verschwiegen. Ist das nicht komisch? Ganz kurz habe ich sogar gedacht: Sollte dieser Typ tatsächlich mein Vater sein, was ist an ihm so verachtenswert, dass meine Mutter ihn mir vorenthält? Er ist weder ein stadtbekannter Verbrecher noch jemand, für den ich mich schämen muss. Er weiß sich zu benehmen, und er hat Stil.«

»Sie war sicher unendlich gekränkt«, murmelte Paul. »Und zur Strafe durfte er Sie dann nicht sehen, wurde er quasi von heute auf morgen aus Ihrem Leben geworfen. Werden Sie Ihre Mutter nach ihm fragen?«

Nadja hob die Schultern. »Das weiß ich noch nicht. Wir telefonieren gelegentlich miteinander, aber ein solches Gespräch sollte stattfinden, wenn wir uns sehen. Und wenn ich dann das Gefühl habe, dass wir ausnahmsweise mal miteinander klarkommen, dann frage ich sie. Aber diese Augenblicke sind äußerst selten.« Sie fuhr die schmale Straße zum Tierheim hoch. »Wir haben nicht so viele Gemeinsamkeiten. Deswegen träumte ich immer von einem verständnisvollen Herrn Papa. Albern, oder?«

»Verständlich«, versicherte er ihr und bekam feuchte Hände. Jetzt oder nie. Aber wie um Himmels willen sollte er ihr mitteilen, dass er sie wiedersehen wollte? Konnte er sie einfach danach fragen? Und was wäre, wenn sie den Kopf schüttelte?

Sie hielt schon vor dem Fahrradständer des Tierheims an und hatte bereits den Türgriff in der Hand, als er den rettenden Einfall hatte. »Sagen Sie mir, wie es Kami geht? Warten Sie, ich schreibe Ihnen meine Handynummer auf!«

Sie nahm den Zettel an sich und steckte ihn in die Brusttasche ihrer Seidenbluse.

»Das mache ich. Bis später!«

26. Kapitel

Eckehardt schob seinen leer gegessenen Käseteller zur Seite. »Jetzt sitzen wir wieder ganz allein hier. So müssen sich Eltern fühlen, wenn das Kind ausgezogen ist. Zu dem Thema wollte ich auch mal forschen.«

Fassungslos rang Regina nach Luft. Diese Sätze musste sie erst einmal verdauen. Sie schob ihren erst halb gegessenen Krabbencocktail an den Rand des Tischs und hakte nach. »Was wolltest du von der? Und was sollte dieses Gespräch über Martha Herzog? Genüge ich dir nicht mehr? Willst du zu ihr zurück?«

»Meine Güte, bloß nicht! Natürlich bin ich glücklich mit dir.« Gedankenlos legte er ihr eine Hand auf den Oberschenkel. »Aber versteh mich bitte, jetzt war ich so lange allein mit Nelson, dann bist du in mein Leben gekommen, und nun ist mit dieser Nadja möglicherweise auch noch meine Tochter aufgetaucht. Das muss ich erst einmal verkraften, und es ist alles so wahnsinnig aufregend.« Er seufzte.

Regina hatte das Empfinden, als sei dies ein eher zufriedener als ein besorgter Seufzer.

Vielleicht konnte sie ihn ja noch rechtzeitig auf den Boden der Tatsachen zurückholen. Ruhig sah sie ihn an. »Ich habe sie übrigens sehr genau beobachtet«, gestand sie. »Nadja Herzog sieht dir gar nicht ähnlich. Wenn das wirklich deine Tochter sein sollte, wäre das in meinen

Augen ein Wahnsinnszufall. Und überhaupt: Hast du denn damals in den hohen Zeiten deiner Liebe zu dieser Martha jemals über Kinder gesprochen?«

Er blinzelte wieder in die Ferne und ließ am Rand des in die Dämmerung eintauchenden Horizonts erneut den Film seiner jugendlichen Verfehlungen ablaufen. »Ich nicht. Sie schon. Und überhaupt, so toll war die Zeit leider gar nicht.«

»Und warum nicht?«

»Ich hatte nicht viel zu sagen. Sie machte ja sowieso, was sie wollte, und dann bestimmte sie auch ständig über mich.«

Regina räusperte sich. »Entschuldige, dass ich da nachhake, aber wäre es technisch, also beischlaftechnisch möglich, dass sie ein Kind von dir bekam?« Regina hielt den Atem an.

Er grübelte. »Ja.«

»Dann klär das! Es ist ja ein Albtraum, mit diesem Gedanken zu leben. Nicht nur für mich, nein, vor allem auch für dich!« Noch nie hatte sie so fordernd zu ihm gesprochen. Ein bisschen fürchtete sie schon, wie diese Martha zu klingen.

»Ja. Natürlich, du hast völlig recht.« Er wischte sich mit dem Handrücken über die Stirn und verfiel wieder ins Grübeln. So einsilbig kannte sie ihn gar nicht.

Regina nahm einen großen Schluck von ihrer Weißweinschorle. »Vielleicht ist sie ja ein ganz raffiniertes Biest und tut nur so, als könntest du ihr Vater sein«, stellte sie fest. »Sie sieht dir überhaupt nicht ähnlich. Ich habe sie mir genau angeguckt. Und sie hat dich auch genau studiert. Du bist schließlich nicht unvermögend. Das ist dir anzusehen.«

Er schüttelte den Kopf. »Das klingt ja, als müsse ich

mich dafür entschuldigen, dass ich ein bisschen Geld habe. Ich kann doch nichts dafür, dass ich so viel geerbt habe. Aber nachdem ich mich an den Reichtum gewöhnt hatte, fand ich das Dolcefarniente natürlich weitaus angenehmer, als über Armut zu forschen. Das müsstest du doch verstehen. Schließlich geht es uns beiden damit ziemlich gut.«

Sie nahm seine Hand von ihrem Oberschenkel, legte sie auf den Tisch und bettete schützend ihre Hand darüber. Beide saßen sie nun so, dass sie über den Rand des Biergartens bis zum Horizont sehen konnten, der sich langsam in der Dämmerung verflüchtigte. Hinter ihnen wurde gelacht und getrunken. Zwischen ihnen herrschte Schweigen.

Nie zuvor hatte Regina ihn so lange still und fast starr erlebt. Wenn sie ganz ehrlich war, dann machte ihr genau das große Sorgen.

Endlich räusperte er sich. »Wir werden es natürlich testen. Ich habe mir ihre Telefonnummer von der Auskunft geben lassen. Ich rufe sie an und schlage es ihr vor.«

»Willst du nicht besser warten, bis sie ihre Mutter gefragt hat?«

»Nein.« Er schüttelte den Kopf. »Wenn das immer noch die Alte ist und sie sich wenig verändert hat, dann wird sie lügen. Da ist ein DNA-Test ehrlicher.«

Es war nicht zu fassen! Regina konnte vor Staunen kaum noch an sich halten. Wie hatte er sich nur mit einer solchen Frau einlassen können?

Es wurde noch dunkler, und sie saßen nebeneinander und sahen aneinander vorbei, jeder in seine Gedanken versunken.

»Darf ich kassieren?« Hinter ihnen stand der Kellner und schreckte sie auf. »Sie waren ja der einzige Tisch mit

Bedienung, und nun ist Feierabend.« Er legte einen Kassenbon vor Eckehardt auf den Tisch.

»Das übernehme ich.« Regina zückte ihr Portemonnaie. »Fürs Abendessen bin ich zuständig. Ich und mein Haushaltsgeld.«

»Und morgen essen wir wieder daheim«, stellte Eckehardt klar, sah sie an und küsste sie.

Wenigstens das!

Simon hatte tatsächlich vier Bier getrunken. Cindy studierte den Bierdeckel. Respekt! Auf ihrem befanden sich nur zwei Striche.

Stöhnend erhob er sich von der Holzbank. »Ich hätte mich gar nicht erst hinsetzen dürfen. So ein Pferdetritt ist ganz schön schmerzhaft. Ich glaube nicht, dass ich mich morgen an meinen Schreibtisch setzen kann. Nicht einmal Homeoffice. Am besten melde ich mich krank.«

Sie trat neben ihn und legte ihm eine Hand auf den verlängerten Rücken in Höhe der Stelle, wo sie den Schmerz vermutete.

Er blieb ganz steif stehen. »Du hast magische Hände. Es geht mir schon tausend Mal besser. Du bist ein Genie!«

»Kommst du denn allein bis in deine Wohnung? Ich bringe dich natürlich bis zur Haustür.«

Er drehte sich zu ihr um. »Augenblicklich tut mir nichts mehr weh. Du bist eine ganz große Heilerin. Du solltest Ärztin werden!«

Genau das will ich ja, dachte sie. *Das ist meine Berufung. Zumindest Arzthelferin bei einem Tierarzt.* Sie hakte ihn unter und schleppte ihn zu seinem Haus.

An der Tür wandte er sich zu ihr um und lachte unsicher. »Hoffentlich steht meine Mutter nicht mit einem

Nudelholz an der Tür und zieht mir auch noch eins drüber. Sie mag das nämlich nicht, wenn ich so viel trinke.«

»Ehrlich nicht? Ich fand das heute Abend richtig lustig.« Cindy lachte. »Ich gehe jetzt auch mal heim. Wir sehen uns dann spätestens Freitag. Da brauche ich dich nämlich. Hoffentlich bist du dann wieder fit.«

»Klar bin ich fit. Ein Ruhetag, und alles ist wieder im Lot. Was denkst du denn? Ich kann sogar früher kommen«, versicherte er ihr.

»Nein, lass nur! Wir müssen jetzt erst einmal intern organisieren und Stellplätze kennzeichnen. Da ist es gut, wenn nicht so viele Leute um uns herumstehen. Aber wenn es dann ans Eigentliche geht ...«

Spontan griff er nach ihrer Hand und betrachtete sie mit treuherzigem Blick. »Du bist die tollste Frau, die ich jemals kennengelernt habe. Ich finde dich so was von klasse. Megaklasse. Ich steh auf dich!« Er hatte definitiv zu viel Bier getrunken.

»Jaja, ist ja schon gut.« Sie klopfte ihm auf die Schulter, als wäre er ein kleiner Junge, der nun wieder in seinen Sandkasten zum Spielen gehen sollte.

Während sie sich zu Fuß auf den Heimweg machte, fragte sie sich, was das alles sollte. Warum erzählte er ihr so einen Quatsch? Ihr war es doch völlig egal, was er von ihr dachte. Auch waren das keine wirklichen Informationen. Informationen klangen anders, enthielten Fakten, handfeste Unternehmungen, beispielsweise: *Ich fahre in den Supermarkt und melde mich dann noch mal von dort.* Oder: *Das Auto braucht Benzin, einer muss zur Tankstelle.* Wenn es sein musste sogar: *Meine Mutter bringt uns Brotzeit.*

Oje!, dachte sie. *Wie gut, dass das nicht auch noch passiert ist!* Sie schloss die Tür zu ihrer Wohnung auf. Welcher Segen, dass sie noch ein zweites Fahrrad im Keller hatte. Leider kein E-Bike. Sonst nämlich hätte sie morgen zu Fuß zur Arbeit gehen und eine halbe Stunde früher aufstehen müssen. Ausgerechnet jetzt, da sie sich so was von bettschwer fühlte.

Was für ein Tag! Irene hoffte, dass daheim wenigstens eine Flasche Weißwein im Kühlschrank auf sie wartete. Ganz sicher war sie sich da nicht. In persönlicher Vorratshaltung war sie nicht gut, und jetzt waren natürlich schon alle Läden geschlossen. Doch genau von einem kühlen Grauburgunder hätte sie heute ein besonders großes Glas gebraucht.

Nie zuvor hatte ein Dienstag seinem Namen so viel Ehre gemacht. Die kommissarische Tierheimleiterin hatte das Gefühl, nicht nur an Tieren, sondern auch an Menschen einen schweren Dienst geleistet zu haben.

Und jetzt war da niemand, der dafür Verständnis zeigte oder gar ihre Leistung anerkannte. Möglicherweise hätte Cindy es so ganz nebenbei registriert, aber die hatte schlechten Gewissens den verletzten Simon heimgefahren und würde erst morgen wieder weiß gekleidet ihren Dienst antreten. Außerdem versteckten sich Cindys Lobreden erfahrungsgemäß hinter Vorwürfen. *Niemand hat von dir verlangt, dass du das tust. – Das muss doch nicht immer alles so perfekt sein.* Ob die Weißwurst jemals in ihrem Leben ein schlichtes *Danke* gesagt hatte? Irene hatte es auf jeden Fall noch nicht gehört.

Kaum war Cindy weg gewesen, hatte der angeblich so menschenscheue Paul mit Nadja die Kirschblütenkatze auf dem Dachboden des Katzenhauses besucht und dort zwischen der Katze Kami und seiner Begleiterin zarte Bande geknüpft.

Zarte Bande, dachte Irene nun und lächelte. Ein bisschen hatte Paul so gewirkt, als sei er doch nicht so ganz dagegen gefeit. Warum sonst hatte er sich bereit erklärt, die frischgebackene Katzenmama samt Kami in die plötzlich so leere Wohnung in der Bauhofstraße zu begleiten? Vor Irene lagen noch die Adoptionspapiere. Gleich morgen früh würde sie sie abheften und alle Daten in ihre Datei übertragen. Nein, Paul würde heute Abend sicher nicht mehr kommen, um seiner Vorgesetzten zu versichern, dass alles auf dem richtigen Weg war und dass niemand ihr Engagement infrage stellte. Irene merkte selbst, wie absurd dieser Gedanke war, und schüttelte den Kopf.

Verwaist stand Pauls Fahrrad draußen im Ständer.

Wenigstens hatte der zuverlässige Gassigeher Karl mit seinem übergewichtigen Hund Wastl vorbeigeschaut, die Aufräumarbeiten begutachtet und tröstend konstatiert: »Na bitte, es geht doch voran!« Während Nils verschwitzt und verdreckt aus dem Pferdestall gekommen war und als Erstes gejammert hatte, dass man hier ja immer alles allein erledigen musste. Damit hatte er nicht ganz unrecht. Für die anstehenden Arbeiten fehlten zurzeit einfach Leute.

Außerdem war es undenkbar, fremde ehrenamtliche Helfer zu den Hunden und Katzen zu schicken, um diese – wie Irene es gern nannte – *bettfertig* zu machen.

Das hieße im Klartext, alle Futternäpfe zu überprüfen, alle Katzenklos zu säubern und mit frischer Streu aufzufüllen, überall noch einmal Wasser nachzugießen und sowohl den Hunden als auch den Katzen eine gute Nacht zu wünschen. Auf dem Dachboden des Katzenhauses war Irene aufgefallen, dass Kater Emil weiterhin in einem Wäschekorb hauste. Aber er wirkte zufrieden. Ein paar Tage musste er noch ausharren, bis seine Menschen aus dem Urlaub zurückkamen.

Jede Katze weniger bedeutete in diesen angespannten Tagen eine Erleichterung. Das war auch der Grund, warum sie Kami so leicht hatte gehen lassen. Kami, diese ganz besondere Katze mit magischer Aura ... nein, welchen Unsinn dachte sie da wieder mal! Eigentlich war doch jede Katze etwas Besonderes. Und zwar ab genau jenem Moment, da Mensch und Tier sich wirklich kennenlernten und aufeinander eingingen.

Jetzt war es schon fast halb elf Uhr abends. Irene stieg in ihr hellblaues Auto und fuhr langsam den schmalen Weg zur Hauptstraße hinunter. Ihr Magen knurrte. Sie würde sich ein schnelles Nudelgericht zubereiten. Frische Tomaten müssten noch im Kühlschrank sein und Basilikum auf dem Balkon. Hoffentlich noch nicht verdorrt.

Die ganze Luft war angefüllt mit Feierlaune. In den Biergärten auf ihrem Weg leuchteten Lampions, wurde zum Teil sogar Livemusik gespielt, und auf den Gehsteigen waren entweder Paare oder ganze Gruppen unterwegs. Nur sie selbst blieb allein.

Cindy hatte vermutlich jetzt noch Simon an ihrer Seite, und selbst Paul mochte sich noch nicht von Nadja getrennt haben. Der Sommerabend war trotz vorgeschrittener Zeit noch jung. »Ich gönne es ihnen«, murmelte Irene vor sich hin und dachte, dass sie jetzt auch gern mit jemandem in einem Biergarten säße, Kartoffelsalat äße und ein Radler tränke. Doch außer Edda fiel ihr niemand ein. Und die saß bestimmt auf einer Terrasse mit Blick auf den Gardasee und hatte ein Glas Weißwein vor sich stehen.

»Falls ich in meinem Kühlschrank so etwas finde, trinke ich gleich ein Glas auf dein Wohl!«, versprach sich Irene und ihrer besten Freundin. Sie betätigte den Transponder und fuhr in die Tiefgarage.

27. Kapitel

Im Haus war es angenehm. Offensichtlich hatte jemand alle Treppenhausfenster geöffnet, sodass ein leichter Luftzug durch den Aufgang strich. Schnaufend erklomm Irene Stufe um Stufe. Sie fühlte sich unendlich erschöpft. Das konnte doch nicht nur an der Sommerhitze liegen!

Und dann sah sie es. An ihrer Wohnungstür lehnte ein schmales, etwa einen Meter mal sechzig Zentimeter großes Paket. Ob das ein Spiegel war?

Irene hatte genug Spiegel in ihrer Wohnung, und es hatte Zeiten gegeben, an denen sie sich in keinem einzigen davon betrachten wollte. Das war inzwischen anders, manchmal lächelte sie sich sogar verschmitzt zu. Das änderte aber nichts daran, dass sie überhaupt keinen Spiegel brauchte. Außerdem hatte sie nichts bestellt, und Platz dafür gab es auch nicht.

Vermutlich hatte ihre Nachbarin sich etwas liefern lassen. Irene ging vor der Verpackung in die Knie und las die Adresse. Das Paket war tatsächlich an sie gerichtet: Dr. Irene Thannberg. Ein Frachtgut ohne Absender. Hoffentlich enthielt es keine Bombe! Man wusste ja nie …

Todesmutig nahm sie es mit in die Wohnung, fand dort im Kühlschrank tatsächlich eine Flasche Weißwein, schenkte sich ein Glas ein und setzte sich auf den Balkon. Statt der geplanten Nudeln aß sie nur ein belegtes Brot. Es war zu spät zum Kochen.

Erst gegen Mitternacht – die Flasche war schon halb geleert – öffnete sie das Paket und hätte sich ohrfeigen können, weil sie es nicht früher getan hatte.

Für Telefonate nämlich war es nun eindeutig zu spät.

Als sie sieben Stunden später aufwachte, fiel ihr Blick zunächst auf das immer noch auf dem Boden liegende Packpapier und dann auf das Bild. Es zeigte den Kater Bruno. Seinetwegen war sie damals immer wieder zum Tierheim gefahren. Er hatte dafür gesorgt, dass sie sich mit Edda anfreundete, und Irene das Gefühl gegeben, sehnsüchtig erwartet zu werden. Dieser getigerte kleine Kater hatte ihr Leben verändert, hatte es durch und durch lebenswert gemacht, war auch etwas ganz und gar Besonderes. Sie sollte ihn unbedingt mal wieder besuchen. Sobald die Chaostage in Passbrunn hinter ihr lagen.

Porträtiert worden war Bruno von Lorenz Erlenburg, und Irene stellte sich vor, dass Kater Bruno täglich zwei Stunden lang brav und sittsam Modell gesessen hatte. In der Zeit könnten der Porträtierte und sein Maler gemeinsam Radio gehört und sich über die wesentlichen Dinge des gesellschaftlichen und politischen Lebens ausgetauscht haben. Mit zusammengekniffenen Augen und seiner Lesebrille auf der Nasenspitze hätte Lorenz den Kater dabei betrachtet und blitzschnell die richtigen Farben und den perfekten Pinselstrich gefunden. Und es war ihm gelungen!

Lorenz und Bruno waren ein perfektes Paar, das sich vortrefflich ergänzte.

Irene erinnerte sich noch an ihre Fassungslosigkeit, als sie vor gut einem Jahr in den Quellenhof gekommen und Bruno fortgegeben worden war.

»Das könnt ihr doch nicht machen, der gehört doch zu

mir! Ich besuche ihn doch fast jeden Tag!«, hatte sie protestiert.

»Wo ist denn Ihr Adoptionsvertrag?«, hatte Cindy, weiß gekleidet und mit verschränkten Armen, von oben herab gefragt. »Zeigen Sie ihn mir! Dann werde ich aktiv.«

Natürlich hatte Irene keinen Vertrag. Sie wollte Bruno besuchen und eine gewisse Zeit mit ihm verbringen. Sie wollte nicht, dass er mit ihr in ihrer Wohnung lebte, denn dann hätte sie ja keinen Grund mehr gehabt, das Haus zu verlassen. Wenn sie jetzt daran zurückdachte ... Wie sehr hatte sie sich verändert! Damals war es ihr richtig schlecht gegangen. Gut, dass diese Zeit vorbei war! Jetzt gingt es ihr hervorragend.

Unglaublich, wie genial Lorenz Brunos Charakter getroffen hatte! Brunos Sanftmut, seine Geduld, sein Ruhebedürfnis, aber auch seine vorwurfsvollen Blicke.

Genau die ruhten nun auf der Betrachterin des Gemäldes. Ganz allein war Bruno in einem gespenstisch leeren Raum abgebildet worden und wirkte dort traurig und verloren.

Wann sehen wir uns? Es ist einsam ohne dich, hatte Lorenz auf einen Zettel geschrieben, der mit in der Verpackung steckte. Aber es war schon Mitternacht gewesen. Um diese Zeit griff man nicht mehr zum Telefon, und wenn es dann doch mal klingelte, wurden garantiert nur schreckliche Nachrichten verkündet. *Hier ist die Polizei. Es gab einen Unfall.* Nächtlich klingelnde Telefone waren Vorboten von Katastrophen.

Für Glücksfälle dagegen war der helllichte Tag zuständig.

»Hi, Bruno!«, winkte sie dem Bild zu. »Erst eine Tasse Kaffee, und dann melde ich mich bei euch. Vielleicht sehen wir uns ja noch in dieser Woche. Irgendwie kriege ich das hin. Ich verspreche es dir.«

Wenigstens hatte es in der Nacht geregnet. Regina Schlössl stand in einer Gartenpfütze und spürte die Nässe auf der Haut und an den Füßen. Der Regen war das einzig Gute an diesem Donnerstag. Dabei hatte alles so harmlos begonnen. Sie hatte, wie an jedem Werktagmorgen, für Eckehardt und sich ein Müsli mit viel Obst und Nüssen zubereitet und sich, als er aus seiner Wohnung zu ihr ins Erdgeschoss herabgestiegen war, neben ihn auf die Kücheneckbank gesetzt und gemeinsam mit ihm nach draußen geschaut. Zeit für Small Talk am frühen Morgen. Also stellte sie fest: »Der Regen war schon lange fällig. Er wird den Blumen und vor allem meinem Gemüse guttun.«

»Kann sein«, sagte er, schob seine erst halb geleerte Schale beiseite und sah auf die Uhr. »O Gott, ich muss mich beeilen!«, rief er. »Ich komme viel zu spät.«

»Wo willst du denn hin?«

»Zu meinem Hausarzt.«

»Bist du krank? Fühlst du dich nicht wohl?« Der Schreck fuhr Regina in alle Glieder, und in ihrer Panik warf sie auch noch ihre Kaffeetasse um. Jetzt prangte auf der frisch gewaschenen weißen Tischdecke ein hässlicher brauner Fleck. Dabei hatte sie erst gestern die ganze weiße Wäsche schrankfertig gebügelt. Ärgerlich.

Noch ärgerlicher aber war seine Antwort. »Ich treffe mich mit Nadja. Wir wollen alles klären.«

Und schon war er weg. Er hatte sich allein und in seinem eigenen Auto auf den Weg gemacht, ohne dass Knud von der Heide ihn chauffieren musste. Als wäre er in geheimer Mission unterwegs. Sie hatte kein gutes Gefühl.

Regina Schlössl stand im dichten Regen, und das war ihr egal. Ja, am besten wäre es, sie würde von oben bis unten durchnässt und finge sich dann eine richtig schwere Erkältung ein. Sommergrippen, so hieß es doch, waren die schlimmsten. Und wenn sie dann krank im Bett läge, müsste er sich um sie kümmern. Dann sähe er mal, was sie alles leistete und wie gut er es mit ihr hatte.

Kein Wort war in den letzten zwei Tagen über die leidige Angelegenheit gesprochen worden, und genau das, so dachte Regina jetzt, hätte ihr zu denken geben müssen. Halbherzig gestand sie sich ein – immer noch mitten im Regen stehend –, dass sie davon ausgegangen war, er habe seinen Traum von der verlorenen Tochter wieder ad acta gelegt. Aber das war wohl allein ihr Wunsch gewesen.

Hatte diese Nadja eigentlich schon ihre Mutter gefragt oder dieser Eckehardts Visitenkarte vorgelegt? Sicher nicht. Lieber hielt sie sich an die Illusion von einem Vater, der aus dem Nichts gekommen war und ihr Glück und Reichtum brachte.

Dabei war es doch Eckehardt persönlich gewesen, der am Montag dafür gesorgt hatte, dass ihr alle zehn Katzen weggenommen wurden, und hatte sich damit ja eigentlich als böser Vater geoutet. Regina verstand die Welt nicht mehr.

Vor nicht einmal zwei Tagen waren sie sich im Biergarten begegnet und hatten zu viert sehr manierlich und sehr höflich miteinander geplaudert. Und schon traf er sich mit seiner möglichen Tochter allein und – hätte sie nicht nachgehakt – auch hinter ihrem Rücken. Regina fühlte sich bedroht. Sie kannte diese Angst. Früher war sie von ihr überfallen worden, wenn Briefe vom Finanzamt kamen, die sie nicht zu öffnen wagte. Aber das war längst nicht so schlimm gewesen wie diese Sache jetzt.

Was wäre, wenn diese Nadja ihr ganzes Leben auseinanderbrechen ließe und auf den Gedanken käme, zu Eckehardt ins Haus oder gar mit ihm zusammen in dessen großes Anwesen zu ziehen? Es gab nur zwei Wohnungen hier, und im Ernstfall wäre ja wohl klar, wer seine Wohnung räumen müsste. Sie, Regina Schlössl, und ihre Katze Luna.

Es war ein warmer Regen und ein warmer Tag. Dennoch fror sie und schrie ein lautes »Nein und nochmals nein!« in die Welt. Puh! Danach ging es ihr besser.

»Hallo? Ist da jemand?« Im fast vierzig Meter entfernten Nachbarhaus öffnete sich quietschend eine Tür. Regina hatte nie gedacht, dass ihr Schrei so weit zu hören gewesen war.

»Es ist alles in Ordnung!«, rief sie.

»Sind Sie die Frau von dem Mann, der die gute Tat mit den vielen Katzen vollbracht hat?« Die Stimme klang dünn und zittrig, und Regina hätte nicht sagen können, ob es eine Frau oder ein Mann war. »Man hat mir gesagt, dass der gute Mann in meiner Nachbarschaft wohnt.«

»Was meinen Sie denn mit der guten Tat?« Es war immer besser, erst einmal eine Gegenfrage zu stellen, fand Regina.

»Meine Nichte hat mich angerufen und mir gesagt, dass er ganz viele entführte Katzen wieder nach Hause gebracht hat. Dann ist es sicher ein Katzenkenner. Und wissen Sie, welchen Mann ich meine?«

»Kann schon sein.« Regina war froh, dass sie etwas abgelenkt wurde. »Wir haben auch Katzen. Sie heißen Luna und Nelson. Was wollen Sie denn von dem Katzenretter?«

»Ich muss ihn etwas fragen. Da ist was mit meiner Katze. Ich mach mir Sorgen.«

Regina sah an sich hinunter. Sie war völlig durchnässt. Egal. Dann holte sie sich eben den Tod.

»Ich dachte, wenn der Mann so viele Katzen gerettet hat, kann er meine vielleicht auch retten«, fuhr die Stimme fort.

»Was ist denn mit ihr?«

»Sie hat was an der Schulter. Ich fühle das nur. Wissen Sie, ich bin blind.«

»Wenn es Ihnen recht ist, komme ich schnell vorbei und schaue mir das an.«

»Ja, das wäre gut.«

Regina konnte sich nicht erinnern, jemals eine so schmale Frau gesehen zu haben. Am liebsten wäre sie spontan nach Hause gerannt und hätte dieser zerbrechlichen Gestalt den Rest von Eckehardts Müsli eingeflößt.

»Seit ich nichts mehr sehe«, sagte die Frau, »höre ich viel besser. Was war denn bei Ihnen los?«

»Nichts Besonderes, ich hab mir nur den Knöchel angestoßen.«

»Es ist gut, wenn man den Schmerz rausschreit. Das habe ich meinen Müttern auch immer gesagt. Ich war nämlich früher Hebamme.« Sie griff ins Leere und erwischte dabei Reginas Hose. »Meine Güte, Sie sind ja ganz nass! Regnet es immer noch so heftig?«

»Ich bin ja in einer Minute wieder daheim und kann mir dann etwas Trockenes anziehen. Wo steckt denn Ihre Katze?«

»Minka, Minka! Wo bist du?« Die Frau schnalzte mit der Zunge. »Sehen Sie sie?«

Regina blickte um sich. »Nein.«

Die Erdgeschosswohnung war gemütlich eingerichtet und auffallend ordentlich. Klar, wenn man nichts sah, musste alles seinen bestimmten Platz haben, sonst brach das Chaos aus.

»Haben Sie jemanden, der für Sie sorgt?«, fragte sie die ehemalige Hebamme.

»Ja, ja. Ich lebe mit einer Polin zusammen. Sie ist gerade zum Einkaufen. Aber ich habe das Gefühl, dass sie meine Katze nicht mag. Deswegen ist es mir lieber, wenn Sie nachschauen.«

»Ich sehe sie aber nicht.«

»Wen, Agneta oder Minka?«

Regina lachte. »Die Katze.«

»Die wird schon kommen. Es ist eigentlich auch gar nicht meine Katze. Sie saß vor einigen Monaten ganz plötzlich neben mir auf der Bank. Ich weiß nicht, wie lange sie da schon gesessen hat, aber dann habe ich das Schnurren gehört und vorsichtig nachgefühlt. Wie sieht sie aus?«

»Sie wissen nicht, wie Ihre Katze aussieht?« Regina staunte.

»Nein, ich bin doch blind! Und Agneta kann nicht so gut Deutsch, dass ich sie fragen könnte. Beschreiben Sie sie mir! Sobald sie hier ist.«

Und dann kam Minka mit steil aufgerichtetem Schwanz anstolziert.

»Es ist eine dreifarbige Glückskatze. Sie hat weiße Pfoten, ein dunkelrot-braunes Fell im Schildpattmuster und dicht unter dem Kinn einen weißen Fleck. Der sieht aus wie ein Lätzchen.«

»Sobald sie auf meinem Schoß sitzt, fassen Sie sie bitte an. Dann spüren Sie sicher auch den Knoten. Ich mach mir ganz große Sorgen.«

28. Kapitel

Regina spürte den Knoten sofort. Ihre Katze Luna hatte auch so einen, und zwar an genau der gleichen Stelle. *Aha,* dachte sie. *Diese Katze ist registriert und trägt einen Chip. Sie gehört definitiv nicht der Hebamme, sondern jemand anderem. Der vermisst sie ebenso, wie die zehn Katzen vermisst wurden, die Eckehardt am Montag befreit hat.*

»Wann ist Minka Ihnen denn zugelaufen?«

»Das weiß ich nicht mehr. Ich habe ja keinen Kalender, den ich lesen könnte. Da müssen Sie Agneta fragen. Sie führt das Haushaltsbuch und sollte eigentlich alles notieren. Als Minka zu mir kam, habe ich ihr aufgetragen, Katzenfutter zu besorgen.« Sie lachte. »Hoffentlich ist Agnetas polnische Buchhaltung verständlich.«

Schnurrend lag die Katze nun auf dem Schoß der Hebamme. »Sie wissen gar nicht, wie viel so ein Tier einem geben kann. Als Rentnerin habe ich mich anfangs sehr allein gefühlt. Und dann kam noch die Geschichte mit den Augen hinzu. Da war ich wirklich sehr verzweifelt. Aber dann war plötzlich Minka da, als hätte sie mich gesucht und gefunden. Und seitdem geht es mir um so vieles besser. Manchmal denke ich, dass dieser kleine Schatz für mich sieht.« Die alte Dame schüttelte über sich selbst den Kopf. »Dass sie hier sitzt und mir schnurrend alles mitteilt, was in der großen Welt so vor sich geht.«

Regina kam auf den Knubbel unter Minkas linker

Schulter zurück und log. »Meine Katze hat genau das Gleiche. Es ist überhaupt nichts Schlimmes. Vielmehr ist es so, wie wenn wir Menschen manchmal einen Pickel haben, der sich etwas verhärtet. Machen Sie sich keine Sorgen!«

»Sie ist also gesund?«

»Natürlich, und sie sieht auch sehr gesund aus. Zudem liebt sie Sie, sonst würde sie nicht Ihre Nähe suchen und in Ihrer Gegenwart so wunderbar schnurren.«

»Ja, manchmal höre ich sie schon, wenn ich den Raum betrete. Es ist so schön, erwartet zu werden! Sie schnurrt übrigens lauter, als ich mit meinem Blindenstock klopfen kann.« Die Hebamme lachte. »Wie schön, dass wir uns kennengelernt haben!«

»Wenn Sie wollen, komme ich gern mal wieder vorbei.« Regina sah an sich und ihrer durchnässten Kleidung hinunter. »Aber jetzt muss ich heim und mir was Trockenes anziehen. Vermutlich setzt Minka sich deshalb nicht auf meinen Schoß. Weil er nass ist. Doch das kann sich ändern.« Während sie sich zuhörte, fand sie, dass sie ein bisschen zu aufgesetzt klang und zu laut lachte. Die Frau neben ihr war blind, nicht taub.

»Kann ich Sie dann jetzt allein lassen?« Dabei bemühte sie sich wieder um einen normalen Tonfall.

»Natürlich. Hier drinnen ist es ja trocken und warm. Außerdem kommt Agneta gleich vom Einkaufen zurück. Mit Minka bin ich nie allein.«

»Dann ist ja alles bestens.«

Regina fühlte sich besser. Sie kümmerte sich um jemand anderen und kreiste nicht mehr um sich selbst. Unvermittelt schoss ihr der Gedanke durch den Kopf, dass diese Nachbarin ihr vielleicht sogar helfen konnte. Immerhin war sie eine Spezialistin für Geburten. Also für den Fakt, dass eine Beziehung mit einem neuen Leben beschenkt wurde. Und Reginas Problem war Eckehardts mögliche Tochter, die aus ihrer gerade erst stabilen Zweisamkeit eine fragile Dreifaltigkeit machte. Nadja war zwar keine Neugeborene mehr, aber für Eckehardt war dieses Kind gerade erst in seine und damit auch in Reginas Welt getreten.

»Ja, kommen Sie bitte wieder vorbei!« Mit der rundlichen Katze auf dem Schoß wirkte die alte Dame noch zierlicher und schmaler. Sie reichte Regina eine hagere Hand, und sie griff danach.

»Ich heiße übrigens Rosa. Rosa Rose. Keine Ahnung, was meine Eltern sich dabei gedacht haben.«

Auch Regina stellte sich vor und berichtete, dass sie erst vor wenigen Monaten in das Nachbarhaus gezogen waren und dass ihr Lebenspartner es renoviere beziehungsweise mit den renovierenden Handwerkern das Vorgehen besprechen wollte.

»Das muss ja ein wunderbarer Mensch sein«, sagte Rosa Rose mit ihrer Greisenstimme. »Nicht nur, dass er so viele Katzen rettet, jetzt kümmert er sich auch noch um das schöne alte Wirtshaus. Dort habe ich wunderbare Stunden verlebt. Grüßen Sie ihn unbekannterweise von mir. Und wenn es irgendwie geht, dann schauen Sie doch bitte bald wieder bei mir vorbei! Wissen Sie, Agneta spricht nur sehr schlecht Deutsch, und ich würde so gern mit jemandem über Minka reden und erfahren, wie sie schaut, was sie macht, ob sie schöne kräftige Zähne hat und was mit ihren Krallen ist. Vielleicht müssen die ja auch mal geschnitten werden. Sie wissen schon, wie Finger- und Zehennägel bei uns Menschen.«

Oder sogar lackiert, dachte Regina und versprach, so bald wie möglich wieder vorbeizuschauen.

Es ging doch nichts über eine heiße Dusche. Regina hatte schon vor Langem herausgefunden, dass das der beste Ort war, um nachzudenken und Entscheidungen zu treffen. Sie schäumte sich das Haar ein, legte den Kopf zurück und sagte laut in den Wasserstrahl hinein: »Die Katze Minka ist gechippt und gehört jemandem. Ich müsste nun melden, dass ich sie gefunden habe. Aber dieser Gedanke gefällt mir überhaupt nicht. Was soll ich tun?« Der Duschstrahl reinigte auch ihre Gedanken. Das half. Etwa eine Minute später wusste sie es. Sie würde in Passbrunn anrufen und entweder Edda oder Irene um Rat fragen. Rosa von der Katze zu trennen, hätte geheißen, ihr einen großen Schmerz zuzufügen. Andererseits … hatte nicht erst Eckehardt seiner möglichen Tochter Nadja einen zehnmal so großen Schmerz zugefügt, als er deren Mitbewohner abholte? Und die hatte es wunderbar überlebt. Viel zu gut eigentlich.

Aber möglicherweise war genau das Nadjas Rache. Indem sie sich Eckehardt Lüthus als Vater krallte, gäbe sie ihm demnächst in bitteren Häppchen den ganzen Schmerz zurück, den er ihr am Montag zugefügt hatte. Das wär's! Der Gentest brächte es an den Tag.

Regina merkte, dass sie sich schon wieder im Kreis drehte. Sie stellte die Dusche auf kalt, gab gleichzeitig einen Entsetzensschrei von sich und drehte das Wasser ab. Jetzt noch trockene Klamotten, dann konnte sie dem Tag wieder in die Augen blicken.

Es war genau zwölf Uhr mittags. High Noon, wie man es aus dem Western kannte. Aber draußen stand die Sonne nicht im Zenit, draußen regnete es.

Regina setzte sich auf ihre Küchenbank, griff zum Telefon und wählte die Nummer des Quellenhofs.

»Cindy Plödereder, was kann ich für Sie tun?«

Oje, ausgerechnet die! Regina schluckte. Sie erinnerte sich noch genau an die leicht untersetzte Cindy, die damals auf dem Passbrunner Weihnachtsbasar tatsächlich geglaubt hatte, wenn sie sich nur genügend an Eckehardt heranmachte, dann würde der ihr eine günstige Wohnung vermieten. Unglaublich! Ob das arme Kind immer noch in weißen Klamotten herumlief? Wieso sagte ihr niemand, dass ihr das nicht stand? Vor allem dann nicht, wenn die Kleidung viel zu eng saß. Aber diese Überlegungen standen jetzt wirklich nicht zur Debatte.

»Hier ist Regina Schlössl. Wir kennen uns. Ist Edda da?«

»Nein, die hat Urlaub.«

»Und Irene?«

»Was wollen Sie denn von der?«

Regina log: »Das ist privat. Jetzt ist Mittagspause. Da wird ein kurzes Gespräch doch wohl gestattet sein.«

»Ich schau mal.«

Fünfzehn Sekunden später knackte es in der Leitung. »Irene Thannberg, was kann ich für Sie tun?«

Bloß nicht mit der Tür ins Haus fallen! Regina begann mit Small Talk, auch wenn sie wusste, dass weder sie noch Irene da besonders gut waren. »Ich wollte mal schauen, wie es euch so geht. Wir haben uns ja seit Monaten weder gesehen noch gehört.«

»Ach, ganz gut, im Moment ist viel zu tun. Wir hatten einen Wasserrohrbruch. Hast du davon gehört?«

»Natürlich. Das ist doch das Thema im Landkreis. Ebenso wie die Rettung der entführten Katzen. Eckehardt sagte mir, dass er euch finanziell unterstützt.«

»Das stimmt, und das können wir jetzt auch wirklich gut gebrauchen. Stell dir vor, am Freitag werden ein paar Minihäuschen für die Katzen angeliefert, mit denen müssten wir dann bis September gut über die Runden kommen. Danach ist hoffentlich das große Katzenhaus saniert und bezugsfertig. Der Deal besteht darin, Riesenwerbung für die Tiny Houses zu machen, dadurch kriegen wir sie günstiger geliehen. Ihr müsst dann auch mal vorbeischauen.«

»Das freut mich.« Regina schluckte.

»Du hast doch was, oder?«, meinte Irene. »Ich höre es dir an.«

»Ich weiß ja nicht, ob du so viel Zeit hast. Genauer gesagt: Es geht um diese Nadja.«

»Nadja Herzog? Die Katzenentführerin? Woher kennst du ihren Namen, woher kennst du sie?«

»Wenn du wüsstest ... Eckehardt vermutet, dass es sich bei dieser Frau um seine Tochter handeln könnte.«

Irene schüttelte den Kopf. Nicht nur, dass sie sich Eckehardt bei einer derart unaussprechlichen Handlung wie dem Beischlaf kaum vorstellen konnte. Ob er auf seine alten Tage noch etwas mit Regina hatte? Besser, sie dachte nicht darüber nach.

»Eine Tochter!«, lachte sie nur. »Da ist ja wohl der Wunsch der Vater des Gedankens. Vermutlich hat er ein extrem schlechtes Gewissen. Und das nach wie vielen Jahren?«

»Fünfunddreißig.« Regina fand die ganze Geschichte nicht so lustig. »Stell dir vor, heute ist er mit ihr losgezogen, um einen Gentest zu machen.«

»Mit seiner Ex-Geliebten?«

»Nein, mit seiner Eventuell-vielleicht-was-weiß-ich-Tochter.«

»Klarheit ist immer gut.« Irene blieb gelassen. »Machst du dir Sorgen? Fürchtest du, dass das zwischen euch viel ändern wird?«

An ihrem Küchentisch und mit Blick auf den blühenden

Garten hob Regina die Schultern. »Ich hoffe nicht. Er wird mich ja wohl nicht einfach vor die Tür setzen.«

»Nein, nie und nimmer! Ich kenne ihn ja schon seit fast vierzig Jahren. So etwas tut mein ehemaliger Kollege nicht. Der war immer korrekt und zuverlässig. Du bist ihm sehr wichtig. Vielleicht werdet ihr jetzt sogar eine schöne kleine Familie ... demnächst mit Enkelkindern. Das hat doch auch was.«

»Du siehst uns schon alle am Heiligen Abend unter einem Weihnachtsbaum sitzen und Lieder singen?«

»Warum nicht? So wie wir, als wir uns damals kennengelernt haben. Weißt du noch, im Atelier von Lorenz Erlenburg?«

»Ja, das war schön!« Regina seufzte sehnsüchtig. »Und da gab es immer eine superleckere Weihnachtsgans. Ausgerechnet das Rezept finde ich nicht wieder.« Unvermittelt fragte sie: »Sag mal, wie geht's dem Maler Erlenburg? Ich habe lange nichts mehr über ihn gelesen oder gehört. Macht er keine Ausstellungen mehr?«

»Er arbeitet an einem neuen Konzept«, sagte Irene kurz. »Es geht ihm gut. Wir haben uns gestern getroffen.«

Sie verriet ihrer entfernten Freundin nicht, wie unglaublich schwierig diese Begegnung gewesen war. Anfangs hatten sie beide steif nebeneinandergestanden und den Kater Bruno betrachtet, der mitten im Atelier auf einem Kissen lag und hingebungsvoll schnarchte, während keiner von ihnen wusste, mit welchem Satz begonnen werden könnte. Irene hatte sich verkrampft. Sie wollte ihm nicht allzu deutlich zeigen, wie sehr sie sich freute, ihn wiederzusehen. Jetzt im Nachhinein dachte sie, dass es ihm ähnlich ergangen sein musste.

Später waren sie dann zu einem sehr langen Spaziergang aufgebrochen, durch jenen schattigen Wald geschlendert, in dem sie früher zur Winterzeit Schneeskulpturen errichtet hatten. Und erst dort hatte Irene es geschafft, nicht mehr an das Tierheim zu denken, sondern an sich und an den Mann an ihrer Seite. Erst dort war es ihr gelungen, den Tag zu genießen. Zum Abschied hatten sie sich Wangenküsse gegeben ... wie immer. Und sich auch wie immer versprochen, dass demnächst nicht so viel Zeit zwischen zwei Treffen vergehen sollte.

Tatsächlich steckte Lorenz in einer Schaffenskrise und behauptete, mit ihr darüber zu reden, habe ihm Klarheit gebracht. Dabei hatte sie doch nichts gesagt, nur zugehört.

Auf dem Weg nach Passbrunn hatte Irene über sich selbst den Kopf geschüttelt. Natürlich war nichts passiert. Alles hatte wunderbar funktioniert. Auch ohne sie. Nur sie selbst hatte sich den halben Nachmittag mit ihren Befürchtungen herumgeschlagen. Sie seufzte, was Regina nun offensichtlich falsch deutete.

»Ihr seid nicht so eng wie Eckehardt und ich, oder?«, fragte sie indiskret nach.

»Wir brauchen Zeit«, antwortete Irene und fragte, mehr um abzulenken als aus wirklichem Interesse: »Was gibt's denn bei dir Neues?«

»Ach ja, ich habe eine Nachbarin.«

»Wer hat die nicht?«

»Das stimmt. Meine Nachbarin war früher Hebamme. Jetzt ist sie sehr alt und blind. Vor einigen Monaten ist ihr eine Katze zugelaufen, und sie bat mich, das Tier zu untersuchen, weil sie glaubte, ein Geschwür erspürt zu haben. Dabei ist es nur der Findechip. Was soll ich tun? Hast du was von einer dreifarbigen Schildpattkatze mit weißem Lätzchen gehört, die vermisst wird? Möglicherweise schon seit drei bis vier Monaten? Oder kannst du mal nachschauen? Bei euch gehen doch alle Vermisstenanzeigen ein. Aber was ich eigentlich wissen will: Was wäre, wenn Frau Rose die Katze behielte?«

Irene hatte mittlerweile die Datei mit den Vermisstenmeldungen aufgerufen. Nach einer Schildpattkatze wurde nicht gesucht.

Regina schöpfte Hoffnung. »Könnte es sein, dass die Besitzer sie gar nicht vermissen, sie möglicherweise sogar ausgesetzt haben, weil sie in Urlaub gefahren sind?«

»So etwas gibt es. Leider.«

»Das genügt mir als Auskunft. Sicher wollen die Besitzer ihr Tier nicht zurück. So kann sie bei Rosa bleiben. Dort geht es ihr gut. Wenn es dich beruhigt, schau ich gern immer mal wieder nach Minka.«

»Ja, ja, mach das!« Irene war schon nicht mehr ganz bei der Sache. »Du, Regina, ich muss jetzt Schluss machen. Da kommen die ersten Mitarbeiter, um die Standplätze für die Minihäuser zu vermessen. Ich muss mich darum kümmern. Edda kommt am Sonntag aus dem Urlaub zurück. Sehen wir uns bald mal?«

»Ja, das wäre schön! Vielleicht sogar zu viert, so wie damals, bei unserem ersten und einzigen gemeinsamen Weihnachtsfest.«

»Vielleicht sogar ein bisschen früher. Wir haben ja noch Sommer, und Eckehardt und ich leben in einem alten Gasthaus mit großem Garten.«

29. Kapitel

Gegen fünfzehn Uhr, zu ihrer gemeinsamen Kaffeezeit, war Eckehardt immer noch nicht zurück. Regina merkte, dass sie unruhig wurde. Wo steckte er bloß? So ein Vaterschaftstest konnte doch nicht sechs bis sieben Stunden dauern! Da ging es doch bloß darum, eine Speichelprobe abzugeben. Und selbst wenn, er hätte doch zwischendurch anrufen können. Sie sah auf ihr Telefon: keine Nachricht.

Kurz entschlossen griff sie nach ihrem Regenschirm und machte sich auf zur Nachbarin. Von dort aus würde sie Eckehardts Wagen kommen sehen.

»Hallo, Frau Rose! Ich habe Ihnen ja gesagt, dass ich schon bald wieder vor Ihrer Tür stehe. Wir sollten unser Gespräch vom Vormittag noch ein wenig vertiefen.«

»Das ist wunderbar! Agneta, bringen Sie uns bitte Kaffee! Oder hätten Sie lieber Tee?«

»Nein, Kaffee klingt gut.«

Mit ihrem weißen Blindenstock wies die alte Dame zum Esstisch hinüber. »Am besten nehmen wir dort Platz.«

Regina schob den Stuhl so zurecht, dass sie die Straße im Blick behielt, während Rosa Rose umständlich ihren Fenstersessel verließ und über sich selbst den Kopf zu schütteln schien. »Es ist eigenartig. Obwohl ich nichts mehr sehe, sitze ich dennoch am liebsten am Fenster. So wie früher. Der Mensch ist ein Gewohnheitstier.«

»Wenn Sie wüssten, wie gut ich Sie verstehe!«

Agneta brachte den Kaffee. Kaum war sie wieder verschwunden, beugte die zierliche alte Dame sich vor. »Wie sieht sie aus?«

»Wen meinen Sie, Ihre Hausdame?«

»Nein, meine Katze, meine Minka! Wie ist sie? Ist sie kleiner, dicker oder dünner als andere Katzen? Lächelt sie? Schaut sie böse? Ich möchte mir ein Bild von ihr machen.«

»Auf mich wirkt sie ganz normal. Ich habe gestern aber auch nicht so genau hingesehen. Sie ist dreifarbig und hat einen weißen Latz. Sie hätten mir vorher sagen sollen, dass ich ganz genau hinschauen soll.«

»Das stimmt. Aber nun verraten Sie mal: Wie sehe ich aus? Es geht mir vor allem darum, dass ich nur graue und schwarze Kleidung tragen will. Als Blinde könnte es sonst zu äußerst unschönen Kombinationen kommen. Und das will ich vermeiden. Ich kann es mir nicht leisten, wie ein bunter Vogel durch die Stadt zu laufen. Deshalb sollte Agneta alles Bunte verschenken. Die Vorstellung, dass ich hier lila-gelb-grün gestreift vor Ihnen sitze, ist einfach unerträglich.«

»Keine Angst! Sie tragen neben schwarzen Mokassins eine dunkelgraue Bluse und eine schwarze Hose, was übrigens sehr gut aussieht bei Ihrem fast weißen Haar, das sogar ein wenig ins Lila sticht.« Regina sah ihr Gegenüber an und fragte sich, ob die jemals Kleidung in allen Regenbogenfarben getragen haben mochte. Das konnte sie sich nicht vorstellen.

Rosa nickte zufrieden. »Unter uns, das mit dem Haar ist nicht ganz meine echte Farbe, aber meine Friseurin meinte, ein kleiner Farbtupfer verleiht mir mehr Lebendigkeit.«

»Da hat sie recht.«

»Und wie sehen Sie aus? Was sähe ich, wenn ich nicht blind wäre?«

»Sie wollen, dass ich mich beschreibe?« Regina klang erschrocken.

»Ich möchte mir ein Bild von Ihnen machen.«

»Oje, wo fange ich da an?«

Regina verließ den Tisch und stellte sich vor die geschlossene Terrassentür, in der sie schemenhaft ihr Spiegelbild wahrnahm. »Also, ich bin Mitte fünfzig und habe keine Mannequinfigur. Genauer gesagt bin ich für mein Gewicht etwas zu klein.«

Die Frau am Esstisch lachte. »Bei mir ist es genau umgekehrt. Ich bin zu groß für mein Gewicht. Wäre ich eine Zwergin, so würden die Proportionen stimmen. Das sagt mein Arzt und schimpft dann mit Agneta, weil die mich angeblich nicht gut genug füttert. Beschreiben Sie sich weiter!«

»Dann habe ich graue Augen, dunkelblondes Haar und trage eine Brille. Meine Gesichtsform ist oval Richtung rundlich. Augenblicklich trage ich eine helle Leinenhose und ein gelbes T-Shirt, beides, ist ehrlich gesagt, etwas unvorteilhaft. Mehr gibt's zu mir nicht zu sagen.«

»Doch, sicher noch viel mehr. Sie heißen Regina? Darf ich Sie so nennen?«

»Natürlich.«

»Dann sagen Sie Rosa zu mir. Auf gute Nachbarschaft! Wo steckt eigentlich Minka?«

»Da kommt sie, gemeinsam mit Ihrer Haushälterin. Und sie sieht sehr satt und zufrieden aus. Vermutlich hat sie gerade gegessen.«

»Ja, die wird wohl besser ernährt als ich.« Regina fragte sich, ob das ein Scherz sein sollte oder ob sich Rosa tatsächlich von der jungen Polin vernachlässigt fühlte.

Die Katze schlüpfte durch Agnetas Beine. »Kaffee«, sagte Agneta und stellte eine Thermoskanne mit dem Nachmittagskaffee auf den Tisch. Sie beugte sich vor und fragte in Rosas rechtes Ohr hinein: »Auch Kuchen?«

»Natürlich.«

Die Perle rollte davon.

»Und? Wie sieht sie aus?« Rosa war ganz aufgeregt.

»Jetzt habe ich mal etwas genauer hingeschaut. Ihre Haushaltshilfe ist eine freundliche junge Frau. Vermutlich gerade mal dreißig Jahre alt. Sympathisch. Kurzes dunkles Haar, ungeschminkt, gut gekleidet. Und sie hat eine sehr positive Ausstrahlung.«

»Sie hat Altenpflegerin gelernt, sagte meine Nichte. Aber es wäre besser gewesen, sie hätte Deutsch gelernt. Ich kann mich gar nicht mit ihr unterhalten.«

»Dafür bin ich ja jetzt da«, erklärte Regina selbstbewusst und schenkte ihrer Gastgeberin und sich Kaffee ein. »Sie haben einen wirklich spannenden Beruf gehabt«, fuhr sie dann fort.

»Das stimmt. Leben in die Welt zu bringen, ist immer wieder ein Wunder.«

»So viele neue Menschen«, murmelte Regina in sich hinein. »Was meinen Sie, wie viele Babys haben Sie auf die Welt gebracht?«

»Das weiß ich nicht. Hunderte?«

»Und die alle haben ihren Platz in ihrem eigenen Leben gefunden?«

»Das will ich hoffen. Wissen Sie, während meiner Tätigkeit wurde mir klar, dass sich nach der Geburt eines Kindes auch die Familienkonstellationen verändern. Alle Plätze müssen neu verteilt werden, neue Prioritäten gesetzt werden.« Sie schwieg nachdenklich und meinte dann kopfschüttelnd: »Ein wenig ist das wie bei der *Reise nach Jerusalem*. Kennen Sie das Spiel?«

Regina nickte, ohne zu bedenken, dass ihr Gegenüber sie ja nicht sehen konnte.

Rosa fuhr mit ihrer Erzählung fort: »Manche Babys kriegen einen Thronsessel, andere eine Wiege in einem eigenen Zimmer, aber es gibt auch jene, die nur in einer geöffneten Schublade Platz finden.«

»Oder in einer Krippe wie in der Weihnachtsgeschichte«, bestätigte Regina.

»Ihren Platz jedoch bekommen alle«, meinte Rosa. »Als ich noch rüstig war, habe ich genau beobachtet, was aus den Kindern wurde. Das war oft wirklich erstaunlich.«

Die Perle kam mit frischem Apfelkuchen.

Regina lächelte sie an und wies auf den Kuchen. »Haben Sie den selbst gebacken? Selbst gemacht? You did it?«

Die junge Frau nickte und verschwand auf leisen Sohlen, Minka blieb im Raum und strich Rosa um die Füße.

»Das geht doch«, stellte Regina klar. »Agneta selbst hat den Kuchen gebacken. Man kann sich schon mit ihr verständigen.«

»Aber nicht so differenziert, wie ich es mir wünsche.«

»Sie lernt sicher schnell. Sie wirkt, als sei sie neugierig. Als Ihre Agneta auf die Welt kam, nahm sie zwar nicht gleich auf einem Thronsessel Platz, dafür aber wartete auf sie ein warmes Bettchen in einer sauberen Stube. Diesen Eindruck habe ich von ihr.«

»Nicht schlecht, Sie können sich gut in Menschen hineindenken.« Rosa tastete nach ihrem Kuchenteller.

Bloß nicht in Eckehardt, dachte Regina. *Das wäre vielleicht auch zu viel verlangt. Er ist schließlich ein Mann.*

»Gibt es auch Sahne?«

»Auf dem Tisch steht keine. Soll ich nach Agneta rufen?«

»Nein.« Rosas lila getöntes Haar flog von rechts nach links. »Entweder sie bringt welche oder aber nicht. Man kann ja nicht ständig und auf alles ein Sahnehäubchen setzen.«

»Eine kryptische Aussage.« Regina kniff die Augen zusammen. Was meinte Rosa bloß damit?

»Ich spüre, dass Sie auch nicht gerade mit einem Sahnehäubchen auf die Welt gekommen sind«, meinte Rosa. »Sie klingen so, als habe man Sie lange übersehen und nicht wahrgenommen, wer Sie eigentlich sind und was Sie können. Aber jetzt, jetzt werden Sie erkannt und so gesehen, wie Sie sind. Sogar von einer blinden Frau.« Rosa lachte.

Regina spürte, wie ihr die Tränen in die Augen schossen. Mit diesem einen Satz hatte Rosa quasi ihr ganzes Leben auf den Punkt gebracht. Zumindest das Leben, bevor sie Eckehardt begegnet war.

So vertraut war sie damit gewesen, dass man ihre Wünsche überging, dass man nicht darauf hörte, was sie sagte, dass Versprechungen nicht gehalten wurden, außer von ihr selbst. Und dass man ihr einfach eine Mieterhöhung ins Haus geschickt hatte, obwohl sie doch täglich jeden einzelnen Cent für ihre Katze Luna und sich selbst umdrehen musste.

Sie hatte immer gedacht, sie sei nicht lebensfähig oder habe keine Berechtigung, Ansprüche zu stellen oder gar so etwas wie Glück einzufordern. Eckehardt hatte ihr gezeigt, was in ihr steckte. Für ihn war sie eine Powerfrau. Das tat gut.

Der einzige Mann, mit dem Regina Schlössl vor Eckehardt

zusammengelebt hatte, hieß Frederic und hatte sich nicht entscheiden können. Weder für noch gegen etwas. Weder für noch gegen sie oder ihre Beziehung. Ihm war alles egal. Ihre Sorgen waren ihm egal, ebenso wie ihre Wünsche und Träume. Nur seine Ruhe war ihm nicht egal. Als sie ihn um die Trennung bat, wirkte er fast erleichtert, weil er auch diese Entscheidung nicht selbst hatte treffen müssen. Und sie hatte aus schlechtem Gewissen dann auch noch eine Wohnung für ihn gesucht und seinen Umzug organisiert.

Insofern war es gut, dass Eckehardt ein Mann war, der wusste, was er wollte, auch wenn es nun unbedingt eine Tochter sein musste. Das riss Regina nicht gerade zu heller Begeisterung hin.

Aber Eckehardt hörte zu, ging auf ihre Wünsche ein und plante mit ihr eine Zukunft. Frederic dagegen hatte weder von seiner eigenen noch von einer gemeinsamen Zukunft etwas wissen wollen. Reginas Zukunft hatte er schon gar nicht auf dem Schirm gehabt.

Ach, Eckehardt ... wo steckte der bloß? Regina hielt die ganze Zeit die Straße im Blick. Um halb sechs Uhr endlich bog sein Auto in den Weg ein, und Regina merkte, dass sie augenblicklich ruhiger wurde. Auch deshalb, weil er allein in seinem Wagen saß.

»Sobald der Regen aufgehört hat«, versprach sie ihrer Gastgeberin, »kommen Sie mal bei uns vorbei. Dann setzen Sie sich zu mir in meine Hollywoodschaukel. Und bei mir gibt es auch Kuchen *mit* Sahne.« Die Erleichterung, dass Eckehardt ohne Begleitung gekommen war, machte sie übermütig. »Bei mir hat quasi jeder Tag ein Sahnehäubchen.« Noch während sie die Worte aussprach, wusste sie, dass es bisher so gestimmt hatte. Und wenn sie Glück hatte, ging es auch genauso weiter. Es wäre

doch wirklich ärgerlich, wenn diese Nadja alle Sahnehäubchen einheimsen würde.

»Und was ist, wenn Minka mitkommt?«

»Wir haben selbst zwei Katzen. Nelson und Luna. Vielleicht vertragen sie sich sogar.«

30. Kapitel

»Was gibt es denn heute zum Abendessen?«, rief er in genau dem Moment, als sie die Haustür öffnete.

Regina hasste es, mit dieser Frage empfangen zu werden. Obwohl sie eigentlich viel freundlicher zu ihm sein wollte, fragte sie in einem Ton, in dem ihre Kränkung ungefiltert mitschwang: »Du warst also nicht mit deiner Tochter essen, um eure frisch gefundene Verwandtschaft zu feiern.«

Eckehardt schüttelte den Kopf und hängte seinen sommerlichen Strohhut an die Garderobe. »Was ist denn das für ein Quatsch? Wir wissen doch noch gar nichts. Bisher waren wir nur beim Arzt, haben dort ein bisschen Speichel gespendet und darauf geachtet, dass auch wirklich unsere Abstriche ins Labor geschickt werden. Wenn wir Glück haben, liegen morgen schon Ergebnisse vor.« Er grinste geheimnisvoll. »Ein bisschen Dampf habe ich denen natürlich schon gemacht, indem ich einen nicht zu kleinen Scheck für Laborgeräte, neue Mikroskope, Pinzetten – und was die da alles brauchen – gegen eine Spendenquittung rüberwachsen ließ.«

»Na super, dann werden die sicher ganz bald liefern.« Regina klang eingeschnappt. Es gab Tage, an denen sie sich darüber ärgerte, dass Eckehardt tatsächlich glaubte, er könne alles kaufen. Und noch mehr ärgerte sie sich darüber, dass es so gut wie immer stimmte. Sie fragte besser nicht nach der Höhe der Spende.

»Und überhaupt, wir wissen doch noch gar nicht, ob sie unsere Tochter ist«, gab er zu bedenken. »Solange ich da nicht sicher sein kann, bleibe ich besser mit ihr per Sie.«

Eigenartigerweise verschwand ausgerechnet bei den Worten *unsere Tochter* ihr Ärger, und so fragte sie um einiges versöhnlicher: »Aber wo warst du denn den ganzen Tag?«

»Bei Nadja. Die hat nun eine Katze. Sie sagt, es sei eine Kirschblütenkatze, und außerdem heißt sie Kami.«

Entsetzt sah Regina ihn an. »Du warst den ganzen Tag in ihrer Wohnung?«

»Ja, warum nicht? Nach dem Arzt sind wir dort hingefahren. Ich kenne die Wohnung ja schon von meiner Aktion am Montag.«

»Hat es da nicht noch nach Katzen gestunken? So viele Tiere und nur zwei Toiletten!«

»Du weißt doch, dass ich nicht riechen kann. Außerdem sind Katzen sehr reinlich.«

»Du sprichst von deinem Nelson und meiner Luna. Aber alle anderen ...« Regina stand immer noch regungslos in der Diele und wollte dann, fast ein wenig ängstlich wissen: »Fängt die etwa wieder fremde Katzen ein?« Ihr fiel ihr Lieblingswort aus den sonntäglichen *Tatorten* ein. »Ist sie etwa eine *Serientäterin?*«

»Wie kommst du denn darauf?«

»Woher sonst sollte sie die Kirschblütenkatze haben? Was ist das überhaupt für eine Rasse? Davon habe ich noch nie etwas gehört.«

»Kami kommt aus dem Tierheim in Passbrunn. Irene hat den Vermittlungsvertrag unterschrieben. Nadja hat ihn mir gezeigt. Da ist alles in Ordnung, ganz offiziell.«

»Davon hat Irene mir nichts erzählt.«

»Warum sollte sie auch?« Er schüttelte den Kopf.

Klar, er wusste ja nichts von ihrem Telefonat wegen der Hebammenkatze Minka. Regina blieb wachsam: »Hast du ihr auch was gespendet?«

»Wo denkst du hin? Nein, nein! Das erweist sich erst nach der Verwandtenselektion. Das Ergebnis will ich auf jeden Fall abwarten.«

»Um Gottes willen, was ist das denn für ein Wort?«

Noch nie hatten sie sich so lange in der Diele gegenübergestanden und dabei diskutiert. Wie zwei Abgeordnete gegnerischer Lager. Keiner von ihnen machte Anstalten, um das Schlachtfeld entweder in den Garten oder in die Küche zu verlegen.

Breitbeinig stellte Eckehardt sich nun auf, wie immer, wenn er mit seinem Wissen punkten konnte. Und das war, wie Regina leidvoll erfahren hatte, ständig der Fall. Gegen ihn, der keine Frage unbeantwortet ließ und sich für alles interessierte, kam niemand an. Insgeheim träumte Eckehardt davon, zu einer Rateshow eingeladen zu werden. Die Bewerbungen dazu verschickte er in überschaubarer Regelmäßigkeit. Vermutlich hatte es sich unter den Programmverantwortlichen sämtlicher Rundfunkanstalten aber bereits herumgesprochen, dass man gegen ihn nur verlieren konnte. Er wusste nämlich alles.

Wenn er darüber jammerte, dass man ihn nicht einlud, empfand Regina so etwas wie Mitleid. Jetzt aber stand sie ihm weiterhin angespannt in der Diele gegenüber.

»Verwandtenselektion«, dozierte er in seinem typischen Tonfall und begann seinen Vortrag wie üblich mit einer rhetorischen Frage. »Du weißt also nicht, was das bedeutet? Dann hör gut zu! Wenn dir das Wort nicht gefällt, dann ersetz es einfach durch *biologische Fitness.* Aber vermutlich weißt du auch nicht, was dabei dahintersteckt.«

Regina seufzte tief. Warum sagte er nicht gleich, dass er sie für dumm hielt? Und worauf sie gerade wirklich keinen Bock hatte, war eine Privatvorlesung ihres Lebensabschnittsgefährten, wie sie ihn gern nannte. Abschnitte nämlich waren überschaubar und ließen sich stapeln. Abschnitte waren nicht endgültig. Doch der Abschnitt namens Eckehardt lief gerade zu Hochform auf. »Wir denken, dass wir selbst über uns und unser Schicksal das Sagen haben. Ein großer Irrtum! Tatsächlich nämlich werden wir von unseren Genen gesteuert. Die wollen nämlich, dass unsere ureigene Erbinformation gesichert und weitergegeben wird. Wenn Nadja tatsächlich meine Tochter sein sollte, so trägt sie immerhin fünfzig Prozent meiner Gene in sich.«

»Ja und? Haben deine oder ihre Gene sich etwa gemeldet oder was gesagt, als ihr in der Wohnung mit den zehn Katzen wart?« Regina klang zynisch.

Über so viel Unwissen konnte Eckehardt nur den Kopf schütteln.

»Nein, natürlich nicht! Aber das Ganze ist auch nicht sichtbar oder hörbar. Es besteht aus einer einfachen Formel.«

»So einfach, dass selbst ich sie verstehe?«

Er nickte. »Logisch. Die versteht sogar jedes Kind.« Ungerührt dozierte er weiter. »Nehmen wir doch mal an, Nadja schenkt uns vier Enkel.«

Vier Enkel! Regina erschrak. Hätte Eckehardt dann überhaupt noch Zeit für sie? Vermutlich würde er von jedem dieser Kinder erwarten, dass es sich zu einem Genie, zu einer bombastischen Geistesgröße entwickelte. Regina dachte an Nadjas Alter und auch daran, dass sie nicht aussah wie eine Frau, bei der die Männer Schlange standen. Herzlos kommentierte sie: »Dann wird's aber Zeit.«

Er ignorierte ihren Einwand und entfaltete mit ausgestreckten Händen seine formvollendete Formel. »Von diesen vier Enkeln würde jedes einzelne ein Viertel meines Genpools weitergeben. Das macht zusammen hundert Prozent. Also leben dann alle meine Erbinformationen weiter.«

»Alle? Aber was ist mit dem einen Gen bei dir und deinem Erbgut, das verhindert, dass du riechen kannst? Das ist doch eindeutig ein Defekt. Willst du etwa auch deine Mängel an deine Nachkommen weitergeben?«

»Das kann man leider nicht bewusst steuern.« Sein Tonfall war nun weniger belehrend, sondern kippte für einen kurzen Augenblick ins Kleinlaute.

»Kann Nadja eigentlich riechen? Auf das Schmecken muss sie jedenfalls nicht verzichten. Das sieht man ihr an.«

»Das habe ich sie nicht gefragt.« Eckehardt wurde nachdenklich.

Vermutlich, so nahm Regina an, schenkte er seiner vermeintlichen Tochter bei nächster Gelegenheit ein Parfum. Wenn sie, Regina, ihn dabei beraten sollte, so würde sie den künstlichsten und verzuckertsten Duft aller Zeiten und die kitschigste Verpackung aussuchen. Ha, Rache war süß! Gleichzeitig fragte sie sich, was genau sie so ärgerlich machte. War sie etwa eifersüchtig auf eine Hoffnung, die nur ihn betraf?

»Hast du eigentlich Geschwister?«, fragte er unvermittelt. Eine Frage, die er nie zuvor gestellt hatte.

»Ja«, antwortete sie schnell. »Drei. Aber wir haben nichts gemeinsam.«

Besserwisserisch hob er den Zeigefinger der rechten Hand. »Das denkst du nur. Es gibt ja noch eure Gene.«

Regina blieb am Ball. Besser, sie wusste gleich Bescheid. »Du hast also mit Nadja schon sehr vertraulich über deine Erbinformationen gesprochen? Hochinteressant. Das macht nicht jeder! Hast du ihr auch erzählt, wie viele Enkel sie dir schenken soll? Vier sind fast zu wenig. Bei fünfen aber gehen mehr als hundert Prozent deiner Gene in die Zukunft.« Sie wusste, dass sie die Vererbungslehre sehr einfach und schlicht interpretierte und wesentliche Faktoren ausließ. Vor ihrem geistigen Auge aber verwandelten sich alle seine Erbfaktoren in Spielfiguren à la *Mensch ärgere dich nicht,* die rücksichtslos voranstürmten.

Er musterte sie sehr lange. »Da ist was dran. Ich werde jedoch erst dann mit Nadja darüber reden, wenn ihre Herkunft klar ist.«

Ja, bloß nicht falsch investieren!, dachte sie und schüttelte den Kopf. »Gut, dann gehe ich mal in die Küche.«

»Und ich setze mich an meinen Computer. Ich muss das noch mal nachlesen mit den Genen. Ich glaube, das hat ein Ameisenforscher entdeckt. Wilson hieß der.«

So wuselig wie ein ganzer Ameisenhaufen klingen seine Theorien auch, dachte Regina und wünschte ihm viel Erfolg.

Als Nadja an diesem Donnerstagabend bei Paul anrief, klang ihre Stimme fahrig, aufgeregt und nervös.

»Was ist passiert?«, fragte Paul als Erstes und wunderte sich über seinen sorgenvollen Unterton. So nah war ihm noch nie ein Mensch gekommen. Vielleicht beunruhigte ihn genau das. In seinem Innern grummelte es verräterisch. Tatsächlich hatte er Angst, Nadja zu verlieren. Besser, er dachte nicht darüber nach, sondern hörte genau hin.

»Dieser Eckehardt, mit dem du am Montag hier warst, um meine zehn Katzen abzuholen ... du weißt schon, den Mann, den wir am Abend danach im Biergarten trafen. Also der ...«

»Ja, ich weiß, wen du meinst.« Paul dachte an den hochgewachsenen und etwas hochnäsigen Herrn, der auffällig spendabel war und dem er unterstellte, dass er sich mit seiner Großzügigkeit Freunde kaufen wollte. Gegen so einen kam er bei Nadja natürlich nicht an.

»Was ist mit dem?«

»Er hat mich dazu überredet, mit ihm zum Arzt zu gehen.«

»Was??!!«

Nadja schwieg und schien über eine beunruhigende Antwort nachzudenken.

Paul schüttelte den Kopf. »Wieso das denn? Ist er krank? Bist du krank? Hat er dich mit irgendetwas angesteckt oder ...« Er zögerte kurz. »... oder spricht er wegen Kami von einem Tierarzt?«

»Ach, süß!« Sie schien zu lächeln. »Nein, Kami ist völlig in Ordnung. Dieser Herr Lüthus hat mich angerufen, und während wir telefonierten, wollte er alles über meine Mutter wissen.«

»Der will mit deiner Mutter zum Arzt?«

Nadja lachte. »Meiner Mutter geht es gut. Wäre es anders, so hätte sie mich schon längst totgejammert. Ich bin nämlich ihre Klagemauer. Nein, Herr Lüthus wollte alles von und über Martha wissen. Er hat sie wohl früher mal gekannt. Und immer, wenn ich etwas über ihre Eigenheiten und Ticks erwähne, unterbricht er mich. *Ja, das kenne ich. Ja, ich erinnere mich,* sagt er dann. *Oje, den Spleen hat sie immer noch! Tatsächlich, das ist typisch für sie.* Und dann meinte er unvermittelt, er frage sich, ob

240

ich vielleicht seine Tochter sein könnte. Wie findest du das?«

Paul schüttelte den Kopf. »Und was sagt dein leiblicher Vater zu dieser eigenartigen Hypothese?«

»Keine Ahnung.« Nadja schluckte. »Es ist nämlich so, dass ich keinen Vater habe. Natürlich habe ich einen biologischen Erzeuger, aber meine Mutter meint, es sei besser, wenn ich von diesem Mann nichts weiß. Und jetzt kommt einer daher, ist mir nicht unsympathisch und könnte vielleicht sogar mein Vater sein. Wie seltsam!«

Pauls Frage klang lauernd und abwartend. »Hättest du ihn denn gern als Vater? Dann geh am besten mit ihm zu deiner Mutter und überrumpele sie. Dann hast du Klarheit.«

Nadjas Antwort klang bitter. »Ach, meine Mutter Martha, weißt du, die verdreht die Wahrheit immer so, wie's ihr am besten passt. Deshalb«, fuhr sie fort, »waren wir heute beim Gentest.«

»Aha.« Paul schwieg und fragte sich, was das alles zu bedeuten hatte und warum sie es ihm erzählte.

Da auch sie sehr lange nichts sagte, hakte er vorsichtig nach: »Was würde das denn im Einzelnen heißen?«

»Keine Ahnung. Es ist sicher klüger, zunächst das Testergebnis abzuwarten. Denn falls er nicht mein Vater ist, so bleibt alles wie gehabt. Garantiert verschwindet er dann auch ganz schnell wieder aus meinem Leben, um woanders nach einer Tochter zu suchen. Das traue ich ihm zu.«

»Und wenn doch?« Paul blieb wachsam.

»Er meint, dass er mich dann gern adoptieren würde. Und dann werden wir auch nicht mehr per Sie miteinander sein, sondern per Du. Er träumt von einer Großfamilie. Also, ich finde, er ist ein sehr netter Mann.«

Paul seufzte. »Mag sein, dass er nett ist. Aber er ist auch jemand, der glaubt, sich alles kaufen zu können. Auch dich. Denk mal darüber nach!« Und während er das sagte, verspürte er erneut so etwas wie Eifersucht. Ihm wurde klar, dass er diese Frau mit niemandem teilen wollte. Und schon gar nicht mit einem Menschen. Höchstens mit einer Katze. Höchstens mit der Kirschblütenkatze Kami.

31. Kapitel

Also wirklich, heute ging rein gar nichts voran! Breitbeinig und mit angewinkelten Armen, beide Hände auf die Hüften gestützt, stand Cindy Plödereder im Quellenhof und hatte, wenn sie ganz ehrlich war, noch nicht den richtigen Plan für sich und ihre geschrumpfte Truppe gefunden. Wenn sie es ganz genau betrachtete, so hatte sie noch gar keinen Plan. Sie wusste nur, dass bis morgen Mittag acht Fundamente für die Tiny Houses errichtet werden mussten. Dass sie das erst heute früh erfahren hatte, war das Allerschlimmste. Das hätte ihr die angeblich so schlaue Frau Dr. Thannberg doch gleich am Sonntag mitteilen können, spätestens Montag! Also zu einem Zeitpunkt, als Cindy noch eifrige Helfer um sich scharen konnte.

Aber logisch: Mit Zeitplänen konnte diese Thannberg nicht umgehen. Garantiert hatte die noch nie in ihrem Leben was von Teamarbeit gehört. Dass Edda Kallmayer ausgerechnet die zu ihrer Stellvertreterin gewählt hatte, blieb für Cindy immer ein großes Rätsel. Aber das hatte sie nun davon. Und es geschah ihr recht. Die Thannberg sollte sich einerseits um alles kümmern und alles kontrollieren, aber tatsächlich kümmerte sie sich um nichts. Außer dass sie die ganze Verantwortung auf Cindys Schultern ablud. Ja, die waren ja auch breit und stark, und mit Cindy konnte man so was ja machen. Klar, dass nun sie wieder, und zwar sie ganz allein, den Karren aus dem Dreck zog, ohne jemals dafür gelobt zu werden.

Acht Fundamente! Wie sollte das jemals bis morgen Mittag zu schaffen sein? Sie hatten noch nicht einmal das Gelände des großen Innenhofs ausgemessen, geschweige denn die Grundrisse abgesteckt. Bisher hatte Cindy von Irene lediglich erfahren, dass die Grundflächen der Minihäuser jeweils zwei Meter sechzig mal sieben Meter betrugen, dass insgesamt also grob gesagt einhundertvierzig Quadratmeter Fundamentflächen einzurichten waren, miteinander verbunden durch kleine Wege. Dafür brauchte man doch einen Plan! Das schaffte nicht einmal Cindy aus dem Bauch heraus.

Erneut schüttelte sie den Kopf. Andererseits war allein die Tatsache, dass die Thannberg ihr das zutraute, natürlich der typische und endlich fällige Beweis für Cindys überragende Kompetenz. Also musste sie auch funktionieren.

Derzeit waren sie zu viert, und Cindy wusste, dass der Hausmeister Ignatz einen Bagger besaß, mit dem er die Fläche glatt ziehen konnte. Aber es war natürlich klar, dass man nicht einfach Zement in den schönen Innenhof gießen konnte, ganz abgesehen davon, dass der bis morgen Mittag nicht getrocknet wäre. »Die Grundfläche muss absolut eben sein«, hatte die stellvertretende Chefin hoheitsvoll aus ihrem Chefbüro verkündet, während sie in ihrem Chefsessel hinter dem Chefschreibtisch saß und womöglich auch noch die Beine hochlegte.

Ob das ein Mobbingversuch war? Eine Welle aus Ärgernis rollte auf Cindy zu und versetzte ihr einen Schlag in die Magengrube. Ihr wurde klar, dass diese Aufgabe eigentlich unlösbar war.

Nun kam die unsägliche Thannberg auch noch aus

ihrem Chefzimmer herausgestürzt und wedelte optimistisch mit einem Bogen Millimeterpapier. »Schau mal! Ich habe den Innenhof maßstabgerecht aufgezeichnet und dort bereits die Fundamente für die Häuser angelegt. Die Standplätze der Minihäuser und die Wege dorthin müssen unbedingt so aufeinander abgestimmt sein, dass wir und unsere Besucher dort bequem entlanggehen können, auch mit Kinderwagen, als Rollstuhlfahrer oder mit Rollator. Also nicht zu schmal, bitte!«

Als wäre ein Problem schon gelöst, indem man eine Zeichnung davon machte! »Sonst noch was?« Cindy klang wütend.

»Nein.« Irene schüttelte den Kopf. »Das wär's fürs Erste. Hast du schon einen Plan?«

»Ja, logisch! Alles im grünen Bereich.« Cindy log. Die Blöße, dass sie völlig auf dem Schlauch stand, wollte sie sich nicht geben.

Verzweifelt dachte sie über eine Lösung nach, und ausgerechnet Simon Braun fiel ihr in genau dem Moment ein, als sie schon fast einen Bauunternehmer angerufen hätte. Zur Not hätte sie den zunächst mit ihrem Ersparten bezahlt und später mit Edda darüber gesprochen. Denn die Thannberg ging garantiert davon aus, dass die ganzen Fundamente durch ehrenamtliche Tätigkeit und damit honorarfrei errichtet würden. Diese Frau war so was von blauäugig! Vom wirklichen Leben hatte die ja gar keine Ahnung. Aber dafür trug sie einen Doktortitel vor sich her.

Mit aller Kraft bemühte sich Cindy, eine neue Panikwelle abzuwehren. *Ruhe ist das Wichtigste in allen Situationen*, sagte sie sich. *Ruhe und Entschlossenheit. In Tiergesprächen ebenso wie bei der Kommunikation mit Menschen. Sobald mein Gegenüber spürt, dass ich Angst habe, bin ich angreifbar und verletzlich.* Nein, gerade das durfte nicht geschehen. Sie brauchte Unterstützung. Sie brauchte jemanden an ihrer Seite. Dieses Kleinhausproblem mit seinen rollstuhlgerechten Zufahrtsstraßen war zu groß für einen einzelnen Menschen.

Zum Glück war ihr der Projektmanager und Feuerwehrmann eingefallen. Auch wenn sie seit vorgestern, seit ihrem gemeinsamen bierseligen Abend, keine Sekunde mehr an ihn gedacht hatte.

Sie erinnerte sich an seine treuen Augen und seine Versicherung: *Du bist eine Powerfrau. Du schaffst alles.* Aber nicht allein. Sie seufzte. Mit seiner Hilfe vielleicht? Warum nur hatte sich dieser Dummkopf von Amira treten lassen? Ob die Stute seine Angst gespürt hatte? Cindy biss sich auf die Unterlippe und fragte sich, was man von einem Mann halten sollte, der nicht einmal mit einem Pferd klarkam.

Nachdenklich holte sie ihr Handy aus der rechten hinteren Hosentasche und erinnerte sich daran, dass er seinen Namen hinter drei großen As gespeichert haben wollte. »So bin ich immer der Erste auf deiner Anrufliste.« Eigentlich gar nicht so dumm, denn unter Braun hätte sie ihn sicher nicht gesucht.

Er meldete sich augenblicklich und klang so fit wie ein Turnschuh: »Ja, super, dass du mich anrufst! Gerade habe ich an dich gedacht.«

»Warum?«

»Weil ich immer an dich denke.«

Sie stutzte. Irgendetwas stimmte nicht mit diesem Kerl. Höflich fragte sie: »Wie geht es dir? Was macht dein Rücken? Kannst du dich schon wieder bewegen?«

»Mir geht es bestens«, antwortete er wie aus der Pistole geschossen. »Ich habe einen ganzen Tag lang überhaupt nichts gemacht und mich von meiner Mutter pflegen lassen. Die hat mich mit Retterspitz behandelt. Das war schon immer unsere Geheimwaffe.«

Cindy fragte besser nicht, was das war. Möglicherweise etwas mit Alkohol ...

»Also«, verkündete er, »ich bin wieder voll einsatzfähig.« Er klang, als warte er auf einen Auftrag.

Cindy zögerte. »Auch geistig?«

»Da war ich immer fit.«

»Im Ernst«, sagte sie und kam zu ihrem eigentlichen Anliegen: »Du hast doch gesagt, dass du Projektmanager bist. Also, ich habe hier ein Projekt, bei dem ich deinen Rat und deine Hilfe brauchen könnte.«

»Ich komme sofort.«

»Willst du nicht erst hören, um was es geht?«

»Egal, was. Ich rette dich ebenso, wie mich der Retterspitz gerettet hat.«

Sie dachte an die drei Mitarbeiter, auf die sie notfalls zurückgreifen konnte. »Nun denn. Von den Minihäusern habe ich dir ja erzählt. Die acht Minihäuser werden morgen im Lauf des Tages geliefert. Das Problem ist, dass die auf einem Fundament stehen müssen, wir aber kein einziges Fundament haben.« Sie klang ärgerlich. »Die Thannberg hat zwar inzwischen aufgemalt, wo die Dinger stehen sollen, aber ich habe keine Ahnung, wie wir das alles managen sollen.«

»Nicht verzagen, Simon fragen«, tönte es selbstsicher aus dem Handy.

Sie zog sich innerlich zurück. »Was genau heißt das?«

»Dass wir uns das Problem gemeinsam anschauen und es auch gemeinsam lösen. Ich habe nämlich gute Kontakte.«

»Vielleicht brauchen wir nicht nur gute Kontakte, sondern auch gute Mitarbeiter. Wir sind hier nämlich momentan nur zu viert: Nils, Paul, Sophia und ich. Die Thannberg kann uns da nicht zur Hand gehen.«

»Nicht einmal zu fünft würdet ihr das schaffen.« Simon klang, als baue er mindestens zweimal täglich Fundamente für ganze Siedlungen voller Minihäuser.

»Okay. Ich baue auf dich!«

Zwanzig Minuten später stand er mit blank geputzten Schuhen, in einer leichten Leinenhose sowie einem frisch gebügelten kurzärmeligen Hemd mitten auf dem Hof. Sein vom Duschen noch nasses Haar zierte ein sehr gerader Scheitel. Vermutlich hatte Simons Mutter Hand angelegt. Als Erstes warf er einen prüfenden Blick zum Pferdestall hinüber, entschied, dass die Luft rein war, und kehrte erst dann den selbstbewussten Projektmanager heraus.

Cindy staunte.

»Nur damit du's weißt: Per WhatsApp hab ich sämtliche Kollegen informiert. Alle, die Zeit haben, kommen vorbei, auch die Jungs von der Freiwilligen Feuerwehr. Und während ich herfuhr, habe ich mit mehreren Metallbauern telefonisch konferiert. Wir alle sind uns einig, dass bei diesem Projekt das Prinzip Pfahlbau eingesetzt werden muss.«

Cindy hob die Schultern und runzelte die Stirn. »Was heißt das genau?«

»Wir stellen Schraubenfundamente her. Genauso, wie unsere Vorfahren ihre Pfahlbauten errichteten. Du wirst schon sehen. Und auf dieser Grundlage wird dann ein Holzboden aufgebaut. Das geht am schnellsten und ist am effektivsten. Und man kann es problemlos wieder zurückbauen.«

Sie sah ihn an. War das noch der Simon, den das Pferd getreten hatte?

»Allerdings brauchen wir dazu ziemlich viele Stahlschrauben von etwa fünf Metern Länge und eine Spezialmaschine, welche die dann in die Erde bohrt und später wieder rausschrauben kann. Meiner Meinung nach die beste Lösung ...« Mit Kennerblick betrachtete er das Gelände. »Beton empfehle ich keinesfalls. Also wenn du einverstanden bist, informiere ich per WhatsApp meine Gruppen, und die Pfahlbausache nimmt ihren Lauf.«

Cindy fühlte sich überrumpelt. Ihr war klar, dass sie nicht die Kompetenz hatte, so etwas zu entscheiden. Aber was dächte Simon von ihr, wenn sie wegen dieser – in seinen Augen – Kleinigkeit mit Irene Thannberg Rücksprache hielt? Fand er sie dann nicht mehr so toll? Eigenartig, auf einmal war es ihr wichtig, dass er sie weiterhin für eine Powerfrau hielt. Sie sah sich um. Gut, dass weder Paul noch Sophia oder gar Nils in der Nähe waren. Die hätten bestimmt sofort ihr Veto eingelegt und über Budget und Kostenersparnis lamentiert. Aber große Objekte forderten auch große Entscheidungen. Sie bemühte sich, besonders nachdenklich auszusehen, und strich sich die feuchten Hände an den Oberschenkeln ihrer weißen Hose ab.

»Du hast ja auch gesagt, dass die Minihäuser nicht für immer und ewig hier stehen sollen«, führte er seine Überzeugungsarbeit fort. »Das habe ich mir gemerkt. Bei dieser Fundamentform ist zusätzlich sicher, dass man das Haus problemlos entfernen und anderswo wieder aufbauen kann. Und die Stahlschrauben sind wiederverwertbar. Ein Kollege verhandelt schon mit der Lieferfirma.«

Cindy gab sich einen Ruck. »Wow, wie hast du das so schnell organisiert?«

»Das ist schließlich mein Job.« Er wurde rot. »Es gibt nur einen Haken.«

»Und der wäre?«

»Unsere Arbeitskraft und unser Einsatz sind umsonst, da musst du dir keine Sorgen machen. Hinzu kommen jedoch noch die Stahlschrauben, die Spezialmaschine und das Holzfundament, das darauf befestigt wird. Ich versuche, das Material als Leihgabe zu deklarieren, schließlich wollt ihr es ja nicht für immer. Aber die Arbeitsstunden der Spezialisten müssen bezahlt werden. Dann schaffen wir es bis morgen. Und bis morgen braucht ihr es doch, oder?«

Sie sah ihn an und nickte nachdenklich. »Gut«, meinte sie, »dann machen wir das so und hoffen mal das Beste.«

Hektisch griff er zu seinem Handy und führte weitere Telefongespräche.

32. Kapitel

Was war denn nur da draußen los? Mindestens dreißig junge Männer, ein Gerät, das aussah wie eine Mischung aus Bagger und Kran und eigenartig futuristisch wirkte ... Irene hätte sich nicht gewundert, wenn Simon in sommerlich lauen Nächten damit auch Sterne für Cindy vom Himmel geholt hätte. Aber dann fuhr auch noch ein Lastwagen in den Hof und legte – mithilfe eines auf der Ladefläche installierten Krans – acht stahlverstärkte Holzplatten ab, die anscheinend den Grundrissen der Minihäuser entsprachen. Sollte sie sich dazugesellen und wundern? Doch genau dann begann die große Aktion. Der bislang so schüchterne und vor Cindy immer in Habachtstellung stehende Simon hatte sich mitten im Hof aufgebaut und führte Regie. Cindy ließ es geschehen, hatte alles im Blick und gab kurz darauf erneut ein Zeichen, damit das Hoftor geöffnet wurde. Und schon wurde ein mindestens fünf Meter langer Stahlcontainer hereingekarrt, in dem oberschenkeldicke Schrauben von unerklärlicher Länge lagen.

Irene setzte sich an ihren Schreibtisch, faltete sehr nachdenklich beide Hände und überlegte, ob sie nach draußen gehen sollte. Für sie als stellvertretende Leiterin des Tierheims wäre es selbstverständlich gewesen, dass man sie als Erste über die anstehenden Aktionen informierte. Um ihr Gesicht zu wahren, könnte sie der Weißwurst nun im Hof ein großes Lob aussprechen. Andererseits: Wenn sie sich jetzt zwischen die hoch motivierten und offensichtlich arbeitswütigen jungen Männer stellte, ihre Ahnungslosigkeit offenbarte und sich zugleich als Chefin präsentierte, dann wäre Cindys Autorität unterwandert, und ändern konnte sie sowieso nichts mehr. Das Material stand und lag schon im Hof.

Sie hätte Cindy den Auftrag nicht geben dürfen. Doch diese rettende Einsicht kam zu spät. Was Edda wohl dazu sagen würde?

So nahm Irene die Brille ab, putzte sie, setzte sie wieder auf und sah erneut hin. Vielleicht böte sich ihr dann ja ein anderes Bild …

Doch alles blieb unverändert. Einzig Simon Braun war ohne seine Uniform kaum wiederzuerkennen. Wie ein Landlord wirkte er und thronte äußerst professionell und mit sehr geradem Scheitel neben Cindy. Er hatte offensichtlich von ihr eine Aufgabe bekommen, die ihn forderte und die er mit Bravour zu meistern beabsichtigte.

»Jetzt zeigt er es seiner Prinzessin aber! Ab heute wird sie nie mehr daran zweifeln, dass Männer zu allem fähig sind«, verkündete Irene dem Mobiliar und bekam keine Antwort. Sie fühlte sich fast wie in ihrer eigenen Wohnung. Da sprach auch niemand mit ihr.

Außer Lorenz, aber mit dem konferierte sie ja nur übers Telefon. Sie sollte ihn wirklich mal zu sich einladen. Was hinderte sie eigentlich daran? Schämte sie sich ihrer vollgestellten Dreizimmerwohnung? Bei ihm war alles großzügig und luftig. Und dann noch sein lichtdurchflutetes Atelier …

Siedend heiß fiel es ihr nun ein: Sie war ja heute Abend mit ihm zum Essen verabredet! Er hatte von einem mexikanischen Restaurant in seiner Nähe geschwärmt. Temperaturmäßig passte das ja. Vor ihrem inneren Auge sah sie sich mit ihm zwischen riesigen grün gestrichenen Holzkakteen sitzen und Tequila trinken.

Aber durfte sie die Baustelle vor ihrem Fenster tatsächlich sich selbst überlassen? Andererseits, was um alles in der Welt hätte ausgerechnet sie denn jetzt noch ändern können? Alles lief sowieso nach Cindys und Simons Plänen. Hoffentlich führte der Weg weder in eine Sackgasse noch ins Verderben.

Gestern hatte Lorenz ihr per WhatsApp das Foto eines kleinen Aquarells geschickt, das er ihr heute zum Mexikaner mitbringen wollte. Es war ein Zitat der Sommeridylle von Claude Monet, und dazu hatte er sich ihr Foto als Vorbild genommen. Wie hingewischt schwebte das weiße Tischchen mit dem schwarzen Laptop inmitten eines leuchtenden Grüns und darüber ein knallroter Sonnenschirmhimmel. Ringsum wand sich eine Schlange durchs Gras. Auf dem Schnappschuss, den Irene ihm am Sonntag geschickt hatte, war das Verlängerungskabel lediglich ein Stück dicke Schnur gewesen. Nun hatte er eine schwarze Schlange daraus gemacht. Auf ihrem Schnappschuss hatte auch niemand am Computer gesessen. Das Aquarell hingegen zeigte eine ganze Katzentruppe, die sich um die Tastatur scharte. Es machte den Eindruck, als wüssten sie noch nicht genau, wer diktierte, wer schrieb und wer darauf achtete, ob das Geschriebene auch korrekt war. Doch der Satz, um den alle sich bemühten, stand in einer Sprechblase und lautete: *Liebe Irene, am Donnerstagabend sehen wir uns beim Mexikaner. Olé! Darauf freut sich Lorenz.*

Sie betrachtete das Bild erneut. Ja, sie würde hingehen. Sie durfte auch mal ein bisschen entspannt und zufrieden sein. Welche Instanz verbot ihr das eigentlich ständig? Kam man nur in den Himmel, wenn man pausenlos funktionierte und ansonsten Trübsal blies? Dann hatte sie es sich in den letzten drei Jahren eindeutig verwirkt. Denn seit sie den Quellenhof kannte, war sie schon ziemlich oft sehr glücklich, fröhlich und sogar begeistert gewesen.

Nachdenklich schaltete sie ihr Handy aus und nahm wahr, wie sich die Tierpflege-Praktikantin Sophia der Gruppe näherte und sofort von Cindy ein Blatt Papier in die Hand gedrückt bekam.

Logisch, die spannte also jeden ein, der ihr über den Weg lief. Während Sophia noch den Zettel studierte, trat einer von Simons oder Cindys Helfershelfern mit einer Sprühdose neben sie und schüttelte das Gefäß, sodass ein lautes Klackern zu hören war. Cindy hob den Daumen, gestikulierte erneut und winkte einen weiteren Mann in Arbeitskleidung herbei. Auf Simons Kommando hin öffnete der Mann seinen Zollstock, maß den Innenhof ab und wies den Farbsprayer an, die entsprechenden Stellen zu markieren.

Der Sprayer ließ es sich natürlich nicht nehmen, die Punkte auch miteinander zu verbinden, und so wurden auf dem Gelände innerhalb kürzester Zeit acht Rechtecke sichtbar, die genau den Grundrissen der Tiny Houses entsprachen und sich mit Irenes Plan deckten. Nicht schlecht!

Sie piepte Sophia an. »Kannst du mal kurz reinkommen?«

Die Tierpflegerin blickte zum Büro hinüber und war offenbar erleichtert, dass sie dem Chaos aus durcheinandergerufenen Befehlen, Motorengeräuschen und unnatürlicher Hektik entfliehen konnte.

»Wenn Cindy es gestattet ...« Ihre Stimme klang spöttisch.

»Da muss sie durch!«, antwortete Irene aufgekratzt. Sie

dachte an das mexikanische Restaurant und beschloss spontan, sich abends ein buntes Sommerkleid anzuziehen. Rot war das, übersät mit riesigen gelben Sonnenblumen. Hoffentlich beleidigte es das Auge des Malers nicht.

Sophia steckte den Kopf durch die Bürotür. »Was wird das da draußen?«, fragte Irene.

Sophia trat ganz ein und schloss die Tür hinter sich. »Wir fallen in der Zeit weit zurück und errichten Pfahlbauten. Aber das eine sage ich dir: Dafür trag ich keine Verantwortung. Da halte ich mich raus. Ich gehe denen nur zur Hand. Du hast der Weißwurst diesen Job angeschafft, oder?«

Irene nickte schuldbewusst. »Indirekt schon, fürchte ich. Ich habe ihr nämlich gesagt, dass wir mindestens acht Fundamente brauchen, weil morgen schon acht Minihäuser kommen. Und ich habe ihr dazu nicht nur einen gezeichneten Plan gegeben, sondern wohl auch die ganze Abwicklung in ihre Hand gelegt.«

»Ich fass es nicht! Die gehorcht dir also aufs Wort. Besser als jeder Hund. Kannst du ihr nicht auch noch *Platz!* und *Kusch!* beibringen, damit sie nicht so viel redet und sich auch mal zurückhält?«

»Guter Vorschlag! Aber da draußen steht einer, der hängt an ihren Lippen. Dem kann ich das nicht antun. Der lechzt nach ihren Worten, egal, was sie sagt. Doch mal was ganz anderes ... Hast du eine Ahnung, was die da alles aufgefahren haben und, vor allem, was das alles kostet?«

»Wie, du hast die ganze Aktion nicht offiziell abgesegnet?«

»Nein.«

»Du hast keinen schriftlichen Kostenvoranschlag? Du lässt Cindy auf eigene Verantwortung da rummachen?« Jetzt war es Sophia, welche die Brauen hob.

»Ich hätte ihr besser nicht gesagt, dass sie sich um alles kümmern soll.« Irene hörte selbst, wie kleinlaut sie klang.

»Na super, das macht sie ja perfekt, indem sie den Auftrag ohne Umwege an ihren Verehrer abgibt. Wenigstens weiß der, was er tut. Da haben wir alle noch verdammt viel Glück. Und von seinen Mitstreitern kommt dann auch eine saftige Rechnung. Edda wird sich wundern.«

»Nicht nur Edda.« Irenes Laune war nicht mehr ganz so beschwingt.

»Und was nun?« Sophia blickte sich ratlos um. »Eins ist klar, du brauchst bis morgen die Fundamente. Die Häuser können nicht auf unebenem Boden stehen, dann verziehen sich die Bauteile, und du bist regresspflichtig. Da du noch keinen Kostenvoranschlag und keine Rechnung hast und den Auftrag auch gar nicht offiziell gegeben hast, gibt es vielleicht noch einen Verhandlungsspielraum.«

»Hast du eine Ahnung, was diese Pfahlbaufundamente kosten?«

Sophia lehnte sich an den Türstock und dachte nach. »Mein Vater arbeitet als Metallbauer und erzählt manchmal was von seinem Job. Also geschätzt mindestens achttausend Euro pro Fundament. Aber vielleicht hat der Weißwurstfan ja was für seine Prinzessin ausgehandelt.«

»Hoffentlich.« Irene war ganz blass geworden.

»Glaub mir!« Sophia versuchte Irene zu beruhigen. »Du hast keine Schuld, du hast nichts in Auftrag gegeben, und unsere Cindy hat keine Prokura. Das sind die wesentlichen Fakten. So einfach ist das. Und überhaupt, wenn die Freiwillige Feuerwehr beschließt, ausgerechnet bei uns eine Bodenübung zu machen, und dabei Metallstifte in die Erde schraubt ... soll sie doch.«

Irene betrachtete Sophia lange und nachdenklich. So pragmatisch konnte das nur eine Frau sehen, die mit ihren knapp zwanzig Jahren noch an eine heile Welt glaubte. Nicht zu fassen!

»Komm, mach dir einen schönen Abend und vergiss das Ganze mal für ein paar Stunden! Rückgängig kannst du sowieso nichts mehr machen.« Sie löste sich von der Tür. »Also, ich geh dann mal wieder raus. Bis morgen!«

Sie hatte viel zu lange vor dem roten Kleid gestanden, das sie sich im letzten Sommer in einem Anfall von Glückseligkeit gekauft und bisher noch nie getragen hatte. Jetzt stellte sie fest, dass die roten dazu erworbenen Sandaletten nicht exakt den gleichen Farbton hatten wie der Kleiderstoff. Ob Lorenz das auffiel? Er war ein solcher Ästhet.

Fast todesmutig war sie in den letzten Tagen des vergangenen Sommers in jene Boutique gestürzt, die das Kleid im Fenster präsentiert hatte, um es anzuprobieren.

»Ja, wir haben noch eins in Ihrer Größe. Schauen Sie mal!«

Es war ein Erlebnis gewesen, sich in der luxuriös geräumigen Umkleidekabine von Hose und T-Shirt zu befreien und dann – verkleidet als Königin des Sommers – in den Farben Rot und Gelb vor den Spiegel zu treten.

»Das ist ja wie für Sie gemacht!«, hatte die Verkäuferin gesagt. Obwohl Irene ahnte, dass dies einer ihrer Standardsätze war, fühlte sie sich bestätigt. Ja, dieses Kleid tat ihr gut. Es streichelte ihre Seele, es machte sie zuversichtlich und ließ sie hundertprozentig am Leben teilhaben. Es verlieh ihr eine neue Haut und ein neues Selbstbewusstsein. Kleider machten tatsächlich Leute. An diesem Sprichwort war was dran.

Auch heute noch war ihr graues Haar von fast schwarzen Strähnen durchzogen, und der Lippenstift, den sie auftrug, harmonierte mit der Jadekette und dem Kleid.

Vor dem Spiegel drehte sie eine Pirouette und lächelte sich an.

Dann dachte sie an Cindy und fühlte sich sofort albern und lächerlich. Sie war Rentnerin! Was dachte sie sich nur? Ein Blick auf die Uhr sagte ihr allerdings, dass es zu spät war, sich erneut umzuziehen. Was hätte sie denn jetzt noch anzuziehen gehabt? Die weiße Hose und das schwarze Top? Darin hatte Lorenz sie schon sehr oft gesehen.

Sie durfte ihn nicht länger warten lassen. Wenn sie jetzt nicht aufbrach, dachte er sicher, dass sie ihn bewusst versetzte.

Sie musste gehen.

Vermutlich saß er bereits unter einer mexikanisch angehauchten Dekoration und blickte auf die Zeitangabe seines Handys. Ihm jetzt noch eine Nachricht zu schicken, hatte keinen Sinn. Er würde den Absender erkennen und die Information aus Angst, es könne etwas Unangenehmes sein, einfach nicht öffnen. So war er.

Und genau darin waren sie sich sehr ähnlich. Auch sie würde in einer solchen Situation nicht ans Telefon gehen, weil sie Angst hätte, ihre Sehnsucht zu verraten oder gar ihre Enttäuschung zu zeigen. Die eingehende Nachricht konnte ja nur eine Absage sein.

Endlich saß sie in ihrem hellblauen Auto. Beim Einsteigen war ihr eine blaue Blüte entgegengefallen. Vermutlich hatte sie oben auf dem Parkplatz in einem niedrigen Busch mit Wegwarten gestanden und dabei den kleinen Blütenkranz mitgenommen. Er hatte die gleiche Farbe wie ihr blaues Auto. War das ein gutes Zeichen? Wegwarte ... Als Kind hatte ihr ein Erwachsener erzählt, die Pflanze sei nach wartenden Kammerzofen benannt worden, die am Wegesrand auf ihren Prinzen warteten.

Nein, Lorenz war kein Prinz. Er war ein netter Mann,

mit dem sie sich zum Essen verabredet hatte, und zwar mexikanisch. Mehr war das doch alles nicht. Warum machte sie sich solchen Stress?

Und überhaupt, sie war doch diejenige gewesen, die sich wochenlang nicht bei ihm gemeldet hatte und die er mit zwei Bildern wieder zu erobern suchte. Das Ölgemälde des Katers Bruno vor den leeren Räumen hing nun in ihrem Schlafzimmer, und zwar so, dass sie es beim Einschlafen und beim Aufwachen sah. Und wenn er ihr wirklich heute das Aquarell mitbrachte, so würde das im Passbrunner Büro einen Platz finden. Nun fuhr sie doch ein wenig schneller ... und freute sich.

33. Kapitel

Die blassblaue Blüte der Wegwarte lugte aus Irenes Handtasche und schien Lorenz nickend zu begrüßen. Der saß an einem runden Tisch und sah blinzelnd hoch. »Ach was, die Königin trägt ihre Zofe in der Handtasche spazieren. Das ist in der Tat sehr rücksichtsvoll.« Dann erst suchte er ihren Blick und begutachtete sie amüsiert von oben bis unten. »Welche Verwandlung! So habe ich dich noch nie gesehen.«

Irene wurde rot. »Ehrlich gesagt, ein bisschen fühle ich mich schon wie verkleidet. Aber zum Umziehen blieb keine Zeit mehr. Schau einfach nicht hin!«

»Doch, ich schaue gern hin. So kenne ich dich gar nicht. In Kleidern, die bunt und fröhlich sind. Genau das passt gut zu dir.«

Ungläubig starrte sie ihn an. Das war doch nicht sein Ernst! Wenn etwas überhaupt nicht zu ihr passte, dann waren es Begriffe wie bunt und fröhlich. Sie fragte besser nicht, wie viel Tequila er schon getrunken hatte, er, der doch sonst fast nie trank. Stattdessen legte sie den Stängel mit der schon schlappen blauen Blüte auf den Tisch. »Woher kennst du das Märchen von der Wegwarte?«, wollte sie wissen.

»Seit meiner Kindheit. Es soll auch die seltene weißblütige Wegwarte geben. Das ist dann die Braut. Aber gesehen habe ich noch nie eine Braut. Dabei soll deren Anblick Glück bringen. Oder sollte man sie küssen? Sie begegnen einem viel zu selten.« Unvermittelt wechselte er das Thema. »Und was macht euer Wasserrohrbruch?«

»Das wird schon irgendwie. Cindy managt alles, zusammen mit der Feuerwehr.« Ganz so stimmte das zwar nicht, aber es wäre zu kompliziert gewesen, alle Einzelheiten aufzuführen.

»Kater Bruno vermisst dich«, murmelte er mahnend.

»Aber er geht mir im Atelier sehr gut zur Hand. Neulich hat er alle Farbtuben vom Tisch gefegt, und ich musste sie endlich einmal wieder neu ordnen. Das wurde auch Zeit.«

»Bei den Pfahlbauten geht nichts von Hand. Die haben da spezielle Maschinen. Unter uns, die Maschinen sind nicht nur speziell, sie sind auch wahnsinnig laut. Aber das gehört wohl dazu.« Irene seufzte. »Klappern gehört zum Handwerk.«

Er sah sie an und schwieg.

Sie stellte die Wegwartenblüte in ihr Wasserglas. *Blumen wachsen einfach so,* dachte sie, *ohne diesen Prozess lärmend bekannt zu geben. Menschen dagegen müssen fast jede Aktion mit Getöse untermalen. Wieso eigentlich?*

»Bildermalen ist ein sehr ruhiges und sehr einsames Geschäft«, gestand Lorenz leise und wirkte dabei eigenartig traurig.

Irene ahnte, dass sie darauf hätte eingehen müssen. Es war seine Einladung zu einem Gespräch, aber eine merkwürdige Unruhe hinderte sie daran.

Sie hätte die Handwerker- und Feuerwehr-Truppe nicht allein auf dem Quellenhof lassen sollen. Wer wusste schon, was da alles passieren konnte? Und hatte sie nicht die Aufsichtspflicht? Ihr war zugleich bewusst, dass sie die ganze von Cindy losgetretene Aktion weder mit einem Wort noch unter Einsatz anderer Mittel aufhalten oder gar verhindern konnte. Wobei sie sich gleichzeitig fragte, welche Mittel das schon hätten sein sollen. Aber irgendetwas müsste sie doch eigentlich tun, anstatt in einem mexikanischen Lokal zu sitzen. Sie wippte auf ihrem Stuhl vor und zurück. Und dann brach es aus ihr heraus: »Die bauen da oben in den Innenhof Pfahlbaufundamente, acht insgesamt, und jedes davon ist ungefähr zwei Meter fünfzig mal siebeneinhalb Meter groß. Ich müsste eigentlich die Aufsicht führen.«

»Wow!« Er nickte nachdenklich. »Ein Bild mit einer solchen Grundfläche wollte ich schon immer malen. Aber ich fürchte, das passt nicht einmal in mein Atelier. Und wie um Himmels willen sollte ich eine gespannte Leinwand mit dieser Fläche die Treppe hochbringen? Dreiundneunzig Stufen!«

»Erst kommen mindestens fünf Meter lange Schrauben in den Boden, und auf denen wird dann eine Holzplatte befestigt. Auf die Platten werden dann morgen mithilfe eines Krans die Häuschen gesetzt. Also wenn die da oben in der Luft schweben, kommen die einem sicher nicht mehr wie Minihäuser vor.« Irene blickte zum wolkenfreien Himmel hinauf.

»Natürlich könnte man eine so große Leinwand auch erst im Atelier aufspannen«, dachte er laut weiter. »Das müsste möglich sein. Ich müsste oben den Rahmen bauen und die Leinwand aufspannen. Sie würde das ganze Atelier ausfüllen.« Kopfschüttelnd griff er nach seinem Glas und schob ihr die Speisekarte zu. »Andererseits bekäme ich das fertige Bild nie wieder aus dem Haus. Außer man würde den Dachstuhl anheben. Aber das wäre zu viel Aufwand und würde wochenlang dauern.«

Irene nickte geistesabwesend. »Die Tiny Houses werden schon morgen geliefert.«

»So eine Leinwand muss man natürlich erst bestellen. Aber ich wüsste schon, was ich darauf malen würde. Endlich mal Platz für alles!« Seine Augen leuchteten. »In den vergangenen Wochen ist mir bewusst geworden, dass die ganze Welt nur aus Licht und Schatten besteht. Und hinter den Schatten öffnen sich oftmals lichtdurchflutete Räume. Wenn man aber durch einen dieser hellen Räume schreitet, steht man unversehens wieder im Dunkeln.« Er klang sehr nachdenklich. »Wie groß sind deine Flächen?«

Irene stutzte. »Welche Flächen?«

»Die, auf die du deine Häuser stellen willst.«

»Ach, du meinst die Fundamente! Siebeneinhalb mal zweieinhalb Meter.«

»Wie ein Gartenhaus in etwa.« Lorenz schloss die Speisekarte und bestellte für sie beide eine Auswahl an gefüllten Tacos.

Dann betrachtete er Irene mit nachdenklichem Blick. »Vielleicht sollte ich mich auch in ein Gartenhaus zurückziehen und von sämtlichem Ballast befreien.«

»Du könntest bei uns probewohnen«, schlug diese vor. »Dann halte ich dir eins der Häuschen frei. Allerdings nur für dich und Bruno.«

»Nein, deine Katzen haben es nötiger als ich.«

Sie sahen sich an, und beiden wurde bewusst, dass sie die ganze Zeit aneinander vorbeigeredet hatten.

Irene senkte den Kopf. »Verzeih mir! In Gedanken bin ich wohl immer noch im Quellenhof.«

»Und ich im Atelier.«

»Wir sind wirklich ein schräges Paar.« Er sah sie an. »Gut, dass uns niemand belauscht. Das nächste Mal sollten wir vor dem Essen eine Stunde spazieren gehen, um unsere Köpfe füreinander frei zu machen.«

Irene stimmte ihm zu.

»Ich wollte dir doch ein Bild mitbringen. Hier ist es.«
Er reichte ihr ein sorgfältig eingewickeltes Päckchen.

In zehn Tagen würden sie sich zunächst am Flussufer treffen. Darauf hatten sie sich nach vielem Hin und Her geeinigt. »Damit wir uns langsam aufeinander zubewegen«, hatte Lorenz gemeint.

Als Irene an diesem Abend erschöpft vom Leben heimkam, blinkte ihr Anrufbeantworter, und sie drückte mit zitternden Fingern auf den Wiedergabeknopf. Hoffentlich war in Passbrunn nichts passiert. Zunächst kam ein vorsichtiges Räuspern und dann glücklicherweise Lorenz' Stimme, bei der Irene augenblicklich aufatmete. »Wir sollten uns regelmäßiger treffen, dann gehen wir auch entspannter miteinander um und überhaupt: Die Farben Rot und Gelb stehen dir ausgezeichnet. Bis bald. Am Ende war es ein schöner Abend. Danke!«

Vor dem Einschlafen betrachtete Irene das an der Wand hängende Ölgemälde mit Kater Bruno. Der Kater darauf sah sie vorwurfsvoll an, wirkte traurig und verloren in einem gespenstisch kahlen Raum. Das musste anders werden! Es war an der Zeit, dass Lorenz seine Räume füllte, die des Katers und auch seine ganz privaten. Zumindest ein bisschen. Und vielleicht fand sich da ja auch noch ein Eckchen für sie.

Sie lagen in dem großen einstigen Wirtshausgarten nebeneinander in Liegestühlen, jeder mit seiner Katze auf dem Schoß. Über ihnen wölbte sich ein klarer nächtlicher Sternenhimmel. In der Straße war es ungewöhnlich still. Oder kam es Regina nur so vor? Ihre Katze Luna schnurrte, aber Kater Nelson auf Eckehardts Bauch übertönte sie ... wie immer und bei allem. Nelson aß schneller und lauter als Luna, und wenn er das Katzenklo betrat, war sein Scharren noch drei Straßen weiter zu hören. Luna dagegen hielt sich mit allen Geräuschen vornehm zurück.

Das Vibrieren ihrer Katze übertrug sich auf Reginas Körper, und sie spürte, wie sie sich langsam entspannte. Sie hatte sich mal wieder viel zu viele Sorgen gemacht. Aber ihr war auch bewusst geworden, wie viel Eckehardt ihr bedeutete.

»Hast du gewusst, dass Rosa Rose in unserer Straße wohnt?«

Er warf ihr einen kurzen Blick zu. »Nein. Wer ist das? Ich kümmere mich nicht um meine Nachbarn.«

»Sie hat früher als Hebamme gearbeitet und ist schon sehr alt. Ich habe sie heute kennengelernt. Sie brauchte meinen Rat.«

Unmittelbar darauf spürte sie richtig, wie es in Eckehardts Kopf zu arbeiten begann und dabei genau das Thema aufploppte, das ihn sowieso gerade am meisten umtrieb. »Meinst du, sie hat Nadja zur Welt gebracht?«

Regina linste in den Sternenhimmel und ließ sich mit ihrer Antwort Zeit. »Ich könnte mir vorstellen, dass sie viele vaterlose Kinder auf die Welt gebracht hat.« Betont gelassen griff sie nach ihrem Weißweinglas und beobachtete den Mann neben sich aus den Augenwinkeln.

»Hast du sie gefragt?«

»Nein. Deine vermutliche Tochter ist deine Baustelle. Da stelle ich keine unmöglichen Fragen. Frau Rose hat zudem ganz andere Sorgen. Sie fürchtet, dass ihre Katze sehr krank ist.«

Mit Inbrunst kraulte Eckehardt den Nacken seines Katers. »Ich will es gar nicht wissen. Erzähl mir bloß nichts von Krankheiten und erst recht nichts vom Sterben.«

Regina schwieg. Das war wohl der falsche Einstieg. Sie

hätte ihm gern von dem Chip erzählt, der hinter Minkas Ohr steckte, und von ihrem Verdacht, dass Minka jemand anderem gehörte als der Nachbarin. Meister Eckehardt mit all seiner Klugheit und Güte hätte vielleicht eine Idee gehabt, wie dieser Konflikt zu lösen sei. Aber heute beschäftigten ihn definitiv andere Dinge.

»Ich halte das kaum noch aus!«, sagte er plötzlich und zuckte so unruhig mit beiden Beinen, dass sein Kater Nelson das Weite suchte. »Morgen, morgen wissen wir's.«

»Genieß es doch!«, fuhr sie in einem Anflug von Gekränktheit fort. »Heute bist du noch ein freier Mann. Morgen schon könnte alles anders sein oder auch nicht.« Obwohl sie beschlossen hatte, die ganze Geschichte gelassen anzugehen, verletzte sie seine Ungeduld. Genügte sie ihm nicht? Jahrelang hatte er niemanden gehabt, dann war Nelson in sein Haus geschlichen, später Regina als Glanzpunkt in sein Leben gekommen; und nun wollte er auch noch ein Kind? Was käme danach? Das war ja wie beim Fischer und seiner Frau.

»Wird sie sich freuen, mich als Vater zu haben?«

Regina schwieg. Wie reagierte man auf eine solche Frage? Sollte sie etwa behaupten: *Ich jedenfalls freue mich, dich als meinen Mann zu haben.*

Nein, keinesfalls! Das wäre doch eine Steilvorlage für den Satz, vor dem sie sich am meisten fürchtete. *Ab heute musst du mich mit meiner Tochter teilen.* Aber genau das wollte Regina nicht.

Seit ein paar Tagen bezog er alles auf sich. Als wäre die ganze Welt eine Veranstaltung, die seinetwegen stattfand, und als wären alle, die ihm begegneten, Statisten in einem Theaterstück, das allein für ihn geschrieben worden war. Wie konnte er bloß auf den Gedanken kommen, dass ausgerechnet Rosa Rose Nadja Herzog zur Welt gebracht haben könnte? Dabei war ja nicht einmal klar, ob diese Nadja tatsächlich Teile seines Erbguts in sich trug. Vermutlich hatte sie nichts mit ihm gemein. Oje, die ganze Welt war ein Narrenhaus! Sie reckte sich. »Ich gehe schlafen. Morgen wissen wir mehr.«

34. Kapitel

So krank sah Nadja wirklich nicht aus. Wenn Doris Ott genau darüber nachdachte und dazu auch genauer hinsah, dann entdeckte sie keinen gravierenden Unterschied zwischen dem Äußeren ihrer Kollegin von Montag und Nadjas heutiger Erscheinung. Dabei hatte Nadja angeblich fiebrig im Bett gelegen.

Gestern, am Donnerstag, hatte sie sich dann wie immer an ihren Arbeitsplatz begeben, ein verhaltenes »Guten Morgen« geflüstert und so getan, als wäre alles in Ordnung. Nein, da hatte sie durchaus nicht wie ein Häufchen Elend ausgesehen, eher ausgeschlafen und entspannt. Aber was wusste man schon? Vielleicht hatte sie sich ausnahmsweise mal geschminkt. Doch bevor ein richtiges Gespräch stattfinden konnte, war Nadja angerufen worden, hatte unvermittelt alles liegen und stehen gelassen und gesagt: »Ich muss sofort zum Arzt.« Das war kurz nach neun gewesen, und den ganzen Tag über hatte sie sich nicht mehr blicken lassen und natürlich auch nicht angerufen, um Doris Entwarnung zu geben. Ging man so mit seiner Freundin um?

Doris ärgerte sich. Das hatte man nun von seiner Fürsorglichkeit. Aber sie war natürlich auch neugierig. Also klopfte sie mit dem Bleistift gegen den Computerbildschirm, sah wie in jenen Zeiten, als zwischen ihnen noch alles okay war, daran vorbei und wollte wissen: »Wie war es denn gestern beim Arzt? Du bist doch wohl nicht krank?« Dabei bemühte sie sich, so besorgt wie möglich zu wirken.

Und diese Nadja, anstatt zu sagen, was los war, lächelte geheimnisvoll. »Nein, das denke ich nicht.«

War sie etwa schwanger? Puh, das wäre ein Wunder. Innerhalb von drei Tagen wurde man nicht schwanger, und wenn, dann wusste man noch nichts davon. Und schon gar nicht so eine wie Nadja, die hatte ja nicht einmal einen Freund. Außerdem hatte Doris noch nie gehört, dass ein Arzt eine Patientin wegen guter Hoffnung zu sich einbestellte. Es ging also garantiert um eine schlimme Krankheit.

Also, im umgekehrten Fall ... Wenn beispielsweise Doris so todkrank gewesen wäre, dass ein Arzt sie persönlich anriefe, um sie darüber zu informieren, Doris hätte sich sofort an ihre einzige Freundin und Kollegin gewandt und sich bei der ausgeweint. Und dann wären alle Streitereien vergessen gewesen, und sie hätten sich trösten können.

Das alles war nicht fair. Nein, Nadja verhielt sich nicht fair. Wenigstens roch sie nicht mehr so penetrant. Nun ja, so wie Doris es beobachten konnte, waren der ja auch alle Katzen weggenommen worden. Selbst die vielen grauen und weißen Haare und gelegentlich sogar ganze Fellbüschel auf ihren dunklen T-Shirts und Leinenhosen oder Röcken waren inzwischen verschwunden. Doris wagte einen weiteren Versuch. »Ist es was Schlimmes? Hast du eine Diagnose gekriegt, die dir große Sorgen macht? Kann ich dir helfen?«

»Nein«, antwortete Nadja gelassen. »Nein, alles in Ordnung.« Dabei wies sie auf den Stapel von Anträgen in ihrem Posteingangskörbchen. »Dann will ich mal loslegen. Die müssen ja alle noch erfasst werden.«

»Ich kann dir was abnehmen«, bot Doris an.

»Nein, nein! Kein Problem. Ich bin ja schnell.« Und schon tippte sie los, ohne noch einmal aufzuschauen.

Doris biss sich auf die Unterlippe. Es war nicht zu fassen. Halbherzig machte sie sich an die Arbeit und schielte immer wieder auf die andere Schreibtischseite. Es konnte doch nicht sein, dass man jetzt gar nicht mehr miteinander sprach! Okay, sie hatte das mit den Katzen beim Tierheim gemeldet, aber wenn Nadja wirklich so todkrank war, dann war es ja auch für die Tiere das Beste, wenn sie ein neues Zuhause fanden. Eigentlich schrecklich, so todkrank zu sein und das alles auch noch tapfer ertragen zu müssen.

Von plötzlichem Mitleid erfasst, fragte Doris um die Mittagszeit: »Gehst du mit mir in die Kantine? Heute ist Freitag, da gibt es Fischstäbchen.« Das war doch wirklich ein Friedensangebot.

»Nein.«

»Aber du musst doch was essen!«

»Ich hab keinen Hunger.«

Doris erschrak. Das war ganz klar der Beweis für eine schwere Krankheit, und sie suchte erneut in Nadjas Aussehen nach verräterischen Anzeichen. Die aber deutete nur auf ihren Arbeitsstapel und schlug mit ungeahnter Bösartigkeit vor: »Wenn ich nicht mit dir dort auftauche, könntest *du* dich doch mal zu Elmar setzen.« Als wüsste sie nicht, dass Doris schon seit Jahren sehnsüchtig darauf wartete, dass Elmar sich zu *ihr* setzte. Stattdessen zwinkerte er ihr nur gelegentlich mal zu.

»Dann sieh eben zu, wie du allein klarkommst!«, fauchte Doris unvermittelt und rauschte in Richtung Kantine davon.

Nadja legte sich ihr Handy dicht neben die Tastatur. Bald würde sie angerufen werden. Sie lächelte.

Bereits um sechs Uhr am Morgen hatte Eckehardt an diesem Freitag zum ersten Mal in seiner Arztpraxis angerufen und war gleich darauf empört ins Erdgeschoss und in Reginas Schlafzimmer gestürzt. »Da ist niemand! Wie kann das sein?«

»Es ist doch noch viel zu früh.« Regina gähnte, reckte sich, streichelte Luna, die am Fußende ihres Betts zu schlafen pflegte, griff nach dem bodenlangen seidenen Hausmantel, den Eckehardt ihr zum Einzug geschenkt hatte, und ging in die Küche. Es hatte aufgehört zu regnen. Der Morgen war vielversprechend, und der Garten erstrahlte in neuem Glanz, als wären jedes Blatt und jede Blüte über Nacht geputzt worden.

Ihr Eckehardt jedoch starrte weiterhin finster auf sein Handy. »Das kann doch nicht sein, dass da niemand ist!«

»Die fangen frühestens um halb acht an.«

»Ich will es aber jetzt wissen!« Er stampfte mit dem Fuß auf. Manchmal war er wirklich wie ein kleiner Junge.

Sie ging auf ihn zu, umarmte ihn mit dem rechten Arm und schaltete mit der linken Hand den Kaffeeautomaten ein. »Nur Geduld!«

»Genau das habe ich nicht.« Er setzte sich an den Tisch und versuchte es erneut. Es war genau Viertel nach sechs. »Immer dieser Anrufbeantworter! Eine Unverschämtheit! Da will man einmal etwas von seinem Arzt, und dann so was.«

»Was sagt denn der Automat? Ab wann ist die Praxis besetzt?« Sie briet eine Scheibe Speck in Butter an.

»Von neun bis zwölf, und heute Nachmittag haben die schon Feierabend.« Er schüttelte den Kopf. »Also quasi gar nicht.«

Sie betrachtete ihn. Er wirkte unendlich erschöpft. »Wie

hast du denn geschlafen?«, fragte sie vorsichtig und wusste im gleichen Moment, dass das die falsche Frage war.

Er brauste auf. »Überhaupt nicht!«

»So siehst du auch aus! Schau, ich mache uns ein schönes Frühstück.«

»Ich kann nichts essen!« Wütend starrte er auf sein Telefon. Aber das konnte nun wirklich nichts dafür.

Regina setzte sich mit einem aufgeschäumten Milchkaffee an seine Seite und schob auch ihm eine Tasse zu. Sie fühlte sich eigenartig hilflos. Aber es musste raus. Bestimmt war jetzt der falsche Moment, aber möglicherweise gab es auch nie den richtigen Moment für eine solche Frage. Sie sah ihn an. »Möchtest du denn, dass sie deine Tochter ist?«

Er holte ganz tief Luft, dachte ungewöhnlich lange nach und nickte verhalten. »Ja, das wäre schön.«

Jetzt war es Regina, die fast den Atem anhielt und vorsichtig fragte: »Und was würde dadurch anders?« Ihre Hände waren plötzlich eiskalt. Sie fürchtete sich vor seiner Antwort.

»Ich würde ihr Leben ändern.«

»O Gott!« Das war das Letzte, womit Regina gerechnet hatte. Sie hatte befürchtet, er würde das Haus erneut umbauen, und zwar so, dass für sie und Luna kein Platz mehr wäre. Fassungslos schüttelte sie den Kopf. »Du willst *ihr* Leben ändern, bevor du es überhaupt kennst?«

»Vielleicht doch nicht. Was meinst du?«

»Schau es dir doch erst einmal an! Das Leben deiner fremden Tochter ... Wenn sie es denn ist.«

Resolut deckte sie den Tisch, schlug ein Spiegelei über den brutzelnden Speck, und schon aß er mit Heißhunger und großem Appetit.

»Alles wird gut«, versprach sie und griff nach seiner Hand.

Er nickte, hilflos lächelnd. »Wenn du das so sagst …«

Als Paul an diesem Morgen um sieben Uhr mit seinem Fahrrad die Straße zum Quellenhof hochradelte und schon von Weitem die Kranwagen entdeckte, wurde ihm bewusst, dass er Nadja gestern nichts von Cindys Pfahlbauten erzählt hatte. Das abendliche Telefonat hatte sich neben der Kirschblütenkatze Kami vor allem um Nadjas vielleicht wiedergefundenen Vater gedreht.

Kami war an diesem Nachmittag auch dem Meister Eckehardt vorgestellt worden. Diesem großen und hageren Mann, der sich in alles einmischte und glaubte, alles kaufen zu können. Jetzt also wollte er sich eine erwachsene Tochter kaufen, und Nadja merkte es nicht einmal. Gut, dass das nicht allein von seinem Wunsch, sondern stattdessen von genetischen Übereinstimmungen abhängig war. Manchmal war das Leben ja doch gerecht. Kami hatte Eckehardt Lüthus' Hand geschleckt. Mit Paul war sie nie so vertraut gewesen.

»Sag mal, er war doch derjenige, der am Montag deine Wohnung geentert und alle Katzen mitgenommen hat.«

»Das stimmt, aber du warst ja auch dabei. Sogar schon am Sonntag, zusammen mit Frau Thannberg. Und da hast du mich nicht gewarnt. Ich finde alles gut, so, wie es ist.«

Sie klang nicht vorwurfsvoll, dennoch hatte er sich bemüßigt gefühlt, alles zu erklären. »Wir alle wollten nur das Beste. Für dich und für deine Schätzchen. Die Katzen wären auf Dauer in deinen drei Zimmern neurotisch geworden. Noch wähnten sie sich in einer Tierpension, was ihnen vertraut ist. Aber nach kurzer Zeit hätte es Grabenkämpfe gegeben, auch um deine Gunst. In der kleinen

Population deiner Vierbeiner wären einige zu Tätern und andere zu Opfern geworden.«

»Mag sein«, hatte sie zugegeben. »Du kennst dich da sicher besser aus. Wenn ich so darüber nachdenke, so hat sich letztendlich doch alles zum Guten gewendet. Das hätte ich am Montag in meiner Verzweiflung nie gedacht. Wie geht es denn meinen Fellnasen? Hast du was von ihnen gehört?«

»Klar, denen geht es bestens!« Paul staunte nicht schlecht darüber, wie flott ihm die Lüge über die Lippen kam. Andererseits: Er hatte die Katzenbesitzer freudestrahlend mit ihren Vierbeinern gesehen und vor allem bemerkt, dass die Spendenbox fürs Tierheim nach dieser Aktion proppenvoll gewesen war. Das war ganz klar ein Zeichen für Dankbarkeit.

Kurz bevor sie auflegte, hatte sie dann das Wichtigste gesagt. »Wir haben heute eine Speichelprobe abgegeben. Sobald die Ergebnisse vorliegen, weiß ich, ob ich mich über einen Herrn Papa freuen darf oder nicht.«

Wenn Paul so zurückdachte ... er hatte sich nie so richtig über seinen Herrn Papa freuen können. Das lag sicher auch daran, dass der so gut wie nie zu Hause gewesen war und Pauls Mutter ihn wie eine Bedrohung vor ihm und seinen Geschwistern aufgebaut hatte. *Wenn ich das eurem Vater sage, dann setzt es aber eine Tracht Prügel, die sich gewaschen hat. Ihr könnt froh sein, wenn ich ihm das nicht verrate.*

»Kami liegt schon in meinem Bett«, hatte Nadja geflüstert und ihm eine gute Nacht gewünscht.

Genau in diesem Augenblick war Paul klar geworden, dass er so gern wie diese Kirschblütenkatze in Nadjas Bett gelegen hätte und sich nichts sehnlicher wünschte, als neben Nadja einzuschlafen. Er kannte ihr Schlafzimmer.

Es hatte ein Ost-und ein Südfenster sowie eine schmale Tür, die zum Balkon führte. Ein Zimmer, das etwas von einem Zuhause hatte.

Der Quellenhof dagegen war an diesem Tag kein Zuhause, sondern eine lärmende Katastrophe.

Er schloss sein Fahrrad ab und hielt sich gleich darauf beide Ohren zu. Doch selbst dann hörte er noch Cindys Befehle. Die Weißwurst schien zur Höchstform aufgelaufen zu sein. »Vorsicht! Achtung! Jetzt noch einen Zentimeter nach rechts!« Sie kreischte aus voller Kehle. Neben ihr stand Simon, der eigenartigerweise völlig vernarrt in sie war, und schien ihr jene Anweisungen zu geben, die sie dann lauthals über den Hof brüllte. Bei jedem neuen Kommando, das Cindy erteilte, nickte er gleichermaßen stolz wie zufrieden.

Paul bemerkte Irene, die blass und angespannt in der Tür zum Foyer stand. Noch immer mit geschützten Ohren, trat er an ihre Seite. Zwischen zwei Befehlen hörte er sie seufzen: »Was haben wir uns da nur angetan!«

»Ich hoffe, nur Gutes.« Er wusste nicht, wie er sie trösten sollte.

»Um zwei kommen die Häuser«, erklärte sie. »Und dann stehen sicher auch die Fundamente. Doch zu welchem Preis?«

Paul hob die Schultern. »Du hast es ihr aufgetragen.«

»Das stimmt. Nur, wer soll das alles bezahlen?«

»Ach komm! So schlimm wird es schon nicht werden«, log er, denn insgeheim befürchtete er das Schlimmste.

Andererseits ... irgendwie kamen sie da schon wieder raus. »Ich finde, du solltest die Rechnung abwarten und dann in aller Ruhe mit Edda darüber reden. Die ist ja übermorgen schon wieder hier.«

»Was für eine Woche!« Irene verdrehte die Augen.

»Das kann man wohl sagen.« Für sich aber dachte er: *Es war eine gute Woche. Wir haben zehn Katzen befreit, und dabei habe ich etwas verloren. Etwa mein Herz?* Ja, so war es wohl.

35. Kapitel

So hatte sie ihn noch nie erlebt. Unruhig zog er durch Haus und Garten, rannte die Treppe hoch in sein Studier- und Wohnzimmer, stürzte Sekunden später schon wieder nach unten, um nach Regina zu sehen, stellte sich neben sie und aktivierte sein Handy, als brauche er sie als Zeugin eines Telefonats. Auch sie sollte hören, was man ihm in der Sprechstunde sagte: »Nein, die Ergebnisse kommen frühestens um die Mittagszeit.«

»Ja wissen die denn nicht, mit wem sie es zu tun haben?«

Regina hätte ihm am liebsten gesagt, dass er sich mit Geld keinen Zeitraffer kaufen konnte und dass er sich in Geduld üben müsse. Aber sie schwieg und merkte zugleich, dass sie sich nicht auf ihre Arbeiten konzentrieren konnte, wenn er dauernd neben ihr auftauchte. Dabei wollte sie heute die selbst angebauten grünen Bohnen ernten, sie blanchieren und einfrieren. Aber nicht mit diesem Unruhegeist neben sich!

»Bevor du dich zu Tode langweilst ...«, schlug sie nun behutsam vor, dabei langweilte er sich doch gar nicht, er stand nur total unter Strom, »... könntest du mir die Mirabellen vom Baum holen. Du bist ja um einiges größer als ich, und außerdem liebst du meine Mirabellenmarmelade.«

Er schüttelte sich, als hätte sie ihm einen Eimer Wasser ins Gesicht gekippt. »Haus- und Gartenarbeit? Niemals!

Wir hatten doch ausgemacht, dass du das allein übernimmst, weil du das ja auch gern tust. Ich habe mich wirklich um Wichtigeres zu kümmern.«

Als wäre Essen und Ernte nicht wichtig. Nein, mit diesem Mann war heute nichts anzufangen.

Kaum kniete sie im Beet und pflückte die selbst gezogenen Bohnen, schon stand er wieder hinter ihr. »Es ist bereits halb zehn, und die haben immer noch nichts.«

Regina gab sich betont gelassen. »Das liegt sicher daran, dass halb zehn noch nicht die übliche Mittagszeit ist.«

»Ach, du mit deiner Besserwisserei!« Er stakste von dannen.

Was für eine schwierige Geburt, dachte sie, obwohl das Kind längst auf der Welt war.

Nein, hier vor seiner Nase zu bleiben hatte keinen Sinn.

»Ich schaue mal drüben bei Frau Rose vorbei!«, rief sie Meister Eckehardt zu, der gerade in seiner Beletage aus dem Fenster sah, das Telefon noch immer in der Hand. »Sie wohnt fast nebenan und kennt sich aus mit neuen Kindern. Sie war schließlich Hebamme.«

»Was soll das denn?« Kopfschüttelnd sah er ihr zu, als sie sich die erdigen Hände an ihrem T-Shirt und an der Arbeitshose abstreifte.

Bloß nicht noch mal ins Haus gehen!, dachte Regina. *Bloß dieser Nervensäge nicht noch mal über den Weg laufen!* Hoffentlich hatte diese Ungewissheit bald ein Ende. Dieser Mann war ja heute schlimmer als zehn quengelnde Kleinkinder!

Sie kam durch den Garten und betrat mit leisen Schritten Rosa Roses Terrasse. Die Tür zum Wohnzimmer stand offen, und die alte Dame saß – in verschiedene Grautöne gekleidet –kerzengerade auf einem rot gepolsterten Gartenstuhl im Halbschatten.

»Wen höre ich da?«, wollte sie mit dünner Greisinnenstimme wissen.

Regina klopfte von außen leicht an das Glas der geöffneten Terrassentür. »Ich bin's, Regina, Ihre Nachbarin. Wie geht es Ihnen heute?«

»Bestens! Agneta hat mich gerade hierhergesetzt. So höre ich die Vögel zwitschern und rieche den duftenden Garten. Dabei stelle ich mir vor, dass gestern jedes Blütenblatt vom Regen geputzt und vom Nachtwind getrocknet wurde. Setzen Sie sich doch zu mir, bitte!«

»Gerne.« Regina nahm sich einen weiteren roten Gartenstuhl. Der war zwar nicht ganz so bequem wie der auf der heimischen Terrasse, aber dafür herrschte hier eine entspannte und wohltuende Ruhe. Und genau die brauchte sie.

»Sehen Sie Minka?« Die alte Dame klang angespannt. »Gerade saß sie noch auf meinem Schoß, aber dann ist sie plötzlich auf und davon. Minka!«, rief sie nach der Katze.

Regina ließ die Blicke durch den Garten schweifen. Was für ein Glück, dass Rosa Rose den Zustand ihres Gartens nicht sehen konnte!

»Gefällt Ihnen meine Blumenpracht?«, wollte die alte Dame wissen.

Regina log: »Ja, alles ist wunderschön, ein wahres Blütenmeer.«

Tatsächlich aber war das Fleckchen Erde von Unkraut überwuchert, und der Rasen hatte in dieser Saison noch keinen Mäher gesehen. Die Blumen waren verblüht und geknickt, niemand band die Klematisranken hoch, und das Geißblatt hatte sich vom Rankgerüst gelöst.

»Haben Sie einen Gärtner?«, fragte Regina überflüssigerweise, aber genau diese Frage erweckte den Eindruck, dass die Besucherin über einen absolut perfekten Garten staunte.

»Nein, aber ich habe Agneta gebeten, sich darum zu kümmern, wenn sie Zeit hat.«

Offensichtlich hatte Agneta noch keine Zeit gehabt.

»Da kommt ja Ihre Katzenprinzessin, und schon sitzt sie vor Ihnen und schaut zu Ihnen hoch.«

»Minka, Minka.« Lockend schlug die alte Dame mit der flachen Hand auf ihre knochigen Oberschenkel.

Vielleicht sollte sie ein Kissen unterlegen, dachte Regina fürsorglich. *Welche Katze ruht schon gern auf Haut und Knochen – so dünn, wie das Frauchen ist.* Aber Minka sprang hoch. Sie hatte erkennbar genug an eigenem Polster.

»Wie geht es Ihrem Mann?«, fragte die Nachbarin. »Meine Nichte, mit der ich jeden Tag telefoniere, kennt ihn. Er wird als Held gefeiert, weil er mit einer einzigen Aktion zehn Katzen gerettet und ihren Besitzern zugeführt hat. Zwei dieser Katzen wohnen nämlich bei ihr nebenan. Daher weiß sie das alles.«

»Es geht ihm ganz gut.« Regina hörte sich selbst seufzen. »Er erwartet einen wichtigen Anruf, sonst wäre er bestimmt mitgekommen. Als Nachbarn sollte man sich doch kennen.«

»Männer können nicht gut auf etwas warten«, wusste die ehemalige Hebamme. »Vor allem nicht vor dem Kreißsaal. Da rennen sie unruhig auf und ab. *Wieso dauert das so lange? Läuft alles nach Plan? Wann kann ich das Baby sehen?* Als wäre nicht jede Geburt ein kleines Wunder für sich.«

»Wie schön Sie das sagen!« Die kinderlose Regina wurde fast wehmütig. Dieses kleine Wunder war ihr verwehrt geblieben. Dafür stand ihr bald ein großes – wenn nicht sogar ein blaues – Wunder ins Haus, falls Eckehardt auf seine alten Tage fünfzig Prozent seines Erbguts wiederfinden sollte.

Sie verdrehte die Augen und seufzte aus tiefster Seele. Hoffentlich ging alles gut! Und dann kam ihr eine Idee. Sie beugte sich zu der grau gekleideten Dame vor. »Können Sie sich noch an alle Kinder erinnern, die Sie auf die Welt geholt haben?«

»Erinnern nicht. Aber ich habe jedes neue Leben in einem großen Buch dokumentiert, falls ich mal was nachschauen will. Und jetzt bin ich blind und kann nicht mehr darin lesen. Welche Ironie!« Sie streichelte die Katze auf ihrem Schoß und schüttelte den Kopf. »Alles habe ich aufgeschrieben, Tag und Stunde, und dann – wenn ich sie bekam – die Geburtsanzeige mit dem Babybild dazu. Auch wenn mir etwas an den Eltern auffiel oder eine bestimmte Bemerkung gemacht wurde … alles, was meine Erinnerung wieder in Gang setzt. Aber jetzt … wie auch immer, ich habe den Beruf vor zwanzig Jahren aufgegeben.«

Regina rechnete. Wenn sie Glück hatte, war auch Nadja von Rosa Rose auf die Welt gebracht worden. »Ich könnte Ihnen aus dem Buch vorlesen. Mich interessieren solche Geschichten. Haben Sie das Buch noch?«

»Ich denke, schon.«

Regina kam zu ihrem eigentlichen Anliegen. »Es gibt da eine Frau, über die ich gern mehr wüsste. Vielleicht können Sie mir etwas über die Eltern erzählen. Die Frau ist nun Mitte dreißig, und wenn ich mich recht erinnere, hieß ihre Mutter Martha Herzog. Das Kind wurde dann Nadja genannt.«

Rosa Rose zog die Stirn kraus und murmelte den Namen *Martha Herzog* vor sich hin. »Martha, Martha, ja, da klingelt was bei mir. Der Name war damals schon unmodern. So viele Marthas gab es wohl nicht.«

»Oh, das lässt mich hoffen!«

»Aber wo könnten die Alben sein?« Frau Rose senkte den Kopf und dachte nach. »Sie könnten im Wohnzimmer liegen. Steht da noch das große Büfett mit den zwei Schubladen in der Mitte?«

Regina stand auf und warf einen Blick ins Innere des Zimmers. »Dunkles Holz und mit Glasscheiben im oberen Teil?«, fragte sie.

»Genau, und entweder sind die Bände in einer der Schubladen oder unten hinter den Türen. Möglicherweise sogar ganz hinten, hinter dem Geschirr.«

»Darf ich nachschauen?«

»Natürlich! Ich bin selbst schon ganz neugierig. Die Alben sind, so glaube ich, dunkelblau und mit Sternen übersät. So, wie früher Fotoalben waren. Und zwischen den Seiten liegt jeweils ganz dünnes Seidenpapier, damit die Bilder nicht aneinanderkleben.«

Auf Zehenspitzen betrat Regina das Wohnzimmer. »Dann sehe ich mal nach.«

Bereits um sechs Uhr am Morgen war an diesem Freitag der Turmkran angeliefert und vor dem Flügeltor zum Quellenhof abgestellt worden. Gelangweilt saß der Kranführer in seiner gelben Kabine, rauchte eine Zigarette, las die Zeitung und nippte an dem Kaffee, den Irene ihm gebracht hatte. Die Hektik ringsum schien ihn nicht zu stören.

Vor allem der Hausmeister des Tierheims fühlte sich ganz in seinem Element und lief, wie Sophia es nannte, zur Höchstform auf. Meter für Meter war er die Straße abgeschritten, hatte nach möglichen Beeinträchtigungen gesucht und dann, am Ende des Wegs, die Zufahrt zum Quellenhof für Auto- und Radfahrer gesperrt. Auch hatte Ignatz, der sich nach einem Expertengespräch mit Simon Braun nur noch als *Facility Manager* bezeichnete, größte Bedenken, ob acht Lkw mit acht Minihäusern auf der Ladefläche überhaupt dort oben vor den Toren des Quellenhofs Platz hatten. »Nacheinander schon«, hatte Simon ihm versichert. »Aber dann ist es natürlich auch Ihre Aufgabe, dass die tatsächlich ein Häuschen nach dem anderen liefern.«

Simon Braun hatte seine Berufung zum Beruf gemacht. Er erwies sich als genialer Projektmanager.

Bereits am Vorabend hatte er Irene eine Liste mit jenen Punkten in die Hand gedrückt, die sie bis heute früh mit der Verkehrspolizei klären sollte, und aufmerksam hinter ihr gestanden, als sie mit den Ordnungshütern telefonierte.

Ebenso geduldig wie sie hatte auch er sich anhören müssen, dass es ja so nun wirklich nicht ging. So nicht! Befänden sie sich beispielsweise in einer Großstadt, so hätten sie diese Wünsche mindestens sechs Monate früher schriftlich einreichen müssen. »Aber hier, hier auf dem Land – mit uns kann man es ja machen«, jammerte der Polizist.

»Soll ich die Minihäuser wieder abbestellen und damit die großzügigen Spender vor den Kopf stoßen?« Irene klang reumütig und hilflos zugleich, sie war ein stimme-gewordenes schlechtes Gewissen.

»Wo sind die Dinger denn jetzt? Vielleicht kann man die Lieferung ja noch stoppen.«

Die hinter Irene stehenden Gesprächskontrolleure Cindy und Simon schüttelten unisono die Köpfe.

»Nein, ich glaub nicht«, antwortete Irene daraufhin

und linste hilflos zu Simon hinüber, von dem Zuversicht ausging. Währenddessen gab ihr Cindy mit Handzeichen zu verstehen, dass sie unbedingt weiterreden sollte. Also schluckte Irene und gestand noch eine Nuance kleinlauter: »Soweit ich weiß, befinden die sich schon auf einem Spezialtransporter und sind irgendwo auf den deutschen Autobahnen unterwegs. Wir kriegen ja Häuser aus verschiedenen Bundesländern.«

»Ein Unglück kommt selten allein!«, stöhnte der Polizist. »Okay, ich kümmere mich darum. Aber das nächste Mal sagen Sie uns mindestens sechs Monate vorher Bescheid.«

»Ich hätte auch gern sechs Monate früher von diesem Wasserrohrbruch gehört«, raunte Cindy dem nun stummen Telefon zu. »Was denkt der sich eigentlich? So einer muss doch spontan reagieren können!«

»So spontan wie du!«, strahlte Simon seine Mitkämpferin an. Irene hätte zu gern gewusst, was zwischen den beiden lief. Cindy ließ tatsächlich zu, dass dieser Mann, dem sie noch vor fünf Tagen aus dem Weg gegangen war, mit ihr flirtete, und sie flirtete sogar zurück.

36. Kapitel

Gleich nach dem ersten Verbindungston seines geschätzt hundertsten Anrufs meldete sich die Sprechstundenhilfe der Praxis nicht, wie noch am frühen Morgen, mit dem Namen des Arztes oder einer freundlichen Begrüßung, sondern empfing ihn mit einem strengen Satz: »Die Ergebnisse sind noch nicht da.« Im gleichen Atemzug machte sie ihm aber einen Vorschlag: »Ich kann Sie auch zurückrufen, sobald sie uns vorliegen.«

»Nein, nein ... Ich melde mich wieder.« Eckehardt tippte sich an die Stirn. Das fehlte gerade noch, dass ausgerechnet er in eine Warteschleife abgeschoben wurde! Er traute dieser burschikosen Frau sogar zu, dass sie die Ergebnisse las und erst einmal mindestens vier lange Minuten liegen ließ, weil sie deren Wichtigkeit nicht begriff.

Mittlerweile war es ihm schon fast egal, was bei dem DNA-Abgleich herauskam. Hauptsache, er wusste Bescheid. Die Freude darüber, dass er möglicherweise eine Tochter hatte, wich im fliegenden Wechsel mit der Erleichterung, dass er einer Illusion aufgesessen war und kein leibliches Kind hatte. Mit einer Tochter schließlich musste man sich auseinandersetzen, sich um sie kümmern, sie als Erbin einplanen, sich um ihren Lebensweg und ihr Verhalten Sorgen machen. Und was war das überhaupt für eine Frau, die hilflose Katzen entführte?

Dieses kriminelle Verhalten konnte nur auf das Erbgut

von Martha Herzog zurückzuführen sein, deren radikale fünfzig Prozent gnadenlos die guten Anlagen aus dem Hause Lüthus platt gemacht hatten. Ein Drama! Und wie sollte man das jemals in den Griff bekommen oder zumindest ein wenig im Zaum halten können?

Wäre es überhaupt möglich und auf irgendeinem Weg zu schaffen, dass nur noch Eckehardts brillantes Erbgut die Oberhand gewann? Bräuchte es dazu eine langwierige und kostspielige Psychotherapie? Zahlte so etwas die Krankenkasse? Wer wusste schon, was Martha an seinem Kind alles angerichtet, vernichtet und wegerzogen hatte.

So viele Fragen und eine solche innere Unruhe. Noch dazu war die Frau, die ihm eigentlich zur Seite stehen sollte, nicht greifbar. Typisch! Dabei hätte er ihr zu gern seine neueste Erkenntnis über sich selbst mitgeteilt, die da lautete: *Mit Ungewissheiten kann ich überhaupt nicht umgehen.*

Irene hatte Kopfschmerzen. So langsam wurde ihr doch alles zu viel. Sie war es nicht gewohnt, täglich vierzehn bis sechzehn Stunden im Quellenhof und dann auch noch für alles verantwortlich zu sein. Zu gern hätte sie sich einfach mal für einen ganzen Nachmittag auf den Dachboden zurückgezogen, sich zu den Katzen gesetzt und dabei – so stellte sie es sich vor – zu sich selbst gefunden.

Alle ihre Schützlinge hatten bekommen, was sie angesichts der Umstände gerade brauchten. Die Katzen, Hunde, Pferde und Kaninchen schienen sich sorgenfrei ihres Lebens zu erfreuen. Alle in ihrer Umgebung fühlten sich wohl, nur sie war gestresst.

Sie beobachtete Paul, dem von Cindy – als Simons Sprecherin – aufgetragen worden war, die tags zuvor errichteten Fundamente auf Stabilität und Festigkeit zu überprüfen. Das war sichtbar ein Job ganz nach seinem Geschmack, und er konnte ihn allein erledigen. Mit sich selbst zufrieden, sprang er auf den Fundamenten auf und ab, markierte die Stellen, die noch etwas federten, und versah die einzelnen Fundamente wie ein Graffitisprayer mit dunkelroten Zahlen von eins bis acht. Wenn beim Aufbau diese Reihenfolge eingehalten wurde, stand keins der Tiny Houses den anderen im Weg, und es musste auch keins über das andere hinweggehoben werden. Hoffentlich hielt sich der Kranführer an diese Vorgaben, und hoffentlich besserte Simon rechtzeitig nach.

Cindy flanierte, mehr oder weniger weiß gekleidet, an der Seite ihres Projektmanagers über den Hof, und er gab ihr in allem recht, außer bei technischen Fragen, und das schien sie tatsächlich zu schlucken. Die zwei wirkten wie ein Prinzenpaar, welches das Tagwerk seiner Untergebenen begutachtet.

Tierpflegerin Sophia führte an diesem Freitagvormittag das alleinige Regiment in der Katzenetage unter den Dachschrägen, kämmte und fütterte die Samtpfoten und bereitete sie auf den Umzug vor. Hausmeister Ignatz stand unten an der Straße und führte dort ein hochkompetentes Expertengespräch mit den Verkehrspolizisten. Er hatte zudem eine Liste in der Hand, auf der die Autokennzeichen und die Namen der Fahrer standen, und war eisern entschlossen, nur jene durchzulassen, die sich bei Irene angemeldet hatten. Natürlich hätte er jeden Lkw mit einem Haus auf der Ladefläche durchlassen können. Die kamen ja nun wirklich nicht allzu häufig hier vorbei, aber das wäre vermutlich zu einfach gewesen. Ein *Facility Manager* musste schließlich beweisen, was in ihm steckte.

Sobald Edda wieder anwesend war, wollte Irene zu Lorenz fahren und einen ganzen Tag lang mit dem Kater Bruno verbringen. Vielleicht kam Lorenz ja dazu oder lud sie gar zu sich in sein Atelier ein. Dann würde sie ihm zuschauen, ebenso schweigend wie Bruno, während unter Lorenz' Händen ein Bild auf der Leinwand Gestalt annahm. Das waren gute Aussichten.

Gegen halb eins sah sie den ersten riesigen Lastwagen über die Staatsstraße kommen und dann – nach einer hausmeisterlichen Kontrolle – in den kleinen Weg zum Tierheim einbiegen. Ja, es war schon gut, dass Ignatz alles gesichert und die Straße geräumt hatte. Das Haus auf dem Anhänger war genauso breit wie der Weg zum Quellenhof. Das Dach des Minihauses kämpfte sich durchs Blätterdach der Buchenallee und knickte einige Zweige. Spaziergänger hätten sich hinter den Bäumen in Sicherheit bringen müssen.

Der Fahrer des Turmkrans verließ in aller Ruhe seine Kabine, stellte die Kaffeetasse in ein Beet mit orangefarbenen Ringelblumen, setzte sich demonstrativ Ohrenschützer sowie eine Brille auf und stieg in seine Steuerkabine zurück.

»Bitte zuerst Nummer eins«, sagte Paul und klopfte an die Kabinentür.

»Kein Problem. Ich kann zählen. Das erste kommt zur eins und dann so weiter, bis alle acht Fundamente bestückt sind. Okay?«

Der Arm des Turmkrans senkte sich und ließ einen überdimensionalen Karabinerhaken auf das Dach des Häuschens nieder. Dort stand breitbeinig und mit einem gelben Schutzhelm der Lastwagenfahrer, befestigte den Haken an dem Scheitelpunkt von sechs Eisenketten, gab ein Handzeichen, seilte sich über eine Strickleiter vom

Dach ab und baute sich als Zuschauer inmitten des Ringelblumenbeets auf.

In der Luft war das Minihaus gar nicht mehr so klein. Und so, wie es über allem schwebte, verdunkelte es fast den Himmel.

Irene stellte sich vor, dass die Katzen auf dem Dachboden neugierig an die Fenster tappten und ihr zukünftiges Zuhause begutachteten. Aber sie wusste natürlich, dass sich die Tiere angesichts der schrecklichen Unruhe eher versteckten, als gespannt zuzusehen.

»Nummer eins!«, rief Paul erneut, und da, wo das Fundament mit einer riesengroßen Ziffer *1* beschriftet war, standen jetzt auch schon Cindy und Simon, und die weiß gekleidete Frau fuchtelte mit beiden Armen in der Luft herum.

»Der weiß schon, was er macht«, beruhigte Simon seine Cindy, doch die gestikulierte weiter wie wild und wies auf den Platz, wo das noch schwebende Häuschen endgültig landen sollte. Wie eine Dirigentin sah sie aus, die die Welt neu ordnete, und genau das schien auch Simon gerade festzustellen. Als er ihr das sagte, strahlte sie vor Glück.

Unten auf der Hauptstraße rollte derweil schon das zweite Häuschen an, und Irene war froh, dass Hausmeister Ignatz dem Fahrer Einhalt gebot. Vermutlich verkündete er, dass es erst dann weitergehen könne, wenn der andere Lastwagen wieder unten sei. Das war das Vernünftigste, denn andernfalls hätten sich die Transporter beim Rangieren auf dem Parkplatz des Quellenhofs gegenseitig behindert.

Die Aktion zog sich über den ganzen Nachmittag hin. Aber dann stand dort tatsächlich ein Dörflein mit acht Häusern, alle aufs Feinste herausgeputzt, einige sogar mit

Vorhängen an den Fenstern. Der alles begutachtende Ignatz legte vor den künftigen Katzenvillen bereits Wege für Besucher an. »Am besten schütten wir die mit Kies auf!«, rief er Irene zu. Die nickte und dachte bei sich: *Das soll Edda entscheiden. Welch ein Segen, dass die bald wieder hier ist!*

Es hatte etwas Feierliches, als sie nach und nach ein Haus nach dem anderen betraten. Hinter Irene bestaunte Paul die perfekt eingerichteten Räume mit Bad, Schlafkoje, Wohnzimmer und Küche. »Da lässt es sich leben, und nicht nur für Katzen«, kommentierte er, während Sophia Kratzbäume und Schlafhöhlen für die zukünftigen Bewohner verteilte. Die Katzenklos sollten folgen, sobald feststand, welche Katze in welche Räumlichkeiten einzog. Cindy, mit Simon im Schlepptau, jubelte laut, sobald eine Tür geöffnet wurde. »Jetzt gebt aber ruhig mal zu, dass wir das super hingekriegt haben! Und ich sage euch, wenn ich da nicht so aufgepasst hätte … Wer weiß, was da alles hätte passieren können.«

»Ja, ist schon gut, Cindy.« Sophia verdrehte die Augen. »Jetzt komm endlich mal wieder runter!«

»Wieso? Ich und Simon, wir haben doch das Ganze hier gemanagt. Da wird man sich ja wohl freuen dürfen!«

»Aber die Rechnung, die soll Irene dann bezahlen?«, fuhr Paul dazwischen, dem offensichtlich gerade alles über die Hutschnur ging. Mit zusammengekniffenen Augen betrachtete er die Weißwurst. »Was kostet das Ganze eigentlich?«, fragte er streng.

Cindy suchte Simons Blick, und es war offensichtlich, dass sie log. »Ich hab's vergessen.«

Irene atmete tief durch. Ihre Angst vor Konflikten gewann die Oberhand, und sie beruhigte ebenso sich selbst wie auch die anderen. »Also, nun stehen die Häuser hier. Wir alle haben Großartiges geleistet. Zudem ist die Leihgabe günstig, da wir die Tinys drei Monate lang als Musterhäuser zur Besichtigung freigeben. Bleibt bitte cool!«

»Und was ist mit den Fundamenten?« Sophia brachte baldriangetränktes Spielzeug in einer lilafarbenen Katzenhöhle unter. »Die gab's ja wohl auch nicht umsonst.«

Cindy wand sich. »Okay, billig waren die vermutlich nicht. Aber wenigstens standen sie zur rechten Zeit am rechten Ort. Außerdem kann man sie hier wieder abbauen und woanders aufstellen. Nur deshalb habe ich mich dafür entschieden.«

»Genau.« Irene stellte sich zwischen die streitenden Parteien und hoffte inständig, dass Cindy nicht log. So, wie sie es jetzt sagte, klang es nicht nach Unsummen.

»Wir sollten uns nun erst einmal über diese Lösung freuen. Ich will gar nicht daran denken, welche Konsequenzen unser ursprünglicher Plan gehabt hätte, alle Katzen dreißig Kilometer weit entfernt in einer vielleicht undichten Scheune unterzubringen.«

»Eine Katastrophe!« Sophia hielt sich die Hand vor den Mund.

»Eben! Und diese Katastrophe habe ich abgewendet!«, jubilierte Cindy, und Simon strahlte sie an. »Du bist so toll!«

Paul und Sophia verdrehten die Augen, und auch Irene schüttelte den Kopf. Was zu viel war, war zu viel. »Am Sonntag ist Edda wieder hier. Am besten beichtest du ihr dann deine Schulden. Mach also rechtzeitig eine Kostenaufstellung! Ich fürchte nämlich, dass sie diese ganze Aktion nicht aus der Portokasse bezahlen kann.«

»Ach was, aber du hast es mir doch aufgetragen! Und wenn du sowieso schon eine Werbekampagne für diese

Häuschen machst, dann starte doch am besten gleichzeitig eine Spendenaktion oder nimm gleich Eintritt!«

Irene sah, wie Simon vor Bewunderung erstarrte. »Genial!«, murmelte er. »Du bist ein unerschöpflicher Quell fantastischer Ideen.«

»Was hast du denn gedacht?« Cindy bedachte ihn mit einem Hauch von Hochnäsigkeit.

Stolz griff er nach ihrer Hand. »Meine Mutter wird von dir begeistert sein.«

Da war sich Irene nicht ganz so sicher.

37. Kapitel

Regina setzte sich mit dem kunstledernen Fotoalbum aus den Jahren 1984 und 1985, dessen Einband so abgegriffen war, als hätten Generationen von Hebammen darin geblättert und gesucht, neben Rosa Rose auf den Gartenstuhl. »Wie sollen wir vorgehen?«, fragte sie. »Ich habe mehrere Alben gefunden. Das Vierundachtziger und das Fünfundachtziger liegen auf meinem Schoß.«

»Ein Kind nach dem anderen«, sagte die alte Dame und streichelte ihre Katze, die laut zu schnurren begann. »Das erste Baby, das ich in die Welt hereinholte, müsste inzwischen Rentner sein«, erinnerte sie sich lächelnd. »Es war ein Junge, und er bekam den damals noch völlig unbekannten Namen Kevin. Später, in den Neunzigerjahren, hieß ja jeder zweite so. Egal, *mein* Kevin war ein Vorreiter. Aber Sie suchen ja nach einer Frau.«

Regina nickte. »Und zwar nach einer Frau zwischen fünfunddreißig und achtunddreißig Jahren. Sie selbst behauptet von sich, fünfunddreißig zu sein, aber wir wissen ja selbst, wie das ist. Gerade in diesem Alter machen wir uns gern jünger, als wir sind.«

»Damit können wir alle männlichen Babys überspringen«, dachte die Hebamme laut, statt auf Reginas Gedanken zur weiblichen Altersflunkerei einzugehen. Sie rechnete zurück. »Dann beginnen Sie doch bitte mit dem Jahr

1984.« Sie seufzte. »Damals war ich erst vierzig und stand in der Mitte des Lebens. Und nun ...«

»Nun dürfen Sie sich ausruhen, das haben Sie sich verdient«, sagte Regina etwas zu schnell. Sie fürchtete sich vor Sentimentalitäten.

»Papperlapapp! Nun bin ich auf dem Weg in die Ewigkeit. Ich gehe dorthin zurück, wo wir alle hergekommen sind. Das war mir immer klar.« Sie klang eigenartig ärgerlich, und die Katze Minka hüpfte von ihrem Schoß und verzog sich in den unkrautüberwucherten Garten.

Regina schwieg. Schweigen hatte sie im Zusammenleben mit Meister Eckehardt gelernt. Einfach eine Zeit lang nichts sagen, so tun, als wäre alles in Ordnung, während ihr Gegenüber sich langsam wieder beruhigte.

»Egal«, sagte die Blinde. »Wir nehmen die Jahre zwischen 1984 und 1990. Und für diesen Zeitraum brauchen wir ja auch nur die Hälfte der Einträge in Augenschein zu nehmen, denn Knaben interessieren Sie ja bei Ihrer Suche nicht. Pro Jahr hatte ich etwa dreißig bis vierzig Neuankömmlinge.« Sie hörte sich stolz an.

»Dann haben Sie ja in dreißig Jahren mehr als tausend Kinder auf die Welt geholt!«

»Mindestens. Manchmal waren es auch Zwillinge.«

Die Einträge waren mit System angelegt. Als Erstes stand dort das Jahr, dann Monat, Tag und Stunde sowie die Minute der Geburt. Danach der Name des Neugeborenen. Schließlich hatte dessen Ankunft ja für diesen Eintrag gesorgt. Unter diesen Daten hatte die Dokumentarin Rosa Rose viel freien Platz gelassen, um im Nachhinein eine Geburtsanzeige aus der Zeitung oder ein Foto einzukleben. Fast immer war das geschehen. Nur die wenigsten Stellen blieben leer. Das hatte etwas Trauriges an sich, als hätten die Kinder kein Gesicht und keine Zukunft gehabt. Regina wurde bewusst, dass sie über diese Seiten besonders schnell hinwegblätterte. »Wenn ich es mir recht überlege«, gab sie zu bedenken, »dann muss ich ja nur nach dem Vornamen Nadja suchen. Jetzt heißt sie Nadja Herzog.«

Die Blinde nickte. »Egal, ob Mutter oder Tochter geheiratet haben, der Name Nadja ist auf jeden Fall geblieben. Suchen Sie doch einfach danach. Und wenn Sie es in diesen Jahrgängen nicht finden, ich habe alle Alben in diesem Büfett aufgehoben. Die anderen liegen dann in anderen Schubladen oder Fächern. Nadjas gab es damals nicht so viele. Vermutlich sind höchstens zwei oder drei der Mädchen so genannt worden.« Tastend und suchend legte die alte Dame beide Hände auf ihren verwaisten Schoß und fuhr dann mit ausgestreckten Fingern um ihren Stuhl herum. »Minka, wo steckst du?«

Regina entdeckte die Katze hinter einem wuchernden Lorbeerstrauch im verwilderten Garten.

»Ich sehe sie«, verriet sie. »Sie ruht sich auf ihren Lorbeeren aus.«

»Den Satz kenne ich!« Rosa klang verbittert. »Alle haben ihn zu mir gesagt, als ich in den Ruhestand ging. Aber die sogenannten Lorbeeren sind ganz schön kratzig und düster. Ich wäre lieber noch mal jung und ohne Lorbeeren.«

Regina schluckte. Sie wusste, dass Altwerden nicht einfach war, aber dass es so schmerzhaft war ... Und wie reagierte man am besten auf solche Bemerkungen?

»Genug des Jammerns!«, sagte die Hebamme nun und klang wieder munter. »Blättern Sie doch einfach durch, und lesen Sie mir die Namen vor. Vieles ist für Sie uninteressant, aber bei mir kommen sicher einige schöne Erinnerungen hoch. Auf die sollten wir uns konzentrieren.«

»So machen wir das.« Regina begann zu lesen. »Petra, Johannes, Annegret, Daniel, Moritz, Selma« .... Und beim gefühlten hundertsten Umblättern kam der Name *Nadja,* und unter diesem Namen gab es kein Bild. »Ich glaube, ich hab sie. Nadja Herzog.« Regina klang mehr überrascht als erfreut.

»Lesen Sie vor! Was habe ich damals dazu geschrieben?«

Die Handschrift der Notizen war so, als habe die Schreiberin sie nur für sich gedacht. Regina konnte sie kaum entziffern und ging Buchstabe für Buchstabe durch. »Es könnte Folgendes heißen«, meinte sie dann. »*Mutter Martha, schwierige Geburt, gibt dem Kind die Schuld, Mutter flucht auf Sozialisten. Kind hat keinen Vater.*«

»Ach ja.« Rosa Rose seufzte. »Das war keine schöne Situation. Ein Vormittag im April. Die Geschichte ging mir noch lange nach. Die Frau war völlig aus der Fassung ... oder wie sagt man das heute? Ich weiß noch, wie ich dachte, die bringt kein Kind zur Welt, sondern eine geballte Ladung Wut. So was habe ich noch nie erlebt. Es war eine Entbindung im städtischen Krankenhaus. Meine Assistentin gab dem Kind einen Klaps, wie es sich gehört, und es schrie gesund und munter drauflos, voller Lebenslust. Doch die Mutter fauchte es an und brüllte: *Halt die Klappe!* So möchte man auf dieser Welt nicht empfangen werden. Wie geht es ihr jetzt?«

»Wenn das die Nadja ist, nach der ich suche, kann ich Ihnen nur eins sagen: Sie hat es überlebt.« Und während Regina dies sagte, empfand sie zum ersten Mal Mitleid mit dem Kind.

Die Katze Minka sprang auf Rosa Roses Schoß, und die Hebamme seufzte zufrieden. »Wenigstens das.«

In der Kantine saßen die Nerds wie immer an einem runden Tisch und fachsimpelten über Computerprogramme und -spiele. Tatsächlich schien es so, als habe Elmar Doris verstohlen zugenickt, während die noch unschlüssig mit ihrem voll beladenen Tablett im Gang stand. Sie schöpfte Hoffnung. Vielleicht würde er sich ja zu ihr setzen. O Gott, wäre das schön! Betont desinteressiert ließ sie die Blicke schweifen, suchte sich einen unbesetzten Tisch am Fenster und blickte besonders sorgenvoll in die Landschaft. Möglicherweise käme er ja und fragte nach ihrer Kollegin.

Dann würde sie ihm erzählen, dass Nadja allem Anschein nach sehr krank war. Sie würde in allem so weit übertreiben, wie es gerade noch schicklich war. Unendlich viel Mitgefühl sollte er zeigen und vollstes Verständnis dafür, dass die arme Doris nun die Arbeit für zwei erledigen musste. In Gedanken malte sie sich ein von Zuneigung und Empathie getragenes Gespräch aus, bei dem er letztendlich sogar tröstend nach ihrer Hand griff. Doch er trat nicht zu ihr an den Tisch.

Frustriert aß sie ihre Teller leer: die gebundene Gemüsesuppe, sechs mit Remouladensoße verzierte Fischstäbchen sowie die dazugehörigen Beilagen, heute Spinat und Kartoffeln. Ja, sie vertilgte in Todesverachtung dann auch noch den Grießpudding mit süßer roter Soße und wartete und wartete. Niemand setzte sich zu ihr. Weder Elmar noch ein anderer Nerd.

Mit starrem Blick und sehr vollem Magen steuerte sie die Kaffeemaschine an und orderte einen Cappuccino. Als sie mit der Tasse in der Hand zurückkkam, waren die Nerds verschwunden. Das war ja wieder mal typisch! So hatte sie heute auch Elmars möglichen Abschiedsblick verpasst.

Und das Schlimmste: Schon in wenigen Stunden begann wieder dieses leere und langweilige Wochenende, bei dem ihr wie so oft die Decke auf den Kopf fiel. Vor mehr als einer Woche hatte sie noch eine selbst gewählte Aufgabe gehabt, nämlich die, sich um Nadjas missliche Lage zu kümmern. Sie hatte beim Tierheim angerufen, ihren Verdacht und ihre Sorgen formuliert und so dafür gesorgt, dass jemand Nadja besuchte und nach dem Rechten sah. Welcher Segen, dass man der herzoglichen Nadja die zehn Katzen wieder weggenommen hatte! So konnte man doch nicht leben! Aber Nadja hatte kein Wort darüber verloren, sich nicht bedankt und sich offenbar auch in keinem Gespräch mit anderen Kollegen über das Vorgehen der Tierretter beschwert. Stattdessen hatte sie sich krankgemeldet. Dabei war ihre Wohnung doch nun wieder katzenrein und hoffentlich sauber und zugänglich.

Eine echte Freundin hätte Doris auf ihren Balkon eingeladen und mit ihr ein Glas Wein getrunken, um die Unstimmigkeiten der letzten Tage beiseitezuwischen und über die entsetzliche Krankheit zu sprechen, unter der sie nun litt. Aber auf die Idee kam Nadja ja nicht.

Sollte sie, Doris, das diesmal vorschlagen? Sie beschloss, ausnahmsweise über ihren Schatten zu springen. Vielleicht tat es Nadja ja gut, endlich mit jemandem über ihre Ängste zu sprechen.

Mit diesem Vorsatz betrat Doris das gemeinsame Büro und sah mit einem Blick, dass Nadja verschwunden war. Ihr Computer war abgeschaltet, ihre Datenblätter waren ordentlich gestapelt und mit einem Paperweight beschwert, die Personalkarte aus der Zeituhr war entfernt worden. Das hieß, Nadja hatte das Haus bereits verlassen.

Nirgends eine Nachricht für Doris. Weder als E-Mail noch als WhatsApp und schon gar kein Zettel mit handschriftlichen Notizen. Doris verstand die Welt nicht mehr. Das war einfach nur unkollegial. So benahm man sich nicht! Nicht einmal dann, wenn man sterbenskrank war.

Sie fühlte sich entsetzlich verloren und hatte das dringende Bedürfnis, etwas tun zu müssen, egal, ob die Sache ihr schadete oder nicht. Also suchte sie im Mitarbeiterverzeichnis ihrer Firma nach einem Elmar in der EDV und schrieb ihm mit Todesverachtung eine Mail:

Wollen wir uns mal außerhalb der Kantine treffen?
Vielleicht am Sonntag auf einen Eiskaffee?

Kurz vor ihrem Heimgehen kam seine Antwort.

Kennst du das Cortina? Sonntag 15:00 Uhr?

Wer hätte das gedacht? Wenn sie das Nadja erzählte!

Eckehardt hatte halbherzig nach seiner Regina Ausschau gehalten, sie aber nicht im angrenzenden Garten entdeckt. Viel weiter wollte er sich nicht vom Haus entfernen, denn möglicherweise gab es dort keinen Telefonempfang. Man musste immer mit dem Schlimmsten rechnen. Jetzt sah er erneut auf seine Uhr und entdeckte, dass es bereits kurz vor zwölf Uhr war. High Noon, dachte er mit einem Anflug von Humor, denn er wusste, dass die Praxis ab Uhr erst einmal Mittagspause machte. Und danach ziemlich bald Feierabend. Hoffentlich erwischte er noch jemanden! So kompliziert wie heute war es schon lange nicht mehr gelaufen.

»Jawohl«, verkündete die burschikose Stimme, ohne ihn zu begrüßen oder sich gar vorzustellen. »Ihre Ergebnisse sind da.« Und bevor Eckehardt fragen konnte: *Und wie lauten die?*, würgte sie ihn ab: »Augenblick! Ich verbinde Sie mit dem Herrn Doktor. Bleiben Sie bitte am Apparat!«

Nun ertönte eine Warteschleifenmelodie, die aus einem Violinkonzert von Vivaldi bestand, bei der Eckehardt fast an die Decke sprang. Aber über ihm war nichts als weiter blauer Himmel. Jeder einzelne Ton schmerzte in seinen Ohren so sehr, als wären die Violinen Messer, die sein Trommelfell aufschlitzen. Wer, um Himmels willen, hatte dieser Arztpraxis erlaubt, ein wesentliches Stück aus dem musikalischen Erbe der ganzen Menschheit nicht nur zu zerstückeln, sondern auf eine banale Wartemusik zu reduzieren? Niemals würde er diesem Doktor jemals wieder eine Spende zukommen lassen, auch wenn das ein guter Bekannter von ihm war. Irgendwo musste Schluss sein. Er hatte nicht so viel Geld in seine Vaterschaftsrecherche investiert, um nun von einem verhunzten Musikstück vollgedudelt zu werden.

»Hallo, Eckehardt, wie geht es dir?« Der Mann in Weiß klang völlig neutral.

»Ich will endlich wissen, was Sache ist.«

»Ja, da kann ich dir helfen. Die Ergebnisse liegen mir nun vor. Warte mal!«

»Aber bitte ohne Musik!«

Eckehardt stellte sich vor, wie der Mann im weißen Kittel am anderen Ende der Leitung genüsslich in den vor ihm liegenden Seiten blätterte. Er war zweifellos ein Sadist.

»Ja, da haben wir es ja auch schon!«

»Und?«

Eckehardt Lüthus spürte, wie sehr sein Herz klopfte. Ihm wurde ganz schlecht. Wo war denn nur Regina? Immer wenn man sie brauchte, war sie nicht da. Gleich würde er umfallen und läge dann ohnmächtig in seinem Garten. Also, diese Aufregung war einfach nicht auszuhalten. Das war Psychoterror!

»Also es ist so«, begann der Sadist und schien absichtlich besonders langsam zu sprechen. »Es ist so, dass die DNA von dir und dieser Nadja zu 99,8 Prozent übereinstimmen. Das heißt im Klartext: Du bist ihr Vater. Herzlichen Glückwunsch!«

Eckehardt trat der Schweiß auf die Stirn. Er setzte sich. »Und jetzt?«

»Gar nichts. Das Kind ist mit seinen fünfunddreißig Jahren durchaus erwachsen und lebensfähig. Du aber hast nun Gewissheit. Wie du mit dieser Information umgehst, ist allein deine Sache.«

Eckehardts Knie zitterten. Er war gleichermaßen froh und bedrückt. »Okay. Danke.« Ihm wurde bewusst, dass es sinnlos war, den Doktorfreund zu fragen, ob sich aus diesen fast hundert Prozent Übereinstimmung irgendwelche Verpflichtungen ergaben. Möglicherweise nie gezahlte Alimente? Eventuell mit Zins und Zinseszins? Oder eine ganze Aussteuer? Würde er ihre Hochzeit mit dem jungen Mann, der im Tierheim arbeitete, dann auch noch ausrichten müssen? Sollte sie nicht lieber jemanden heiraten, der gesellschaftlich etwas besser gestellt war als so ein Tierpfleger? Vielleicht hatte ja Regina einen Vorschlag. Wo steckte sie nur?

»Ich bin also Nadjas Vater?«, fragte er noch einmal und staunte über seine heisere Stimme und sein Herzklopfen.

»So ist es.«

»Danke. Dann soll es wohl auch so sein.«

38. Kapitel

Er hätte wirklich nicht zu sagen gewusst, ob er dankbar oder glücklich war. Verwirrt war er, ja, das gestand Eckehardt sich nun ein, genauso wie er zugeben konnte, dass er sich ziemlich durcheinander fühlte. So wie damals, als er Regina zum ersten Mal getroffen hatte. Sie hatte etwas in ihm ausgelöst, das sie selbst sehr viel später als Sehnsucht bezeichnete. Und nun begriff er, dass diese ihn erneut erfasst haben mochte. Damals war es ihnen beiden möglich gewesen, diese Sehnsucht zu stillen. Sie hatten sich auf eine gemeinsame Zukunft und auf ein Zusammenleben eingerichtet.

Aber das mit Nadja hatte nichts mit Sehnsucht zu tun. So viel ahnte er inzwischen. Es hatte auch nichts mit den Aktivitäten zu tun, mit denen er sich tagtäglich umgab, nämlich Immobilien zu verwalten, Grundstücke zu beobachten, Bauprojekte im Auge zu behalten und – darauf war er eigenartigerweise am meisten stolz – in unbeachteten und kaum besuchten Bibliotheken unnützes Wissen anzuhäufen. Informationen, die nicht im Internet zu finden waren, beispielsweise dass der Kaiser von China am liebsten lange und bunte Nachthemden getragen hatte, die mit Singvögeln bedruckt waren. Um an derartiges Wissen zu kommen, hatte er unendlich viele Biografien, Dokumentationen und Briefwechsel gelesen. Aber in keinem dieser Bücher hatte gestanden, was zu tun war, wenn man unverhofft auf fünfzig Prozent seiner Erbinformationen traf. Sozusagen auf sein halbes Selbst.

Eckehardt wusste, dass es wenig Sinn hatte, mit Regina darüber zu reden. Dennoch hätte er gerade jetzt zu gern mit ihr gesprochen und sie um Rat gefragt. Aber sie war mal wieder verschwunden. Immer wenn er sie wirklich brauchte, war sie nicht da. Auch das schien ein ungeschriebenes Gesetz des Lebens zu sein, und er hatte trotz akribischer Recherchen noch nicht herausgefunden, in welchen verborgenen Winkeln diese Gesetze gestapelt sein mochten und wie man sie hätte umarbeiten können.

Und jetzt war sein gut sechzigjähriges Leben von einem Moment zum anderen heftig erschüttert worden, und unendlich viele Fragen warteten auf Antwort.

Wie sollte es mit Nadja weitergehen? Enthielt dieses Wissen auch die Erwartung, dass er sich mit Martha Herzog, Nadjas Mutter, auseinandersetzen musste? Dass er ihr möglicherweise eine Entschädigung zahlen musste, weil sie einen Großteil der Lüthus''schen Erbinformationen in die Zukunft hinübergerettet hatte? Sobald er an diese Frau dachte, schüttelte es ihn. Er war schon einmal vor ihr geflohen, und er würde es immer wieder tun. Ob Regina ihn in diesem schwierigen Fall beraten könnte? Sie war zwar mit Fakten nicht so bewandert, vermochte dafür aber Gefühle besser einzuschätzen und darauf zu reagieren.

Von sich selbst wusste er, dass er auch nach sehr langem Nachdenken zu keiner befriedigenden Lösung fände. Genau, Regina sollte endlich kommen! Schließlich betraf diese Information ja nicht nur ihn, sondern auch sie. Immerhin gab es ein neues Familienmitglied.

Eckehardt griff zu seinem Handy, das er immer bei sich trug, tippte die Kurzwahl für ihre Nummer ein, zweimal die Eins mit einem Herzchensymbol, und hörte es in der

Küche klingeln. Typisch! Nie nahm sie ihr Telefon mit. Das hatte ihm gerade noch gefehlt!

Ihm blieb auch nichts erspart. Jetzt musste er also direkt mit Nadja sprechen. Sein Zeigefinger zitterte, als er eine weitere Nummer antippte, die er unter *Kontakte* gespeichert hatte.

Sie meldete sich so schnell und so ungeduldig, als könne sie seine Nachricht kaum erwarten. *Sie sprechen mit Nadja Herzog,* sagte sie ins Telefon hinein, und einen winzigen Moment lang klang ihre Stimme so, wie auch ihre Mutter damals vor mehr als dreißig Jahren geklungen hatte: ungeduldig, fordernd, missmutig.

»Ich habe das Ergebnis«, sagte er und schwieg.

Er hörte, wie sie tief durchatmete. Mehr ängstlich als unfreundlich wollte sie dann wissen: »Und, was sagt der Abgleich?«

»Nun ...« Er zögerte. Schließlich hatte man ihn heute Vormittag lange genug in der Warteschleife und bei unpassender Musik hängen lassen. »Also, es gibt eine Übereinstimmung von fast hundert Prozent. Sie sind meine Tochter.«

»Nein! Dann sind Sie ja auch mein Vater!«

»So ist es.« Eine ganze Weile wusste er nicht, was er sagen sollte. Hoffentlich kam sie nicht auf die Idee, ihn *Papa* zu nennen. Oder gar *Vati!* Dann räusperte er sich. »Hören Sie, ich will Sie jetzt auch gar nicht damit überfallen oder in irgendwelche Konflikte stürzen. Andererseits denke ich, ab heute können wir uns mit Fug und Recht duzen. Ich heiße Eckehardt.«

»Nadja«, sagte sie schnell ... als ob er das nicht wüsste! Und er hörte durchs Telefon, dass im Hintergrund Papier raschelte. Vermutlich schob sie mit einer Hand irgendwelche Aktenberge zusammen. »Also, das muss ich erst mal verdauen. Weißt du, was? Ich mache für heute Feierabend. Wollen wir uns irgendwo treffen?« Das mit dem Du klappte schon mal.

Er sah an sich hinunter. Musste er sich noch umziehen? Wie begegnete man seinem eigenen Kind? Leger mit Jeans und Polohemd?

»Schlag du was vor!« Er merkte, dass ihm diese Anrede noch höchst unvertraut vorkam. Er kannte die Frau ja erst seit einer knappen Woche.

Sie nannte ihm ein Eiscafé in der Nähe ihres Arbeitsplatzes, und er notierte sich die Adresse für sein Navi. »Dann bis gleich. Ich freue mich.« Das sagte man doch, wenn man sich privat verabredete, oder?

Regina hätte es gewusst.

Angefüllt mit – aus ihrer Sicht – ziemlich brisanten Informationen verließ Regina etwa zur gleichen Zeit ihre neue Freundin. Zuvor hatte sie sich über die zerbrechlich wirkende Frau gebeugt und deren Katze Minka gestreichelt. Der Chip in Schulterhöhe war auf Anhieb zu spüren, und Regina hatte ein schlechtes Gewissen.

Mit noch schlechterem Gewissen fiel ihr ein, dass sie ganz vergessen hatte, ihrer Katze Luna und dem Kater Nelson die Näpfe zu füllen. Daran war Eckehardt schuld. Er hatte mit seiner Unruhe den ganzen Tagesrhythmus durcheinandergebracht.

Vielleicht hatte ja er die Katzen gefüttert. Aber so, wie der heute drauf war, bestimmt nicht.

»Kommen Sie gern wieder«, bot die ehemalige Hebamme an, deren Stimme nun gar nicht mehr so greisenhaft klang wie noch vor einem Tag.

»Gern, aber als Nächste sind Sie dran. In den nächsten

Tagen hole ich Sie mal zu uns. Es sind ja höchstens hundert Schritte.«

Innerlich stolz stapfte Regina davon. Eckehardt würde staunen. Das war eine Recherche, die sich gewaschen hatte, hier kam geballtes Wissen zusammen! Zudem hatte sie schon eine Ahnung, was es mit dem nun schon mehr als dreißig Jahre zurückliegenden Gejammer über Sozialisten im Kreißsaal auf sich hatte.

Wie beispielsweise wäre es, wenn die Gebärende damit jenen Meister Eckehardt gemeint hatte, der von heute auf morgen abgetaucht war und sich trotz ihrer Anrufe in seinem Institut von Mitarbeitern und der Frau an der Pforte verleugnen ließ? Dabei hatte sie nur die Begriffe Sozialist und Soziologe durcheinandergeworfen! Das konnte ja schließlich jedem passieren.

Eckehardt und Sozialist ... das war ja fast zum Lachen. Dazu war er viel zu stolz auf seine materiellen Werte und vor allem darauf, dass er sich alles kaufen konnte. Jetzt sogar noch eine Tochter, die offensichtlich tatsächlich sein leibliches Kind war.

Manchmal erfuhr man in Gesprächen mit unmittelbaren Nachbarn doch wesentlich mehr als im weltweiten Netz. Sie betrat das Haus, rief seinen Namen, und unmittelbar darauf strichen ihr Nelson und Luna um die Beine.

Klar, ihr Mann hatte weder den Futternapf noch die Wasserschalen gefüllt. Und er reagierte nicht auf ihr Rufen. Sie entdeckte, dass auch sein Auto verschwunden war. Wo mochte er hingefahren sein? Mitten auf dem Küchentisch lag ihr eigenes Handy. Zumindest hatte er versucht, sie anzurufen.

Sie fütterte die Katzen und beschloss, danach in aller Ruhe zu telefonieren. Wenigstens hatte er sein Mobiltelefon immer dabei.

Sophia stand mitten im Hof und an den Kreuzungspunkten der gedachten Verbindungswege. Nachdenklich betrachtete sie die kleinen Häuser. »Wir sollten heute schon mit den Katzen umziehen«, schlug sie vor. »Beim Bestücken der Tinys habe ich gesehen, dass alle Fenster mit stabilen Fliegengittern ausgestattet sind. So habe ich sie aufgerissen und für Durchzug gesorgt. Auf dem Dachboden ist es für die Katzen viel zu heiß. Wenn sie jetzt umziehen, kommen sie in eine angenehme Atmosphäre, und es riecht dann dort auch bald nicht mehr ganz so neu, sondern vertraut und nach Artgenossen.«

Freitagnachmittag. Irene sah auf ihre Armbanduhr. Noch war die ganze Mannschaft da, noch konnte die Aktion stattfinden. Warum eigentlich nicht? Morgen Abend, spätestens übermorgen wäre Edda wieder hier, und dann stünde sie vor vollendeten Tatsachen.

»Mit allen Katzen?«, fragte sie und sah erst Sophia, dann Paul und Cindy an.

»Wenn schon, denn schon«, nickte Cindy und wies gleichzeitig ihren Simon in die Schranken. »Du kannst mir dabei nicht helfen. Die Tiere kennen dich nicht. Du bleibst einfach hier sitzen und schaust uns zu.«

Simon erstarrte in Ehrfurcht. »Frauen sind zu allem fähig«, belehrte sie ihn.

»Das ist doch ein gestandener Mann!«, flüsterte Paul Irene zu und schüttelte verständnislos den Kopf. »Der hat studiert, der hat seinen Ingenieur gemacht, hat einen guten Job. Der kennt sich in allem bestens aus. Warum, um Himmels willen, fährt der auf so eine wie unsere Weißwurst ab?«

»Das wüsste ich auch gerne«, flüsterte Irene zurück.

»Er hat mal zu mir gesagt, dass sie ihn an seine Mutter erinnert. Und auf seine Mutter lässt er gar nichts kommen.«

Paul verdrehte die Augen.

»Also, die Wege sind ja nicht weit«, übernahm Sophia nun die Logistik, und im ersten Moment wusste keiner, wovon sie sprach. »Mir liegt vor allem daran, die Katzen nicht zu stressen. Die haben schon genug Unruhe hinter sich. Erst der Wasserrohrbruch, dann die Feuerwehr, dann die Bautrockner mit ihrem Lärm, schließlich das Zeltlager auf dem Dachboden. Wenn wir jetzt jede einzelne Katze in einen Transportkorb sperren, nur um sie knapp dreißig Meter über den Hof zu tragen, wird es für uns und auch für die Tiere um einiges anstrengender, als wenn wir sie auf den Arm nehmen, ihnen gut zureden und mit ihnen in das Haus gehen, das für sie bestimmt ist.«

»Willst du damit sagen, dass du schon festgelegt hast, welche Katze in welches Haus zieht?« Cindy zog die Stirn kraus.

»Na klar, immer die, die sich vertragen. Ist doch logisch.«

»Wichtig ist, dass die Häuser pro Tier mit einem Katzenklo bestückt sind. Hast du die schon alle gesäubert und gefüllt?«, fragte Irene streng.

Sophia nickte. »Ja klar, was denkst du denn? Außerdem habe ich mit Ignatz' Hilfe schon die Kratzbäume und die Kuschelhöhlen rübergeschleppt.«

»Danke! Das alles habe ich ja gar nicht mitbekommen.«

»Tue Gutes und schweige darüber.« Sophia lächelte und sah Cindy an. »Du lebst ja nach genau dem entgegengesetzten Prinzip.«

Cindy warf ihrem Simon einen fragenden Blick zu. Der sprang ihr sofort zur Seite. »Was soll denn diese herablassende Bemerkung? Wenn ihr wüsstet, was diese Frau alles für euch leistet!«

Bevor die Diskussion ausuferte, wollte Irene von Sophia wissen: »Und wer kommt zu wem? Pro Haus können drei bis fünf Tiere einziehen.«

»Ich habe schon einen Umzugsplan erstellt«, erklärte Sophia und fügte ihrem Naturell entsprechend nicht hinzu, dass sie diese Leistung nicht nur insgeheim, sondern auch ohne großes Tamtam vollbracht hatte.

»Hattest du nichts Besseres zu tun?«, giftete Cindy ihre Kollegin an.

Irene und Paul schüttelten die Köpfe, und jetzt war es Paul, der sich zu Wort meldete. »Für mich ist es der allerbeste Ansatz. So ziehen die zusammen, die sich mögen.«

»Grundsätzlich sollten immer nur die zusammenleben, die sich mögen«, verkündete Simon von seinem Aussichtspunkt am Rand des Geschehens und warf Cindy eine Kusshand zu.

»Was ist denn mit dem los?«

»Cindy wird heute Abend seiner Mutter vorgestellt«, wusste Irene. »Wenn das nur gut geht!«

»Ich habe da meine Bedenken, aber es geht mich zum Glück nichts an.« Paul wandte sich an Sophia. »Du hast sicher die besten Teams zusammengestellt. Irene könnte dann unseren kleinen Abendspaziergang mit Katzentransport anhand deiner Liste überprüfen, damit alle Katzen und Kater in das für sie geplante Haus einziehen.«

Nicht einmal zwei Stunden später waren alle Vierbeiner – bis auf Emil – *verbunkert,* wie Cindy es nannte.

Dieses Wort hatte sie von einer Polizistin aufgeschnappt, deren Hauptaufgabe darin bestand, Straftäterinnen von einer Justizvollzugsanstalt in das nächste Gefängnis zu bringen. Nun saßen die Katzen, satt und müde, hinter ihren fliegengittergeschützten Fenstern und genossen die kühle Abendluft.

»Ob es ihnen gefällt, können wir wahrscheinlich erst morgen richtig erkennen. Jetzt ist alles noch zu aufregend«, meinte Sophia. »Doch bevor wir heute Feierabend machen, sollte einer von uns durch die Häuser gehen und dabei alle Fenster schließen.«

»Das kann ich machen!«, bot Paul sich an.

»Und du kommst mit zu mir. Meine Mutter ist schon ganz neugierig auf dich.« Simon klang ein kleines bisschen nervös. »Ich habe ihr schon so viel von dir erzählt. Sie wird von dir begeistert sein«, versprach er.

»Natürlich, was denn sonst?« Cindy gab sich sicher.

39. Kapitel

Na gut, immerhin hatte er sie zweimal erreichen wollen, aber ihr Telefon hatte, wie so oft, auf dem Küchentisch gelegen. Regina wusste, dass vermutlich ihr Unbewusstes daran schuld war. Wer wollte schon immer und überall erreichbar sein? Sie jedenfalls nicht.

Andererseits war er weggegangen, und sie wusste nicht, wohin und warum. Und, noch schlimmer: Er war nicht da, um ihre neuesten Informationen zu erfahren. Die brannten ihr regelrecht auf der Zunge. Auch müsste er inzwischen mit der Arztpraxis telefoniert und eine Neuigkeit haben, an der auch sie durchaus interessiert war. Welch ein Tag! Sie wählte seine Nummer.

»Wo warst du nur die ganze Zeit?«, meldete er sich.

»Und wo steckst du?«, fragte sie zurück.

»Im *Eiscafé Cortina*«, antwortete er mit einer Selbstverständlichkeit, als nähme er um die Mittagszeit täglich einen großen Früchtebecher mit Sahne zu sich. »Wir wissen es nun.«

»Ich weiß auch was!«, fuhr sie ihm dazwischen. »Ich habe nämlich mit der alten Hebamme nebenan gesprochen.«

»Und ich mit dem Arzt. Und dessen Fakten zählen ja wohl mehr.«

»Klar, du stehst ja nur auf Tatsachen. Aber den ganzen

Hintergrund zu deinen möglichen Tatsachen habe ich heute erfahren, und zwar aus erster Hand.«

Typisch für ihn, dass er darauf nicht einging, sondern sofort zum eigenen Anliegen kam. »Du hast sicher noch nicht erfahren, dass Nadja unsere Tochter ist. Wir sitzen gerade bei einem Cappuccino und sind uns darüber einig, dass wir uns von nun an duzen.«

Ohne sich mit Regina zu besprechen, verkündete er seiner Tischnachbarin: »Regina wird dich natürlich auch duzen, und du kommst uns so bald wie möglich besuchen.«

Regina schluckte. Hoffentlich sagte diese Göre, gerade mal fünfzehn Jahre jünger als sie selbst, nicht auch noch *Mama* zu ihr oder gar *Mutti.* Sie hatte das Gefühl, als würde ihr ganzes Leben innerhalb von einer Woche total auf den Kopf gestellt. Und ein bisschen war es ja wohl auch so.

»Sehen wir uns heute Abend? Dann können wir alles besprechen«, schlug sie vor.

»Spätestens!«, antwortete ihr ganz persönlicher Meister Eckehardt, der alles im Griff zu haben glaubte. Sie betrachtete die zwei Katzen, die zu ihren Füßen saßen und ihre endlich gefüllten Näpfe ausschleckten. Die Glücklichen! Sie ahnten noch nichts von den Veränderungen.

Paul schlenderte durch die frisch aufgestellten Häuser. Heute früh hatte es hier noch einen großen Innenhof gegeben. Nun stand da eine Siedlung, allerdings ohne Strom und ohne fließendes Wasser ... beides brauchten ihre vierbeinigen Bewohner nicht. So neu roch es hier! Und jedes Minihaus war ein wenig anders als die anderen eingerichtet, hatte fast seinen eigenen Charakter. Wahrscheinlich war sich Sophia dessen bewusst gewesen, als sie die Katzen und Kater *verbunkerte,* wie Cindy es zu nennen pflegte.

Verschreckt und misstrauisch sahen die Tiere zu ihm auf. Dabei kannten sie ihn doch schon seit Langem und waren vertraut mit ihm. Aber alles Neue gefiel ihnen ganz und gar nicht.

Leise schloss er die Fenster von innen, legte einen Riegel vor und redete beruhigend auf die Katzen ein. Im Grunde genommen war so ein Minihaus eine feine Sache. Hätte er genug Geld gehabt, hätte er sich auch eins zugelegt und in unmittelbarer Nähe des Tierheims aufgestellt. Er hätte sich einen Garten anlegen und an schönen Sommerabenden mit Nadja dort draußen ein Glas Wein trinken können.

So ein Quatsch, Nadja Herzog hatte sicher ganz andere Pläne im Sinn. Er sollte aufhören, ständig an sie zu denken. Vor sechs Tagen hatte er nicht einmal ihren Namen gewusst. Er sollte sich vernünftigerweise damit abfinden, sie schnell wieder zu vergessen. Aber worüber sollte er sonst nachdenken? Etwa über Cindy, die heute Abend Simons Mutter kennenlernen würde? Auch dort war die Enttäuschung schon vorprogrammiert. Ach, er wünschte sich, er hätte nur mal einen Tag lang so viel Selbstbewusstsein wie Cindy, die sich ja niemals infrage stellte. An diesem Tag würde er alles Wesentliche regeln. Aber was genau war denn das Wesentliche? Er hatte keine Antwort parat und schüttelte den Kopf über sich selbst.

Während er gerade im siebten der acht Häuser Fenster verriegelte und mit den Katzen sprach, läutete sein Telefon.

Es war Nadja. Sie klang verwirrt, und das versetzte ihn augenblicklich in Angst.

»Ist was mit Kami?«, fragte er vorsichtig, nachdem sie an den vergangenen zwei Abenden – abgesehen von der

Speichelprobefrage – fast nur über die Kirschblütenkatze gesprochen hatten.

»Nein, es ist was mit mir«, sagte sie. »Ich weiß nicht, mit wem ich sonst darüber reden kann. Keinesfalls mit meiner Mutter, und bei Doris müsste ich zu viel erklären, nur damit sie mir dann rät, was ich machen *soll*, ohne auch nur einmal danach zu fragen, was ich machen *will*.«

Doris. Das war doch der Name der Verräterin, die Irene und ihn in die Bauhofstraße geschickt hatte! Paul zuckte zusammen, als ihm bewusst wurde, dass er die Katzenentführerin überhaupt nicht mit jener Nadja in Verbindung brachte, mit der er nun telefonierte. Dabei handelte es sich zweifellos um ein und dieselbe Frau. Und jetzt sagte diese Frau auch noch zu ihm: »Heute ist etwas Komisches passiert.«

Besonders leise schloss er die Fenster des achten Hauses, bedachte die Katzen mit einem wohlwollenden Blick und trat wieder in den Innenhof des Tierheims. »Willst du darüber reden?«

»Ja«, sagte sie. »Unbedingt. Willst du mir zuhören?«

»Ja«, antwortete er. »Unbedingt.«

»Dann hole ich dich ab. Wo steckst du?«

»Wo ich immer bin. Im Quellenhof.«

»Dieser Eckehardt Lüthus«, begann sie, als sie an diesem warmen Abend neben dem blühenden Oleander auf ihrem vernetzten Balkon saßen und Kami aufmerksam erst die eine und dann den anderen betrachtete. »Dieser Eckehardt also, der am Montag bei eurem Überfall das Kommando führte, also dieser Mann ist nicht nur einer, der gern alles organisiert, er ist auch mein Vater.«

»Tatsächlich?« Paul keuchte hörbar auf. »Ich fass es nicht!«

Sie sah ihn an und schüttelte den Kopf. »Ehrlich gesagt, ich fasse es auch nicht. Aber sag mir, was soll ich tun?«

»Was will er denn von dir?«

»Er will, dass wir uns duzen. Aber das ist für mich das kleinste Problem.«

Damit hatte sie recht.

Paul betrachtete die Kirschblütenkatze. Der kleine Schlitz im linken Ohr war wie eine Aufforderung, ihr über den Kopf zu streicheln. »Dieser Mann ist uns doch auch am Dienstag im Biergarten über den Weg gelaufen und hat sich einfach zu uns gesetzt.«

»Wir haben genickt, als er uns fragte«, widersprach Nadja.

»Mag sein.« Paul überlegte weiter. »Ob er da schon ahnte, dass euch etwas verbindet?«

Sie hob die Schultern. »Mag sein. Immerhin rief er mich bereits einen Tag später wegen des Speicheltests an, und am Donnerstag hat er uns beide dann zum Arzt geschleppt. So viel dazu. Jetzt haben wir den Salat!« Sie stellte die Weißweinflasche in den Kühler zurück.

»Was will er deiner Meinung nach von dir?«

»Nun ja, finanziell muss ich wohl nicht für ihn aufkommen. Er scheint vermögend zu sein. Aber ich fürchte, er will Familienleben. Mit so was kenne ich mich ja gar nicht aus. Er hat mich jetzt schon zu sich eingeladen, und dann soll ich auch noch seine Freundin oder Frau kennenlernen. Ich weiß doch gar nicht, wie so was geht! Familie, sich gegenseitig alles erzählen können, vertraut miteinander sein. Das habe ich nie erlebt. Kämst du im Notfall mit?«

»Als wen willst du mich denn vorstellen?«

»Als einen Freund.« Sie sah ihn an. »Oder ist dir das peinlich?«

»Nein, mir ist das überhaupt nicht peinlich. Aber für dich könnte es unangenehm werden. Vielleicht verlangen sie von dir, dass du *Vater* und *Mutter* zu ihnen sagst. Dann sitze ich neben dir und grinse klammheimlich.« Paul wirkte amüsiert.

Sie schüttelte den Kopf. »*Papa* und *Mama?* Nein, das kann ich sowieso nicht.«

»Verstehe. Außerdem hast du ja bereits eine Mutter. Was sagt die denn zu der ganzen Sache?«

Sie sah ihn lange an. »Hättest du meine Mutter jemals kennengelernt, wüsstest du, dass sie ihn verleugnet und niemals zugibt, mal was mit ihm gehabt zu haben. Da hilft es auch nicht, wenn wir vor ihr stehen und ihr den Laborbericht unter die Nase halten. Sie wird behaupten, dass das Papier gefälscht ist. Möglicherweise gibt sie zu, dass dieser Mann mal für das größte Unglück in ihrem Leben gesorgt hat, während ich nur die zweitgrößte Katastrophe war und glücklicherweise mit diesem Mistkerl nichts gemein habe.«

Paul merkte, dass sie lächelte, während sie diese bitteren Worte sagte.

»Du bist kein Unglück!«, versicherte er ihr. »Für mich bist du Glück. Du kannst immer mit mir rechnen.«

Simon parkte sein feuerwehrrotes Auto vor dem Haus, in dem er und seine Mutter lebten. »Schau nicht nach oben!«, riet er Cindy. »Sie steht garantiert am Fenster und beobachtet uns. Das macht sie immer.«

»Echt?« Spontan drehte Cindy sich zum Haus um und winkte freundlich in den zweiten Stock hinauf. Dort bewegte sich sehr ruckartig eine Gardine.

»Tatsächlich!«, bestätigte Cindy. »Aber erkennen konnte ich sie auf die Schnelle nicht.«

»Ich fürchte«, murmelte Simon kleinlaut, »dass sie das nicht wahnsinnig toll findet. Du hättest nicht zu ihr hochschauen sollen. Aber das kriegen wir sicher wieder hin. Hoffentlich.«

Er steckte den Schlüssel in die Haustür, öffnete sie und wandte sich zu seiner Begleiterin um.

Cindy biss sich auf die Lippen. »Wir hätten ihr doch ein Geschenk mitbringen sollen.«

Er seufzte. »Mist, daran habe ich auch nicht gedacht! Aber jetzt können wir nicht mehr zurück. Sie hat dich gesehen. Du hast ihr ja sogar schon zugewinkt.« Er klang nicht begeistert.

Simons Mutter, Priska Braun, hatte sich sehr schick gemacht. Sie trug einen Faltenrock, hochhackige Schuhe und eine mit Mohnblumen bedruckte Seidenbluse. Neben ihr wirkte Cindy wie ein durch den Dreck gezogenes Michelinfrauchen. Sie schien es selbst zu bemerken. Immerhin wollte sie als Erstes wissen, wo sie sich die Hände waschen könne. Simon zeigte es ihr.

Während Cindy vor dem Waschbecken stand, hörte sie, dass vor der Tür ein Streit stattfand. Leider verstand sie kein einziges Wort, wusste aber die Tonlage zu deuten. Frau Braun griff ihren Sohn an, und der rechtfertigte sich halbherzig.

Ob sie beleidigt war wegen des fehlenden Geschenks? Cindy dachte nach. Ja, sie würde gleich beherzt und mit frisch gewaschenen Händen in den Flur treten und die von Simon so verehrte Frau Mutter fragen, was man ihr als Geschenk hätte mitbringen können, worüber sie sich gefreut hätte, und ihr gleichzeitig versprechen, dass man genau das beim nächsten Besuch zu berücksichtigen gedenke.

Als Simon sie kurz darauf sehr kleinlaut und bedrückt in ihre Wohnung fuhr, jammerte er tief getroffen: »Mit dieser Bemerkung über ein Geschenk hast du bei Mutter das Fass zum Überlaufen gebracht. Sie will dich nie wieder sehen. Was soll ich denn jetzt machen?«

»Gehorch ihr!«, schlug Cindy ungerührt vor, entstieg dem knallroten Auto, schlug die Tür hinter sich zu und wunderte sich, warum sie ausgerechnet mit diesem Mann so viel Zeit verbracht hatte. Der war ja nicht mal Tierarzt.

»Das nächste Mal treffen wir uns ohne sie!«, rief er bittend durchs offene Fenster. »Morgen?«

»Nein, du bist nicht mein Typ, und ich bin nicht ihr Typ. Vergiss es!«

»Aber ...«

»Deine Mutter sucht dir sicher eine, die zu dir passt. Lass sie mal machen. Und zwar ohne mich.«

Cindy verschwand aus Simons Leben. Der konnte es nicht fassen.

40. Kapitel

Regina Schlössl steckte ihr Handy in die Ladestation zurück. *Home* hieß die. Warum hatte sie selbst nicht auch so was wie eine Ladestation? Ein winziges Plätzchen auf dieser Erde, wo nur sie zu Hause war und an dem sie wieder Kraft tanken, sich aufladen konnte. Wie war sie nur auf den Gedanken gekommen, diesen Ort ausgerechnet an Eckehardts Seite zu finden? Da war der Wunsch wohl der Vater ihres Gedankens gewesen.

Jetzt saß sie in der Küche, hielt mit beiden Händen ein großes Glas mit Eistee umfasst und hatte das Empfinden, als würde der vor ihr liegende Nachmittag in viele Einzelteile zersplittern, damit ausgerechnet sie ihn, Stück für Stück, mühsam wieder zu einem sinnvollen Ganzen zusammensetzen musste. Aber wozu? Was war das überhaupt für ein Nachmittag? Ihr ganz persönlicher Nachmittag oder einer, der die ganze Welt betraf?

Sie sah in den Garten hinaus. Um wie viel ordentlicher wirkte der als jener von Rosa Rose. Und das alles hatte allein sie, Regina, geschafft! Sich täglich abgemüht, aber auch täglich daran erfreut. Gemüsebeete, schneckensichere Hochbeete für Salate und sensible Kräuter, Rosenstöckchen, Stockrosen, Sonnenblumen, Tagetes und Ringelblumen.

Doch welchen Wert hatte das alles, wenn Meister Eckehardt nebst frisch gefundenem Anhang das kleine Paradies durchschritt und seiner Nadja vermutlich dann schon durch die Blume – welche mochte er wohl nehmen, etwa Männertreu? – vermittelte, dass all das irgendwann einmal ihr gehören werde.

Regina wusste, dass sie ungerecht war, aber es tat gut, sich in diese schmerzliche Wut hineinzusteigern. An normalen Tagen führte diese Stimmung dazu, dass sie sich in ihre Küche zurückzog und so lange Brot und Kuchen buk, Eintöpfe kochte, Gefriergut vorbereitete oder Marmeladen rührte, bis sie ganz ausgepowert und zufrieden war und Eckehardt nicht nur ihren Elan, sondern auch das Abendessen lobte. Aber heute? Nein, für ihn *und* Nadja würde sie bestimmt nichts vorbereiten, und ihr selbst war sowieso jeglicher Appetit vergangen.

»Dieses Kind ist hier nicht willkommen«, versicherte sie sich selbst sowie den beiden Katzen und erschrak im gleichen Augenblick. Eine Sünde, so etwas zu denken! Wollte sie sich etwa mit Nadjas Mutter auf eine Stufe stellen? Die hatte ihre Tochter ja auch nicht willkommen geheißen. Regina biss sich auf die Unterlippe. Um wen oder was ging es hier eigentlich? Wollte sie lediglich Eckehardts Tochter oder gar die Zukunft als Ganzes nicht willkommen heißen? Was für ein Durcheinander, jetzt, da sie ihre Zukunft sicher an Eckehardts Seite geglaubt hatte.

Sie fühlte sich von den Entwicklungen überrumpelt. Verständlich, wenn man bedachte, dass dieses weibliche Kind von heute auf morgen zum Bestandteil ihrer gerade erst gefundenen Zweisamkeit würde. Wenigstens das hätte er doch mit ihr besprechen müssen! Okay, Eckehardt hatte schon oft Anschaffungen getätigt, ohne sich vorher mit ihr darüber zu beraten. Plötzlich hatte da ein neues Auto in der Garage gestanden, war ein Laptop in ihrer Küche aufgebaut worden. »So musst du nicht mehr in Kochbüchern nach Rezepten suchen.« Dabei hatte sie alle Gerichte im Kopf. Einmal war ein gigantischer Flachbildschirm im oberen Wohnzimmer gelandet. »Für unsere gemütlichen Krimiabende.« Aber das alles war nicht zu vergleichen mit einem neuen Menschen.

Ein neuer Mensch hieß, dass alle bereits besetzten Plätze neu verteilt werden mussten. Wie auf einem Schachbrett, nur König Eckehardt blieb auf seinem angestammten Feld, in seinem *Home*, wo er Kraft schöpfte. Ein Fels in der Brandung. Aber leider kein Fels, an den Regina sich anzulehnen traute. In Zukunft würde sie nicht mehr beim Meister andocken, sondern sich ihren eigenen Platz suchen und verteidigen.

Das war ein guter Gedanke! Zufrieden nickte sie vor sich hin und schnitt in ihrem Gartenparadies einen Blumenstrauß, den sie liebevoll und selbstvergessen auf dem Terrassentisch in einer Vase arrangierte. Wer immer auch kam: Er sollte sich willkommen fühlen.

Als letzte gute Tat an diesem Freitag hatte Irene auf der überregionalen Webseite mit Meldungen über vermisste Katzen erneut nach jener gesucht, die nun bei Reginas Nachbarin wohnte. Eine dreifarbige europäische Kurzhaarkatze mit weißem Lätzchen. Davon gab es sehr viele. Eher halbherzig als engagiert verglich sie die Porträts der Vermissten mit dem Bild, das Regina ihr gestern Mittag per WhatsApp geschickt hatte, und war erleichtert, als sie keine hundertprozentige Übereinstimmung fand. Nach allem, was sie inzwischen wusste, war es besser, wenn Minka bei der alten Dame blieb. Zumal sie sich dort sehr wohlzufühlen schien. Katzen suchten sich ja oft selbst ihr neues Zuhause.

Nachdem sie heimgekehrt war, geduscht und ein leichtes Sommerkleid angezogen hatte, setzte sich Irene mit einem Glas Wein auf ihren winzigen Balkon, legte die Füße hoch und freute sich darauf, spätestens morgen Nachmittag die ganze Verantwortung wieder abgeben zu dürfen. Dann wäre Edda endlich wieder da, und sie selbst musste sich nur noch um ihren überschaubaren und abgesteckten Arbeitsbereich kümmern. In dieser Woche war aber auch extrem viel los gewesen. Niemals hätte sie gedacht, dass das mit den Tiny Houses so schnell gehen könnte, und nie zuvor hatte sie, so kam es ihr vor, so viel verhandelt, ausgehandelt und kommuniziert wie in den letzten Tagen. Allerdings, und das gestand sie sich ein: Mit Menschen umzugehen, war weitaus schwieriger als mit Tieren. Diese Weisheit hatte Paul ihr mal vermittelt. Als hätte sie das nicht schon immer geahnt!

Nun gut, für den heutigen Abend stand noch ein Mensch auf ihrer Telefonliste. Sie wählte Reginas Nummer und wunderte sich, als diese sich augenblicklich meldete. »Ich habe an dich gedacht, und zwar in genau dieser Sekunde«, gestand die Freundin.

»Dann müsste ich ja jetzt eigentlich einen Schluckauf bekommen«, meinte Irene vergnügt.

»Nun ja, vielleicht kommt der ja mit Verzögerung.« Regina klang bedrückt.

»Ich habe gute Nachrichten«, legte Irene los. »Die Katze deiner Nachbarin wird nicht gesucht, zumindest habe ich nichts dergleichen gefunden. Es ist ja auch besser, wenn Minka bei der älteren Dame bleibt.«

»Das wird Rosa Rose freuen. Ach nein, ich sage es ihr gar nicht erst. Sie weiß ja nichts von dem Chip. Ich werde ihr weiterhin erzählen, wie schön und glücklich Minka ist, was ich ja auch sehen kann. Sie leider nicht, sie ist ja blind.« Regina seufzte.

»Was ist los? Du klingst gar nicht glücklich.«

»Es geht um die Kidnapperin der Katzen, zu der du Eckehardt am Montag mitgenommen hast«, begann Regina, obwohl sie das Thema eigentlich übergehen wollte.

»Ich habe ihn nicht mitgenommen, *er* hat doch großzügigerweise die Sache in die Hand genommen, alles organisiert und auch bezahlt«, stellte Irene klar. »Ohne ihn hätten wir das nie so schnell geschafft. Aber was ist denn nun mit ihr, macht sie euch Ärger?«

Regina räusperte sich. »Eckehardt hat herausgefunden, dass sie seine Tochter ist.«

»Was?« Irene nahm ihre Füße vom zweiten Stuhl und stellte sich aufrecht auf die Fliesen ihres Balkons, als sei Bodenhaftung in diesem Augenblick besonders wichtig. »Ich glaub's nicht! Das kann doch gar nicht sein. Da sieht man's mal wieder: Die Welt ist klein.«

»Doch, so ist es«, murmelte Regina kleinlaut. »Es gibt sogar schon eine Bestätigung vom Labor. Da ist er natürlich gleich mit ihrer beider DNA hingerast. Was soll ich denn jetzt machen?«

»Wie um Himmels willen kam er denn überhaupt auf die Idee, dass sie seine Tochter sei?«

»Das habe ich ihn auch gefragt. Er sagte, dass ihm die Gegend so vertraut erschien, auch der Aufgang zur Wohnung, sogar die Gerüche im Treppenhaus. Und dann der Name, und in der Wohnung hatte sich auch nur wenig verändert. Es muss wie ein Déjà-vu gewesen sein. Seine einstige Geliebte allerdings wohnt dort nicht mehr, dafür aber deren Tochter mit dem Katzentick.«

Irene schüttelte den Kopf. »Und dann sind bei ihm Erinnerungen hochgeschossen? Bei Eckehardt?« Sie wiederholte seinen Namen. »Eckehardt. Wir haben mal in derselben Abteilung gearbeitet, aber er schien mir immer jenseits von Gut und Böse zu sein. Nein, er wirkte auf mich irgendwie jungfräulich und ahnungslos. Dabei brach er offensichtlich reihum die Herzen der Frauen.«

»Nun ja, so schlimm wird es wohl nicht gewesen sein. Andererseits ... *ein* gebrochenes Herz reicht ja auch schon.« Regina klang so, als sei genau das gerade mit ihrem Herzen passiert.

Irene wusste, dass sie an dieser Stelle eigentlich empathisch hätte nachfragen müssen. Aber sie wäre sich dabei wie eine Verräterin vorgekommen, zumal eine ganz andere Frage sie weitaus mehr interessierte. »Willst du damit sagen, dass er nichts von seiner Vaterschaft wusste? Das hieße ja, dass die Kindesmutter sich nicht einmal bei ihm gemeldet hat. Eigentlich ist das doch üblich, nicht nur wegen der Alimente, sondern auch wegen dem Sorgerecht und überhaupt ... Schon beim Eintrag ins Geburtsregister wird doch nach dem Vater gefragt.«

»Du kennst ihn ja von früher«, meinte Regina. »Er hat mir gebeichtet, dass er vor seiner damaligen Freundin geflüchtet ist. Die hat ihn wohl mit allem total unter Druck gesetzt. Und so ist er von einem Tag auf den anderen aus ihrem Leben verschwunden, ist nicht mehr ans Telefon gegangen, hat ihre Briefe nicht geöffnet und sich im Institut verleugnen lassen, wenn sie anrief. Ganz schön feige, oder?«

»Das heißt, er wusste gar nicht, dass sie schwanger ist?«

»Das denke ich mir. Denn als es darum ging, das Kind ins Geburtsregister einzutragen, soll dessen Mutter gesagt haben: *Dieses Kind hat keinen Vater.*«

»Ach was! Und woher weißt du das alles?« Irene staunte.

Erneut seufzte Regina mit dramatischem Unterton, und Irene fragte sich, was der eigentliche Grund ihrer Sorgen sein mochte. »Stell dir vor, die Welt ist tatsächlich klein. Ich habe dir doch von der alten Dame erzählt, bei der Minka untergeschlüpft ist. Sie war die Hebamme, als Eckehardts Tochter zur Welt kam. Und jetzt ist sie unsere Nachbarin.«

»Sag bloß, die kann sich noch daran erinnern! Das ist doch mindestens dreißig Jahre her.«

»Fünfunddreißig«, wusste Regina. »Rosa Rose hat alle Notizen zu den Geburten aufgehoben und sich wichtige Sätze aufgeschrieben. Und von der habe ich erfahren, dass Nadjas Mutter im Kreißsaal auf die Sozialisten fluchte. Quasi bei jeder einzelnen Wehe.«

»Was?« Irene ließ sich wieder in ihren Balkonstuhl fallen und griff nach dem Weinglas. »Wieso das denn?«

»Vermutlich meinte sie Soziologen«, bot Regina an. »Das war er doch damals, unser Meister Eckehardt, oder?«

»Ja, das war er, und er forschte lange zum Thema Armut. Dann aber wurde er unerwartet und plötzlich reich. Diese Erbschaft war ihm damals ganz schön peinlich.«

»Wieso?«

»Alle wollten sich Geld von ihm leihen. Selbst die, die ihn vorher nicht für voll genommen hatten. Und dann kam der Tag, an dem er Institut und Armutsprojekt verließ.«

»Verständlich, nicht wahr? Du, warte mal, da fährt gerade ein Auto vor.«

Irene vernahm, wie ihre Gesprächspartnerin erst über

eine gepflasterte Terrasse und dann über weicheres Gelände schritt. »Eckehardt, bist du's?«

»Ja, wer denn sonst?« Er klang unwirsch.

»Du kommst allein?«, fragte Regina.

»Ja, was denn sonst?«

Irene sah ihn vor sich, wie er auf seine typische Art den Kopf schüttelte.

»Wir telefonieren morgen noch mal«, verabschiedete sich Regina schnell und klang dabei schon wesentlich weniger bedrückt.

41. Kapitel

Schon am Zuschlagen der Autotür erkannte sie, dass seine Stimmung mies war. Für Regina völlig unverständlich, hatte ihr Meister Eckehardt doch jetzt alles bekommen, was er wollte. Vermutlich war ihm auf den letzten Metern doch noch eine Laus über die Leber gelaufen.

Das Gartentor quietschte. »Das muss mal geölt werden!«, monierte er ärgerlich, und sie wunderte sich, wer das wohl machen sollte. Sie oder etwa er selbst? Oder würde er nur deswegen seinen Hausmeister vom Gutshof abrufen? Es war ihm zuzutrauen.

»Sag mal, wieso bist du allein?«, fragte sie und tat so, als wäre sie enttäuscht und besorgt, was ganz klar nicht der Fall war. Aber das musste er ja nicht gleich erfahren.

»Sie wollte für sich sein«, sagte er und schüttelte den Kopf. »Allein sein und nachdenken. Was gibt's denn da zum Nachdenken, wenn man so einen wie mich als Vater kriegt? Auch noch einen, der Katzen mag. Ich habe ihr nämlich von Nelson erzählt und von Luna und dass du jetzt auch noch eine Nachbarskatze kennengelernt hast. Die Katze, die nun bei ihr lebt, ist eine Kirschblütenkatze.«

Vorwurfsvoll betrachtete er den blütenlosen Kirschbaum am Terrassenrand. Sie hatten Anfang Juli alle Kirschen gegessen und natürlich keine Blüte aufgehoben, um sie irgendwann mit Katzenohren zu vergleichen. Wer dachte auch an so was?

»Setz dich erst mal! Ich mach dir einen Drink.« Regina klang fürsorglich.

»Kann ruhig mal was Stärkeres sein. Vielleicht sogar was mit Magenbitter. Zu viele Eisbecher und all das süße Zeug tun mir gar nicht gut. Dann doch lieber eine Essiggurke.«

Vor noch einem Monat war die Welt von Doris Ott und Nadja Herzog in Ordnung gewesen, sie hatten viel miteinander unternommen, und Doris hätte schwören können, dass Nadja ihre beste – und einzige – Freundin war. Doch dann war ganz plötzlich die Veränderung eingetreten, quasi von einem Tag auf den anderen. Auf einmal hatte Nadja kaum noch Zeit, zog sich zurück, wollte nicht mehr über Privates reden. Ja, sie schien sich gar nicht mehr mit ihr austauschen zu wollen und schwieg demonstrativ.

Doris war ihr daraufhin gefolgt ... eine Privatdetektivin, deren Aufgabe der Schutz der besten Freundin war. Sie hatte das Haus, in dem Nadja wohnte, im Dämmerlicht umrundet und dabei entdeckt, dass deren Balkon auf einmal mit einem Netz gesichert war. Das hatte sich – zusammen mit den Katzenhaaren auf Nadjas Bluse – zu einem Bild gefügt, bei dem sehr viele Katzen um ihre Freundin umhersprangen. Viel zu viele Katzen! Das war doch nicht normal! Mindestens ein Dutzend Katzen in einer Dreizimmerwohnung! Das musste doch eine Hölle für die Tiere sein. Und natürlich auch für sie, für Doris, die eine Allergie gegen Katzenhaare hatte. Nur deshalb hatte sie sich an das Tierheim gewandt und dabei in ihrer Besorgnis und gleichzeitigen Ahnungslosigkeit ziemlich übertrieben. Dabei hatte sie doch richtig gelegen mit ihren Beobachtungen!

Jetzt allerdings fragte sie sich besorgt, ob Nadja sich wegen der schrecklichen Krankheit, unter der sie offensichtlich litt, ein paar Katzen als Trösterinnen ins Haus geholt hatte. Dabei hätte sie doch viel besser mit Doris darüber reden können. Katzen wollten immer nur fressen und gaben keine Antwort. Auf nichts! Das hatte sich Doris als Einziges in Bezug auf Katzen gemerkt. Wollte Nadja etwa den schweren Weg, der nun vor ihr lag, allein gehen? In einem solchen Fall brauchte man doch Beistand! Doris riss sich zusammen. Draußen herrschte der schönste Sommer, der laue Abend lockte. Nadja aber genoss von all dem nichts, weil sie krank und leidend im Bett lag und vermutlich wusste, dass dies ihr letzter Sommer war. Doris dachte an Nadjas Mutter. Die hatte auch keine Ahnung vom Zustand ihrer Tochter.

»Dann werde ich mal über meinen Schatten springen«, ermunterte Doris sich selbst, nahm eine Flasche Weißwein aus ihrem Vorratsschrank und schwang sich aufs Rad. Glücklicherweise wohnten sie ja nicht so weit auseinander.

Sie trat in die Pedale und fuhr munter los. Dabei fiel ihr auf, dass mal wieder alle Straßen und Plätze angefüllt waren mit Paaren oder Kleinfamilien. Gab es denn überhaupt keine Solisten mehr auf der Welt? Nur noch sie und Nadja?

Nein, das von den vielen glücklichen Menschen würde sie ihrer kranken Freundin natürlich nicht erzählen. Aber wenn sie bei ihr war, würde sie die vermutlich total Erschöpfte auf ihre starken Arme nehmen, sie draußen auf dem Balkon in einen Liegestuhl betten und sie sorgsam in eine Wolldecke hüllen.

Vermutlich wollte Nadja keinen Wein trinken, aber das machte nichts. An Wochenenden schaffte Doris auch mal eine ganze Flasche allein. Hauptsache, Nadja hatte Gesellschaft. Eine liebevolle Freundin, die sich zu der Kranken setzte und ihr geduldig zuhörte. Es tat ihrer Kollegin sicher gut, über all ihre Ängste, ihre Sorgen und ihre Nöte zu sprechen. Vielleicht sogar auch schon darüber, wie sie sich ihre Beisetzung dachte und wer dazu geladen werden sollte. Je mehr Doris sich dem Haus in der Sechzigerjahresiedlung näherte, umso intensiver begriff sie sich als Mutter Teresa der Bauhofstraße. Viele gute Menschen gab es ja nicht mehr in diesem Land. Aber sie war eine der letzten verbliebenen, und das gab ihr ein gutes Gefühl. Sie stellte ihr Rad auf dem Parkplatz neben Nadjas Auto und machte sich auf den Weg.

Schon von Weitem entdeckte sie Licht auf Nadjas Balkon. Ob sie sich selbst schon auf den Balkon gelegt hatte, im lauen Abend ein Windlicht entzündet hatte und sich nun allein mit ihrem Schicksal auseinandersetzte? Wie dankbar wäre sie nun, wenn Doris ihr zur Seite stünde.

Hoffentlich gibt's da Eiswürfel, dachte Doris ganz kurz und sehr eigennützig, denn der Wein in ihrer Tasche war nicht nur durchgeschüttelt, sondern mittlerweile sicher auch lauwarm. Je mehr sie sich dem Haus näherte, umso klarer erkannte sie, dass dort auf dem Balkon von Nadjas Wohnung zwei Menschen aufrecht saßen und sich miteinander unterhielten. In der einen Person erkannte sie Nadja. Die andere aber war eindeutig ein Mann.

»Das gibt's doch nicht!«, fluchte sie und spürte, dass ihr heiß und kalt wurde. »Die verarscht mich doch! Im Büro und mir gegenüber gibt sie sich als todkrank, und dann vergnügt sie sich nächtens mit wildfremden Kerlen.«

Wo mochte sie nur den dort aufgegabelt haben? Und vor allem: wie und wann? In der vergangenen Woche hatte es diesen Mann noch nicht gegeben. Sonst hätte sie ihn gesehen und sich längst nicht so viele Sorgen ge-

macht. Sie spürte, wie der Zorn erneut in ihr hoch-
schwappte. Nicht mit ihr! Am besten, sie klärte die Sache
augenblicklich und auf der Stelle. Also echt! Eine solche
Ungeheuerlichkeit musste sie sich wirklich nicht bieten
lassen! Das hatte sie nicht nötig.

Etwa zwei Minuten später drückte sie auf den Klingel-
knopf und läutete Sturm. Warum sollte sie jetzt noch
Rücksicht nehmen? Kurz darauf wurde der Türöffner be-
tätigt, und als Doris das zweite Stockwerk erreichte, stand
Nadja im Türrahmen ihrer Wohnung. Sie sah gesund und
strahlend aus wie das blühende Leben.

»Oje, Doris, ist was passiert?«, fragte Nadja. »Du siehst
ja fürchterlich aus«, stellte sie offenherzig fest, »kann ich
dir irgendwie helfen?«

»Was soll das? Warum bist du nicht krank?« Es klang
wie ein Vorwurf.

»Was?« Nadja schüttelte den Kopf. »Ich verstehe überhaupt nicht, was du meinst.«

Doris sah, wie hinter der vermeintlichen Kranken eine
dreifarbige Katze von rechts nach links huschte. Dabei
hatte sie persönlich doch dafür gesorgt, dass alle Katzen
aus der Wohnung entfernt wurden. Und jetzt das! Ja, hörte denn niemand mehr auf sie?

»Magst du reinkommen? Paul und ich sitzen gerade auf
dem Balkon und besprechen etwas Wichtiges. Aber du
kannst dich gern für zehn Minuten dazusetzen.«

Nur zehn Minuten! Das kam ja fast einer Ausladung
gleich. Aber Doris' Neugierde überwog.

»Paul? Wer ist das denn?«

»Ein guter Freund.«

»Und wieso weiß ich nichts von ihm?«

Sie standen sich in der Türöffnung noch immer gegenüber.

»Komm rein! Ich will nicht, dass das ganze Haus unser Gespräch mithört. Die zerreißen sich sowieso schon seit Montag das Maul über mich.«

Doris gab sich unwissend. »Montag? Was war denn da los? Hattest du da einen Unfall? Warst du deshalb am Dienstag krank?«

Resolut, wie Doris es gar nicht von ihrer Freundin kannte, wurde sie an einem Ärmel in die Herzog'sche Wohnung gezogen. Die Tür fiel hinter ihr ins Schloss.

Während die kerngesunde Nadja einen Küchenstuhl ins Freie holte und ein Weinglas für Doris füllte, nickte Paul der Besucherin freundlich zu und fühlte sich von ihr beobachtet, ja, geradezu durchgescannt. Besser, er sagte kein einziges Wort.

Auch Nadja wirkte unsicher und hilflos. Es war zu erkennen, dass sie keine Ahnung hatte, was sie ausgerechnet jetzt mit dieser Kollegin besprechen sollte. Also fragte sie scheinbar interessiert: »Gab's heute Nachmittag noch Probleme im Büro? Ich musste leider früher gehen.«

»Das kenne ich ja inzwischen. Ein Kommen und Gehen, wie es dir gerade passt.« Doris' Bemerkung klang nicht gerade wie ein Angebot zur Versöhnung. »Und warum bist du auch heute wieder so früh abgehauen? Hast du dich wenigstens abgemeldet?«

»Natürlich habe ich mich abgemeldet, und der Grund ist privat.«

Doris schluckte. Dass Nadja ein Privatleben hatte und sie nichts davon wusste, war eine Ungeheuerlichkeit. Sie sah sich um und verstieg sich in den nächsten Vorwurf. »Was ist denn das für eine Katze, die hier herumschleicht? Du weißt doch, dass ich auf Katzen allergisch reagiere.«

Statt irgendein Wort des Verständnisses zu äußern, meinte Nadja nur gelassen: »Dann ist es sicher besser, wenn du nicht allzu lange bleibst. Die Katze heißt Kami, und sie wohnt bei mir.«

Paul hatte bemerkt, dass die Kirschblütenkatze auf den Balkon gekommen war und ihm nun, als sie ihren Namen hörte, auf den Schoß sprang. Er streichelte sie, lächelte in sich hinein und schwieg. Die Spannung zwischen den beiden Frauen war fast körperlich spürbar.

Doris räusperte sich. »Ich dachte, wir unternehmen mal wieder was zusammen.« Ganz plötzlich klang sie beleidigt. »Aber wie ich sehe, ziehst du andere Menschen meiner Gesellschaft vor. Da kann ich wohl nichts machen.« Sie stand auf, wandte sich zu Tür, bedachte Paul mit einem überkritischen Blick und murmelte dann Richtung Nadja: »Bis Montag. Ich finde schon allein raus. Und werd mir bloß nicht wieder krank! Ich kann nicht dauernd für dich mitarbeiten.« Die letzte Bemerkung konnte sie sich einfach nicht verkneifen.

Nadja ging ihr nach und drehte den Haustürschlüssel zweimal um. Sicher war sicher. Anschließend trug sie das Weinglas ihres ungebetenen Gastes zum Spülbecken und stellte den Küchenstuhl zurück in die Wohnung. Als sie sich dann endlich wieder an den Tisch mit dem Windlicht setzte, suchte Paul ihren Blick. »Wer war das denn?«

»Sie heißt Doris, und wir sitzen uns im selben Büro gegenüber.«

»Das tut mir leid.« Er schenkte ihnen Wein nach. »Und ich dachte immer, nur die Weißwurst sei schlimm.«

»Ich fürchte, Doris ist nicht zu toppen.« Nadja lächelte schief.

»Halt mal!« Er stutzte. »Doris? Da klingelt doch was bei mir. In der vergangenen Woche hat eine Doris bei Irene angerufen und sich über eine Kollegin beschwert, die sich als Katzenmessie entpuppte. Nur deshalb haben wir am Sonntag einen Probebesuch bei dir gemacht. Wie es dann ab Montag weiterging, weißt du ja.«

»Die hat mich verraten?« Nadja riss die Augen auf.

Paul nickte. »Sieht ganz so aus. Aber dadurch hat sie ja auch uns miteinander bekannt gemacht.«

»Was für eine hinterhältige Person! Ich werde mich gleich Montag in ein anderes Büro umsetzen lassen. Wenn's sein muss, auch ins Großraumbüro.«

»Falls du was über Nadjas Mutter wissen willst, so kann ich dir Rosa Rose empfehlen. Sie wohnt dort drüben.«

»Vielleicht morgen. Heute habe ich schon genug geredet.« Eckehardt seufzte. »Weißt du, was? Lass uns doch einfach hochgehen und ein bisschen fernsehen. Nur wir zwei und die Katzen. Hast du eigentlich noch das wunderbare Käsegebäck mit dem Kümmel? Davon könnte ich jetzt gut ein bisschen knabbern.«

»Natürlich.« Wenn Regina eins wusste, dann das, dass Liebe durch den Magen ging. Na bitte, und es funktionierte auch heute wieder.

Liebe war Arbeit. Und ihr Eckehardt war diese Arbeit wert, ebenso wie diese Nadja. Regina beschloss, ihren Blick zu ändern und Nadja mit neuen und neugierigen Augen zu betrachten. Das war bestimmt nicht verkehrt.

42. Kapitel

Irene schlief schlecht in dieser Nacht. Ihr schossen zu viele Gedanken durch den Kopf, die sie nicht einfach so beiseiteschieben konnte. Das größte Problem war Eddas Rückkehr aus dem Urlaub. Darüber hatte sie sich in den letzten Tagen viel zu wenig Gedanken gemacht. Edda wäre garantiert entsetzt angesichts des Chaos, das in der Zwischenzeit über Passbrunn hereingebrochen war. Vermutlich würde die von Haus aus sanfte und immer freundliche Edda Kallmayer vor Schreck erbleichen und sich und allen Mitarbeitern schwören, Irene Thannberg nie wieder als Stellvertreterin einzusetzen. Schließlich erkannte sie nach dieser einen Urlaubswoche ihr eigenes Tierheim nicht wieder. Und dann würde sie sich vor versammelter Mannschaft Irene zur Brust nehmen und ihr freundlich, aber bestimmt erklären, dass sie sich nie wieder auch nur in die Nähe des Quellenhofs wagen solle.

Genau dieses Szenario spielte Irene gedanklich ständig durch, und von Mal zu Mal wurde es schlimmer. Schlaflos drehte sie sich von einer Seite auf die andere und fragte sich, wie es überhaupt so weit hatte kommen können.

Wenn sie es genau bedachte, so war tatsächlich vor gut einer Woche dort oben in Passbrunn die Welt noch völlig in Ordnung gewesen ... bis auf den Wasserschaden. Aber kaum war Edda weg, schon hatte sie, Irene, unglaublich viele Entscheidungen getroffen, ohne sich mit Edda abstimmen zu können. Ehrlich gesagt, war sie nicht einmal auf den Gedanken gekommen, die Chefin zu kontaktieren.

Klar, Irene hatte vor einer Woche das Konzept mit dem Minihäusern vorgestellt, und es stimmte auch, dass Edda dazu genickt und gemeint hatte: »Bleibt da unbedingt dran!« Sie hatte aber nicht gesagt: *Erledigt das alles in den nächsten acht Tagen. Ich gebe euch absolut freie Hand. Planerisch und finanziell.* Nun jedoch standen tatsächlich acht Minihäuschen auf dem Tierheimgelände, die Zufahrtsstraße hatte unter den Rädern des Baukrans und der Lastwagen sichtbar gelitten, und noch immer zeigte sich das übliche Durcheinander, das grundsätzlich mit Baustellen einherging. Zwischen den vor Eddas Urlaub nur angedachten acht Häusern wurden mittlerweile bereits vom unermüdlichen Hausmeister Ignatz Wege angelegt. Aber das Allerschlimmste: Demnächst würden garantiert einige saftige Rechnungen ins Haus flattern, an die Irene keine Sekunde lang gedacht hatte. Sie war so stolz auf ihre Idee und ihren Deal mit dem Ausstellungspark für die Tiny Houses gewesen. Was sie nicht bedacht hatte, waren die Kosten für die Fundamente. Meine Güte, was da alles zusammenkommen mochte ... Ihr wurde ganz schlecht bei der Vorstellung.

Klar, Edda hatte ein großes Herz, aber wer wusste schon, ob auch der ihr zur Verfügung stehende Geldbeutel dem entsprach? Vermutlich nicht. Und dann wäre sie, Irene, fällig. Einer musste ja der Sündenbock sein. Allein diese Vorstellung stresste sie dermaßen, dass sie beschloss, sich in vorauseilender Konsequenz von Edda und Passbrunn zu trennen. Andererseits war das eine Kindergartenlogik nach dem Motto: Bevor du mich rausschmeißt, setze ich mich lieber selbst vor die Tür, auch

wenn mir dabei das Herz bricht. Sie war doch nur ehren-
amtlich tätig, sie hatte keinen richtigen Vertrag. Alles,
was sie am Quellenhof erledigte, wurde per Handschlag
besiegelt. Also juristisch konnte ihr niemand an den Karren fahren.

Dennoch stellte Irene sich vor, in Passbrunn anzurufen
und der vermutlich am Telefon sitzenden Sophia zu sagen: *Du, ich gebe mein Ehrenamt mit sofortiger Wirkung
auf. Ich brauche jetzt mal Zeit für mich. Bitte gib das auch
an Edda weiter. Paul und Cindy können ihr alles erklären.*

Doch sobald sie dieses Szenario durchspielte, wusste sie
auch, dass das nicht zu ihr passte. Sie war eine erwachsene Frau, und sie würde sich dem Drama stellen. Und
schon drehte sich die Mühle in ihrem Kopf von Neuem.
Ihr wurde heiß, ihr wurde kalt, und um vier Uhr morgens
stand sie schließlich auf. Was hatte sie sich da nur einge-
brockt!

Dann doch lieber an Regina Schlössl denken. Obwohl
deren Lebenswelt auch nicht gerade frei von Problemen
war.

Während sie am Herd stand und sich einen Porridge
mit viel Zimt und Ahornsirup zubereitete – die einzige
Mahlzeit, mit der sie sich in schwierigen Situationen so
etwas wie Zuversicht einverleiben konnte –, wurde ihr
bewusst, dass ausgerechnet Regina in Sachen Freundschaft ihr ganz privates Vorbild war. Ganz tief in Irenes
Innerem gab es nämlich so etwas wie ein Gesetz, und das
lautete: *Wenn Regina es schafft, diese Beziehung mit Eckehardt zu leben, dann kann ich auch eine Verbindung mit
Lorenz aufbauen.*

Und jetzt das! Ausgerechnet im gestrigen Telefonat
hatte Regina Zweifel an ihrem Zusammenleben mit dem
allwissenden Meister Eckehardt angemeldet. Klar, das

hatte nichts mit Lorenz Erlenburg zu tun, doch Irene deutete es als Warnung. Sie setzte sich mit ihrem Teller aufs Bett und wunderte sich, dass es jetzt, um halb Uhr morgens, schon dämmerte. Nachdenklich betrachtete sie Lorenz' Gemälde an der dem Bett gegenüberliegenden Wand. Die Art und Weise, wie Kater Bruno auf dem Bild in einen kahlen Raum platziert worden war, erschien ihr plötzlich wie ein Sinnbild ihres eigenen Lebens, allerdings jenes Lebens, wie es vor der Begegnung mit Edda gewesen war. Damals hatte sie sich gefühlt, als würde sie durch leere Räume irren auf der Suche nach etwas, von dem sie nicht wusste, was es sein könnte. Vermutlich wollte sie – wie in romantischen Romanen – etwas, an das sie ihr Herz binden konnte.

Aus reinem Zufall war sie damals im Quellenhof gelandet, hatte nach einem Gespräch mit Edda das Katzenhaus besucht und sich augenblicklich in Bruno verliebt. Kater Bruno schien ihr in allem so ähnlich: nicht mehr der Jüngste, quasi schon im Rentenalter, ebenso wie sie, und dennoch weiterhin auf unbestimmte Art unternehmungslustig. Als müsse das Leben ihm noch etwas bieten. Was es dann ja auch getan hatte!

Fast täglich hatte sie ihn besucht, ihn gekämmt, gestreichelt, mit ihm gespielt und ihm alles anvertraut, was ihr durch den Kopf ging. Allein die Art und Weise, wie er sie begrüßte und ihr damit zeigte, dass er den ganzen Tag nur auf sie gewartet hatte, war das Schönste, was ihr jemals im Leben widerfahren war. So hatte sie damals gedacht, als sie nur zu Besuch im Quellenhof war. Und jetzt dachte sie: *Wie dürftig war doch mein Leben zu der Zeit – und wie bedürftig war ich!*

Da war sie ja schon fast wie Nadja, die sich allerdings in ihrer kleinen Wohnung mit zehn entführten Katzen umgeben hatte, um beim Heimkommen freudig begrüßt zu werden.

Das kam ihr in den Sinn, und dabei blieb ihr fast der Löffel mit dem Porridge im Hals stecken. Nie hätte sie gedacht, dass zwischen Nadja und ihr Parallelen bestehen könnten. Doch jetzt fiel es ihr wie Schuppen von den Augen: Sie, Irene, hatte damals über Bruno den Maler Lorenz Erlenburg kennengelernt ... Nadja nun über ihre zehn Schätzchen den Tierpfleger Paul. Die Formel dafür könnte lauten: Sowohl die eine als auch die andere hatte über den Umgang mit Tieren Zugang zu Menschen gefunden.

»Ja, Bruno, meine Räume waren so lange leer und dann für eine glückliche kurze Zeit so intensiv gefüllt. Aber wer weiß? Vielleicht muss ich jetzt schon wieder Abschied nehmen und mich mit meinem Alleinsein anfreunden.« Sie schnäuzte sich und suhlte sich in einer Woge des Selbstmitleids. Dann war dies eben der Tag, an dem ihr schönes Leben zusammenbrach. Wie gewonnen, so zerronnen ... oder was sagte der Volksmund dazu?

Wenn sie sich jetzt in aller Ruhe duschte, anzog und dann zum Tierheim hochfuhr, wäre sie möglicherweise noch vor Cindy, Paul und Edda dort. So hatte sie die Chance, sich alles noch einmal in Ruhe anzuschauen und leise Abschied zu nehmen, bevor ihr Leben eine neue Richtung einschlug.

Eigenartigerweise fiel ihr auf dem Weg nach Passbrunn ein, dass Eddas Mann ja Rechtsanwalt war, und augenblicklich keimte ein winziger Hoffnungsschimmer in ihr auf. Schließlich hatte sie niemandem Geld versprochen und auch keinen einzigen Vertrag unterschrieben. Die ganze Geschichte mit den Fundamenten war auf Simons und Cindys Initiative zurückzuführen. Sie, Irene, hatte es nur versäumt, ein Machtwort zu sprechen und diesen Aktivitäten ein großes Nein entgegenzusetzen. War sie für dies alles eigentlich rechtlich zu belangen?

Auf jeden Fall wollte sie im ersten Licht des Tages noch einmal die kleine Siedlung aus Minihäusern betrachten, sich vorstellen, welche Blumen in den winzigen Vorgärten blühen würden, und auch ein klein bisschen davon träumen, dass Edda nicht ganz so empört wäre, wie sie es vermutlich war.

Sie hatte schon oft in ihrem Leben mit dem Schlimmsten gerechnet und sich dann gewundert, wenn es dann doch nicht so böse endete. Vielleicht hatte sie diesmal ja auch ein bisschen Glück. Möglicherweise hatte sie aber ihre Chancen auf Glück schon ausgereizt. Das Schicksal erwies sich oft als hinterhältig.

Sie parkte ihren Wagen vor dem großen Hoftor, an dem Cindy ihr Fahrrad schon angekettet hatte. War das nicht gestern Abend in Simons feuerrotes Auto geladen worden?

»Hi, ich mach noch ein bisschen Ordnung«, empfing Cindy Irene. »Wenn Edda kommt, soll es doch schön aussehen. Was hältst du von den Blumen?« Sie hatte offensichtlich bereits in der Morgendämmerung einen Wiesenblumenstrauß gepflückt und sich heute sonntäglich in frisch gewaschenes Weiß gekleidet.

»Sehr hübsch«, murmelte Irene und griff nach dem Schlüsselbund. »Ich schaue mal nach den Katzen«, verkündete sie. »Immerhin war es ihre erste Nacht in einem neuen Haus.«

»Denen geht's gut.«

»Hast du etwa Simon zum Kontrollieren rübergeschickt?«

»Simon ist Geschichte. Wir passen nicht zusammen.« Cindy machte eine wegwerfende Handbewegung. »Was soll ich mit einem Projektmanager? Managen kann ich mich selbst.«

Du bist kein Projekt, du bist ein Mensch, lag Irene auf der Zunge. Aber sie schwieg.

Stattdessen zog sie sich einen Kaffee am Automaten und fragte Cindy, ob sie auch einen wolle. Es war klar, dass die blütenweiße Weißwurst nicht Nein sagen würde.

Mit den Ellbogen stützten sie sich am Tresen auf, sahen gemeinsam in den bebauten Innenhof, und Irene wunderte sich über ihren Tonfall, als sie sagte: »Bevor Edda kommt ...« Sie klang wie ein kleines und total verschüchtertes Mädchen, das Angst hatte.

»Die kommt frühestens um zehn«, wusste Cindy.

»Dann sollten wir vorher etwas klären.« Irenes Hand zitterte so sehr, dass der Kaffee überschwappte.

Cindy reichte ihr ein Papiertaschentuch. »Was ist los?«

»Ehrlich gesagt, habe ich einen Fehler gemacht.«

»Paah ... wer macht das nicht? Mein größter Fehler beispielsweise war dieser Simon.«

Irene ging nicht darauf ein. »Es geht um die Kosten«, gestand sie. »Die für die Minihäuser habe ich geklärt. Da können wir einige Ausgaben als Spende betrachten. Die dann noch zu entrichtende Miete für die acht Häuschen entspricht ungefähr der Miete eines Mehrfamilienhauses auf dem Land.« Sie schämte sich über ihren geschäftsmäßigen Ton. Erst hatte sie wie ein kleines Mädchen geklungen, und nun erinnerte sie an eine Buchhalterin. Wo war nur ihre eigene Sprache geblieben? »Also, ich habe in allen meinen Verhandlungen darauf geachtet, so viele Kosten wie möglich zu vermeiden.«

Cindy nickte bestätigend. »Das will ich meinen.«

»Leider weiß ich nicht, was die Fundamente kosten. Allein so ein einziger Stahlnagel ... wenn ich mich recht erinnere, sind davon fast fünfzig in den Boden gebohrt worden. Dazu die stahlverstärkten Holzböden und der riesige Kran mit dem Bohrer und der Turmkran und, und, und ...«

»Billig war das nicht.« Cindy nickte. »Als Simon mir den Preis nannte, ist mir ganz schlecht geworden.«

»Spätestens dann«, sagte Irene, »spätestens dann hättest du mit mir reden müssen.«

»Aber wieso denn?«

»Du weißt doch, dass der Quellenhof nicht gerade in Geld schwimmt.«

»Das war genau das Erste, was ich Simon gesagt habe«, rechtfertigte sich Cindy. »Ich habe ihm gesagt, dass wir das so nicht machen können.«

»Und?«

»Er hat es eingesehen.«

»Aber jetzt stehen hier trotzdem diese Fundamente!« Irene schüttelte den Kopf. »Ich fass es nicht!«

»Weil Simon verhandelt hat. Das wenigstens kann er gut.«

Irene fragte sich, was er stattdessen nicht so gut konnte, aber dafür war jetzt weder die richtige Zeit noch der richtige Ort.

»Und was hat er verhandelt?«

»Dass wir Nägel und Fundamente zum Herstellungspreis bekommen, wenn das alles vor dem Wintereinbruch wieder abgebaut werden kann. Soweit ich mich erinnere, stellen die uns jetzt nur die Arbeitsstunden ihrer Leute in Rechnung. Teuer wird das Ganze erst, wenn die Häuser hier stehen bleiben. Aber du hast ja gesagt, dass das nicht der Fall ist. Sobald die Häuser weg sind, sind auch die Fundamente überflüssig.«

Irene nickte. »Das stimmt. Aber besser wäre es, wenn ich darüber etwas Schriftliches hätte.«

»Er hat mir deswegen eine Mail geschrieben. Die wollte ich noch ausdrucken. Das habe ich dann aber vergessen. Es war so chaotisch gestern.«

Dass niemand den Stein hörte, der von Irenes Herzen fiel, war wirklich erstaunlich. Sie seufzte aus tiefster Seele und fragte ehrlich besorgt: »Wie war denn dein Zusammentreffen mit Simons Mutter?«

»Was soll ich sagen? Zwischen uns gibt's so gut wie keine Schnittmengen. Und Simon ist auch nichts für mich. Ich brauche einen Freund, der gern mit Tieren arbeitet und nicht irgendwelche abstrakten Projekte managt und Angst vor Pferden hat.« Cindy stellte ihre Tasse auf den Tresen. »Und jetzt will ich noch was tun.«

43. Kapitel

Die Katzen hatten sich in den Häusern bereits ihre Plätze gesucht. Bewundernswert, wie sie es geschafft hatten, dass jede ein Plätzchen gefunden hatte, wo sie sich nun sonnen konnte. Sie schnurrten Irene entgegen und schienen ihr mitzuteilen, dass sie nichts falsch gemacht hatte. »Uns geht es gut«, hörte sie aus dem Schnurren heraus.

»Das Wichtigste ist doch, dass ihr nicht leidet.« Irene nahm sich ganz viel Zeit.

Edda fuhr schon um halb zehn mit dem großen Familienwagen vor. Sie war in Begleitung ihres Mannes und ihrer drei Kinder, und alle wirkten entspannt und erholt.

»Was ist denn hier los?« Staunend rissen die Kinder die Augen auf.

»Ich glaube, Irene hat gezaubert.« Edda strahlte. »Das ist ja wie ein Wunder!«

Irene blieb lieber noch ein wenig in Hausnummer sieben bei den Katzen, doch sie hörte jedes Wort und nahm wahr, wie Paul und Cindy auf die Chefin zugingen und ihr die Hand reichten. Währenddessen begutachtete Eddas Mann mit gerunzelter Stirn die vollzogenen Baumaßnahmen. Man hätte meinen können, dass er nicht nur Anwalt, sondern auch Architekt war, so wie er jedes Fundament und jedes Haus auf Herz und Nieren prüfte.

Vorsichtig öffnete Irene die Tür von Nummer sieben. »Wie war der Urlaub?«, fragte sie.

»Uii ... haben Sie mich erschreckt!« David Kallmayer zuckte zusammen. »Wunderbar! Wir haben uns gut erholt. Und Sie haben hier ja wirklich Großartiges geleistet. Chapeau!«

»Ja, das Katzenhaus ist nach dem Wasserschaden inzwischen auch schon wieder so gut wie trocken, und die Tinys hier stehen nur für eine begrenzte Zeit.« Irene klang, als müsse sie sich selbst verteidigen.

»Edda hat mir von Ihrem Plan erzählt. Aber dass sie den so schnell umsetzen konnten ... genial!«

Irene schluckte. Hoffentlich kam er nicht schon auf die Idee, nach den Kosten zu fragen. Da hätte sie nämlich keine klare Antwort gewusst. Sie musste erst Cindys Mail studieren, dann stünden konkrete Zahlen im Raum. Und hoffentlich stimmte das mit der Mail.

Edda kam auf sie zu und umarmte sie. »Das hast du toll gemacht! Also, ich hätte das nie so hingekriegt. Ich sollte öfter in Urlaub fahren.«

»Allerdings gibt es auch ein paar Rechnungen.«

»Das kriegen wir schon irgendwie hin. Wie sagt unser Freund und Wohltäter Eckehardt: Alles ist mit Geld zu lösen.«

»Aber nur, wenn man es hat.«

»Mach dir keine Sorgen, es war deine Idee, hier einen Tiny-House-Ausstellung anzubieten. Dann nehmen wir einfach ein bisschen Eintritt von den Leuten, die die Häuser besichtigen wollen.«

Edda umarmte ihre Freundin. »Zerbrich dir nicht den Kopf! Komm lieber mal mit mir ins alte Katzenhaus! Im Erdgeschoss rattern zwar noch die Bautrockner. Aber dann, ganz hinten im ersten Stock ... du wirst es nicht glauben.«

Und dann sahen sie ihn. Den Kater Emil. Wie der alleinige Herrscher des Tiny House thronte der grau getigerte Vierbeiner auf dem Hochbett und blickte ihnen sehr freundlich, sehr zufrieden und sehr zuversichtlich entgegen, während sich seine beiden vierbeinigen Mitbewohnerinnen in einer Plüschhöhle versteckten. »Morgen kommen seine Leute und holen ihn ab. So, wie der da sitzt, würde er wohl am liebsten hierbleiben.«

»Aber nur mit den beiden alten Damen als Kammerzofen.«

Sie saß in ihrem blauen Auto und griff spontan zum Telefon.

»Ich muss mich ausruhen, aber zu Hause kann ich das nicht. Kann ich zu dir kommen?«

Lorenz zögerte. »Ist was passiert?«

»Nein, alles in Ordnung. Ich will nur nicht allein sein. ... aber wenn es dir nicht passt ...«

»Doch, ich freue mich. Ich war im ersten Moment besorgt, du klingst so angespannt. Aber wenn du vorbeikommen magst, das wäre wirklich schön. Ich würde dir auch gern meine neueste Errungenschaft zeigen.« Seine Stimme klang wie immer: verhalten, vorsichtig, abwartend.

Sie holte tief Luft. »Soll ich was mitbringen?«

»Nein.« Jetzt lag ein Lächeln in seiner Stimme. »Bring nur dich selbst und etwas Zeit für Bruno mit!«

Dreiundneunzig Stufen! Sie würde sich nie daran gewöhnen, aber am Ende des Aufstiegs befand sich ein Atelier, in dem sie sich ausruhen durfte. Und das war auch bitter nötig. Die vergangene Woche und die Anspannung der letzten Stunden hatten an ihren Nerven gezerrt.

»Lass dir Zeit!« Er stand in der Tür und sah ihr zu, wie sie sich Stufe um Stufe näherte.

»Weißt du, was?«, verkündete er und hatte dabei etwas von einem kleinen Jungen an sich, der ein Geheimnis ausplaudert. »Unser Gespräch beim Mexikaner hat mich auf eine geniale Idee gebracht. Und der Auslöser dazu warst du. Willst du es sehen?«

»Natürlich!«, rief sie atemlos.

»Deine Geschichte von den Fundamenten für die Minihäuser gingen mir einfach nicht mehr aus dem Kopf.« Er lotste sie in sein Atelier. »Und nun schau mal! Hier habe ich ein zukünftiges Bild von zwei mal sechs Metern. Es passt genau in mein Atelier, und wenn ich ehrlich bin, dürfte es keine fünf Zentimeter größer sein. Aber natürlich habe ich vorher alles genauestens ausgemessen.«

Irene betrachtete die aufgespannte und bereits grundierte Leinwand. »Um Himmels willen, wie hast du die denn hier hochbekommen?«

»Gerollt, und erst hier oben habe ich sie auf den Rahmen gespannt. Wenn das Bild fertig ist, rolle ich es wieder zusammen.« Er grinste. »So haben sie das im Mittelalter auch gemacht. Aber vermutlich werde ich es gar nicht verkaufen.«

»Und hast du auch schon ein Motiv? Das letzte Mal sprachst du von Räumen.« Irene umrundete die Leinwand und warf einen Blick auf die Arbeitsbank. Alle dort liegenden Malerpinsel erschienen ihr so klein. Er musste sicher jahrhundertelang an dieser Fläche arbeiten. »Da hast du dir ja ganz schön was vorgenommen.«

»Ja, das Motiv. Genau das wollte ich dir jetzt verraten. Es ist etwas ganz Persönliches. Dieses Bild wird niemals in einer Ausstellung oder in einem Katalog zu sehen sein. Setz dich doch!«

Sie warf einen Blick auf den großen Lehnstuhl, der Bruno vorbehalten war. Jetzt streckte und reckte sich der Kater und schritt gemächlich auf sie zu. Es hatte fast den Eindruck, als mache er ihr Platz.

»Du kannst dich ja auf meinen Schoß setzen«, lockte sie und wandte sich an Lorenz. »Nun bin ich aber wirklich gespannt.«

Er räusperte sich. Er schien fast ein wenig schüchtern, als ginge es darum, ihr ein ganz großes Geheimnis anzuvertrauen. Und natürlich begann er mit einem *Also,* wie er immer mit einem *Also* begann, wenn er weit ausholte.

»Also, ich habe beschlossen, mir meine Welt so zu malen, wie ich sie mir wünsche. Und zwar in dem riesigen Format deiner Fundamente und im Stil des geheimnisvollen Niederländers Hieronymus Bosch, der für die Menschen der Renaissance Himmel und Hölle sichtbar machte. Aber für mich nehme ich natürlich die Paradiesvariante.« Er zögerte und musterte Irene nachdenklich. »Ich sollte sagen *für uns.* Denn hier, sozusagen im Zentrum, werde ich dich hineinmalen, und an deine Seite kommt Bruno.« Während er sprach, deutete er auf die Mitte der Leinwand.

Irene schluckte. »Und warum?«

»Dann habe ich euch beide bei mir. Mir ist nämlich in den vergangenen Wochen klar geworden, dass ich dich vermisse. Ich möchte öfter mit dir zusammen sein. Gibst du mir ein bisschen Platz in deinem Leben?«

Sie spürte, dass sie weinen musste, und so wischte sie sich die Tränen aus den Augen und sagte: »Ja.«

Danksagung

Ein ganz besonderer Dank gilt meinem Mann Thomas für das geduldige und aufmerksame Lesen des Rohmanuskripts.

Wie immer hat Herr Professor Dr. Herbert Seibold auch dieses Mal die medizinisch-forensischen Details einer genauen Prüfung unterzogen.

Ganz besonders bedanken möchte ich mich bei meiner Erstleserin Sigrid Barthel.

Nicht zu vergessen sind alle meine Katzenfreundinnen und -freunde: Angela Wax-Rüdiger und Roland Rüdiger, Claudia Halbesma, Cornelia Glashauser, die mich zudem an ihren Erfahrungen aus der Tierkommunikation teilhaben ließ, Helga Maria Buchner und Nathalie, Christian und Margret Freitag sowie meine Ratgeberin in allen Lebenslagen, egal, ob menschlich oder tierisch, Susanne Pfeiffer.

Die Handlung und die Personen dieses Romans sind wie immer frei erfunden, Ilona Wojahn vom Quellenhof in Passbrunn dagegen schenkte mir echte Zeit und gab mir fundierte Ratschläge. Danke. Bei meiner Erstellung des Plots stand mir auch diesmal wieder das Tool *Beemgee.com* zur Seite.

Wo die Liebe hindackelt ...

Sina Beerwald

**Pfotenglück –
Dackel Max sucht
seine große Liebe**

Ein Sylt-Roman

Piper Taschenbuch, 320 Seiten
ISBN 978-3-492-30339-2

Mein Name ist Max – nicht Maxl, wie mein Frauchen behauptet –, und ich muss da mal was loswerden. Mein Frauchen hat einen neuen Freund. Er mag angeblich Hunde, aber gegen mich hat er jede Menge Vorurteile, das rieche ich. Immerhin sind wir uns einig, dass ein Urlaub auf Sylt eine ziemlich doofe Idee ist, noch dazu in einem Wohnwagen auf dem Campingplatz.

Zumindest dachte ich das, bis ich beim ersten Spaziergang über Frauchens Lieblingsinsel meine Jugendliebe Goldie erschnüffelt habe. Ich muss sie wiedersehen! Und wenn ein Dackel sich mal was in den Kopf gesetzt hat, ist das Chaos nicht weit.

Leseproben, E-Books und mehr unter www.piper.de